문학과지성 소설 명작선

이 소설 총서는
초판 간행 이후 시간의 벽을 넘어 끊임없이
독자와 평자 들의 애호와 평가를 끌어 열고 있는,
말의 바른 의미에서의 '스테디 셀러'들을
충실한 원본 검증을 거쳐 다시 찍어낸,
새로운 감각의 판형과 새로운 깊이의 해설로
그 의미를 더욱 풍요롭게 만든,
우리 시대 명작 소설들이 펼치는
문학적 축제의 자리입니다.

◇문학과지성사에서 펴낸 윤흥길의 책

　황혼의 집(1976)
　묵시의 바다(1978)
　꿈꾸는 자의 나성(1987)
　아홉 켤레의 구두로 남은 사내(1997)

황혼의 집

윤흥길

문학과지성사
2007

문학과지성 소설 명작선 23
황혼의 집

초판 1쇄 발행__1976년 9월 25일
초판 5쇄 발행__1987년 3월 30일
재판 1쇄 발행__1994년 10월 20일
재판 2쇄 발행__1997년 5월 26일
개정판 1쇄 발행__2007년 2월 28일
개정판 5쇄 발행__2020년 11월 13일

지 은 이__윤흥길
펴 낸 이__이광호
펴 낸 곳__㈜문학과지성사
등록번호__제1993-000098호
주   소__04034 서울 마포구 잔다리로7길 18(서교동 377-20)
전   화__02) 338-7224
팩   스__02) 323-4180(편집) 02) 338-7221(영업)
전자우편__moonji@moonji.com
홈페이지__www.moonji.com

ⓒ 윤흥길, 2007. Printed in Seoul, Korea
ISBN 978-89-320-1759-4 04810

이 책의 판권은 지은이와 ㈜문학과지성사에 있습니다.
양측의 서면 동의 없는 무단 전재 및 복제를 금합니다.

황혼의 집

차례

황혼의 집 9
집 36
장마 62
어른들을 위한 동화 138
타임 레코더 164
제식훈련 변천약사 188
몰매 216
내일의 경이(驚異) 246

신판 해설 발견의 형식, 비판의 형식 · 정호웅 311
작가의 말 327

황혼의 집

 우리가 마악 길을 건너려는 순간에 모퉁이 저쪽 보이지 않는 곳에서 경적 소리가 요란하게 울려왔으므로 나는 얼른 계집애의 손을 놓아버렸다. 볏단을 잔뜩 싣고 느릿느릿 구르던 달구지 한 대가 길 옆에 가까스로 비켜설 만큼의 여유를 두고 노랗게 쌍불을 켠 트럭의 행렬이 질주해왔다. 달구지를 뒤따르며 길바닥에 흘린 나락을 쪼아먹고 있던 한 떼의 병아리가 날개를 파드락거리면서 사방으로 흩어져 달아났다. 내장산 일대의 공비들과 전투를 끝내고 돌아오는 길의 토벌대였다.
 우리는 곧 구름 같은 먼지 속에 휩싸였다. 먼지를 몰아씌우는 회오리바람과 티끌 속에서 나는 실눈을 뜨고 트럭 위의 군인들을 향하여 손을 높이 흔들었다. 그러나 그들은 미처 잠에서 덜 깬 듯이 흐리멍덩한 시선을 짧게 던질 뿐, 나의 환영에 아무런 내색도 보이지 않았다. 철모와 어깨 위에 아직도 나뭇가지 위장을 그대로 달고 있는 그들 모두의 얼굴엔 한 꺼풀의 먼지가 누렇게 덮여 있었다. 붕대로 이마를 친친 동인 얼굴 하나가 얼핏 눈에 들어왔다. 나를 보더니, 그는 눈살을 찌푸리며 별안간 입을 실룩거리기 시작했다. 그의 괴상야 릇한 표정이 나에 대한 답례의 안간힘이었음을 나는 뒤늦게야 알아차렸다. 떫은 웃음을 태운 그 트럭은 이미 먼지에 가려 안 보이고, 다음 트럭이 우리 앞을 통과하는 중이었다. 나는 손을 흔들다 말고 문득 옆을 돌아다보았다. 계집애는 손을 흔들고 있지 않았다. 그애는 지리해 죽겠다는 표정으로 트럭의 행렬이 끝나기만을 기다리고 있었다. 때묻은 손으로 꿀이 가득 담긴 자그만 병을 소중스레 감싸안은 채로였다. 그것은 조금 전에 내가 부엌 찬장 속에서 어머니 모르게 가지고 나온 것이었다. 당장 군인들을 향하여 경주가 손을 흔들지 않는 것은 어느 정도 그 꿀병 탓이기도 했다. 그러나 두 손이 다 쉬고 있을 경우에도 계집애가 제무시(트럭을 우리는 이런 이름으로 불렀다)를 향하여 손을 흔드는 걸 나는 한 번도 본 적이 없다. 이윽고 제무시의 행렬이 끝나, 모든 것이 먼지 속에서 본래의 제 모습으로 되살아나고, 길가에서 쉬던 달구지가 덜그럭덜그럭 소리를 내며 기우뚱거리기 시작하자, 우리는 다시 손을 잡고 길을 건넜다.

병아리 한 마리가 땅바닥에 나자빠져 있었다. 털빛의 하얀 바탕을 가로지르고 지나간 자동차의 육중한 바퀴 자국이 아직도 선명하고, 납작 짓눌린 뱃속에서는 일부러 도려낸 듯이 내장이 고스란히 흘러나와 있었다. 계집애는 걸음을 멈추고 그 위에다 침을 탁 뱉었다.

간선도로를 사이에 두고 우리집과 엇비슷이 마주선 그 벽돌집은 담쟁이의 마른 덩굴에 덮여 있어서 어떻게 보면 꼭 낡은 그물을 씌워놓은 것처럼 생각되었다. 우리는 오후 시간의 대부분을 그 집에서 보내곤 했다. 우리의 주된 놀이터는 무쇠를 달구기 위해 만들어진 거대한 화덕이었다. 그 위에 올라서서 고개를 들면 물건을 끌어올리는 녹슨 도르레와 서너 겹의 쇠사슬을 무겁게 늘어뜨린 튼튼한 대들보가, 그리고 그보다 더 위로는 거미줄이 어지럽게 엉켜 있는 커다란 고깔 모양의 천장이 까마득히 올려다보았다. 지붕의 복판을 뚫어 만든 유리창에서는 한 줄기의 네모진 광선이 마치 어둠 속에 우뚝 선 찬란한 기둥처럼 쏟아져내려와 공중에 떠다니는 무수한 먼지알 하나하나를 밝게 비추었다. 화덕의 맨 가장자리에 위태롭게 걸터앉아서 계집애는 헐고 진물이 나는 양쪽 입아귀에 연방 꿀을 찍어바르고 있었다. 나는 바로 곁에서 점점 줄어드는 병 속의 꿀을 조마조마한 마음으로 지켜보았다. 그것은 어머니 모르게 병째로 들고 나온 것이었다. 처음에는 계집애도 그 점을 다소 생각해주는 듯했으나 한 번 맛을 본 뒤로는 나의 염려를 아주 무시해버렸다. 약으로 바르는 꿀을 그렇게 빨아먹으면 상처가 낫지 않는다고 넌지시 일렀지만, 계집애는 병이 절반이나 빈 뒤에야 돌려주었다.

"저기 저 큰 기둥나무 보이지?"

계집애는 기다란 회초리를 들어 위를 가리켰다.

"저기서 우리 큰언니가 목매달고 죽었단다."

계집애는 회초리를 휘둘러 머리 위의 쇠사슬을 힘껏 후려갈겼다. 계집애가 가진 좋지 않은 버릇 중의 하나였다. 그래서 나는 계집애가 들려주는 음산한 얘기와 우리들 머리 위를 시계추처럼 천천히 왔다 갔다 하면서 쇠사슬들이 서로 맞부딪쳐 내는 날카로운 쇳소리를 함께 듣는 때가 많았고, 그럴 때면 꼭 살구라도 씹은 듯이 벌레 먹은 어금니가 시려서 얌전히 앉아 있질 못했다.

"엄마랑 밤새껏 싸우다가 집을 나갔단다. 그런데 아침에 보니까

저기 저 기둥나무에 매달려 있잖아. 혓바닥을 이러엏게 빼물고는 대룽대룽……"

계집애는 내 팔꿈치를 꼬집으며 키득키득 웃어댔다. 그 얘기를 잠자코 들어주는 일이 내게는 굉장한 고역이었다. 어쩌자고 이 애는 만날 죽은 제 언니의 얘기만 지껄이는 것일까. 언짢은 그 얘기를 이미 여러 차례 들려줘놓고도 경주는 처음 만난 사람에게 마치 방금 들어온 소문을 전하기나 하는 투로 종알거리며 혼자서 시시덕거리는 것이었다. 그런 일이 있고 나서의 몇 밤 동안은 가위눌리는 꿈에 자주 시달리면서 내 머리가 꼭 있어야 할 자리에 탈없이 붙어 있는가를 손으로 만져 확인해봐야만 했다. 사람이 스스로 제 숨통을 조른다는 건 당시의 나로서는 전혀 상상조차 할 수 없는 일이었다. 질긴 끄나풀이 꽉 졸라맬 때 경주네 언니의 목은 얼마나 아팠을까. 나는 누구에게나, 제발 부드러운 끈을 사용하라고 충고하고 싶은 심정이었다. 그런데 밉광스럽게도 경주는 큰언니의 죽음을 더욱 자세히 설명하면서, 보통 때의 갑절이나 되게 생똥을 갈겨놨더라는 말까지 서슴지 않고 덧붙이는 것이었다. 나는 그것이 오늘 처음 듣는 얘기가 아님을 상기시켜주기로 마음을 굳게 가졌다. 그러자 계집애는 다시 쇠사슬을 후려갈겼다. 겨우 좀 잦아들던 쇳소리가 무섭게 되살아나 쩔그렁거리기 시작했고, 나는 왼쪽 볼을 불룩하게 만들어 혀끝으로 충치를 누르며 진득이 참아내는 도리밖에 없었다.

"난리가 났었단다. 정말 굉장했어. 사람들이 뛰어와서 언니가 죽었다고 소릴 지르고, 징을 치면서 동네를 돌아다니고…… 그런데도 울 엄만 무서워서 밖에 나가질 못했어. 꼼짝 못하고 방 안에만 있다가 사람들이 언닐 산에다 묻고 내려오니까 그때서야 엉엉 우는 거야.

날을 새면서 울고, 다음날 저녁때까지 울고……"

제발 그만 하라고 말하는 대신 나는 침을 꿀꺽 삼켰다.

"쌍둥이 아저씨가 말야, 아 참, 넌 그게 누군지 모르겠구나. 그 아저씬 말이지, 네가 이리로 이사오기 전까지 여기서……"

철공소를 경영하던 사람인데, 경주가 말하는 건 동생 쌍둥이였다. 한 번도 만나본 적은 없지만 경주한테 이미 여러 차례 들어서 나는 그를 아주 잘 알고 있었다. 형과 동생이 함께 대장장이 일을 하다가 형은 일찍 군대에 들어가 전사하고, 나중엔 동생 혼자서 망치질을 했다. 그는 매일 경주네 주막에서 술을 마셨는데, 그날도 너무 취해서 경주네 언니가 화덕 위에 올라가는 것도 모르고 쿨쿨 잠만 잤고, 공동묘지에서 산역(山役)을 거들 때까지도 몸에서 술 냄새를 펑펑 풍겼고, 경주네 언니가 목을 매단 지 얼마 안 되어 도끼머리를 다듬다가 쇠망치로 자기 복숭아뼈를 잘못 때려서 발병신이 되었고, 또 얼마 안 되어 철공소에 불이 나서 재산이 거의 다 타버리자 어디론지 멀리 떠나버렸고…… 그래서 그 벽돌집은 아직도 빈 채로 남아 있었던 것이다.

"이 집엔 마가 붙었대. 쌍둥이 아저씨가 그렇게 말했어. 너, 마가 뭔 줄 알아? 모르지?"

내가 고개를 모로 흔드는 걸 보고 계집애는 한층 신명이 났다.

"그건 말이야, 마라는 건 말이지, 변소에서 쓰는 빗자루에 사람 피가 묻어서 된 도깨비야."

말을 마치고 계집애는 기운 좋게 회초리를 휘둘렀다. 쇠사슬이 시계추처럼 흔들리면서 아픈 비명을 올렸다. 나는 경주의 나쁜 기억력을 상기시켜주는 기회를 또 놓치고 말았다.

"큰언니가 불쌍해 죽겠어. 어른들이 그러는데, 언니는 엄마 때문에 죽었대. 엄마가 죽인 거나 다름없대. 날마다 술만 먹고 울기만 하니까 큰언니는 엄마를 죽이려 했어. 하지만 엄마를 죽일 수 없으니까 언니가 먼저 죽은 거야. 나도 어떤 때는 엄마를 죽여버리고 싶단다. 가끔 그래, 어느 땐가 나는 엄마를 죽이고 말 거야."

그늘 속에서 빛나는 경주의 두 눈알은 나를 두려움에 떨게 만들었다. 나는 경주가 제 엄마를 죽일 수 있다는 걸 조금도 의심하지 않았다. 그애는 능히 그런 일을 저지를 수 있는 아이였다. 언젠가도 그애는 생쥐를 사로잡아서 등에 석유를 끼얹고 불을 붙인 적이 있었다. 그때 생쥐는 불덩이가 되어 이리 뛰고 저리 뛰다가 입을 쩍 벌리며 금방 죽고 말았지만, 경주는 눈을 홉뜨고 살려고 몸부림치는 짧은 순간을 지켜보다가 이렇게 고함 질렀다.

"겨우 한 걸음밖에 못 갔어! 난 적어도 다섯 걸음은 갈 줄 알았는데."

뿐만이 아니었다. 산 채로 참새의 털을 뜯기도 했다. 경주는 발가숭이가 된 참새의 한쪽 날개와 두 다리를 뚝뚝 부러뜨려 놓아주고는, 바보같이 도망칠 줄도 모른다고 발을 구르며 화를 냈다.

"또 입이 아파."

한참을 지껄이고 나서 경주는 입을 앙다물었다. 그리고 내가 가진 꿀병을 흘끔흘끔 곁눈질하면서 이맛살을 찡그리는 것이었다.

"약을 발라야겠어."

계집애는 나보다 세 살 위였다. 나는 하는 수 없이 나머지 꿀 전부를 내주고 말았다.

우리가 정읍(井邑)으로 이사를 간 것은 사건이 지난 지 이미 오래인데도 많은 사람들이 경주네 집에 얽힌 일과 새로운 소문을 놓고 왕배덕배 떠들며 한창 열을 올리던 때였다. 동네 아낙들이 집에 놀러 와서 어머니와 사귀는 데 경주네 이야기를 효과적으로 이용했기 때문에 우리는 모든 사정을 단번에 알 수 있었다. 우리는 유리창이 많고 지붕의 경사가 급한 일본식 구조의 기와집에서 살게 되었다. 단출한 식구 수에 비하면 집이 너무 크고 정원과 뒤란이 넓었다. 그 집에서 시작된 정읍에서의 새로운 생활 중 나에게 시비를 걸어온 최초의 적은 손톱이 긴 악마였다. 나이는 위였지만 키는 나보다 조금 작았고, 옷차림이 항상 추저분했다. 계집애는 울타리 사이나 전봇대 뒤에 숨어서 문 밖을 나서는 나를 불시에 습격했고, 어딜 가나 짓궂게 따라다니며 마구 할퀴려 들었다. 그리고 욕설을 퍼부어대는 것이었다. 살쾡이처럼 몸이 빠르고, 못생긴 얼굴에서 번쩍이는 두 눈은 그애가 나를 얼마나 증오하고 있는가를 잘 말해주고 있었다.

"도둑놈, 도둑놈 자식! 뒈져라, 뒈져라, 도둑놈 자식!"

끈덕지게 쫓아다니며 외는 이 불명예스러운 욕설로 나는 깊은 충격을 받고 자초지종을 어머니에게 이야기했다. 아낙네들의 설명을 듣고 우리는 곧 계집애가 그처럼 나를 적대시하는 이유를 알게 되었으나 한번 어두워진 어머니의 표정은 좀처럼 풀리지 않았다.

"그애하고는 가까이도 말고 상대하지도 마라……"

우리가 산 그 집은 원래 경주네 소유였다. 그러나 해방이 되자 어떤 낯선 사람이 나타나 부당한 방법으로 경주네를 내쫓고 집을 차지해버렸다. 철공소 옆에 오두막을 짓고 경주네 어머니가 술장사를 시작한 뒤로 그 집은 여러 번 주인이 바뀌었다. 그런데 세상 물정에 너무 어두운 경주네 어머니는 주인이 바뀌는 것에 상관없이 그 집에 들어 사는 사람이면 누구나 다 똑같은 사람으로 알고 끝없는 저주를 퍼붓는다. 어머니와 아낙네들 사이에 오가는, 대개 이런 내용의 이야기를 귀담아들으며 나는 기회를 봐서 경주의 오해를 풀어줄 결심을 했다. 어느 날, 나는 궁지에 몰리면서도 달아나지 않았다. 경주의 팔이 미치지 못할 멀찍한 거리에서 나는 되도록 빠른 말씨로 설명을 시작했다. 우리는 결코 나쁜 사람이 아니며, 정당한 값을 치르고 집을 샀다는 말을 알기 쉽게 전하려고 재주를 다해서 혀를 놀렸다. 그러나 열 개의 손가락을 오그려 갈퀴처럼 만들고 기회만 노리는 경주의 면전에서 나는 갈수록 말을 더듬었고, 결국 쉽게는커녕 자신이 지금 무슨 말을 하고 있는지조차 아리송하게 되어버렸다. 경주는 말을 다 마치도록 나를 내버려두지 않았다. 계집애는 불같이 화를 내면서 갈퀴를 휘둘렀다. 그러나 살점을 뜯기 전에 무슨 생각을 했는지 갑자기 손을 거두더니, 피식 웃는 것이었다. 그리고 어리둥절하리만큼 관대한 표정을 지었다. 경주는 내 말을 이해했을까? 아마 이해했을 거라고 나는 믿고 싶었다. 그러나 우리가 선량한 사람인 줄을 그때야 비로소 알았다면, 그것은 나의 서툰 설득 덕분이 아니라 더듬고 허둥대며 땀 흘리는 나의 우스꽝스런 노력이 그애의 눈에 너무도 가상스럽게 보였기 때문일 것이다. 아무튼 우리는 이런 일이 있고 나서 아주 친해졌고, 경주는 나의 친절과 복종에 대한 신뢰의 표시로 가끔 붉은색이 도는 빳빳한 채권(債券)을 한 장씩 훔쳐다주게 되었다.

경주네 큰언니의 죽음을 기억에서 지울 수만 있다면, 불에 그을어 거의 폐허가 된 철공소의 내부는 그런대로 재미있는 곳이었다. 거기에는 여러 가지 쇠붙이들이 재 속에 묻혀 있어서 그럴 마음만 있다면 동생 쌍둥이가 망치질을 하다 만 그대로 날이 덜 다듬어진 도끼머리를 찾아낼 수 있고, 발로 헤집기만 하면 크고 작은 저울추들이나 암수 쌍이 맞는 돌쩌귀, 끝이 뭉뚝한 왜낫이며 식칼 그리고 말굽쇠 같은 것들을 얼마든지 얻을 수 있었고, 일단 찾아낸 그것들을 우리는 대개 다음날을 위하여 전과는 다른 장소에 각각 묻어두는 또 하나의 재미를 즐겼다. 화덕의 아궁이 앞에는 질긴 쇠가죽을 대어 만든 커다란 풀무가 내박쳐져 있었다. 그것은 몸체를 이루는 송판이 삭고 가죽에 불구멍이 생겨서 손잡이를 밀면 바람 대신 노인의 한숨처럼 들리는 괴상한 소리가 나는, 아주 고물단지였다. 반쯤 불에 탄 고무래가 있어서 우리는 이것으로 산처럼 재를 긁어모으다가 흔히 깜장이가 되곤 했다. 지나가던 바람이 깨진 유리창을 흔들며 들어와 한동안 잊고 있던 눅진한 곰팡내를 어렴풋이 느끼게 했고, 시간이 지남에 따라 기둥 모양의 네모진 광선은 눈에 띄지 않게 조금씩 우리들 발밑으로 벋어와서 어둡고 습기에 찬 내부를 비스듬히 꿰뚫어 비추었다. 마침내 해가 기울어, 들에서 돌아온 참새 떼들이 철공소 지붕 위를 날며 서로 쫓고 쫓기는 소리, 연약한 부리로 처마 밑에 달린 홈통을 콕콕 쪼아대는 소리가 환히 들렸다. 그것들은 날개를 치면서 담쟁이덩굴을 타고 벽을 오르내리기도 했다. 여름에도 그랬지만, 가을이 되자 낡은 그물을 씌운 듯한 담쟁이덩굴은 더욱 앙상해 보였다. 전에는 무성한 잎으로 벽돌집을 온통 푸르게 감쌌었다는데, 불이 났을 때 타죽어버렸는지 봄이 와도 잎사귀가 돋지 않는다고들 이야기했다.

언제나 해질녘—그것은 몹시 두려우면서도 끈적거리는 흥분과 호기심에 싸여 기다려지는 시간이었다. 때때로 나는 저녁놀에 붉게 타는 경주네 주막집 유리창을 바라보면서 점점 헤어날 수 없는 기괴한 환상에 잠기곤 하였다. 어떤 근거에서 그랬는지 꼬집어 말할 수는 없다. 그러나 나는 처음 보는 순간부터 그 집 주위에 감도는, 뭔가 음습하고 특이한 냄새의 분위기를 대뜸 느꼈던 것이고, 아낙네들의 귀띔에 의하여 나의 이렇듯 막연한 헤아림이 확인된 뒤로는, 내 몸뚱이를 둘둘 말아올리는 듯한 어떤 신비한 기운의 부축을 받으며 내 두뇌로는 도저히 풀 수 없는 어떤 엽기적인 사건이 다시 한 번 그 속에서 일어나기를 은연중에 기대하는 버릇이 생겼다. 철공소 벽에 잇대어 흙벽돌과 함석으로 지은 허술한 집 모양에 비하면 놀빛에 빛나는 경주네 유리창은 너무 동떨어지게 호사스러워 보였다. 그걸 바라볼 때마다 나는 벽돌집 벽에 휑하니 흔적만 남아 있는 창틀 자리와 연관하여 경주네한테는 무척 미안한 상상을 했는데, 훗날 경주의 입을 통하여 내 추측이 옳았음을 확인할 수 있었다. 어른들 키가 무사히 들어가자면 허리를 잔뜩 꺾어야 되는 출입구의 위쪽 절반을 까맣게 손때가 묻은 광목천의 포렴(布簾)이 옹색하게 차지했고, 거기에 막걸리나 약주, 그리고 두어 종류의 변변찮은 음식 이름들이 퍽 조잡한 필체로 적혀 있었다. 언제 보아도 주막은 한산한 편이었고, 장날 먼 데서 온 장꾼이나 그 집 속내를 모르는 타관 사람들이 어쩌다 잠깐씩 들를 뿐, 읍내의 모주쟁이들은 거의가 경주네 술을 마시지 않고도 얼마든지 잘들 취했다. 손님이 있을 때면 경주네 주막에서는 부꾸미와 빈대떡 부치는 구수한 냄새가 하얀 김과 함께 포렴 사이로 새어나왔다. 그러나 유달리 손님이 안 오는 한적한 저녁이면 유리창 안쪽에서 멀거니 바깥 하늘만 쳐다보는 경주네 엄마의 희끄무레한 모습이 자주 눈에 띄었다. 그것은 곧 울음 소리가 시작될 거라는 전조였다. 경주네 엄마는 어머니라기보다 차라리 할머니라고 해야 어울릴 정도로 흰머리가 많고 쪼글쪼글 시든 얼굴이었다. 또, 사람들은 실제로 그녀를 할멈이라고 불렀다. 할멈의 우는 시간은 딱 정해져 있었다. 사흘 아니면 나흘 만에, 어떤 때는 하루도 거르지 않고 며칠을 계속해서, 언제나 집채를 사를 듯한 붉은 햇살이 주막 창문에 번득이기 시작하면 할멈은 하늘을 올려다보며 처참한 소리로 울부짖었다. 여우의 목청마냥 길고 날카로운 부르짖음으로 시작하여 밑도끝도 없이 계속되는 그 울음은 누구의 도움을 받을 욕심으로 일부러 그처럼 엄살을 피우는 것같이 들렸고, 누구의 잘못을 호되게 나무람하는 것 같기도 했고, 어떤 참을 수 없는 아픔을 아무에게나 호소할 때 사람의 입에서 당연히 흘러나오는 그런 무시무시한 비명으로 생각되기도 했다. 그 울음 소리가 들리면 나는 벌레 먹은 어금니 하나가 쑤셔서 견딜 수가 없었다. 처음 얼마 동안 나는 할멈의 얼굴이 항상 붉은 이유가 늘 마시는 술 때문인 줄로 알았었다. 그러나 차차로 그것은 기우는 햇살과 유리창에 번득이는 저녁놀이 얼굴에 묻어 지워지지 않는 탓이라고 믿게 되었다.

"또 시작이구먼, 쯧쯧……."

울음 소리를 듣고 어머니는 혀를 찼다. 아낙네들로부터 우는 이유를 들을 때도 어머니는 혀를 찼었다. 경주네와 관계되는 모든 일에 그처럼 혀를 차는 것이었다. 쯧쯧…… 들은 얘기에 의하면, 할멈은 산(山)사람이 되어 돌아오지 않는 아들 때문에 그렇게 울었고, 어머니의 외아들에 대한 분별없는 사랑이 자식을 빨갱이로 만들었다. 또 한 큰딸은 그놈의 울음 소리 때문에 어머니를 죽도록 미워했고, 그녀가 목을 매단 것은 동생 때문이라는 것이었다. 이런 단편적인 이야기들 사이에 서로 어떤 맥락과 당위성이 개재해 있는지 그 점은 바로 깨닫지 못했으나, 경주네 큰언니가 그럴 수밖에 없었던 근본적인 이유에 대한 설명을 나는 퍽 의미심장하게 들었다. 큰딸은 산사람이 된 동생에게 자수의 길을 터주려고 힘이 될 만한 사람을 찾아다니다가 그만 어떤 협잡꾼한테 걸려 속옷을 안 입은 채 피투성이가 되어 돌아왔다. 그러고는 다음날 새벽에 화덕 위에 올라섰다.

큰딸이 죽기 전후의 이렇듯 복잡한 경주네 집안 사정은 내 머릿속에 오랫동안 어려운 숙제로 남아 있었다. 경주는 집안일에 관해서 항상 많은 것을 지껄이면서도 어찌 된 셈인지 오빠에 대한 이야기만은 한 마디도 입을 열려고 하지 않았다. 그러나 나는, 빨치산 한 명이 어둠을 타서 가족을 만나보려고 읍내로 잠입해 들어오다가 경찰에 발각되어 다리에 총을 맞고 다시 산으로 달아난 적이 있는데 그가 바로 경주네 오빠였었다는 소문까지도 알고 있었다.

경주는 또 작은언니 경옥이에 대해서도 좀처럼 입을 열지 않았다. 서양 사람처럼 키가 홀쭉하고 얼굴 생김이나 몸맨두리가 고운 여자였다. 그녀는 집안일이야 어떻게 되든 조금도 상관 않고 날마다 남자와 어울려 외출이 심했다. 말하자면 그녀는 여름 내내 노래만 부르는 베짱이였다. 그녀의 기름이라도 친 듯한 맑고 매끄러운 웃음은 많은 사람의 비위를 상하게 만들었다. 그녀 자신도 그걸 잘 알고 있는 듯했다. 그러나 그녀는 늘 자신만만한 표정이었다. 동네 사람들이 자기를 슬금슬금 엿보며 쑤군거리면 그녀는 마치 숨을 고르려고 물속에 잠긴 머리를 솟구치듯 고개를 한껏 위로 향하고 살찐 궁둥이를 더욱 팽팽하게 흔들었다. 함께 어울려 다니는 남자의 얼굴은 거의 매일같이 바뀌었다. 경주네 작은언니를 가리켜 아낙네들은 은근

짜라고 불렀다. 뒤꼭지에 대고, 암캐 같은 잡년이라고 손가락질도 했다. 어머니는 슬그머니 외면하면서 쯧쯧, 하고 혀를 찼다. 그녀가 남자와 헤어지는 장소는 대개 우리집 측백나무 울타리 그늘이었다. 한밤중에도 울타리 너머에서 들리는 웃음 소리에 잠을 깰 만큼 나는 잠귀가 밝았다. 무척 드문 예이긴 하지만, 경주네 작은언니는 밤길을 혼자서 돌아오는 때도 있었다. 그럴 때는 으레 취해서 약간 비틀거리는 걸음이었다. 호젓한 거리를 혼자 걸어오면서 그녀는 낮은 목소리로 콧노래를 흥얼거렸다. 무슨 노래인지는 몰라도 별다른 높낮이의 변화 없이 긴 호흡으로 이어지는 담담한 곡조였다. 길을 걷다가 나와 마주치면 그녀는 손가락으로 양볼에 연지곤지를 찍거나 긴 혀를 날름 내밀어 보였다. 한 번도 말을 주고받은 적은 없지만 우리는 우리만의 독특하고 비밀스런 방법으로 접촉하고 야합하면서 인사를 나누었다. 특히 혼자서 돌아오는 날, 문턱 위에 서 있는 나를 보면 그녀는 손바닥에 입을 맞추어 울타리 너머로 홱 뿌리는 시늉을 하면서 깔깔 웃었다. 어느 날 밤 꿈속에서 나는 경주네 작은언니를 보았다. 그녀는 어떤 아이의 머리를 쓰다듬으며 자장가를 불러주고 있었다. 꿈에서 깨었을 때 나는 그 아이가 바로 나 자신임을 깨달았고, 꿈속의 그 아이가 경주네 작은언니를 누나라고 부르던 일이 생각나서 혼자 얼굴을 붉히기까지 하였다.

추석을 하루 앞두고 경주네 작은언니 경옥이는 집을 나가버렸다. 주막은 문을 닫았다. 경주는 추석날 아침을 우리집에서 먹었다. 명절인데도 경주네는 밥을 안 했던 것이다. 나는 어머니의 심부름으로 떡과 밥이 담긴 이바지를 경주네 어머니한테 갖다주어야 했다. 아침나절만 해도 동네 아낙들은 경주네 집에 무슨 일이 생겼는지 알지 못했다. 점심때 두번째의 이바지를 나르는 나를 보지 못했더라면 그네들은 다음다음날까지도 모르고 있었을 것이다. 아무래도 좀 심상찮은 기미를 채고 아낙네들은 차츰 궁금해하기 시작했다. 경주를 붙잡고 웬일이냐고 묻는 것이었다. 입을 꾹 다물고만 있는 경주 앞에 먹음직스런 한 접시의 송편이 미끼로 던져졌다. 경주가 망설인 시간은 극히 짧았다. 계집애는 하치않은 유혹에 쉽게 손을 들었다. 궁금증을 푼 아낙네들은 의당 그렇게 되었어야 옳을 그 일을 그때까지 전혀 눈치 채지 못했던 자신들의 불찰에 대하여 서로 이야기를 주고받기 시작했다. 진작부터 그럴 줄 알았다느니, 그년이 그예 얼굴값을 했다느니, 하고 집을 나간 여자를 재판하는 동안 계집애는 집안의 비밀과 맞바꾼 차진 송편을 걸신들린 듯 더금더금 집어먹고 있었다.

경주네 어머니는 두 끼를 내리 굶었다. 내가 점심을 넣어주려고 방문을 열었을 때, 아침에 갖다놓은 이바지상이 보자기에 덮인 채 처음 놓았던 자리에 그대로 있었다. 얼마 후에 다시 가보니까 두 무더기의 이바지가 그대로 놓여 있었다. 나는 할멈이 벽 쪽을 향하고 아랫목에 죽은 듯이 누워 있는 걸 보면서 경주가 무슨 말이든지 한마디 해주기를 기다렸다. 그러나 경주는 심통 사납게도 방문을 꽝 달아버렸다. 안에서 할멈이 몸을 뒤척이는 소리가 났다.

"경옥이냐?"

오후였다. 어디서 구했는지 경주는 큼직한 화경(火鏡)을 들고 나와서 개미를 태워 죽이는 장난을 즐겼다. 잡초가 우북한 철공소 부근 빈터에 가을볕이 제법 쨍쨍 비치고 있었다. 별로 하는 일도 없으면서 몹시 바쁜 체를 하며 시든 풀잎 사이를 분주히 돌아다니던 개미들은 경주의 겨냥에 걸려 한 마리씩 한 마리씩 타죽어갔다. 죽은 개미의 수가 자꾸 불어날 때마다 경주의 입가에는 잔미운 미소가 떠올랐다. 새로운 장난에 끼어들기를 처음엔 나는 무척 꺼렸다. 그러나 불행한 개미들이 끈덕지게 뒤쫓는 화경의 초점을 벗어나려고 허겁지겁 풀잎 사이로 숨고 정신없이 내빼다가 끝내는 잘쏙한 허리를 배배 꼬고 몸을 동그랗게 말아붙이며 우습게 죽고 마는 그 모양에 차츰 어떤 쾌감을 느끼기 시작했다. 화경 속에 확대되어 비칠 때 개미는 배추벌레만큼 커 보였고, 기름기가 흐르는 흑갈색의 통통한 배는 물로 씻어낸 듯이 싱싱해 보였고, 배보다 작은 가슴은 부드러운 잔털에 싸여 있었다. 화경을 들이대면 주위가 갑자기 환해지고, 그러면 개미는 어리둥절해서 제자리에 서버린다. 헤싱헤싱하게 퍼져 있던 빛무리가 점점 오므라들어 쌀알만 해지면 그놈은 화닥닥 놀라 혼쭐이 빠지게 달아난다. 침착하게, 아주 침착하게 경주는 한번 모은 초점이 흩어지지 않도록 화경의 높이를 일정하게 유지하면서 슬슬 몰고 다닌다. 어느덧 나는 공범자가 되어 있었다. 나는 내 쪽에서 자진하여 협조를 아끼지 않았다. 먼저 경주가 살생의 대상을 지적해주면 나는 그 둘레에 얼른 쟁반만 한 원을 그렸다. 원 밖으로 빠져나가면 목숨을 살려준다는 조건이지만, 여간해서 경주는 실수를 하지 않았다. 거만한 눈으로 다음 대상을 물색하는 동안 나는 죽은 개미를 집어내어 한군데다 모았다. 경주의 콧잔등엔 어느새 송골송골 땀방울이 맺혔고, 나 역시 소맷부리로 이마의 땀을 훔쳤다. 우리는 개미굴을 찾아내어 그것을 짓부수기도 했다. 곰실곰실 기어나오는 그것들을 마음대로 농락하면서 나는 마치 하느님이라도 된 듯 우쭐한 기분을 맛보았다. 모양이 다 똑같은 여러 마리의 개미 가운데서 특별히 미운 놈을 골라내기란 어렵고 귀찮은 노릇이었다. 그래서 우리의 희생물은 그때그때의 기분에 따라 즉흥적으로 골라졌다. 우리들 눈에 한번 정해진 희생물은 아무리 바둥거려도 여지없이 죽고 말았다. 햇살이 기울어 초점을 맞추기 어려울 때까지 우리는 죽이고 또 죽였다. 이때 만약 경주네 어머니의 울음 소리가 들리지 않았더라면 우리는 아마 하느님 노릇을 더 길게 하기 위하여 화경이 아닌 다른 방법까지 썼을지도 모른다.

벌써 해질녘이었다. 할멈의 찢어지는 듯한 울음 소리는 시간 가는 줄 모르고 즐기던 우리에게 어느새 하루가 다 갔음을, 그리고 낮과는 다른 또 하나의 어둡고 끈적끈적한 세계가 바야흐로 열리고 있음을 퍼뜩 일깨워주었다. 길 건너 맞은바래기에 있는 우리집 지붕 위로 붉게 물든 한 덩어리의 구름이 서서히 미끄러져가는 모양을 나는 물끄러미 바라보았다. 경주가 별안간 화경을 팽개쳤다.

"죽여버려야지, 죽여버려야지……" 하고 뇌면서 경주는 쏜살같이 내닫기 시작했다.

덩달아 나도 뛰었다. 뛰면서 생각해보니 경주는 맨손이었다. 나는 불안한 마음으로 경주의 눈치를 살폈다. 그때까지 나는 경주가 제 어머니를 죽일 수 있다는 걸 조금도 의심하지 않았다. 그애는 능히 그럴 수 있는 아이니까. 하지만, 경주네 어머니는 어른이다. 늙었다곤 해도 맨손 가지고는 아무래도 좀 어려울 것 같았다. 그 점이 불안해서 나는 속으로 안달을 했다. 끄나풀! 나는 줄곧 부드러운 끈만을 생각하면서 헐떡헐떡 뛰었다. 아버지가 쓰던 헌 명주 넥타이라면 아주 안성맞춤이리라. 거의 주막 앞에까지 왔을 때 나는 더 이상 참을 수가 없어 경주를 불러세웠다. 나의 숨 가쁜 설명을 듣고 경주는 잠시 얼빠진 표정을 지었다. 그러나 다음 순간, 칼날 같은 손톱이 나의 눈두덩을 할퀴고 쥐어뜯었다. 먼저 나부터 죽일 작정으로 계집애는 눈을 희번덕이며 길길이 뛰는 것이었다. 천만뜻밖이었다. 계집애가 그렇게 나올 줄은 정말 상상도 못 했기 때문에 나는 아연해질 수밖에 없었다. 그러자, 오후 내내 경주와 나 사이를 그토록 밀착시켜준 나의 공범 의식 속에는 뭔가 분명히 잘못된 점이 있다는 생각이 희미하게 느껴졌다.

문턱을 밟고 측백나무 울타리 너머로 보면 경주네 주막집 유리창이 환히 보였다. 까치발을 디디면 경주의 자그만 몸뚱이가 길 쪽으로 난 그 유리창을 닫아버리려고 끄응끙 기를 쓰는 광경이 더욱 잘 보였다. 할멈의 앙상한 팔 하나가 벽과 창문 사이 좁은 틈바귀에 꽉 물려 추욱 늘어져 있었다. 경주는 그 팔이 차지한 공간마저 아주 지워버리려고 허리를 꾸부정히 하고서는 있는 힘을 다하여 창문을 밀어붙이는 것이었고, 그 동안에도 울음 소리는 그치지 않았다. 유리창에 반사되는 햇빛에 눈이 부셔서 할멈의 모습은 전연 안 보였다. 내가 있는 곳에서는 이미 해를 볼 수가 없었다. 그러나 주막집 유리창 속에는 다른 또 하나의 태양이 아직도 남아 삽시에 집채를 불사를 듯이 세찬 빛살을 사방에 함부로 번득이고 있었다.

"죽어버려! 죽어버려!"라고 째지는 소리를 지르며 경주는 더욱 힘주어 밀어붙였다.

그러나 담쟁이덩굴처럼 앙상한 팔뚝을 악착같이 물고 흔드는 악마의 주둥이 같은 시커먼 공간은 한 치도 더 좁아들지 않았고, 높고 길고 날카롭게 울리는 무시무시한 울음 소리도 여전했다. 그걸 듣고 있노라면 나는 마치 살구라도 씹은 듯이 벌레 먹은 어금니가 시려서 견딜 수가 없지만, 그렇다고 귀를 막을 생각은 조금도 없었다.
"죽일 테야, 죽일 테야, 죽일 테야, 죽일 테야, 죽일 테야아!"
완전히 저녁놀이 사라지고, 모든 것이 어둠에 녹아 까맣게 사라질 때까지 두 모녀의 실랑이는 그치지 않았다. 할멈의 울음은 긴 여운을 끌며 깜깜한 하늘로 끝없이 퍼져나갔다. 드디어는 경주도 제 분을 못 이겨 땅바닥에 퍼질러앉으며 할멈과 비슷한 소리로 울음보를 터뜨렸다. 그 광경을 지켜보면서 점점 나는 뭐가 뭔지 알 수 없게 돼 버렸다. 대체 어떻게 된 영문일까. 처음은 경주네 어머니가 하늘이 붉게 물드는 게 슬퍼서 큰 소리로 우는 것으로 시작된다. 창문이 닫히고 경주네 어머니의 모습이 유리창 저편에 가려진 뒤로는 덩굴의 한 부분 같은 팔뚝 하나가 틈바귀에 남아서 아프다고 소리쳐 운다. 얼마 후면 놀빛에 번쩍이는 유리창이 째지는 소리로 울고, 나중에는 두 마리의 짐승이 서로 상처를 핥아줘가며 사람보다 훨씬 크고 긴 목청을 어둡도록 뽑는다. 이쯤 되면 그 소리는 조금도 서럽지 않게 들리는 것이었다. 그것은 일정한 가락과 장단에 맞추어 주기적으로 즐기는 기쁨의 노래같이도 생각되었다.

졸음에 못 이겨 얼핏 잠이 들었었나 보다. 새벽녘에 눈을 뜨자마자 나는 주막집 동정부터 살폈다. 잠잠했다. 날이 밝기를 기다려 나는 곧장 주막으로 달렸다. 안개가 자욱했다. 주막은 무덤처럼 조용했다. 밤 사이에 몰려온 안개가 경주네 주막을 칙칙하게 감싸고 있었다. 어쩐지 으스스한 풍경이었다. 나는 떨리는 손으로 바깥 문을 살며시 밀었다. 술 냄새가 코를 찔렀다. 차츰 높아지는 심장의 고동을 뚜렷이 느끼면서 살림방 쪽에 귀를 기울여보았다. 그러나 닫힌 방 안에서 들리는 소리 역시 쿵쿵 울리는 내 심장의 고동 소리뿐이었다. 나는 좁디좁은 술청을 돌아 발소리를 죽이며 방 쪽으로 살금살금 다가갔다. 그러자 발밑에서 요란한 소리가 났다. 내 발부리에 챈 주전자가 빙그르르 굴러갔다. 술청 바닥에는 깨진 그릇과 사기 조각들이 어지럽게 흩어져 있었다.

"경옥이냐?"

방 안에서 목쉰 소리가 나직이 새어나왔다. 그리고 방문이 삐그덕 열렸다. 그 순간, 나는 엉겁결에 외마디 소리를 질렀다. 할멈은 철사처럼 뻣뻣한 흰머리를 아무렇게나 풀어헤뜨린 채 비틀거리는 몸을 간신히 문설주에 의지하고 서 있었다. 나는 할멈의 추악한 몰골에 질려 몸서리를 쳤다. 고름이 떨어져 달아나 빼끔히 벌어진 저고리섶 새로 쪼글쪼글 말라비틀어진 유방이 보였고, 흰지 검은지 모를 치마는 형편없이 구겨져 있었다. 얼굴은 백지장처럼 하얀데 여기저기 할퀸 자국이 끔찍했고, 눈두덩은 퉁퉁 부어 있고, 눈곱에 싸인 빨간 눈알은 말라붙은 눈물의 흔적 위에 새롭게 비어져나오는 눈물로 입 안에서 녹아버린 사탕처럼 질척거렸다. 그런 눈으로 나를 한참이나 바라보더니 할멈은 별안간 히죽히죽 웃기 시작했다.

"아아, 돌아왔구나!" 하고 외치면서 할멈은 양팔을 벌려 나를 반갑게 맞아들일 자세를 취했다. "네가 정말 돌아왔구나. 고맙다, 경옥아. 어서 들어오너라. 에미가 잘못했다. 자아, 어서 들어와."

할멈이 팔을 벌린 채 술청으로 내려서는 걸 보고 나는 슬금슬금 뒷걸음질을 했다. 할멈은 연방 히죽히죽 웃어가며 아첨하는 목소리로 떠들었다. 입에서 시큼한 술 냄새가 물씬 풍겼다.

"그 동안 에미가 잘못했다. 인제 다시는 안 울게. 제발 나가지 마. 경옥아, 제발 이 에미를 용서해라."

어둠침침한 방 안에서 경주가 총알같이 튀어나왔다. 경주는 어머니를 밀치고 밖으로 빠져나오려 했다. 그때까지 비틀거리며 걸음조차 제대로 못 하던 할멈이 갑자기 믿어지지 않을 만큼 날랜 동작으로 딸의 머리채를 나꾸었다. 그리고 역시 믿어지지 않는 무서운 힘으로 딸의 몸뚱이를 번쩍 안아올려 방구석에 처박았다. 경주는 재차 뛰어나왔다. 그러나 다시 붙잡혔다. 내가 보고 있는 동안 경주는 네 차례 뛰어나왔고, 모두 네 차례 방구석에 던져졌다. 나는 재빨리 문밖에 나와 죽을힘을 다하여 집으로 도망쳐왔다. 할멈의 찢어지는 듯한 고함이 등 뒤에서 따라오고 있었다.

"어딜 가, 에미를 놔두고 어딜 가, 이년!"

이튿날 오후 늦게부터 날씨가 흐리기 시작했다. 찌푸린 하늘을 올려다보며 아버지는 잔뜩 화가 난 목소리로 농삿일을 걱정했다. 가을 장마가 닥치면 일껏 베어놓은 나락을 거둬들이는 데 지장이 많을 거라는 것이었다. 그러나 우리는 한 뼘의 농사도 짓지 않았으므로 아버지의 때이른 장마 걱정은 자연히 심각한 얼굴에 조금도 어울리지 않게 들렸다. 공연한 얘기 끝에 아버지와 어머니는 다시 경주네 주막 쪽으로 눈길을 돌렸다. 조금 전까지 두 분은 경주네 모녀에 대해 얘길 나누고 있었던 것이다. 두 손을 맞잡고 싹싹 비비대며 아버지는, 어떻게 무슨 수를 써야 될 텐데, 하고 딱한 목소리로 중얼거렸다. 어머니는 말끝마다 그저 혀만 쯧쯧 차고 있었다. 경주네 집 근처엔 얼씬도 말라고 어머니는 내게 신신부탁을 했다.

날씨가 흐린 탓으로 주막집 유리창을 불태우던 빨간 햇살을 볼 수가 없었다. 그 때문인지, 할멈의 울음 소리도 안 들렸다. 경주네 굴뚝은 벌써 사흘째나 연기를 비치지 않았다. 그리고 할멈과 경주는 사흘 동안이나 방에만 틀어박혀 있었다. 나는 아무 소리도 안 들리는 주막집을 바라보며, 그 속에서 할멈과 경주가 서로 지금 상대방을 잡아먹고 있을 거라는 끔찍스런 상상을 했고, 끝내는 이 터무니없는 상상에 이끌려 어머니의 당부를 어기고 말았다.

사람이 들어온 걸 알고 방문을 열어보기 전에 할멈은 또 "경옥이냐?"라고 물었다. 그러나 이번에는 바로 나를 알아보았다. "기와집 자식, 기와집 자식……" 하고 중얼거리며 할멈이 나를 차갑게 쏘아보았다. 얼른 되돌아나오고 싶었지만 경주가 궁금해서 나는 머뭇거렸다. 경주가 안 보였다. 내가 방 안을 기웃거리는 걸 보더니 갑자기 할멈의 태도가 달라졌다.

"들어와서 같이 놀아라. 경주는 병이 나서 누워 있단다."

내가 들어갈 수 있도록 문에서 비켜서며 일부러 꾸며낸 달콤한 소리로 할멈이 속삭였다. 할멈은 잠시 어리둥절해 있는 사이에 내 손을 꽉 붙잡아버렸다. 나는 경주가 누워 있는 아랫목까지 질질 끌려갔다. 호롱불이 어수선한 방 안 풍경을 흐릿하게 비추고 있었다. 할멈이 호롱의 심지를 돋우자 방 안이 환해졌다. 경주는 이불도 덮지 않은 채 눈을 감고 누워 있었다. 나는 한때 유리창에서 사라진 놀빛을 경주의 두 뺨에서 보았다. 경주의 얼굴엔 발갛게 꽃물이 배어 있고, 바싹 마른 입술엔 검게검게 딱지가 늘어붙어 있었다. 숨을 내쉴 때마다 입에서는 간장을 달이는 냄새가 풍겼다. 나는 별안간 무서운 생각이 치받쳐 벌떡 일어나고 말았다.

"왜, 벌써 갈라고?"

딸그락, 하고 문고리를 걸어잠그는 소리가 들렸다. 할멈의 움푹 들어간 두 눈이 내 앞에서 교활하게 웃고 있었다.

"천천히 놀다 가거라" 하면서 할멈이 내 머리를 쓰다듬었다.

나는 비죽비죽 울기 시작했다. 잠시 후에 나는 할멈의 놀랍도록 억센 힘에 의하여 경주 머리맡에 다시 주저앉혀졌다. 할멈은 낡은 장롱을 뒤져 깊숙이 감추어둔 문갑(文匣)을 꺼내었다. 꽃무늬의 자개가 박힌 예쁜 상자였다. 그 속에는 채권 뭉치가 가득 들어 있었다. 할멈은 매우 아깝다는 표정으로 한참을 망설인 다음 그 가운데서 한 장을 집어주었다.

"돈이다. 받아라."

그것이 꼭 돈인 줄만 알고 있던 때가 있었다. 경주한테서 처음으로 채권을 받았을 때였다. 그러나 어머니가 일러주었다, 그건 돈이 아니라고, 일본 사람들이 있을 때는 제법 돈 구실도 할 수 있었지만 지금은 아무짝에도 쓸모없는 물건이라고. 그래서 휴지나 매일반임을 잘 알기 때문에 나는 받지 않았다. 더욱 아깝다는 표정을 지으며 할멈은 두 장을 쥐어주었다.

"뭐든지 살 수 있단다. 이건 정말 돈이다. 자아, 어서 받아라."

나는 받지 않았다. 할멈은 신경질을 부렸다. 내 앞에 쌓인 채권이 한 장 한 장 불어났다. 나는 좀더 울었다. 아까운 줄 모르고 듬뿍듬뿍 집어주기 시작했다. 나중에는 문갑 속에 든 채권 전부가 내 손에 쥐어졌다.

언제부터인지 빗방울이 후둑후둑 함석지붕을 때리고 있었다. 나는 채권에 만족하지 않았다. 할멈은 다시 장롱을 뒤져 갖가지 물건들을 내 앞에 늘어놓았다. 그중엔 사진첩도 있었다. 누렇게 색이 바랜 가족사진 속의 남자를 가리키며 할멈이 일러주었다, 그게 경주네 아버지라고. 그는 긴 칼을 옆구리에 차고 콧수염을 기르고 이상한 옷차림을 하고 있었다. 나는 젊고 예뻐 보이는 어떤 여자의 사진을 짚었다. 그러자 할멈이 자기 가슴을 주먹으로 툭 치며 흐흐 웃었다.

"그게 바로 나란다."

할멈은 다른 사진을 꺼내어 그보다 더 젊은 여자를 보여주었다.

"잘 봐둬라. 이것도 내 사진이다."

그러고는 천장을 올려다보며 귀부인처럼 우아한 미소를 흉내내었다. 경주네 큰언니의 사진과 얼굴이 거의 비슷했다. 나는 할멈의 주름투성이 얼굴과 사진 속의 여자를 번갈아 비교해보았다. 어쩐지 할멈이 거짓말을 하는 것만 같았다. 한 번도 만난 적이 없는 경주네 오빠의 얼굴을 나는 사진으로 볼 수 있었다. 그는 세일러복 차림의 조그마한 소년이었고, 그때의 경주는 거의 젖먹이였다.

빗소리가 더욱 요란해졌다. 함석지붕이 마치 질화로에 얹은 마른 콩 냄비처럼 심하게 복대기치고 있었다. 피 묻은 빗자루가 붙어 있는 빈 철공소의 창문과 홈통이 바람에 흔들리는 소리를 나는 똑똑히 들을 수 있었다. 그 동안 경주는 한 번도 눈을 뜨지 않았다. 내가 와 있는 줄도 모르는 듯했다. 나는 집에 가고 싶어서 소리내어 울기 시작했다. 이제 방 안에서 나의 환심을 살 만한 물건은 아무것도 없었다. 그러나 할멈은 어떡하든 나를 붙잡아두려고 안절부절못했다. 갑자기 문을 열고 밖으로 나가더니 할멈은 술독 밑바닥을 닥닥 긁어 막걸리를 대접에 가득 담아왔다.

"마셔, 마셔, 마셔!"

나는 입을 꽉 다물고 머리를 이리저리 돌려 대접을 피하면서 한사코 마시지 않으려 했으나 할멈이 코를 틀어쥐는 바람에 그만 입을 벌리고 말았다. 할멈은 한 대접을 같은 방법으로 또 들이부었다. 올챙

이처럼 배가 불러 숨이 벅차고 온몸이 단박 불처럼 달아올랐다. 지붕을 뚫고 하늘 높이 올랐다가 땅속으로 쑤욱 꺼져들고 다시 솟구치기를 거듭하면서 보이지 않는 거대한 그네를 타는 듯한 기분이었다.

"창가를 불러, 창가를 불러!" 하고 할멈이 꽥꽥 소리쳤다.

경주가 눈을 뜨고 방 안을 두리번거리자 할멈은 더욱 기세를 올렸다.

"창가를, 경주가 잠이 깨게 창가를 불러! 경주가 웃게 창가를 불러! 불러!"

그날 밤 난생처음 모주망태가 되어 나는 별의별 추태를 다 벌였다. 할멈의 명령에 따라 학교에서 배운 노래를 생각나는 대로 죄 불렀고, 자진하여 덩실덩실 춤까지 추었고, 마지막엔 할멈의 부축을 받으며 요강에다 왝왝 토물을 쏟았다. 다음 일은 전혀 기억에 없다. 나는 아버지가 방문을 때려부수고 들어와서 할멈과 싸우는 것도 모르고 쿨쿨 곯아떨어져버렸다.

이른 새벽이었다. 나는 잠에서 깨어 내 곁에 누워 있는 경주를 보았다. 어머니가 경주의 이마에 찬 물수건을 갈아올리고 있었다. 경주는 몸이 불덩이 같았고, 끙끙 앓는 소리를 할 때면 간장을 달이는 냄새가 났다. 밖은 아직도 어둑했다. 빗소리가 들리고, 그 소리에 섞여 목쉰 외침이 간간이 들려왔다. 아마 대문 밖일 것이었다.

"내놔! 내놔! 내놔!"

그 소리에 애써 무관심한 표정을 지으며 아버지는 담배를 뻑뻑 빨고 있었다. 그러나 실상은 몹시 화가 난 태도였고, 밤새 한잠도 못 잔 듯 눈이 부석부석했다. 어머니도 매한가지였다. 어머니가 나를 꾸짖는 눈초리로 내려다보았다. 나는 일의 대강을 짐작했다. 그것은 할멈이, 도둑질해간 자기 딸을 내놓으라고 밤새도록 외치는 소리였다. 밖에서는 여전히 더하지도 덜하지도 않게 고만한 기세를 유지해 가며 가을비가 추적추적 내리고 있었다.

경주는 아침에 의사가 다녀간 뒤로 미음을 몇 모금 넘겼다. 아직 마음을 놓을 정도는 아니지만, 그래도 간밤에 비하면 많이 좋아진 편이었다. 아낙네들이 와서 아버지가 경주를 데려온 데 대해 입을 모아 치하를 했다. 매우 잘한 처사라는 것이었다. 그제야 어머니의 표정이 밝아졌다. 날이 밝기 전에 할멈이 어디론지 사라져버렸으므로 마을은 조용했다.

그러나, 얼마 후에 할멈의 모습이 다시 나타나자 우리집 대문 앞은 모여드는 구경꾼들로 장을 이루었다. 할멈은 사람이 달라져 있었다. 썩은 새끼로 똬리를 틀어 머리에 얹고는 깨진 손거울에 얼굴을 비춰보며 까닭 없이 실쭉벌쭉 웃었다. 옷은 깨끗한 걸로 갈아입어 제법 단정해 보였으나 흰 머리칼은 비에 흠씬 젖어 엉망이었고, 더욱이 맨발이었다. 할멈은 허연 눈알을 굴려 사람들을 노려보며 뭐라고 쉴새없이 중얼거리기도 했다. 동네 조무래기들이 주위를 뱅뱅 돌면서 장난을 쳤다. 할멈의 품안에서 빳빳한 채권 한 장이 나왔다. 할멈은 춤이라도 추듯이 맵시 있는 손놀림으로 그것을 공중에 휙 날렸다. 아이들이 서로 줍겠다고 밀고 다투었다. 할멈은 깔깔 웃으며 또 한 장을 날렸다. 계속 내리는 비에도 아랑곳없이 사람들은 함께 웃어가며 구경을 했다. 요란스럽게 경적을 울리며 '제무시'의 행렬이 나타났다. '제무시'에 탄 군인들이 고개를 빼고 할멈의 거동을 바라보았다. 사람들이 비켜서자 가득가득 군인을 태운 '제무시'들이 내장산 쪽을 향하여 차례로 지나갔다. 할멈은 벌떼같이 달라붙는 아이들에게 한 장 한 장 맵시 있게 채권을 뿌려주고 나서 손뼉을 치며 웃었다. 마을의 유명한 개구쟁이가 할멈의 품속에 손을 넣었다. 인기라는 아이였다. 그애가 채권 뭉치를 빼내려 하자 방 안에 누워 있는 줄만 알았던 경주가 별안간 사람들 틈에서 튀어나왔다. 경주는 대뜸 인기를 껴안고 땅바닥에 나뒹굴었다. 그 바람에 할멈의 품에서 쏟아져 나온 채권들이 사방으로 흩날리고 경주와 인기도 삽시에 진흙강아지가 되어 채권이 깔린 땅바닥을 이리저리 뒹굴면서 서로 할퀴고 때리고 물어뜯었다. 구경꾼들 뒷전에서 어머니가 비명을 질렀다. 가만 놔두면 저 애는 죽고 만다고 어머니가 소릴 질렀지만 사람들은 아무도 말리려 하지 않았다. 할멈은 싸우는 두 아이의 몸뚱이 위에 남아 있는 채권을 마저 뿌리면서 허리를 잡고 웃었다. 아픈 몸으로 경주가 평상시 같으면 상대도 안 될 인기를 이기는 데는 좀 시간이 걸렸다. 그러나 경주는 이겨놓고도 일어나지 못했다. 어떤 사람이 쓰러져 있는 경주를 멀뚱멀뚱 내려다보고만 있는 할멈에게, 당신 딸이라고 큰 소리로 일러주었다. 그러자 할멈이 훌쩍훌쩍 울면서 경주를 안아올렸다. 사람들이 하나둘 흩어지기 시작했다. 누군가 가랑비에 흠뻑 젖은 옷을 털면서 하늘을 보고 투덜거렸다. 모두들 비에 젖어 있었다.

  내가 경주와 할멈을 마지막으로 본 그날 저녁은 쿵쿵 울리는 대포 소리와 함께 저물었다. 가까운 산에서 전투가 벌어졌기 때문에 이따금 어둠을 찢는 팽팽한 굉음을 지르며 유탄이 날아들었고, 우리는 등화관제 속에서 온 밤을 뜬눈으로 보내지 않으면 안 되었다. 한밤중에 나는 이불 속에서 무엇이 한꺼번에 무너앉는 요란한 소리를 들었다. 아침에 보니까 경주네 주막집이 폭삭 내려앉아 있었다. 마을 사람들이 삽과 곡괭이를 들고 나와 무너진 집터를 파고 정리하는 동안, 나는 방 안에 갇혀 꼼짝을 못 했다. 어린애는 보면 안 된다면서 어머니가 문을 열어주지 않았던 것이다. 그 후로 나는 경주와 할멈의 모습을 한 번도 보지 못했다. 어머니는 그들 두 사람이 어떤 청년을 따라 아주 먼 곳으로 떠나가버렸다고 일러주었다. 그날 밤 할멈의 아들을 동네 어귀에서 본 사람이 있다는 얘기가 들리고, 그에게 담뱃불을 빌려준 사람까지 있다는 소문이 나돌았기 때문에 나는 섭섭한 대로 어머니가 일러준 주막집 모녀의 행방을 믿는 수밖에 없었다.

  이젠 주막집 유리창에 번득이던 저녁놀을 영영 볼 수 없게 되었다. 그러나 그 대신 이듬해 봄이 되자 불에 타죽은 줄 알았던 담쟁이덩굴이 한 해 동안의 긴 몸살에서 일어나 나를 놀라게 하였다. 벽돌집 전체가 무성한 잎에 싸여 온통 푸르게 보이던 어느 날, 나는 어머니의 성화에 못 이겨 오래도록 사사건건에 말썽을 부려온 왼쪽 충치를 뽑아버렸고, 그것을 지붕 위에 던졌다. 그 뒤로도 마을 아낙네들은 우리 집에 자주 놀러 왔으나 새삼스럽게 경주네 이야기를 꺼내는 사람은 아무도 없었다. 내가 새 이빨을, 까치가 물어다줄 건강한 이빨을 기다리는 동안, 어머니와 아낙네들은 어느새 이웃에 새로 이사온 어떤 새댁의 나쁜 행실에 관해서 열심히들 수군거리고 있었다.

집

아버지의 진면목이 가장 여실히 드러나기는 아무래도, 도시 계획에 저촉된다 하여 우리 집이 강제로 철거당하던 그때가 아니었나 생각된다. 물론 전에도 가족들이 차마 낯을 못 들 정도의 해괴한 짓을 사람들 앞에서 아무렇지도 않게 해낸 적이 한두 차례가 아니었다. 그러나 힘센 시청 인부들이 무지막지스럽게 휘두르는 갈고리와 해머질에 의하여 그래도 내 집이라고 정을 붙여 살던 그 판잣집이 장작더미처럼 폭삭 주저앉아버리는 비극의 날을 맞아 아버지가 남긴 유명한 공무 집행 방해의 일화에 비하면 그 따위 것들은 한낱 애교에 불과했던 셈이다. 우리는 창피해서 정말 얼굴을 가리고 다녀야 할 판이었다. 사람들이 우리 형제만 보면 손가락질을 해대며 아버지에 관해서 이러쿵저러쿵 출처 불명의 소문까지 덤으로 붙여 쑤군거리는 것이었고, 이와 같은 상태는 후로도 몇 달이나 계속되었다. 형이 아버지를 터놓고 비난하기 시작한 것은 정확히 말해서 그날부터였다. 우리는, 특히 형은, 나이는 어리지만, 아버지가 얼마나 무능한 사람인가를 익히 알고 있었다. 집이 무너앉던 그날, 아버지는 과연 이제까지의 당신답게 무척이나 근엄하고 신중한 자세로 사태에 임했다. 그래가지고 이야기도 안 될 거대한 적과 장시간 대치하여 보기 좋게 패배했던 것이다. 아버지는 홀랑 벗고 네거리 한복판에 선 듯한 꼴로 자기 인생의 절정을 장식함으로써 우리들을 두고두고 슬프게 만들었다.

아버지 입에서 그 집을 사자고 처음 이야기가 나왔을 때, 어머니는 달갑잖은 표정이었다. 직접 가서 집을 둘러볼 때도 마찬가지 표정이었고, 형 역시 못마땅한 내색을 감추지 않았다. 그러나 우리는 모두 지쳐 있었다. 여러 해를 여기저기 잠깐씩 남의 집만 전전하며 살아왔기 때문이다. 전에 우리가 살던, 크고 좋은 집은 아버지 친구 되는 사람한테 어처구니없이 빼앗겨버렸다. 굉장히 똑똑한 사람이라고 소문난, 아버지의 고향 친구 심씨였다. 아버지가 사업에 실패하여 한참 빚쟁이들한테 몰리고 있을 때 그 심씨가 나타나서 묘책을 일러주었다. 친구의 권고에 따라 아버지는 집문서와 인감 도장을 내주었다. 집을 심씨의 소유로 위장하여 그거라도 건져보자는 속셈이었다. 곤경에 빠졌을 때 찾아와서 위로하고 충고해주는 고향 친구가 아버지한테는 친형제만큼이나 살가웠을 것이다. 도장을 넘겨주면서 아버지는 심씨의 손을 붙잡고 고맙다는 인사를 수없이 했다. 심씨는 일 주일 후에 다시 찾아왔다. 찾아와서 대뜸 하는 말이, 집을 비워달라는 것이었다. 처음에는 괜히 한번 그래보는 줄 알았던 모양이다. 아버지는, 농담이 너무 지나치다면서 그냥 실실 웃어넘기려 했다. 그런데 심씨의 얼굴에서는 끝내 웃음을 찾을 수 없었다. 나중엔 화를 버럭 내면서, 집달리를 데려온다고 으름장을 놓았다. 어머니는 방바닥을 치면서 대번에 울음을 터뜨렸고, 형은 몸집이 큰 심씨의 아랫도리에 찰거머리처럼 눌어붙어 도나캐나 주먹을 놀리기 시작했다. 이삿짐을 꾸리느라고 온통 수라장이 된 집 안을 둘러보며 넋나간 표정을 짓던 아버지의 옆모습을 잊을 수가 없다. 고향 친구한테 사기를 당한 후로 셋방을 찾아 자주 이사를 다니면서 아버지의 그런 표정은 줄곧 눈에 띄었다. 우리가 주인집 아이들이라도 때려 말썽이 생겼을 경우에는 더욱 그러했다. 우리는 우리대로, 그리고 어른들은 어른들대로 셋방살이에 아주 넌덜머리가 나 있었으므로 이것저것 따질 겨를이 없었다. 집이 좀 차해도 아무러면 내 집인데 셋방보다야 못할까—이런 생각이 지배적이어서 우리는 쉽게 아버지의 의사에 굽혀 그 집을 사는 데 동의했던 것이다. 어머니는 이제 마음대로 빨래를 널 수 있고, 물을 얼마든지 많이 길어다 먹어도 괜찮게 되었다. 술이 잔뜩 취해서 좀 늦게 돌아와도 누가 시비할 사람이 없으니까 아버지는 안심하고 대문을 꽝꽝 두들길 수 있게 되었다. 우리는 방 안에만 틀어박혀 소란을 피운다고 날궂은 날 밖으로 쫓겨날 이유가 없어졌으며, 무엇보다도 다행인 것은 동네 아이들 아무하고나 대등한 위치에서 맞붙어 실력으로 승부를 가릴 수 있게 된 그 점이었다. 허약하게 생긴 녀석이 공연한 트집을 잡아 텃세를 하고 코앞에서 쥐새끼처럼 용용거리는데도 상대가 주인집 아들이기 때문에 꾹 참지 않으면 안 되는 셋방 신세의 아이들은 얼마나 불행한가. 정말 오랜만에 온채를 차지하고 살게 되어 판잣집의 허술한 외양과는 조금도 상관없이 우리는 꽤나 들뜬 상태에 있었고, 더부살이 신세를 동정하는 여유마저도 생겼다.

그러나 몇 발짝 뒤로 물러나 약간만 공정한 눈으로 볼라치면 그것은 분명히 집이 아니었다. 집 축에 끼이려면 적어도 사면 벽을 굳건히 세운 바탕 위에 지붕을 씌워야 할 텐데, 우선 그것조차도 제대로 되어 있지 않았다. 판자쪽을 얼기설기 이어붙인 삼 면은 그런대로 눈감아준다 해도 뒷면은 전화 건설국 자재 창고의 옆구리에 의지하여 가까스로 내부를 가린 형편이었다. 건설국 창고로 쓰이는 세 채의 기다란 건물이 신작롯가에 줄지어 있는데, 우리집은 창고와 창고 사이 빈 터에 납작하게 자리 잡고 있었다. 이를테면 현관에 해당되는 유일한 출입문 위에 '리발소'라 쓴 붉은 글씨의 간판이 걸려 있었다. 이사를 끝내자마자 형이 맨 먼저 착수한 일은 커다란 쇠지레를 사용하여 끙끙 기를 써가며 그것을 떼는 작업이었다. 하지만 유리 위에 역시 붉은 페인트로 쓴 '첩방공반'만은 미처 손을 대지 못한 채 꽤 오래 원형 그대로 남아 시선을 끌었다. 관공서 아니면 접객업소 어디에나 다 붙어 있는 구호였다. 그걸 보고 우리집을 관공서의 하나로 생각한 사람은 아무도 없었을 것이다. 그런데 그것이 아직도 손님을 부르는 역할을 했음인지 이따금 빈민가 사람들이 문을 밀치고 들어와 머리를 깎아달라고 소리치는 바람에 아버지의 입장이 난처했다. 그럴 때마다 형이 요령 있게 핀잔까지 주어가며 재빨리 쫓아내는 일을 떠맡고 나서긴 했지만. 어느 날 형은 한나절 틈을 내어 '첩방공반'을 비롯한 이발소 흔적 전부를 말끔히 제거해버렸다. 오만한 성격의 형은 우리집이 막벌이 노동자나 땟국이 잘잘 흐르는 코흘리개들을 상대로 하는 싸구려 이발소로 오인받는 걸 굉장한 모욕으로 여기는 눈치였다. 그러면서도 형은 마루를 깔아 대청 모양으로 개조한 옛날의 이발소 자리를 자기 전용의 공부방으로 독차지하려고 어머니와 꼬박 하루를 다투었다. 어머니 생각은 집이 워낙 비좁으니까 식구들이 모여 자는 단 하나뿐인 온돌방을 다소나마 넓혀볼 요량으로 그리 요긴하지 않은 세간은 모조리 대청 안에 쟁여넣고 쇠를 채우자는 것이었다. 아버지 역시 어머니와 동감으로, 제 몸뚱이 하나만을 위하는가 해서 형을 섭섭하게 여기는 기색이었다. 그러나 종내는 형의 고집이 이겨 어머니는, 아무리 추운 날씨에도 혼자 대청에서 기거한다는, 거의 보복에 가까운 다짐을 받고는 형한테 양보를 했다. 반에서 항상 수석을 다투는 형이니까 그렇지, 다른 사람 같으면 어림도 없는 얘기였다. 형은 학교 성적을 집 안에까지 끌고 들어와 일찍부터 가족들 앞에서 세도를 부리고 무리한 요구를 관철시키는 데 적당히 이용할 줄 알았다. 대청을 차지하고 나서 형은 완전히 자기만의 세계를 갖게 되었다. 판자벽에 뚫린 알량한 창문을 통하여 창고와 창고 사이 공지를 오가는 가난한 이웃들을 내다보며 까닭없이 불유쾌한 표정을 짓고 있거나 차가운 마룻바닥에 모로 누워서 벽에다 깨알 같은 낙서를 적고 있거나, 아니면 집 모퉁이에 와서 소변을 보는 주정뱅이를 붙잡고 꼬치꼬치 시비를 가리는 잠깐잠깐을 제외한 방과 후 시간의 대부분을 독서와 공상으로 보냈다. 책상다리를 한 형이 소반 위에 위인전 같은 걸 펴놓고 오랫동안 생각에 잠겨 있는 모습을 자주 볼 수 있게 되었다. 그러는 형이 너무도 대견해서 아버지는 밤이 이슥해지면 형의 방에 꼭 간식을 넣도록 어머니에게 일렀다. 살림이 자꾸 기우는 형편인데도 형의 청이라면 웬만한 것은 아버지가 다 들어주었다. 내세울 만한 벌이가 없는 아버지보다는 화장품 행상을 하는 어머니의 발언권이 더 센 편이지만, 아들의 장래 문제에서는 촌보도 양보가 없는 아버지였다. 형에 대한 아버지의 기대는 사뭇 거창한 것이어서 누가 들을까봐 겁이 날 정도였다. 아버지는 장차 큰아들 이름이 이 세상의 어둠을 밝히는 태양과 같은 존재로 만인의 가슴속에 아로새겨질 날이 오리란 걸 굳게 믿고 있었다. 아버지가 우려하는 건 다만 두 가지 경우뿐이었다. 첫째, 아들이 훌륭해지기 전에 당신이 너무 일찍 죽을지도 모른다. 둘째, 절대로 그럴 리가 없긴 하지만, 태양이 된 다음에 아들 녀석이 만일 옛날의 아비의 은공을 까맣게 잊기라도 하면 어쩌나. 그러면서 아들이 정치 방면에 뜻을 두기를 희망했다. 이와 같은 발상은 어쩌면 당신의 제일 모자라는 점이, 그리고 여태까지의 모든 실패의 원인이 바로 그놈의 정치 쪽에 있다고 믿는 데에서 왔는지도 모른다. 아버지가 가진 몽환적인 욕심과는 퍽 거리가 있는 얘기지만, 어쨌거나 형한테는 기대를 걸게 만드는 싹수 같은 게 보여서 그를 아는 거개의 사람들이, 저놈은 틀림없이 보통 인물은 벗을 테니 어디 두고 보라며 칭찬을 했다.

동네 아이들과의 관계에서도 형은 언제나 유별난 존재였다. 아이스케키 장수나 구두닦이로 나가야 되기 때문에 적령이 훨씬 지나고 나서도 학교에 가지 않는 애들이 많았다. 그네들은 형이 도저히 따를 수 없을 만큼 계산속이 빠르고 세상 물정에 밝았다. 그네들은 매우 사납고 교활했다. 어떤 면에서 그네들은 이미 어른이 된 거나 마찬가지였다. 형은 그런 애들을 의식적으로 피했다. 학교에 다니는 애들은 한 손아귀에 넣고 흔드는 형이면서도 그애들만은 어쩔 수 없는 모양이었다. 그러나 상대방을 두려워하는 건 그네들도 매일반이어서 형만은 섣불리 건들지 못했다. 그네들은 학교에 다니는 애들과 담을 쌓아 공연히 적대시하고 저주하면서 일부러 자기네 세계의 은어와 욕지거리만을 일상 언어로 사용했다. 그네들은 여럿이 돌려가며 담배를 뻑뻑 빨아대고 입에서 나오는 연기로 예쁜 동그라미를 만

들어 공중에 날릴 줄 알았고, 여자가 지나가면 입 안에 손가락을 넣어 극장에서 필름이 끊어졌을 때처럼 휙휙 휘파람을 불었다. 더욱이 그들은 아무데서나 아랫도리를 까고 앉아 대변을 누는 것이었고, 그러면서도 부끄러움을 느낄 줄 몰랐다. 동네 안에서 마당과 변소와 우물을 완전히 갖추고 사는 집은 흑설탕을 녹여 가짜 꿀을 만드는 이북 사람 강씨네뿐이었다. 거의 모든 사람들이 변소와 우물을 공동으로 이용하는데, 두번째 창고 앞 빈 터에 외양간 비슷하게 네 군데로 칸막이를 해서 지은 우스꽝스런 건물이 마을의 유일한 공동 변소였다. 가짜 꿀을 전혀 만들 줄 모르는 그 수많은 사람들이 하나뿐인 변소를 이용하자니 자연 혼란이 따르게 마련이었다. 먼동이 트기 무섭게 사람들은 휴지를 말아쥐고 두번째 창고 앞으로 달린다. 조반을 먹기 전이 되면 변소 앞에는 어느덧 네 가닥의 기다란 줄이 생긴다. 한 발짝이라도 앞에 서려고 밀치닥거리고, 새치기를 막으려고 서로 아우성치며 싸우고, 한쪽에서는 빨리 나오지 않는다고 야단법석들이다. 줄 속에 섞여 있는 동안엔 그런 걸 모르지만 용무를 끝내고 나오면서 보는, 사람들의 그 초조한 표정이라니, 참으로 가관이 아닐 수 없다. 차례를 기다리는 일, 누가 알아줄 만한 무엇도 아니고 단지 잠깐 앉아서 괴로운 짐을 더는 순번을 타기 위하여 다급함을 참아가며 잘 아는 사람끼리 얼굴을 붉히고 싸워가며 그토록 오래 기다려야 하는 것처럼 심란스런 일은 세상에 또 없을 것이다. 아이들이 겪는 수난에 비하면 어른들은 그래도 괜찮은 편이었다. 겨우 차례를 당해서 들어가 아직 허리끈도 풀지 않았는데 밖에서는 빨리 나오라고, 하마 변소 귀신이 됐겠다고 생야단을 치면서 문을 열어젖힌다. 하긴 형편이 이 모양이니 부끄러움을 모른다고 누구를 탓할 수도 없는 일이겠다. 여드름이 난 계집애가 사람들 앞에서 엉거주춤 쭈그려 앉는 꼴도 여러 번 보았다. 그런데 병적일 만큼 자존심이 강한 우리 형은 사람들 새에 끼여 줄을 서는 걸 아주 질색으로 알았다. 그리고 아무 데서나 아랫도리를 내리는 애들을 사람 이하로 취급해버렸다. 용무가 생기면 형은 운동 선수 비슷한 차림을 하고 멀리 교회가 보이는 언덕을 향하여 냅다 뜀질을 시작하는 것이었다. 요모조모로 봐도, 변소에 가는구나, 하고 눈치 채는 사람이 아무도 없게끔 태도에 여유가 있고 동작이 신중했다. 만일 어떤 아이가 교회 변소를 이용하고 싶다면 그애는 반드시 형한테서 허락을 받아야만 했다. 왜냐하면 교회와 형은 불가분의 관계에 있다고 믿어 형의 허락 없이 교회 울타리의 탱자 하나라도 딸 수 없다고 생각하는 애들이 태반이기 때문이었다. 아닌게아니라 어렸을 때부터 형은 교회와 깊은 관련을 맺어왔다. 다른 동네에 살 적에도 일요일마다 그 교회에 나가 주일학교 찬양대원으로 활동했고, 성경 암송 대회에서 해마다 일등을 차지하여 반사님들로부터 인정을 받고 있었다. 교회라는 데를 무척 어렵고 복잡한 곳으로 아는 동네 아이들 앞에서는 그 정도면 충분히 주인 행세도 할 만했고, 또 신앙 외의 목적으로 교회를 잠시 이용했다 해서 누구한테 크게 죄될 것도 없었다고 본다.

  이사를 와서 첫번째 여름을 보내기까지 우리에겐 이렇다 할 곤란이 없었다. 가지각색의 깡통 조각으로 이은 지붕이 여름 장마를 견디지 못해 줄줄 새는 소동을 한 차례 겪었다. 가소롭게 보고 그냥 넘기려 들었다가는 된코 다칠 것 같아서 아버지가 함석을 사다가 지붕을 아예 새것으로 단장해놓았다. 덕분에 돈은 좀 들었지만 집 모양에 한결 볼품이 생겨 오히려 다행이었다. 이렇게 근방에서는 보기 드물 만큼 주제꼴이 일신됐음에도 불구하고 형은 집이 빈민가 한복판에 있다는 이유로 여름방학을 이용한 담임 선생의 의례적인 가정 방문을 한사코 거부해버렸다. 결국 형은 판잣집을 구경시키고 당하는 창피 대신 개학하자마자 학부형과 함께 학교로 호출을 당하여 호되게 꾸중을 듣는 쪽을 택함으로써 아버지를 또 한 번 섭섭하게 만들었다. 그러나 이런 정도의 일들은 실상 아무것도 아니었다. 이보다 더 괴로운 일들이 우리에겐 얼마든지 있었다.

이웃과의 빈번한 충돌이 우리가 당하는 가장 참기 어려운 곤란이었다. 마을엔 어른 아이 가릴 것 없이 똑같은 표정을 지닌 사람들이 너무 많이 살았다. 어느 놈 하나 잘못 걸리기만 해봐라—이런 식의 위협이 눈초리 속에 항상 번뜩이고, 그들의 호전성과 신경질은 아주 사소한 이해 관계에서 거의 습관적으로 폭발되곤 했다. 그리고 크건 작건 동네에서 한바탕 싸움이라도 있고 난 저녁이면 비로소 사람들 얼굴에 화색이 도는 듯이 보였다. 술에 취해서 기분 좋게 떠드는 사람들이 더욱 많이 눈에 띄고, 공동 우물 근처나 누구네 집 처마 밑에 모인 아낙네들의 웃고 쑥덕거리는 시간이 부쩍 길어지는 것이었다. 이렇게 다부지고 성깔이 사나운 이웃과의 충돌에서 손해 보는 쪽은 어김없이 우리였다. 워낙 뒤가 무른 양반이라서 아버지는 누가 눈만 부릅떠 보이면 잘잘못을 따질 겨를도 없이 지레 사과해버리는 성미였다. 더구나 남의 싸움에 객쩍게 뛰어들어 아무도 안 알아주는 중재 역할을 떠맡고 나서는 것이 탈이었다. 아버지가 싸운 당사자들을 주막집으로 불러 자기 돈으로 화햇술을 내고 돌아온 날은 으레 밤늦게까지 어머니의 신세 타령이 쏟아져나왔다. 오래지 않아 형의 얼굴에도 예의 그, 어느 놈 하나 잘못 걸리기를 바라는 표정이 보이기 시작했다. 어머니 역시 마을 분위기에 차츰 익숙해져 우물 근처에서 아낙네들의 쑥덕공론이 벌어지는 날이면 거기에 한몫 끼여들어 맞장구도 칠 수 있게끔 되었다. 물론 우리 집안에 대한 험담이 아닐 경우에 한해서였지만. 아버지 입장에서 볼 때 가족들의 이와 같은 변모는 상당히 가슴 아픈 일이었을 것이다. 그러나 돌이켜보면 셋방을 전전하던 시절에 비해 상태가 두드러지게 악화된 것도 아니었다. 엄살을 떨 생각이 아닌 바에야 우리가 겪은 곤란이 어느 정도였고 어떠했다고 함부로 입 밖에 내지 않는 게 이롭겠다. 주위 환경이 마음에 안 들고 비좁긴 해도 그것은 우리 집이었다. 담임 선생을 모시고 와서 보여주고 싶도록 훌륭한 집은 아닐지라도 그것이 우리 집인 것만은 분명했다. 우리 집이니까 누가 감히 나가라는 말 한마디 하는 사람이 없다. 얼마 전에 지붕을 새로 이어 고쳐놓았고, 아직은 벽이 무너지거나 구들장이 내려앉을 기미가 조금도 안 보인다. 정말이지 우리는 판잣집에 이사오기를 백번 잘했다고 생각은 했어도 후회한 적은 한번도 없다. 벌써 여름이더니 벌써 가을이었다. 실로 몇 년 만에 가져보는 생활의 안정 속에서 세월조차도 굉장히 방정맞게 지나가는 느낌이었다.

  찬바람이 불기 시작했고, 그러자 우리는 언제 닥칠지 모르는 치명적인 위협에 대비하지 않으면 안 되었다. 한 가지 검은 소문이 어느 입을 통해서인지 온 마을에 마치 악성 돌림병처럼 번지고 있었다. 말마디나 한다는 몇몇 마을 어른들이 우리집을 뻔질나게 드나들었다. 그들은 밤이 깊도록 아버지와 머리를 맞대고 상의를 하고 또 상의를 했다. 그들의 입에서는 말끝마다 긴 한숨이 터져나왔다. 그럴 때마다 아버지는, 아마 잘 될 거라고, 그 사람들이 약속을 그렇게 헌 고

무신처럼 벗어던지지는 않을 테니 너무 상심 말라고 부드러운 말로 위로하는 것이었다. 그러면 어른들은 유행성 이하선염에 걸린 듯이 턱을 잔뜩 감싸쥔 채 비통한 표정으로 돌아가곤 했다. 아직은 그렇게 될 것이 거의 틀림없는 정도의 확실한 소문이 아니었다. 소문은 그저 소문일 뿐, 맨 처음 발설한 사람이 누구인지조차 분명치 않았다. 이런 판국인데 일이 앞으로 어떻게 진전될 것인지를 누가 장담하겠는가. 그렇다고 한가하게 앉아서 사람들이나 위로해주는 아버지의 여유작작한 모습은 옆에서 봐도 얄미워 죽을 지경이었다. 아버지는 될 수 있는 한 우리가 눈치 채지 못하도록 쉬쉬하면서 다른 어른들에게도 낮은 소리로 얘기할 것을 충고했다. 그러나 우리는 이미 알고 있었다. 우리는 신경통을 앓는 수족으로 하루나 이틀 후의 일기쯤 앞당겨 예감하는 늙은이들처럼 몸의 어느 부분이, 예를 들어, 심장이 울렁거리고 자꾸 오줌이 마려워지는 긴장을 견디며 비극을 치를 만반의 준비를 갖추었다. 신변에 접근해오는 위협을 반사적으로 알아차려 재빨리 촉각을 곤두세우는 어떤 하등동물의 생리처럼 우리는 몸을 사리면서 조심스럽게 대기하고 있었다. 어른들의 지혜가 미치지 못하는 으늑한 구석 자리에 엎드려 숨을 할딱이며 우리는 그날이 오기를 끈덕지게 기다렸다. 우리가 기다리고 있다는 사실이 어른들 앞에 탄로날까봐 형은 간간이 딴전을 부려보임으로써 눈가림하는 연기를 아주 멋지게 해냈다. 기왕에 오래 살 바엔 온돌방을 옆으로 하나 더 달아내고 벽도 아주 공구리(콘크리트)로 튼튼하게 발라 모양을 내자고 어머니를 자꾸만 졸라대는 식으로 말이다. 그 말에 아무런 대꾸가 없는 어머니를 대신하여 한 푼 벌이도 못 하는 아버지가 제격 고개를 끄덕였다. 내년 안으로 꼭 그렇게 만들어주마고 약속은 흔연히 하면서도 매우 자신 없어 하는 그 표정이 어쩐지 우스웠다. 아버지가 아직도 형을 어린애 취급하고 있다는 건 크나큰 실책이었다. 만일 형의 속셈이 어떤 것인지를 아버지가 일찍 알아차렸다면 아마 당장에 기절이라도 했을 것이다. 기가 막히게 예쁜 꽃구슬 한 개를 대청 마룻바닥의 솔옹이 구멍 속에 떨어뜨려 잃은 뒤로 형은 늘 그걸 아쉬워해왔다. 집이 헐리게 되면 누구보다도 먼저 달려가서 대청 밑바닥을 뒤져 기어코 꽃구슬을 찾아낼 판이라고 형은 미리부터 기대에 부풀어 있었다. 집이 헐린다. 빈집이 아니라 엄연히 사람이 살고 있는 집이 남의 손에 의하여 헐어진다. 그것도 멀쩡한 대낮에, 사람이, 벼락이나 사태가 아닌 사람의 힘으로 와그르르 허물어져내린다. 그것은 좀처럼 믿어지지 않는 일이었다. 믿을 수 없기 때문에 전혀 실감이 오지 않았고, 그래서 우리는 본능이 요구하는 만큼의 흥분에 도달하지 못해 안달이 날 지경이었다. 불길에 휩싸여 훨훨 타는 광경은 여러 번 목격했어도 두 눈을 뜬 채 지켜보는 앞에서 집채가 폭삭 주저앉는 꼴은 여태껏 구경을 못 했다. 삽시간에 기둥이 나자빠지고 벽이 사방으로 떨어져나가고 그 위에 지붕이 털썩 올라타는 장면은 상상만으로 장관이 아닐 수 없었다. 손아귀에 쥐듯 그걸 더 좀 생생히 느끼기 위해서 우리는 오밤중에 살그머니 이부자리를 빠져나와 집 둘레를 샅샅이 돌아보기도 했다. 형은 주먹으로 기둥을 탁탁 쳤다 어루만졌다 하면서 어떤 쪽에서 타격을 가해야만 그것이 가장 쉽게 넘어질 것인가를 궁리하고, 어느 방향으로 쓰러질 것이 틀림없다고 예언하면서, 내기를 걸어도 좋다고 장담을 했다. 함석지붕이 아래로 내려앉아 왕창 쭈그러들면서 내는 소리는 얼마만큼 클 것인지, 집 한 채를 고스란히 부수는 데 과연 얼마나 시간이

걸릴 것인지, 우리에겐 모든 것이 궁금거리투성이였다. 얼핏 땔감 때문에 고충이 많았던 우리의 처지를 상기했음인지 형은 집을 헐어 나오는 가연성 물질 전체로 몇 날이나 밥을 지을 수 있나를 알아보기 위해 열심히 수학적인 머리를 동원하는 엉뚱함도 보였다. 이렇듯 우리는 사람들이 떼뭉쳐 와 우리집을 꽝꽝 두들겨 부숴주기를 간절한 마음으로 기다리며 이제나저제나 하는 긴장 속에서 하루하루를 살았다. 우리가 찬물을 뒤집어쓴 듯이 갑자기 이성을 되찾고, 아버지와 어머니 편에 서서 사태를 비로소 현실적인 눈으로 바라보기 시작한 것은 소문이 동네를 휩쓸고 나서도 얼마가 지난 후였다. 동사무소와 시청에서 파견된 직원들이 가가호호를 방문하는 걸 우리들 눈으로 직접 보고야 말았던 것이다.

  후일담이다. 판잣집을 헌다는 소문이 처음 나돈 것은 우리가 이사 오기 전인 겨울철이었다고 한다. 소문이 도는 동안에 봄이 오고, 때마침 선거 기간이 다가왔으므로 마을 대표들이 요로에 진정하여 절대로 마을을 다치지 않겠다는 확약을 받았다는 것이다. 그때 자유당 공천을 받아 국회의원에 입후보한 사람이 우범 지대인 판자촌 마을에 보안등을 가설하고 길에 자갈을 깔아주는 등으로 선심을 쓰는 걸 우리도 보았다. 선거에서 그가 아슬아슬한 표차로 야당 후보를 누르고 당선된 다음 마을 골목길은 도로 깜깜해졌다. 사람들이 보안등을 달았던 전봇대가 트럭에 실려 다시 나가는 걸 지켜보며, 예상보다 표가 훨씬 적게 나온 데 대한 보복이라고 얘기하던 기억이 난다. 그러니까 우리는 그런 소문이 있었던 줄을 전연 모르고 싸구려 이발사한테서 그 집을 산 셈이며, 아버지가 지붕을 고치기로 결심한 것은 자유당 후보의 언질을 곧이곧대로 믿고 나서의 일이었다.

최고장(催告狀)이 우리에게 판잣집의 자진 철거를 종용하고 있었다. 동사무소 직원이 나눠주고 간 그 종이쪽지에 그런 내용의 글발이 적혀 있었다. 거기에다 철거 이유를 '무허가'와 '도시 계획 저촉' 두 가지로 구분해놓고 해당 사항을 동그라미로 친절하게 표시해주었다. 그런데 우리 집은 양쪽에 다 걸린 것으로 되어 있었다. 그걸 보고 아버지가 헤식은 농담을 했다. 잘못하다간 집이 두 번씩이나 철거당할 것 같다는 것이었다. 이어서 최고장은, 자진 철거를 거부할 경우 부득이 행정력을 동원하여 강제로 철거를 단행할 작정임을 명백히 하고 철거 기간도 시한부로 못박아놓았다. 가짜 꿀을 만드는 강씨네와 몇몇 집을 제외하고는, 도시 계획에 저촉되든 무허가 건물이든 간에 동네에서 안 걸린 집이 별로 없었다. 최고장을 물끄러미 내려다보며 어머니는 많이 참고 있었다. 그러다가 아버지가 농담을 하는 대목에 와서 분이 폭발해버렸다. 어머니는 형편이 이 지경에 이르렀는데도 여전히 헐렁이로 구는 아버지를 무섭게 몰아세우기 시작했다. 그저 만사태평의 무골호인으로 책임감도 수치심도 없는 등신한테 자기를 시집보낸 친정이나 원망할 뿐이라면서 어머니는 오래전에 작고한 우리 외조부모까지 들먹이고 나섰다. 그리고 아버지를 더욱 효과적으로 공박하기 위하여 우리집을 몽땅 사기해먹은 심씨가 얼마나 변변한 인물인가를 침이 마르도록 설명하는 것이었다. 아버지는 허허 웃기만 했다. 그러자 어머니는 머리칼을 한 움큼씩 쥐어뜯어가며 흙벽에 이마를 퍽퍽 부딪기 시작했다. 우리는 똑똑히 보았다. 철거를 알리는 정식 통고가 어머니에게 준 충격이 어느 정도인가를 우리는 알았다. 난생처음의 무시무시한 히스테리를 보고서야 사태의 심각함을 절실히 느낄 수 있었다. 느닷없이 형이, 어떤 놈이 집을 헐으려 덤비면 불을 지르겠다고 선언하고는 밖으로 뛰어나가버렸다.
 어머니의 슬픔이 고스란히 형에게로 옮은 탓이리라. 어머니의 발작을 보고 나서 형은 숫제 말을 잃었다. 바깥으로만 빙빙 돌면서 끼니때가 되어도 집에 들어오려 하지 않았다. 그러면서 형은 아무 데나 그으면 켜지는 딱성냥을 구해가지고 실제로 호주머니 속에 지니고 다녔다. 생각해보니 채 일 년도 못 되는 짧디짧은 평화였다. 온 채를 차지한 뒤로 우리가 누리던 어설픈 행복은 이렇게 해서 간단히 결딴나버리고, 언젠가는 터지게 마련인, 이보다 훨씬 고약한 사건들이 어둠 저편으로부터 줄지어 포복해오고 있는 것만 같아서 서서히 땅거미가 지는 문밖을 더없는 두려움으로 바라보지 않을 수 없게 되었다. 그야말로 속수무책이었다. 이럴 경우에 아버지를 돕고 어머니를 위로할 좋은 방법은 없을까. 방법이 전혀 없는 건 아니었다. 비록 어리긴 할망정 부모 된 입장을 충분히 이해하고 있으며 힘이 되어드리지 못해 대단히 죄송스럽다는 표시로 한술 더 떠 어른보다 침통한 표정을 짓고 있노라면 집이 무너지기 바라며 철따구니없이 덤벙거린 어제의 죄과가 다소 탕감되는 기분을 맛볼 수 있었다. 그 나이에 어른들을 돕는 방법이란 그 정도가 고작이었다.
 일요일이 왔다. 답답한 집 안을 빠져나와 교회에서 마음껏 뛰놀 수 있는 구실이 생기기 때문에 우리는 일요일이 오기를 명절 기다리듯 하던 참이었다. 뜨는 둥 마는 둥 조반을 마치더니 형은 지체하지 않고 교회로 달려갔다. 주일학교 성가대 연습에서 빠지기 위해 멀쩡한 목을 매만지며 아프다고 핑계를 대는 점으로 미루어 형은 교회에 나오긴 했어도 여느 때처럼 가뿐한 기분이 안 되는 모양이었다. 시간이 되자 다섯째로 태어난 딸애 이름을 '딸고만이'로 지었대서 항상 우리의 놀림을 받는 교회 사찰이 초종을 울리기 시작했다. 아이들이 한둘씩 종루 근처로 모여들었다. 형도 그들 중에 끼어 딸고만이 아빠가 종을 치는 모습을 열심히 지켜보았다.

  솜구름이 하얗게 떠가는 가을 하늘을 배경으로 까마득한 높이에 달린 커다란 놋종이 지축자축 양쪽으로 기울다가 드디어 첫번째 소리가 탕 울리자 아이들이 환성을 지르며 고무신을 벗어들었다. 길게 여운을 끌며 달아나려는 종소리를 아이들은 재빨리 고무신 속에 가둬가지고 양쪽 귀에 붙였다 떼는 동작을 거듭하면서 시시덕거렸다. 딸고만이 아빠의 깡똥한 몸집이 줄에 매달려 위아래로 오르내릴 때마다 댕그랑댕그랑 종이 울렸다. 그리고 잉잉거리는 소리가 귓바퀴를 돌면서 우리에게 간지럼을 먹였다. 그때까지 애들 뒷전에 서서 시무룩한 표정이던 형의 얼굴에도 슬그머니 웃음기가 비치기 시작했다.

  주일학교 동화 시간에 종에 얽힌 재미있는 얘기를 들은 다음부터 사찰 아저씨는 아이들한테 인기가 아주 대단했다. 종치기가 끝날 무렵이 되면 그는 꼭 자기를 둘러싼 아이들 가운데서 한 사람을 선정하여 딱 한 차례만 줄을 잡아당기게 하는 버릇이 있었다. 종을 치는 영광스런 일에 선발되는 건 대개 그를 가리켜 딸고만네 아버지라고 놀린 적이 거의 없거나, 아니면 종 치는 사람을 세상에서 가장 부러워하는 눈초리로 쳐다보는 애들인데, 유감스럽게도 우리 형제는 그가 베푸는 특혜를 아직 한 번도 받아보지 못했다.

  형이 존경하는 사람 중의 하나로 말대가리란 별명이 붙은 주일학교 반사가 있었다. 그가 주일마다 들려주는 동화 가운데 종을 치는 늙은 말에 관한 재미있는 얘기가 있었다. 그는 배우처럼 표정이 풍부하고 혀 하나로 오만가지 소리를 흉내 내는 재주를 가진 사람이었다. 그가 입을 여는 그 순간부터 시간은 갑자기 거슬러 흐르고 우리들 시야엔 미지의 끝없는 세계가 전개되어 웃음이 터지고 소름이 돋고 눈물이 찔끔 나고 그러다 보면, 다음 주일에 또, 하고 웃는 마상(馬相)의 추남이 강도상 앞에 우뚝 서 있어 아이들은 모두 어리둥절해지곤 했다. 우리는 그가 하는 손짓 발짓을 보면서 갈기를 흩날리며 피비린내 물씬거리는 들판을 치닫는 백마의 위용과 그 위에 버티고 앉아 창검을 번뜩이는 철갑의 기사를 동시에 볼 수 있었다. 기사를 도와 큰 공을 세우고 개선한 그 백마가 전쟁 당시의 상처 때문에 병이 악화되어 금방 죽어가는 이야기를 듣는 동안 우리는 백마와 한편이 되어 망아지처럼 발을 동동 구르며 슬픔을 나누었다. 적군을 무찌른 공으로 성주한테서 후한 상을 받아 부자가 됐으면서도 자기 말을 돌보지 않고 굶주리게 내버려두는 기사 녀석을 우리는 잠시 말대가리 선생과 혼동하여 앞에 대고 삿대질하며 죽일 놈이라고 욕까지 퍼부었다. 그러나 백성을 인자하게 다스리는 성주님이 누구든지 억울한 일을 당했을 때 종을 쳐 호소할 수 있도록 성문 앞에 높은 종탑을 세워놓았음을 알게 되자 시종(侍從) 제복을 입고 그 종탑을 지키는 딸고만이 아빠의 깡똥한 모습이 얼핏 보였다. 결국 마구간을 빠져나온 우리의 백마가 이리저리 헤매던 끝에 성문 앞에까지 이르게 되고, 배고픔에 못 이겨 종탑을 감고 올라간 칡넝쿨을 뜯어먹다가 줄을 건드려 종이 울리게 되고, 그러자 성주님이 친히 나와 사정을 자세히 알아본 다음 말을 학대한 기사에게 큰 벌을 내린다는 이야기였다.

아버지 손으로 작성된 탄원서 초안은 첫머리부터 말미에 이르기까지 한문투성이였다. 집에 모인 동네 사람들 앞에서 아버지가 그걸 큰 소리로 낭독해보였다. 방 안은 온통 숙연한 분위기에 잠겨 기침 소리, 바스락거리는 소리 하나 들리지 않았다. 마이크 앞에 처음 선 시골 학생처럼 덜덜 떨리는 아버지의 음성에 사람들은 깊은 감명을 받은 듯했다. 짐작조차 전혀 안 가게 어려운 한자 용어들을 한없이 쏟아놓다가 아버지는 마침내 맨 마지막 구절을 길게 뽑았다.

— 절대절명의 위기에 선 오등의 참경을 재삼 통촉하시와 부데 자애의 조처 하회하여주시기 쌍수 합장 절원하나이다.

양면괘지를 내려놓으며 아버지는 자못 비장한 낯빛이었고, 아버지의 떨리는 음성에 틀림없이 간장이 녹았을 다른 어른들은 연신 고개를 끄덕이는 것으로 대충은 알아들었다는 표시를 했다. 글이 매우 훌륭하다는 중론에 이견을 다는 사람은 아무도 없었다. 다만, 원체 어려워놔서 시장 어른이 과연 그 뜻을 곱게 삭일 수 있을지 걱정하는 사람은 더러 있었다. 그러나 아버지의 설명을 듣고 나더니 그들도 아주 흡족해하였다. 판자촌에도 이렇게 유식한 사람이 있는 줄 알게 될 테니 앞으로는 그렇게 괄시하지 못할 것이라면서 모두들 아버지한테 치하를 했다. 탄원서는 별다른 수정 작업을 거치지 않은 채 국회의원과 시장 앞으로 각각 한 통씩 보내어졌다.

그것만으로는 아무래도 미심쩍었던 모양이다. 잡도리를 튼튼히 해야 된다면서 전에 사업할 때 알고 지낸 시내 유지급 인사나 동창 친구들을 부지런히 찾아다녔다. 굶어죽어도 남의 신세는 안 진다는 주의로, 잘사는 친구들을 일절 멀리하던 아버지가 그처럼 동분서주하는 걸 보니 어딘지 미더운 구석이 보이기도 했다. 그런데, 탄원 사항을 재고할 여지가 없다는 회답이 며칠 후에 왔다. 애쓴 보람도 없이 사태는 거의 절망적이었다. 그러는 동안에 시청에서 정해준 자진 철거 기간이 뿌적뿌적 다가왔다.

형이 아버지를 그래도 아버지로 대접한 것은 실낱 같은 희망이나마 남아 있는 동안이었다. 최고장의 시한이 임박하자 아버지는 최후 수단으로 마을 대표들을 이끌고 가서 시 당국과 양자 협상을 벌여 웬만큼 성과를 얻긴 했다. 계절이 적합치 않으니까 철거를 당분간 연기하여 현재 상태로 겨울을 넘긴다. 그 안에 자발적으로 철거하는 사람에 대해서는 철거를 완료한 그 날짜에 일시불로 보상금을 지급한다. 무허가 건물일 경우에는 절대로 피해를 보상할 수 없다. 그 대신 다른 데로 이사갈 때까지 철거민들을 빈 자재 창고에 수용할 수 있도록 전화건설국 측과 타협해보겠다. 그리고 이제껏 이북 피난민한테만 혜택을 주던 구호 양곡을 철거민 전체에 배급해준다. 이런 것들이 협상에서 얻어진 소득의 전부였다. 그만하면 아버지 힘으로는 최선을 다한 셈이며, 시청 쪽에서도 어지간히 양보를 했다고 본다. 우선 내년 봄까지는 한시름 놓을 수 있어 불행중다행이었다. 앞으로 몇 달 간 말미를 얻은 것만도 고맙고 대견해서 어머니는 아버지의 수완을 새삼스럽게 평가해주는 눈치였다. 하지만 형은 달랐다. 형은 그런 것쯤은 안중에도 두지 않았다. 형이 생각하기에, 그것은 당장 맞을 매를 가까스로 피했다뿐이지 언제라도 집이 헐리기는 매일반이었다. 집이 헐리는 걸 보는 고통, 그것은 형에게 목숨을 끊는 아픔에 비길 만했다. 겉으로야 동네가 어떻고 집이 어쩝네, 하고 가정 방문 온 담임 선생을 피해다니며 얼마든지 고집을 부렸으나 실상은 마음속으로 자부심이 대단했다. 에이브러햄 링컨도 어린 시절엔 이층이나 벽돌집 같은 데서 살지 않았다. 다 그럴 만한 이유가 있으니까 자기 전용의 공부방으로 몫지어진 알량한 대청을 그토록 사랑했던 것이다. 형은 철거 문제를 다루면서 아버지가 보인 행동을 대여섯 조목으로 나누어 철저히 비판했다. 특히나 형은 유식한 문자로 점철된 아버지의 탄원서에 비난의 초점을 모았다. 그런 식으로 싹싹 빌고 애원해서는 어림도 없다는 것이었다. 우리한테 아무런 잘못이 없고, 잘못이 있다면 그건 되레 시청 쪽인데 뭣 때문에 아버지가 먼저 굽히고 들어가야 된단 말인가. 형은 애당초 시청에서 철거 문제를 꺼낸 것부터가 말도 안 되는 소리라고 생각했다. 그러니까 시청 사람들이, 하마터면 큰일을 저지를 뻔했다고 뉘우치게 만들려면 자기네들의 잘못을 조리 있게 지적해주는 수밖에 없다. 그래서 형은 자기 나름의 주장을 자기 나름대로 조리 있게 적은, 말하자면 시청의 잘못을 짭짤히 훈계하는 내용의 글을 시장한테 우송했던 것이다. 모르긴 몰라도 형은 비슷한 글을 이승만 박사에게까지 보내려고 단단히 벼르는 것 같았다. 나중에 절충안이 나와 시 당국과 어느 정도 타협이 이루어졌을 때도 형은 그것을 전부 자신의 승리로 철석같이 믿고 있었다. 자기가 보낸 글이 너무도 옳음을 늦게야 깨달아 그만큼이라도 시장이 양보를 했다는 것이다.

  아버지의 탄원서가 무시당한 이래 형이 집안에서 실권을 거지반 장악하다시피 되었다. 아버지나 어머니는 집에 대한 형의 애착이 얼마나 대단한 것인가를 잘 알고 있었다. 그리고 그 집이 헐리게 되어 얼마나 상심해 있는가도 잘 알기 때문에 거의 패륜에 가까운 극성을 부려도 형을 그냥 너그럽게 보아넘기고 있었다. 그렇게 되니까 집안 꼴은 자연히 말이 아니었다. 무슨 일이 생길 때마다 아버지는 형의 눈치를 슬금슬금 살폈다. 어머니와 무릎을 맞대고 얘기하면서 아버지는 터무니없이 큰 소리로 묻는다. 밀수 화장품 단속이 심해졌다는데 그대로 행상을 계속해도 괜찮겠느냐. 여기에 지지 않게 어머니도 큰 소리로 말을 받는다. 단속이 풀릴 때까지 다른 걸 해보려고 생각 중인데 자본 없이 장사하려니 마땅한 게 없어 걱정이다. 이렇게 말하고는 두 분이서 대청 쪽의 반응을 숨죽여 기다린다. 그러면 형은 책을 탁 덮어놓으며 벽을 사이에 두고 이래라저래라 훈수를 시작한다. 매사가 다 그런 모양이었다.

이북에서 피난 온 사람들이 하나둘 자기 손으로 집을 허물고 마을을 뜨기 시작했다. 가을이 다 가고 겨울철로 접어들자 마을에서는 이북 사투리를 좀처럼 들을 수 없게 되었다. 아직도 갈 곳을 정하지 못한 사람들만이 마을에 남아 먼저 떠난 사람들을 부러워하면서 구정을 맞고 우수 경칩을 넘겼다. 다가서는 봄이 겨울보다 더 춥고 두렵게 느껴지기는 그때가 처음이었다.

철거일을 하루 앞두고 우리는 세간을 전부 꺼내어 전화건설국 빈 창고 한쪽 구석에다 옮겨놓았다. 말할 나위도 없이 형의 반대를 무릅써가면서였다. 형은 그것이 틀림없는 우리집이기 때문에 다른 누구도 손을 댈 수도 없고, 또 손을 대서도 안 된다는 자기 생각을 끝끝내 고집하고 있었다. 내일이면 집이 헐린다는 사실을 형은 아직도 믿지 않고 있었다. 아니, 절대로 믿으려 하지 않았다. 그 고집을 꺾을 사람이 아무도 없어 그날 밤을 형 혼자 텅 빈 대청에서 꼬박 새우는 걸 막지 못했다.

철거일의 아침이 천천히 밝았다. 집이 헐리는 날인데도 여느 때와 같이 둥근 해가 뜨고 우물에서는 여전히 맑은 물이 솟는 게 참으로 불가사의하게 느껴지는 아침이었다. 모든 사람이 슬픔에 짓눌려 넋을 잃고 있는데도 여느 아침이나 다름없이 배가 고프고 변소에 가고 싶어지는 게 도대체 창피스럽고 미안해서 죄인처럼 잠자코 견디어야 하는 답답한 하루였다.

정오 무렵이 되자 판자촌으로 들어오는 골목길 어귀에 두 대의 화물 트럭이 서더니 바로 우리 집 앞 공지에다 인부들을 까맣게 풀어놓았다. 머리에 수건을 동인 시청 인부들이 집을 부수는 도구들을 끄집어내리는 동안 사람들이 모여들어 트럭 둘레를 여러 겹으로 에워쌌다. 이윽고 작업을 지휘하는 사람과 동네 어른들 사이에 말다툼이 벌어졌다. 우리처럼 무허가 건물을 가진 사람들이 보상금을 탈 욕심으로 끝까지 저항을 벌이는 것이었다. 자기네를 거들어 무슨 말이라도 해주기를 고대하며 그들은 아버지 얼굴을 애타게 바라보고 있었다. 형도 마찬가지였다. 형은 아까부터 자기 눈앞에서 어떤 기적 같은 게 일어나기를 갈망하는 표정으로 오직 아버지 행동 하나만을 주목하고 있었다. 난처한 입장에 빠진 아버지는 그 판국에 시장을 다시 만나야겠다는 핑계를 대면서 슬금슬금 꽁무니를 빼버렸다. 그러나 뒤돌아서면서도 아버지는 배신자한테나 던지는 저 살벌한 눈초리를 뒤통수로 충분히 느꼈을 것이다. 더욱이 기대가 실망으로, 그리고 분노로 순식간에 변하는 형의 표정을 못 읽었을 리 없다. 마침내 형이 소용돌이 속에 뛰어들었다. 형은 대뜸 작업 지휘자를 붙잡고, 자기가 허락하기 전엔 그 누구도 집을 부술 수 없다고 선언했다. 그는 어린애를 상대하고 있을 만큼 한가한 사람이 아니었다. 그러나 형이 찰거머리처럼 달라붙어 길을 막는 데야 그로서도 어쩔 도리가 없는 듯했다. 큰 권한을 쥔 어른과 거기에 맞선 어린애 사이에 곧 열띤 논쟁이 벌어졌다. 당신이 무엇이기에 남의 집을 함부로 헐으려

하느냐고 형이 물었다. 나라의 명령이라서 자기도 어쩔 수 없이 하는 일이라고 책임자가 대답했다. 곁에서 보면 반쯤은 농담으로 들리는 대화가 한동안 계속되었는데, 서로 상대방을 이해시키기 위해서 당사자들은 그럴 수 없게 진지했다. 나라에서는 왜 당신네들 집은 가만 놔두고 우리 동네에 있는 집만 부수라고 명령했는지 어디 한번 설명해봐라. 그건 이 동네에 있는 집들이 대개 나라의 허가를 받지 않고 지어졌기 때문이다. 그렇다고 집을 부수는 건 잘못이다. 허가를 받지 않았다면 처음부터 집을 못 짓게 하든가 서로 사고 팔지 못하게 미리 막을 일이지, 이제 와서 그런 말을 하면 어떻게 되는가. 네가 몰라서 하는 말이다. 나라에서는 진작부터 그런 일을 못 하게 해왔다. 말도 안 되는 소리 하지도 마라. 그렇게 해나왔으면 어째서 여기에 집이 서 있고 어떻게 우리가 이 집을 샀겠느냐. 시간이 없다. 그런 문제라면 나보다 높은 사람한테 가서 따져라. 나는 다만 위에서 하라는 대로 움직일 뿐이다. 자기들이 높으면 얼마나 높으냐. 이 담에 커서 위대한 정치가가 되는 날이면 나는 제일 먼저 그 사람의 집부터 부수라고 명령을 내리겠다. 그러니 당신도 조심해라. 네가 커서 제발 그렇게 되기를 빌어주겠다.

　논쟁은 끝났다. 손을 번쩍 들어 작업 책임자는 마을 초입에 있는 우리집을 첫번째로 가리켰다. 저마다 기다란 쇠사슬과 갈고리, 해머 같은 걸 하나씩 움켜쥔 인부들이 우리집으로 우우 몰려갔다. 그들을 앞질러 형이 먼저 달려가서는 기둥에다 딱성냥을 드윽 그어 들며 불을 지르겠다고 날뛰었다. 그 꼴을 보다못한 어머니가, 차라리 우리 손으로 태워버리는 게 낫겠다고, 어서 집에 불을 댕기라고 고래고래 소래기를 질렀다. 그러자 형이 별안간 얌전해졌다. 형은 뜨거움을 전혀 느끼지 못하는 사람 같았다. 성냥불이 손끝까지 타들어가는데도 형은 그걸 그냥 손에 쥔 채 어머니 얼굴만 멀거니 쳐다보고 있었다.

형의 입에서 느닷없는 울음이 터져나오기 시작했다. 때를 같이하여 인부들도 집을 부수기 시작했다. 작업을 지켜보며 어머니는 자꾸만 이상한 몸짓을 보였다. 인부들이 해머로 벽을 쾅쾅 때리면 어머니는 손으로 옆구리를 만지면서 애구구, 하고 비명을 올렸다. 어떤 인부가 갈고리를 들어 지붕을 찍는 걸 보고 어머니는 머리를 감싸안은 채 눈을 꼭 감아버렸다. 집채를 자기 몸의 일부로, 아니, 자기 몸을 집채의 일부분으로 착각하고 있는 듯했다. 인부들은 벽마다 구멍을 뚫어 집채를 좌우로 관통시키려 하고 있었다. 이때 비어 있는 줄만 알았던 우리 집 속에서 사람의 고함 소리가 들려 작업이 중단되었다. 주위가 갑자기 조용해진 가운데 우리는 고함 소리를 다시 똑똑히 들을 수 있었다. 그것은 잔뜩 취했을 때의 우리 아버지 음성이었다. 작업 책임자와 어머니가 동시에 달려들어가 안방 문을 열어보려 했으나 안에서 문고리가 잠겨 있었다. 아버지는 집과 함께 깔려 죽을 테니 염려 말고 어서 기둥을 넘어뜨리라고 소리쳤다. 빨리 나오지 않으면 위험하다고 어머니가 울먹이는 소리로 사정을 했다. 작업 책임자도, 이젠 다 소용없는 일이니 어서 문이나 열라고 거듭 타일렀다. 그러나 아버지는 문고리를 걸어 잠근 채로 오후 한나절을 꼬박 버티는 놀라운 인내력을 보였다. 누군든지 안에 들어오기만 하면 자살해버리겠다고 틈틈이 위협하는 것으로 아버지는 방문이나 벽을 부수려는 인부들을 멀찍막이 물리칠 수 있었다. 작업 책임자는 마지막 수단으로 좀 유치한 속임수를 썼다. 그는, 열을 셀 때까지 나오지 않으면 당신이야 죽든 말든 작업을 다시 시작하겠다고 말했다. 아홉까지 센 다음 그는 옆에 있는 인부한테서 커다란 쇠망치를 받아들었다. 그리고 열을 셈과 동시에 기둥을 한 번 꽝 때렸다. 그러자 방문이 화닥닥 열리면서 아버지가 헐레벌떡 뛰어나왔다. 아버지는 뒷주머니에 소주병을 꿰차고 있었다.

쉬고 있던 인부들이 떼로 덤벼들어 밀린 작업을 서둘렀다. 그들은 사람이 드나들 만한 구멍을 양쪽 벽에 뚫었다. 그 구멍 속으로 기다란 쇠사슬을 넣어 집채를 완전히 꿰어가지고는 트럭 뒤에 붙잡아 매었다. 트럭이 천천히 전진을 시작하자 쇠사슬이 팽팽히 당겨졌다. 삐그덕거리는 소리, 우지끈 부러지고 쪼개지는 소리가 요란하게 들리더니 집채는 이내 부옇게 피어오르는 흙먼지 속에 파묻혀버렸다. 아주 간단했다. 우리한테는 이제 허물어진 집터를 정리하는 일만 남아 있었다. 트럭에 실려 인부들이 되돌아가고 구경하던 많은 사람들도 사방으로 흩어졌다.

아버지는 밤중까지 계속해서 술을 마셨다. 아버지는 만나는 사람마다 붙잡고 자기가 구사일생으로 살아난 이야기를 장황하게 늘어놓았다. 피도 눈물도 없는 그런 냉혈동물은 생전 처음 봤다면서 작업 책임자와 인부들을 실컷 욕하고 다녔다. 그러면서 아버지는, 설마 제놈들이 그렇게까지 심하게 나올 줄은 몰랐다고, 기회를 잘 잡아 뛰어나왔기에 망정이지 만일 한 발만 늦었더라면 자기는 집채 밑에 깔려 영락없는 오징어포 신세가 됐을 거라고 허풍을 떨었다.

건설국 창고 안에서는 호롱불을 가운데 하고 마을 아낙네들이 끼리끼리 둘러앉아 앞으로 살아갈 일을 땅이 꺼지게 걱정하고 있었다. 무슨 설움, 무슨 설움, 해도 집 없는 설움이 으뜸이라며, 창고마저 비워야 될 날이 언제일지 누가 아느냐며 아낙네들은 밤이 깊은 줄도 모르고 푸념을 깔았다. 호롱불이 위로 비쳐 광대뼈와 콧잔등만이 우뚝 솟아 보이는 음산한 얼굴들이었다. 강당만큼이나 넓고 높은 창고 안 벽과 천장을 이리저리 옮겨다니며 너울너울 춤추는 그림자 유령들의 회합을 호롱불이 꺼지는 그 시간까지 주욱 지켜볼 수 있었다.

형이 한밤중에 교회로 달려가서 미친 듯이 종을 치며 소동을 벌인 것은 집을 잃은 바로 그날 밤의 일이었다. 딸고만이 아버지가 비추는 플래시라이트 속에서 형은 눈자위를 하얗게 뒤집어깐 채 대롱대롱 줄에 매달려 종을 치고 있었다. 딸고만이 아버지한테 아무리 얻어맞고 걷어채고 떼밀려도 형의 몸뚱이는 줄의 일부인 양 눌어붙어 떨어지지 않았고, 미친 듯이 울리는 종소리는 어두운 밤하늘 가장자리를 찾아 언제까지고 퍼져나갔다.

 뎅그렁 뎅그렁 뎅그렁 뎅그렁……

장마

1

 밭에서 완두를 거두어들이고 난 바로 그 이튿날부터 시작된 비가 며칠이고 계속해서 내렸다. 비는 분말처럼 몽근 알갱이가 되고, 때로는 금방 보꾹이라도 뚫고 쏟아져내릴 듯한 두려움의 결정체들이 되어 수시로 변덕을 부리면서 칠흑의 밤을 온통 물걸레처럼 질펀히 적시고 있었다.
 동구 밖 어디쯤이 될까. 아마 상여를 넣어두는 빈집이 있는 둑길 근처일 것이다. 어쩐지 거기서라면 개도 여우만큼 길고 음산한 울음을 충분히 낼 수 있을 것 같은 생각이 들었다. 그러나 실제로는 그보다 훨씬 더 먼 곳일지도 모른다. 잠시 꺼끔해지는 빗소리를 대신하여 멀리서 개 짖는 소리가 짬을 메우고 있었다. 그것이 저희들끼리의 무슨 군호나 되는 듯이 난리통에 몇 마리 남지 않은 동네 개들이 차례로 짖기 시작했다. 그날 밤따라 개들의 극성이 몹시도 유난했다. 그때 우리는 외할머니가 거처하는 건넌방에 모여 있었다. 외할머니의 심중에 뭔가 큰 변화가 생겨 우리는 그분을 위로하고 안심시켜드리지 않으면 안 되었기 때문이다. 그런데 어머니와 작은이모는 개들이 사납게 짖기 시작하면서부터 갑자기 입을 다물어버렸다. 서로 외할머니의 눈치만 슬금슬금 살펴가며 모기장베가 붙어 있는 방문 쪽으로, 얼멍얼멍한 모기장베가 가린 둥 만 둥 막고 있는 어둠 저쪽으로 자꾸 눈길을 돌렸다. 나방이인지 하늘밥도둑인지 모를 날벌레 한 마리가 아까부터 날개를 발발 떨면서 방문에 붙어 끊임없이 오르내리고 있었다.

"내 말이 틀리능가 봐라. 인제 쪼매만 있으면 모다 알게 될 것이다. 어디 내 말이 맞능가 틀리능가 봐라."

외할머니가 낮게 중얼거렸다. 외할머니는 아침밥에 섞어 먹을 완두를 까고 있었다. 아름이나 되어 보이는 축축한 완두 줄거리를 치마폭에 잔뜩 꾸리고 앉아서 외할머니는 꼬투리를 뚝 떼어 별로 서두르는 기색도 없이, 그러나 몸에 밴 익숙한 손놀림으로 속을 우볐다. 연둣빛 얼룩이 진 길쭘한 자실이 한옆으로 비어져나오면 그걸 손바닥에 받아 무릎맡의 대바구니에 담고 빈 깍지는 도로 치마폭 안에 떨어뜨렸다. 외할머니의 말에 뭐라고 다시 대꾸할 기회를 놓쳐버린 어머니와 작은이모는 서로 어색한 눈짓을 나누었다. 밖에서는 다시 거세어지는 빗소리가 들리고, 거기에 질세라 개들이 더욱더 사납게 짖어대었다. 빗소리가 차차로 고비에 이르더니 뒤란 장독대 쪽에서 양철이 떨어져 곤두박질하는 소리가 났다. 벽에 걸어놓았던 두레박일 것이었다. 방문을 흔들며 갑자기 한 무더기의 비바람이 쏟아져 들어와 그렇잖아도 위태롭게 까물거리던 호롱불을 아예 죽여버렸다. 방

안은 졸지에 밀어닥친 어둠과 끈끈한 공기 속에 잠기고, 하늘밥도둑인지 나방이인지 모를 날벌레도 날개 소리를 멈추었다. 서너 집 건너에서 개가 짖기 시작했다. 잠자코 있던 우리집 워리란 놈도 그 미련한 주둥이를 벌려 처음으로 웅얼거리는 소리를 했다. 사납게 짖어 대는 소리가 마을 초입에서부터 우리가 사는 가운뎃말을 향하여 점점 다가오고 있었다.

"불을 키거라" 하고 외할머니가 말했다. "야가 어서 불을 키래도." 어둠 속에서 외할머니가 부시럭거렸다. "무신 놈으 날씨가 이 모냥인지, 원."

내가 방구석을 더듬어 성냥을 찾아서 호롱에 불을 댕겼다. 그러자 어머니가 심지를 돋우었다. 꼬불꼬불 그을음이 피어오르면서 천장에 둥근 무늬의 그림자를 만들었다.

"해마다 이맘때가 되면 날이 궂었어라우" 하고 어머니가 말참견을 했다.

"모든 게 날씨 탓이지요. 어머님이 그렇게 괜한 걱정을 하시는 것도 날씨 탓이에요."

작은이모도 한마디 거들었다. 시골 우리집으로 피난 내려오기 전, 외가가 서울에 있을 때, 작은이모는 그곳에서 여학교를 나왔다.

"아니다. 느덜이 모르고 허는 소리다. 이 나이 먹드락 내 꿈이 틀린 적이 어디 한 번이나 있디야?"

외할머니는 고개를 설설 흔들었다. 그렇게 고개를 흔들면서도 완두 까는 손놀림은 멈추지 않았다.

"저는 꿈 같은 거 절대로 안 믿어요. 길준이한테서 몸 성히 잘 있다고 편지 온 게 바로 엊그젠데……"

나 극성맞은 그 포효로 마을을 휩싼 어둠의 장막을 갈기갈기 찢어발기고 있었다. 외할머니는 몸에 익은 손놀림으로 완두 꼬투리를 후벼서 자실은 대바구니에, 그리고 빈 깍지는 치마폭 안에 정확히 갈라놓았다. 우리집 지천꾸러기 워리란 놈이 전에 없이 사납고 우람찬 소리로 짖어대기 시작했다. 그때 우리는 발소리를 저벅거리며 이웃집 담모퉁이를 돌아나오는 인기척을 들을 수 있었다. 한 사람뿐이 아니었다. 적어도 두셋은 될 것이었다. 물구덩이라도 잘못 디뎠는지 흙탕을 튀기는 소리가 나고, 이어서 날씨를 심하게 탓하며 투덜거리는 소리까지 똑똑히 들렸다. 도대체 누구일까, 이 밤중에 억수로 내리는 비를 맞아가며 마을을 활보하는 사람들은. 전쟁이 북으로 물러갔다고는 하지만 아직도 빨치산들이 읍내 경찰서를 습격하고 불을 지를 만큼 어수선한 때였다. 예의를 좀 아는 사람이라면 웬만큼 긴한 용무가 아니고는 해가 진 뒤에 남의 집을 방문하는 법이 거의 없었다. 그런데 저 사람들은 지금 누구네 집을 찾아가고 있을까. 대관절 무슨 짓을 하려고 밤길을 떼뭉쳐 다니는 것일까. 어머니가 작은이모의 손을 덥석 움켜잡았다. 이모는 어머니한테 손을 내맡긴 채 모기장베가 엉성히 가리고 있는 어둠 속 저쪽을 뚫어지게 쏘아보고 있었다. 안방 마루 밑에서 워리란 놈이 숨넘어가는 소리로 짖어대고 있었다. 귀가 약간 어두운 외할머니까지도 우세두세하던 인기척이 바로 우리집 사립짝 앞에 머물러 한동안이나 주춤거리고 있음을 이미 깨닫고 있었다.

"기연시 왔구나, 기연시 왔어."

외할머니가 바짝 마른 소리로 중얼거렸다.

"순구" 하고 사립 밖에서 어떤 사람이 우리 아버지 이름을 불렀다.

"순구 집에 있능가?"

안방에서 할머니가 콩콩 밭은기침을 했다. 아버지가 밖으로 나가려 하는 기척이 들렸다. 그러자 어머니가 깜짝 놀라며 안방 쪽에 대고 속삭였다.

"내가 살째기 나가볼 팅게 당신은 암말도 말고 죽은 디끼 있어라우."

그러나 아버지는 방문을 열고 벌써 마루에 나가 있었다. 신발을 찾아 신으면서 아버지는 방금 어머니가 했던 것과 꼭같은 말을 했다. 우리는 아버지로부터 꼼짝도 말고 방안에 가만히 앉아 있으라는 주의를 받았다. 아버지가 어디를 어떻게 했는지 미친 듯이 짖어대며 날뛰던 워리 녀석이 별안간 깨갱 소리를 마지막으로 주둥이를 꾹 닫아버렸다. 마당을 가로질러 가면서 아버지가 조심스럽게 물었다.

"누구요?"

"나, 이 동네 구장일세."

"아니, 자네가 이 밤중에 어떻게……"

사립에 매달린 워낭이 딸랑딸랑 흔들렸다. 어른들이 몇 마디 서로 주고받는 소리가 들렸다. 그런 다음 바깥은 다시 조용해지고 줄기차게 내리는 빗소리만이 귀를 가득 채웠다. 방 안을 서성거리던 어머니가 더 참지 못하고 방문을 활짝 열어젖혔다. 급히 밖으로 나서는 어머니를 작은이모가 허둥지둥 뒤따랐다. 안방에서는 우리 친할머니가 콩콩 밭은기침을 하고 있었다. 내 바로 곁에서는 외할머니가 천천히, 별로 서두르는 기색도 없이 완두를 까는 일에 아주 열중해 있었다. 완두 꼬투리를 손톱으로 우비면서 외할머니는 이렇게 중얼거렸다.

"나사 뭐 암시랑토 않다. 오널 아니면 니알 중으로 틀림없이 무신 기별이 올 종 알고 있었으니께, 진즉부터 알고 있었으니께, 나사 뭐 암시랑토 않다."

 좀이 쑤셔서 곱게 앉아 견딜 수가 없었다. 나는 마침내 외할머니를 놔두고 슬그머니 건넌방을 빠져나왔다. 외할머니의 바짝 메마른 음성은 토방에까지도 들렸다.
 "……나사 뭐 암시랑토 않다……"
 안에서 생각했던 것보다 밖은 더 껌껌했다. 걸음을 옮길 적마다 누린내 풍기는 축축한 털북숭이가 양쪽 가랑이 사이로 척척 감겨들었다. 워리 녀석이 자꾸만 낑낑거리며 뜨뜻한 혀로 손바닥을 핥았다. 안에서 생각했던 것보다도 빗방울이 더 굵었다. 비는 얼굴을 뒤덮고 베잠방이를 적셔 단박에 내 몸뚱이를 물독에 빠진 새앙쥐 꼴로 만들어놓았다. 워리가 더 이상 따라오질 못하고 뒷전을 돌면서 잔뜩 겁을 먹은 소리로 으르렁거렸다. 어른들 모습은 사립짝께로 바투 다가갔을 때에야 비로소 어렴풋하게 드러났다. 이미 이야기가 다 끝난 뒤인 듯했다. 쏟아지는 빗줄기 속에서 어른들은 그저 잠자코 있기만 했다. 군용 방수포를 머리 위로 뒤집어쓴 두 사내와 이쪽을 향하고 선 구장 어른의 낯익은 얼굴이 희미하게 보였다. 아버지와 작은이모는 금방 땅바닥으로 주저앉을 듯이 흐늘거리는 어머니를 양쪽에서 단단히 부축하고 있었다. 한참만에야 구장 어른이 입을 열었다.
 "들어가걸랑 빙모님께 말씀이나 잘 디려주게."
 그러자 방수포를 쓴 어느 한쪽 사내가 뒤를 이었다. 그는 매우 내키지 않는 얘기인 듯 머뭇거려서 목소리가 굉장히 수줍게 들렸다.
 "뭐라고 말씀드려야 좋을지 모르겠습니다만…… 괴롭기는 저희들도 매일반입니다. 어쩌다가 이런 일을 맡아가지고 참…… 그럼 저희들은 이만 물러가보겠습니다."

"살펴 가시오"라고 아버지가 인사를 했다.

그들은 회중전등으로 길을 더듬으며 사립을 빠져나갔다. 어머니의 입에서 흐느낌이 새어나왔다. 작은이모가 어머니한테 편잔을 주었다. 그러자 어머니는 조금 더 큰 소리로 울기 시작했다. 아버지는 아무 말도 않고 앞장서 집 안으로 들어갔다. 어머니를 부축하고 걸으면서 작은이모가 자꾸 소곤거렸다.

"제발 이러지 좀 말아요. 언니가 이러면 어머님은 어떻게 되겠어요. 어머님을 생각해야지, 어머님을……"

어머니가 입 안을 주먹으로 틀어막았다. 그래서 방 안에 들어설 때는 가까스로 울음을 그칠 수 있었다.

먼저 들어온 아버지가 외할머니 앞에 앉아 죄라도 지은 사람처럼 거북살스런 자세로 뭔가를 만지작거리고 있었다. 구장 어른이 주고 갔음에 틀림없는 젖은 종이쪽지였다. 아버지는 일부러 쥐어짜내듯이 온몸에서 물방울을 뚝뚝 떨어뜨렸다. 아버지뿐이 아니라 밖에 나갔다 온 사람은 나까지 넣어 모두 몸에서 흘러내리는 물방울로 방바닥을 흥건히 적시고 있었다. 옷을 엷게 입은 어머니와 작은이모는 적삼과 치마가 몸에 찰싹 눌어붙어 거의 벗은 거나 다름없을 정도로 속살이 들여다보였다. 외할머니는 아무도 쳐다보려 하지 않았다.

"거봐라" 하면서 외할머니는 또 혼잣말처럼 중얼거렸다. "거봐."

외할머니의 거동을 아까부터 나는 안타까운 마음으로 지켜보고 있었다. 나는 외할머니의 끊임없이 달싹거리는 합죽한 입보다는 완두를 까는 작업에 더 관심을 모았다. 언제부터인지 모르게 외할머니의 손놀림에 변화가 생겼음을 깨달은 것이다. 같이들 방 안에 있으면서

다. 그때 우리는 외할머니가 거처하는 건넌방에 모여 있었다. 외할머니의 심중에 뭔가 큰 변화가 생겨 우리는 그분을 위로하고 안심시켜드리지 않으면 안 되었기 때문이다. 그런데 어머니와 작은이모는 개들이 사납게 짖기 시작하면서부터 갑자기 입을 다물어버렸다. 서로 외할머니의 눈치만 슬금슬금 살펴가며 모기장베가 붙어 있는 방문 쪽으로, 얼멍얼멍한 모기장베가 가린 둥 만 둥 막고 있는 어둠 저쪽으로 자꾸 눈길을 돌렸다. 나방이인지 하늘밥도둑인지 모를 날벌레 한 마리가 아까부터 날개를 발발 떨면서 방문에 붙어 끊임없이 오르내리고 있었다.

"내 말이 틀리능가 봐라. 인제 쪼매만 있으면 모다 알게 될 것이다. 어디 내 말이 맞능가 틀리능가 봐라."

외할머니가 낮게 중얼거렸다. 외할머니는 아침밥에 섞어 먹을 완두를 까고 있었다. 아름이나 되어 보이는 축축한 완두 줄거리를 치마폭에 잔뜩 꾸리고 앉아서 외할머니는 꼬투리를 뚝 떼어 별로 서두르는 기색도 없이, 그러나 몸에 밴 익숙한 손놀림으로 속을 우볐다. 연둣빛 얼룩이 진 길쭘한 자실이 한옆으로 비어져나오면 그걸 손바닥에 받아 무릎맡의 대바구니에 담고 빈 깍지는 도로 치마폭 안에 떨어뜨렸다. 외할머니의 말에 뭐라고 다시 대꾸할 기회를 놓쳐버린 어머니와 작은이모는 서로 어색한 눈짓을 나누었다. 밖에서는 다시 거세어지는 빗소리가 들리고, 거기에 질세라 개들이 더욱더 사납게 짖어대었다. 빗소리가 차차로 고비에 이르더니 뒤란 장독대 쪽에서 양철이 떨어져 곤두박질하는 소리가 났다. 벽에 걸어놓았던 두레박일 것이었다. 방문을 흔들며 갑자기 한 무더기의 비바람이 쏟아져 들어와 그렇잖아도 위태롭게 까물거리던 호롱불을 아예 죽여버렸다. 방

안은 졸지에 밀어닥친 어둠과 끈끈한 공기 속에 잠기고, 하늘밭도둑인지 나방이인지 모를 날벌레도 날개 소리를 멈추었다. 서너 집 건너에서 개가 짖기 시작했다. 잠자코 있던 우리집 워리란 놈도 그 미련한 주둥이를 벌려 처음으로 웅얼거리는 소리를 했다. 사납게 짖어대는 소리가 마을 초입에서부터 우리가 사는 가운뎃말을 향하여 점점 다가오고 있었다.

"불을 키거라" 하고 외할머니가 말했다. "야가 어서 불을 키래도." 어둠 속에서 외할머니가 부시럭거렸다. "무신 놈으 날씨가 이 모냥인지, 원."

내가 방구석을 더듬어 성냥을 찾아서 호롱에 불을 댕겼다. 그러자 어머니가 심지를 돋우었다. 꼬불꼬불 그을음이 피어오르면서 천장에 둥근 무늬의 그림자를 만들었다.

"해마다 이맘때가 되면 날이 궂었어라우" 하고 어머니가 말참견을 했다.

"모든 게 날씨 탓이지요. 어머님이 그렇게 괜한 걱정을 하시는 것도 날씨 탓이에요."

작은이모도 한마디 거들었다. 시골 우리집으로 피난 내려오기 전, 외가가 서울에 있을 때, 작은이모는 그곳에서 여학교를 나왔다.

"아니다. 느덜이 모르고 허는 소리다. 이 나이 먹드락 내 꿈이 틀린 적이 어디 한 번이나 있디야?"

외할머니는 고개를 설설 흔들었다. 그렇게 고개를 흔들면서도 완두 까는 손놀림은 멈추지 않았다.

"저는 꿈 같은 거 절대로 안 믿어요. 길준이한테서 몸 성히 잘 있다고 편지 온 게 바로 엊그젠데……"

"그러문요. 요새는 전투도 없고 혀서 심심허다고 편지 끄텀머리다가 쓴 걸 어머님도 직접 보셨잖어요."

"다아 소용없는 소리다. 느이 애비가 죽을 때만 혀도 나는 사날 전에 벌써 알어채렸다. 이빨이 아니라 그때는 손구락이었지만. 꿈에 엄지손구락이 옴싹 빠져서 도망가버리드라."

또 그놈의 꿈 얘기.

물리지도 않나 보다. 새벽잠에서 깨면서부터 줄곧 외할머니는 그놈의 꿈 얘기만 늘어놓고 있었다. 점심때가 지나고 해질녘이 되어도 외할머니는 여전히 잠에서 덜 깬 듯이 흐리멍덩한 상태로 중얼거리고 있었다. 이가 거의 빠져 합죽해진 입두덩을 끊임없이 달싹이면서 자기 신변으로 몰려오는 어떤 불길한 기운이 있음을 거듭거듭 예언하는 것이었다. 위아래를 통틀어 겨우 일곱 개밖에 남지 않았는데, 난데없이 무쇠로 만든 커다란 족집게가 입 안으로 쑥 들어오더니 기중 실하게 붙어 있던 이빨 하나를 우지끈 잦뜨려놓고 달아나는 꿈을 꾸었다는 것이다. 악몽에서 깨어 정신을 수습한 다음 외할머니가 맨 처음 한 일은 손으로 더듬어 이를 낱낱이 점검해보는 그것이었다. 그러고 나서 작은이모더러 거울을 가져오래서 눈으로 다시 한 번 개수를 확인했다. 그래도 미심쩍었던지 나중에는 나를 얼굴 가까이 불러 다짐을 거푸 받았다. 딱하게도 아무리 들여다봐야 이는 일곱 개 그대로였다. 더구나 어금니 대용으로 외할머니가 애지중지해온 아래쪽 송곳니는 온전히 제자리에 박혀 있었다. 그러나 외할머니는 아무도 믿으려 하지 않았다. 송곳니가 제자리에 남아 있다는 사실이 아무래도 믿어지지 않는 모양이었다. 그분의 생각은 이미 현실을 떠나 꿈 쪽에만 머물고 있었다. 딸들도 사위도 못 미더워했고, 바늘귀를 잘

맨대서 이따금 칭찬해주던 외손자의 시력에도 이젠 의심을 품었다. 거울 같은 건 말할 나위도 없고, 심지어는 입 안에까지 직접 들어가 개수를 확인해보고 나온 당신의 손가락마저도 신용하지 않았다.

이런 상태로 그놈의 꿈 얘기만 늘어놓으며 외할머니는 긴 여름 나절을 보냈던 것이다. 참으로 답답한 노릇이었다. 그 답답함을 견디지 못하고 먼저 외삼촌을 들먹인 사람은 어머니였다. 부주의하게도 어머니의 입에서 육군 소위를 달고 일선 소대장으로 나가 있는 외삼촌 이름이 불쑥 튀어나오자 외할머니는 갑자기 축 늘어진 양쪽 볼에 심한 경련을 일으켰다. 작은이모가 조심성이 없는 어머니를 나무라는 표정을 지었다. 외할머니는 어머니의 말을 못 들은 척하고 그냥 넘겨버렸다. 노인 양반을 안심시키기 위해서는 별수없다고 생각을 바꾸었는지 작은이모도 오래지 않아 외삼촌 얘기를 꺼냈다. 그러나 외할머니는 하나뿐인 아들 이름을 끝내 입 밖에 내지 않았다. 그러면서도 그놈의 꿈 얘기는 여전했다.

날이 어두워지면서부터는 입장들이 뒤바뀌어 위로하는 사람과 위로받는 사람을 거의 구별할 수 없게 되었다. 시간이 지날수록 외할머니의 말씨는 주술에라도 걸린 듯이 더욱 암시적이 되고, 어딘지 모르게 자신만만한 표정을 띠기조차 했다. 반면에 어머니와 이모는 까닭 없이 안절부절못하면서 일껏 까려고 가져다놓은 완두 줄거리를 우두커니 내려다보기만 했다. 결국 일감은 외할머니 앞으로 떠넘겨지고, 어머니와 이모는 심란스럽게 앉아 언제 끝날지 모르는 중얼거림에 어쩔 수 없이 귀를 기울이고 있었다.

주룩주룩 쏟아지는 비가 온 세상을 물걸레처럼 질펀히 적시고 있었다. 난리를 겪고도 용케 살아 남은 동네 개들이 일제히 들고일어도 그걸 눈치 챈 사람은 나 혼자뿐이었다. 시선을 떨군 채 일에 열중해 있는 그 모습은 여전했으나 우리가 밖에 나갔다 온 뒤부터 줄곧 외할머니는 강마른 두 팔을 가늘게 떨고 있었다. 그리고 일껏 까낸 연둣빛 싱싱한 자실을 빈 깍지가 수북이 담긴 치마폭 속에 아무렇지도 않게 떨어뜨리는 것이었다. 외할머니가 실수를 계속할까 봐서 내 마음은 몹시도 조마조마했다. 가능하다면 잘못을 깨우쳐주고 싶어 나는 몇 번이나 기회를 벼르고 벼르다가 방 안을 억누르는 무거운 분위기에 주눅이 들어 차마 입을 열지 못하고 말았다. 말려서 아궁이에 넣을 빈 깍지가 당연하다는 듯이 이제 곧 대바구니 속으로 들어갈 줄을 번연히 알면서도 속수무책으로 주름살이 두껍게 밀리는 우리 외할머니의 떨리는 손끝만을 지켜보는 도리밖에 없었다.

"내가 내둥 뭐라고 그러댜? 오늘 중으로 틀림없이 무신 기별이 온다고 안 그러댜?"

창백하던 낯빛이 순간적으로 홍조를 띠어 갑자기 십 년은 젊어진 외할머니가 몇 마디 또 중얼거렸다. 줄거리에 붙은 새로운 꼬투리를 뚝 따내어 속을 우비면서 외할머니는 다시 죽은 사람처럼 창백한 얼굴이 되더니 앉은 자리에서 단숨에 열 살은 더 먹어버렸다. 외할머니는 무척 흥분해 있었다. 말의 마디와 마디 짬에서 감추고 있던 거친 숨결이 불거져나오고 목젖이 울릴 정도로 자주 마른침을 넘기는 것으로 보아 그걸 느낄 수 있었다.

"느이 애비가 죽을 임시에도 나는 사날 전버텀 알고 있었다. 늙은이가 밥 먹고 헐 일 없응게 앉어서 요사시런 소리나 씨월거린다고 느덜은 이 에미를 야속허게 생각혔을 것이다. 그런디 지내놓고 보니께 어쩌드냐. 뭐라고 말허능가 보게 어디 느덜 쇠견이나 한번 시연이

들어봤으면 씨겠다. 어쩌냐, 시방도 에미 말이 그렇게 시덥잖게 들리냐? 그러면 못쓰느니라, 못써. 눈 어둡고 귀 어둡다고 에미까장 우습게 알면 못쓴다. 할망구라고 혀서 허는 소리마동 다 비싼 밥 먹고 맥없이 씨워리는 소리로만 들으면 큰 잘못이다. 이날입때까장 내 꿈은 틀린 적이 없었니라. 무신 일이 생길 적마동 이 에미가 꾸는 꿈은 단 한 번도 틀린 적이 없었니라."

머리를 뒤로 젖혀 한껏 고자세를 하고 앉아서 외할머니는 자기 선견지명을 그제까지 몰라준 두 딸에게 잠시 면박을 주었다. 얼굴이 다시 벌겋게 달아 있었다. 딸들을 바라보는 충혈된 두 눈에 가득 담긴 것은 희열 바로 그것이었다. 자기 예감이 적중된 것을 누구한테나 자랑하고 싶어 어쩔 줄 모르는 기색이 역연했다. 우스꽝스러울 정도로 의기양양해하고 있는 그 표정을 오래 보고 있자니까 주술에 가까운 어떤 강렬한 기운이 가슴속에 뜨겁게 전달되어와서 외할머니란 사람이 내게는 별안간 무섭게 느껴지기 시작했다. 그리고 비극이 덮쳐올 때마다 매번 그것을 점쟁이처럼 신통하게 알아맞혔다는 외할머니의 주장을 곧이곧대로 믿지 않을 수 없게 되었다. 말하자면 그때 우리 외할머니는 크다면 크고 작다면 작은 하나의 싸움에서 마침내 승리를 거둔 셈인데, 그러고도 모자라서 우리들마저 못 살게 굴만큼 아직도 노인다운 끈기와 옹고집에 충분한 여력이 있는 듯이 보였고, 그것이 외손자인 내게는 감히 누구도 범접 못 할 불가사의한 힘으로 느껴져 오래도록 기억에 남을 강렬한 감동을 주었다.

어머니는 알게 모르게 울음 소리를 점차로 높이고 있었다. 처음에는 방 안에 있는 다른 사람들이 거의 눈치 채지 못할 정도로 아주 가늘디가늘게 시작되었다. 그런데 웬만큼 소리를 높여봐도 역시 상관하는 사람이 없으니까 나중에는 아예 마음놓고 큰 소리로 울기 시작했다. 모기 한 마리가 이모의 백지장처럼 하얀 목덜미에 붙어 피를 빨고 있었다. 모기란 놈이 앵두알처럼 통통하게 배를 불리며 피를 빨아먹는데도 이모는 꼼짝을 않고 우두커니 앉아만 있었다. 방문이 활짝 열린 채로였다. 열린 문으로 모기떼들이 꾸역꾸역 몰려드는데도 누구 하나 닫으려는 사람이 없었다. 곳곳에서 사납게 짖어대는 개들의 소리로 군용 방수포를 둘러쓴 사람들이 마을 어디쯤을 가고 있는가를 가만히 앉아서도 빤히 어림할 수 있었다. 그들이 들어올 때와는 정반대로 개 짖는 소리가 마을 안쪽에서 바깥쪽을 향하여 점점 멀어지고 작아지고 차츰 뜸해지더니 이윽고는 아주 잠잠해져버렸다. 어느 틈에 들어왔는지 한 마리의 까만 날벌레가 방 안을 이리저리 날아다니며 아까부터 소란을 피우고 있었다. 하마터면 호롱불까지 끌 뻔해가면서 온 방 안을 몇 바퀴씩이나 휘젓고 다니던 끝에 그것은 내 손에 붙잡혔다. 하늘밥도둑이었다. 나의 엄지와 검지 사이에 끼여 그것은 자꾸만 꼼지락거렸다. 흙을 헤집을 때 삽으로 쓰는 튼튼한 앞발을 힘차게 버둥거리며 한사코 내 손아귀에서 도망치려 했다. 하지만 그까짓 저항이 내게 무슨 상관이냐. 그것이 죽고 사는 것은 오직 내 마음먹기 하나에 달려 있었다. 나는 그것을 얼마든지 죽일 수 있고 또 얼마든지 살릴 수도 있었다. 나는 하늘밥도둑을 쥔 두 개의 손가락에 지그시 압력을 가하기 시작했다. 이때 외할머니의 중얼거림이 들렸다.

"나사 뭐 암시랑토 않다. 진작서부텀 이럴 종 알고 있었응게 나사 뭐 암시랑토 않다."

그러자 어머니의 울음이 별안간 절정에 이르러 방 안이 온통 뼛속까지 갉는 듯한 소리로 가득차버렸다.

불싸앙헌 우리이 준이이 아이고 우리 기일준이가아 아하이고 아이고오 따른 집 자석들은 기피도 잘 허동마안 워쩌자고 우리이 준이느은 허지 말라는 소대장인가 그 웬수녀러 밥티긴가를 달어가지이고 이 지경이 되얐느은고 아이고 아하이고 이 일을 어쩐다아냐아……

방 안을 가득 채우고도 남아도는 어머니의 진한 핏빛 울음은 어느덧 두루마리 멍석이 되어 어둠에 잠긴 마당 쪽으로 끝없이 풀려나가고, 그 위로 꺼끔해졌다 되거세어지는 장맛비가 소리를 지르면서 두껍디두껍게 깔리고 또 깔렸다.

2

작은 언덕과 작은 언덕, 그리고 낮은 산과 낮은 산 들을 앞에 주욱 거느린 채 그 세모꼴의 머리로 하늘을 떠받치고 선 건지산은 언제 보아도 모습이 의젓했다. 하기야 늘 의젓이만 보아온 그 건지산이 갑자기 그럴 줄 몰랐다고 느껴지던 우스꽝스러운 한때도 있었다. 밤이면 어른들이 거기 모여 불장난을 한다. 어떤 때는 훤한 대낮에도 산봉우리에서 모개모개 연기가 피어오르는 걸 볼 수 있다. 밤마다 그들은 얼마나 많은 오줌을 지리는 것일까. 어머니의 강압에 못 이겨 키를 쓰고 동네를 한 바퀴 돈 경험이 있는 나로서는 건지산에서부터 흘러내리는 마을 앞 시냇물을 일단 의심의 눈으로 바라보지 않을 수 없었다. 도대체 이제까지 점잖은 촌노인처럼 그저 묵중히만 서 있던 산이 갑자기 연기와 불길을 내뿜는 것부터가 장난 같았다. 어른들

놀이치고는 너무 유치하고 어리석고, 그러면서도 어떻게 보면 아주 평화스럽게 보이는 장난이었다. 봉홧불과 무수한 살상과의 상관 관계를 나는 미처 깨닫지 못했다. 왜 건지산에서 불길이 오르고 난 다음이면 꼭 읍내에서 시가전이 벌어지고, 꼭 어느 고을 어떤 동네가 쑥대밭이 되어야만 하는가를 이해할 수가 없었다. 그러나 설사 그런 문제를 일찍이 이해해버렸다 해도 결과는 매마찬가지였을 것이다. 난생 처음 봉홧불을 구경하던 당시의 망측스런 상상에도 불구하고 내 의식 속에서의 건지산은 어느 틈에 그 의젓한 모습을 되찾고, 날이 지남에 따라 더욱더 친근하게 느껴지기 시작했다.

그런데, 아침에 일어나서 보니 그 건지산 허리 윗부분이 검은 구름으로 친친 감겨 있었다. 비는 그쳐 있었으나 건지산이 있는 동쪽 하늘자락을 완전히 덮고 있는 시커먼 구름을 보면 그것이 여태 것보다 더 많은 양의 비를 새롭게 장만하고 있음을 얼른 알 수 있었다. 이따금씩 하늘 어두운 구석에서 번개가 튀어나와 그 언젠가 마을 앞 둑길에서 어떤 사내가 어떤 사내의 가슴에 쑤셔박던 그때의 그 죽창처럼 건지산 아니면 그 근처 어딘가를 무섭게 찔러댔다. 그리고 그럴 적마다 찔린 산이 지르는 비명과도 같은 천둥 소리가 지축을 흔들었다. 그만한 덩치에 그만큼 아픈 찔림을 당한다면 내 입에서도 그 정도의 비명쯤 당연히 나오겠다 싶은 처참한 소리를 지르곤 했다. 이른 아침부터 건지산이 하늘에 부대끼는 모양을 멀리서도 똑똑히 볼 수 있었다.

눈을 감고 있어도 외할머니의 발소리는 다른 사람과 확연히 구별되었다. 무게가 전혀 없는 사람처럼 겨우 치맛자락 스치는 소리만 내면서 가볍고 조심스럽게 걸었다. 그처럼 용의주도하게 다가와서는 갑자기 묘한 냄새를 풍겼다. 오래 된 장롱이나 무슨 골동품 따위, 또는 흘러들어오기만 했지 빠져나갈 데라곤 없는 깊은 방죽 같은 데서나 맡을 수 있는, 참으로 이상한 냄새였다. 먼먼 옛날로부터 오늘을 향해 부는 바람에 묻어오는 냄새와 치마 스치는 소리로 구별되는 할머니, 우리 외할머니가 조심조심 다가오고 있음을 나는 어렴풋이 깨달았다. 나는 건넌방에 누워서 잠든 시늉을 하고 있었다. 외할머니란 사람이 전에 없이 두렵게 느껴지기 시작한 뒤부터 내게는 자주 잠든 시늉을 하는 버릇이 생겼다. 낮잠 자는 외손자를 깨우지 않을 양으로 외할머니는 다른 날보다 더 조심하는 것 같았다. 그러나 나는 이마에 와 닿는 외할머니의 미지근한 숨결 속에서 독특한 그 냄새를 이미 싫도록 맡았고, 이제 곧 외할머니가 하려는 일이 무엇인가를 충분히 짐작해버렸다. 아니나다를까, 외할머니의 강마른 손이 내 아랫도리를 벗기기 시작했다. 어디 이놈 잠지 좀 만져보자. 다른 때 같으면 이런 말을 했을 것이다. 또 이렇게도 말했을 것이다. 즈이 오삼춘 타겨서 불알도 꼭 왜솔방울맹키로 생겼지. 그런데 외할머니는 아무 얘기도 하지 않았다. 그저 잠자코 손만 놀리면서 언제까지고 내 샅을 주무르는 것이었다. 외가가 우리집으로 피난 오면서부터 시작된 그것은 내겐 크나큰 고역이요 굉장히 모욕적인 장난이기도 했다. 잠방이 속으로 들어오는 외할머니의 손을 단 한 번이라도 좋은 기분으로 받아들인 적이 있다면 나는 내 입을 찢어도 아무 말 않겠다. 국민학교 삼학년 나이에 아직도 코흘리개로 취급받기를 바라는 애들이 얼마나 될는지는 모르지만, 이만하면 철이 들 대로 든 셈이며 다 큰 거나 마찬가지라고 자부하던 나로서는 무척이나 자존심이 상하는 일이었다. 뿌리치면 외할머니가 대단히 섭섭해하기 때문에 울며 겨자 먹기로 그 수모를 모두 참아내는 도리밖에 없긴 했지만서도…….

긴 한숨과 함께 외할머니의 손이 샅을 빠져나갔다. 손을 거두고 나서도 외할머니는 한참이나 더 내 얼굴을 내려다보는 눈치였다.

"불쌍헌 것……"

혼잣말을 남기면서 외할머니는 내 곁을 떠났다. 구겨진 무명 치맛자락을 소리없이 끌면서 마루로 나서는 외할머니의 뒷모습을 나는 실눈을 뜨고 바라보았다. 방금 그 중얼거림이 누구를 가리키는 것인지는 모른다. 불쌍한 사람은 내 주위에 너무 많았다. 우선 일선에서 전사한 외삼촌이 그렇고, 사실은 나 역시도 몹시 불쌍한 처지에 있었다. 형사한테서 양과자를 얻어먹은 사건 이후로 나는 근 달소수 간이나 줄곧 울안에만 틀어박혀 근신하면서, 근신할 것을 명령한 아버지와 용서할 권한을 가진 할머니의 눈치를 살피는 신세였다. 그러나 가장 불쌍한 사람은 바로 외할머니 자신이었을지도 모른다. 마루 끝에 앉아서 구름에 덮인 건지산 근방을 바라보는 외할머니의 모습은 몹시도 허전해 보였다. 전사 통지서를 받던 날 저녁에 본, 강하고 두렵던 모습은 도무지 찾아볼 수 없었다. 이젠 시들 대로 시들어 먼산바라기로 오두마니 앉아 있는 초라한 할멈 하나가 있을 뿐이었다. 고역에서 해방된 기분은 그 측은한 모습으로 하여 금세 지워지고 말았다.

외삼촌의 죽음이 알려지고 나서 며칠 동안은 집안 꼴이 엉망이었다. 누구나 다 그랬지만 그중에서도 어머니가 제일 심했다. 어머니는 학교 운동회 때 우리가 그랬듯이 흰 헝겊을 머리에 질끈 동이고서 방바닥을 쳐가며 한 차례씩 서럽게 울고 나서는 자리에 누워버렸다. 그러다 끼니때만 되면 슬그미 일어나 이모가 들여다주는 꽁보리밥 한 그릇을 다급하게 비우고는 숟갈을 놓자마자 밥상머리에서 또 한 차례 서럽게 운 다음 다시 자리에 눕는 것이었다. 누워서 한다는 소리가 늘, 누구를 양자로 데려다가 끊어진 대를 이어야 되지 않겠냐는 것이었다. 거기에 비해 이모는 무척 대조적이었다. 처음부터 그랬지만 이모는 끝내 눈물 한 방울 비치지 않았다. 누구하고 말 한 마디 나누는 법도 없고, 아무것도 입에 대지 않았다. 그러면서 전에 어머니가 하던 일을 도맡아 혼자 밥도 짓고 설거지도 하고 빨래도 했다. 사흘째 되는 날, 울안 샘에서 물동이를 들다가 벌렁 나자빠지는 걸 볼 때까지 나는 이모가 뒤란 대밭 속이나 침침한 부엌 안에서 우리 몰래 뭔가를 먹는 줄로만 알았다. 독하고 엉큼스런 구석이 있는 이모가 설마 사흘을 내리 굶지야 않겠지, 생각하고 안심했다.

어머니나 이모는 그래도 괜찮은 편이었다. 무엇보다 우려되는 건 할머니와 외할머니 간의 불화였다. 외삼촌과 이모를 공부시키기 위해 살림을 정리해서 서울로 떠났던 외가가 어느 날 보퉁이를 꾸려들고 느닷없이 우리들 눈앞에 나타났을 때, 사랑채를 비우고 같이 지내기를 먼저 권한 사람은 할머니였다. 난리가 끝나는 날까지 늙은이들끼리 서로 의지하며 살자는 말을 여러 번 들을 수 있었고, 얼마 전까지만 해도 두 사돈댁은 사실 말다툼 한 번 없이 의좋게 지내왔다. 수복이 되어 완장을 두르고 설치던 삼촌이 인민군을 따라 어디론지 쫓겨가버리고, 그때까지 대밭 속에 굴을 파고 숨어 의용군을 피하던 외삼촌이 국군에 입대하게 되어 양쪽에 다 각기 입장을 달리하는 근심거리가 생긴 뒤로도 겉에 두드러진 변화는 없었다. 그러던 두 분 사이에 얼추 금이 가기 시작한 것은 저 사건—내가 낯모르는 사람의 꾐에 빠져 양과자를 얻어먹은 일로 할머니의 분노를 사면서였다. 할머니의 말을 옮기자면, 나는 짐승만도 못한, 과자 한 조각에 삼촌을 팔아먹은, 천하에 무지막지한 사람 백정이었다. 외할머니가 유일한 내 편이 되어 궁지에 몰린 외손자를 감싸고 역성드는 바람에 할머니는 그때 단단히 비위가 상했던 것이다. 다음으로 두 분을 아주 갈라서게 만든 결정적인 계기는 전사 통지서를 받은 그 이튿날에 왔다. 먼저 복장을 지른 쪽은 외할머니였다. 그날 오후도 장대 같은 벼락불이 건지산 날망으로 푹푹 꽂히는 험한 날씨였는데, 마루 끝에 서서 그 광경을 지켜보던 외할머니가 별안간 무서운 저주의 말을 퍼붓기 시작한 것이다.

"더 쏟아져라! 어서 한 번 더 쏟아져서 바웃새에 숨은 뿔갱이 마자 다 씰어가그라! 나무 틈새기에 엎딘 뿔갱이 숯뎅이같이 싹싹 끄실러라! 한 번 더, 한 번 더! 옳지! 하늘님, 고오맙습니다!"

소리를 듣고 식구들이 마루로 몰려들었으나 모두들 어리둥절해져서 외할머니를 말리는 사람이 없었다. 벼락에 맞아 죽어 넘어지는 하나하나의 모습이 눈에 선히 보인다는 듯이 외할머니는 더욱 기가 나서 빨치산이 득실거린다는 건지산에 대고 자꾸 저주를 쏟았다.

"저 늙다리 예펜네가 뒤질라고 환장을 혔다?"

그러자 안방 문이 우당탕 열리면서 악의를 그득 담은 할머니의 얼굴이 불쑥 나타났다. 외할머니를 능히 필적할 만한 인물이 그제까지 집안 한쪽에 도사리고 있었음을 나는 뒤늦게 깨닫고 긴장했다.

"여그가 시방 누 집인 종 알고 저 지랄이랴, 지랄이?"

옆에서 흔들어 깨우는 바람에 갑자기 잠꼬대를 그친 사람처럼 외할머니는 멍멍한 눈길로 주위를 잠깐 둘러보았다.

"보자보자 허니께 참말로 눈꼴시어서 볼 수가 없네. 은혜를 웬수로 갚는다드니 그 말이 거그를 두고 하는 말이고만. 올 디 갈 디 없는 신세 하도 불쌍혀서 들어앉혀놓게로 인자는 아도 으런도 몰라보고 갖인 야냥개를 다 부리네그랴. 미쳐도 곱게 미쳐야지, 그렇게 숭악시런 맘을 먹으면은 댑대로 거그한티 날베락이 내리는 벱여."
 당장 메어꽂을 듯한 기세로 상대방의 서슬을 다잡고 나더니 할머니는 사뭇 훈계조가 되었다.
 "아이니, 거그가 그런다고 죽은 자석이 살아나고 산 사람이 그렇게 쉽게 죽을 성부른가? 어림 반푼도 없는 소리 빛감도 말어. 인명은 재천이랬다고. 다아 저 타고난 명대로 살다가 가는 게여. 그리고 자석이 부모보담 먼처 가는 것은 부모 죄여. 부모들이 전생에 죄가 많었기 땜시 자석놈을 앞시워놓고는 뒤에 남어서 그 고통을 다아 감당허게 맹근 게여. 애시당초 자기 팔자소관이 그런 걸 가지고 누구를 탓허고 마잘 것이 없어. 낫살이 저만치 예순줄에 앉어 있음시나 조께 부끄런 종도 알어야지."
 "그려. 나는 전생에 죄가 많어서 아덜놈 먼첨 보냈다 치자. 그럼 누구는 복을 휘여지게 짊어지고 나와서 아덜 농사를 그 따우로 지었다냐?" 하고 외할머니도 앙칼지게 쏘아붙였다.
 "저놈으 예펜네 말허는 것 좀 보소이. 참말로 죽을라고 환장혔능개비. 내 아덜이 왜 어디가 어쩌간디 그려?"
 "생각혀보면 알 것이구만."
 "저 죽은 댐이 지사지내줄 놈 하나 없응게 남덜도 모다 그런 종 아는가분디……"
 "고만덜 혀둬요!"
 "우리 순철이는 끈덕도 없다, 끈덕도 없어. 무신 일이 생겨야만 쇡이 시연헐 티지만 순철이 가는 쏘내기 새도 요리조리 뚫고 댕길 아여."

"어따, 구만덜 허라니께요!" 하고 아버지가 한 번 더 짜증을 부렸다. 아까부터 어머니는 외할머니의 허벅지를 자꾸만 집어뜯고 있었다.

"느그 시엄씨 허는 소리 들었냐? 명색이 그리도 사분인디, 나보고 시상에 지사지내줄 놈 하나 없는 년이란다. 자석 한나 있는 것 나라에다 바친 것만도 분하고 원통헌디, 명색이 자기 사분한티 헌다는 소리가 그 모냥이구나. 자석 잃고 쇡이 뒤집힌 에미가 무신 소린들 못 허겄냐. 그런디 말 한마디 어덕잡어가지고 불쌍헌 늙은이 앞에서 똑 아덜자식 여럿 둔 위세를 혀야만 쓰겄냐? 너도 입이 있으면 어디 말 좀 혀봐라, 야야."

외할머니는 어머니를 돌아보며 통사정을 하고, 어머니는 울상이 되어 한쪽 눈을 연방 쫑긋거려가며 외할머니의 다리를 꼬집었다. 할머니는 할머니대로 아버지를 붙들고 늘어졌다.

"야, 애비야. 니 동상 어서 죽으라고 고사 지내는 예펜네를 내가 조께 혼내줬기로 너까지 한통속이 되여 목매달 게 뭐냐? 너한티는 장몬지 뭣인지 모르지만 나는 죽었으면 죽었지 그런 꼴 못 본다. 당장 어떻게 허지 않으면 내가 이 집을 나갈랑게 알어서 혀라."

"나갈란다! 그러잖어도 드럽고 챙피시러서 나갈란다! 차라리 길가티서 굶어죽는 게 낫지 이런 집서는 더 있으라도 안 있을란다! 이런 뿔갱이 집……"

외할머니의 격한 음성이 갑자기 뚝 멎었다. 외할머니는 천천히 고개를 들어 맞은편의 아버지를 멀거니 건너다보았다. "뿔갱이 집서는……" 하고 하다 만 말의 뒤끝을, 그러나 매우 자신 없는 어조로 간신히 흘리면서 이번에는 어머니 쪽을 바라보았다. 마지막으로 나를 한참 동안 눈여겨보고 나서 머리를 설레설레 흔들었다. 그러더니 갑자기 시선을 떨구는 것이었다. 쏟아져내리는 그 시선이 대바구니 속에 무겁게 담겼다. 그 대바구니를 잠자코 무릎마디로 끌어당겨 그림자처럼 조용한 몸놀림으로 한 개의 완두 줄거리를 집어올렸다. 외할머니의 얼굴은 어제나 그제 죽은 사람 모양으로 완전한 잿빛이었다.

외할머니의 말 한 마디가 집안에 던진 파문은 의외로 심각했다. 외할머니의 입에서 '뿔갱이'란 말이 엉겁결에 튀어나왔을 때 식구들은 도무지 믿을 수 없다는 듯이 넋을 잃은 표정들이었다. 너무도 놀란 나머지 숨소리조차 제대로 못 내면서 오직 느릿느릿 변화하는 외할머니의 동작만을 시종일관 주목할 따름이었다. 여태까지 삼촌 때문에 동네에서 손가락질을 받고 치안대와 경찰로부터 시달림을 당해오면서 가족들 간에 절대로 써서는 안 될 말로 묵계가 되어 있었다. 그리고 이 금기는 연주창에 새우젓을 가리듯이 아주 철저하게 지켜져 왔다. 그런데 이토록 무서운 말을 함부로 입 밖에 쏟다니. 외할머니의 과오는 어떤 변명으로도 씻을 수 없는, 치명적인 것이었고, 그래서 가족들의 놀라움은 이루 형언할 수 없었던 것이다. 그러나 누구보다도 놀란 사람은 다름아닌 발설 당자였다. 외할머니는 구태여 변명을 늘어놓진 않았다. 변명해봤자 소용도 없는 일이긴 하지만, 그보다는 오히려 할머니가 무슨 못 들을 소리를 해도 꾹 참고 견디는 것으로 자신의 실수를 솔직히 인정하고 있었다. 할머니의 분노를 어떻게 설명하면 좋을까. 길길이 뛰다가 거품을 물고 까무러칠 지경이었다. 그리고 외할머니와 이모를, 경우에 따라서는 어머니까지도 내보낼 것을 아버지한테서 거듭 다짐받으려 했다.

"오늘 중으로 내쫓아야 된다. 그러고 저것들이 삽짝을 나서기 전에 짐보팅이를 잘 조사혀라. 메칠 전에 내 은비네가 없어졌는디, 어떤 년 손버릇인지 다 알 만헌 소행이니께."

이모가 소리없이 사랑채로 건너가버렸다. 해댈 만큼 해대고 나서 할머니는 지쳐 드러눕고, 잠시 깃들인 정적을 어머니의 허겁스런 통곡이 또 물리쳐버렸다. 그러자 아버지의 벽력같은 고함이 떨어졌다.

"그놈으 주둥빼기 안 오무릴래!"

정적은 차라리 소란보다 더 견딜 수 없는 고문이었다. 아버지는 씨엉씨엉 집을 나갔다. 외할머니는 밤늦도록 혼자 마루에 남아 파들파들 떨리는 앙상한 손으로 줄창 완두만 까대고 있었다. 아버지는 어디서 고주망태가 되어 입에서 감내를 펑펑 풍기며 새벽녘에야 집으로 돌아왔다.

먹구름에 덮인 건지산 날망으로 연거푸 시퍼런 벼락이 꽂히고 있었다. 전에는 거의 매일 밤 볼 수 있던 봉홧불이 장마가 시작되며부터는 숫제 자취를 감추었다. 이따금 건지산 쪽에 눈을 주면서 마루 끝에 앉아 있는 외할머니의 뒷모습은 너무도 허전해 보였다. 그때나 다름없이 떨어지는 벼락불을 보고도 외할머니는 아무 말도 하지 않았다. 안사돈끼리 한다래기 단단히 벌인 뒤로 무슨 일에나 여간해서는 입을 열려 하지 않았다. 완두를 까는 것만이 죽는 날까지 자기가 맡은 유일한 일이라는 듯 대바구니를 앞에 하고 외할머니는 끊임없이 손을 놀리고 있었다.

3

 이북에서 우리 마을로 피난 온 지 얼마 안 되는 아이 하나가 맥고자를 눌러쓴 어떤 사내와 함께 우리들 노는 장소에 나타났다. 온 얼굴이 버짐투성이인 그 아이는 한여름인데도 때가 까맣게 낀 장구통배를 득득 긁던 손을 들어 나를 가리키면서 사내에게 뭐라고 짤막한 말을 했다. 그러자 사내가 윗얼굴을 깊숙이 가린 넓은 챙 밑으로 나를 유심히 쏘아보았다. 이북 아이는 사내가 호주머니에서 꺼내주는 무엇인가를 받아쥐고는 뒤도 돌아보지 않고 토끼처럼 달아나버렸다. 맥고자의 키 큰 사내가 똑바로 나를 향하고 다가왔다. 검게 그을은 살갗, 날카롭게 굴리는 부리부리한 눈방울, 그리고 조금의 주저도 없이 곧장 목표물을 향하는 대담한 그 걸음걸이가 내게는 어쩐지 위압적이었다.
 "녀석 참 귀엽게도 생겼다."
 사내의 눈이 갑자기 가늘어지는가 했더니 뜻밖에도 첫인상과는 전혀 다른 상냥한 웃음이 얼굴 가득히 만들어졌다. 사내는 내 머리를 두어 번 쓰다듬어내렸다.
 "아저씨가 묻는 말에 잘만 대답하면 정말로 귀여울 텐데……"
 사내의 태도는 나를 몹시 당황하게 만들었다. 나는 사내의 눈을 바로 쳐다볼 수가 없어 공연히 손바닥만 폈다 오므렸다 하면서 고개를 박고 서 있었다. 내 손아귀엔 할머니의 은비녀가 쥐어져 있었고, 그것은 돌확에다 갈아서 끝이 뾰죽한 대못으로 개조했기 때문에 못치기 놀이를 할 때 동네 애들이 아무리 큰 못으로 쳐도 넘어지지 않았다.

"아버지 성함이 김순구 씨지?"

사내는 흰 남방셔츠의 단추를 끌렀다.

"그렇다면 김순철 씨는 네 삼촌이 되겠구나. 그렇지?"

사내는 맥고자를 벗어들었다. 그때까지 한 마디도 대꾸하지 않았다. 그런데도 사내는 이렇게 엉너리를 치는 것이었다.

"역시 그렇구나. 착한 애라서 대답도 썩썩 잘 하는구나."

사내는 맥고자를 부채마냥 흔들어 남방 속으로 바람을 불어넣었다.

"아저씨는 삼촌 친구란다. 굉장히 친한 친군데, 서로 떨어져서 오랫동안 만나질 못했다. 만나서 꼭 상의할 얘기가 있는데, 지금 네 삼촌 어디 있지?"

생전 처음 보는 그 사내는 우리 작은이모처럼 깨끗한 서울 말씨를 썼다.

"어이 더워! 여긴 굉장히 덥구나. 아저씨하구 저쪽 시원한 데로 가서 얘기 좀 할까?"

같이 놀던 애들은 따라오지 못하게 했다. 아이들이 안 보이는 마을 당산 위 나무 그늘 밑에 이르자 사내는 걸음을 멈추고 호주머니를 뒤적였다.

"삼촌한테 꼭 전할 말이 있어서 그래. 삼촌이 어디 있는지 얘기만 하면 내 이걸 주지."

은딱지에 싼 다섯 개의 납작한 물건을 내놓으면서 사내는 이렇게 말했다. 그리고 그 중에서 하나를 껍데기를 벗겨 내 코앞에 디밀었다.

"너 이런 거 먹어본 적 있어?"

윤기 흐르는 흑갈색의 그것에서 먹음직스런 향기가 풍겼다.

"쪼꼴렛이다. 아저씨가 묻는 말에 대답만 잘 하면 이걸 너한테 몽땅 주겠다."

 나는 될 수 있는 대로 그 이상한 과자 위에 시선이 머물지 않도록 신경을 많이 썼다. 그러나 나도 모르게 꿀꺽꿀꺽 넘어가는 침은 어쩔 수가 없었다.

 "뭐 조금도 부끄러워할 것 없다. 착한 아이는 상을 받는 것이 당연하단다. 어떠냐, 대답하겠니? 네 대답 한마디면 아저씨는 친구를 만나서 좋고, 너는 이 맛있는 쪼꼴렛을 먹을 수 있어서 좋고……"

 무엇 때문에 내가 망설이고 있었는지 알 수 없다. 받아서 좋을 것인가, 아니면 절대로 받아서는 안 될 것인가를 결정짓지 못해서였을까. 혹은 그런 도덕적인 문제가 아니라 단순히 그 나이의 시골애답게 모르는 사람에 대한 낯가림 때문에 그랬을까. 확실한 것은 별로 기억에 없다. 아무튼 나는 꽤 오래 시간을 끌었던 것 같다.

 "싫어?" 사내가 재촉했다. "싫단 말이지?" 사내는 몹시 섭섭한 표정을 지었다. "그렇다면 별수 없구나. 착하게 굴면 이걸 꼭 너한테 주려고 했는데, 이젠 하는 수 없다. 나한텐 필요 없는 물건야. 자, 봐라. 아깝지만 이렇게 내버리는 수밖에……"

 실제로, 사내는 그걸 아무렇지도 않다는 듯이, 실제로 땅바닥에 던졌다. 던졌을 뿐만 아니고 구두 뒤축으로 싹싹 밟아 뭉개어버렸다. 내 표정을 흘끗 읽고 나서 그는 또 한 개를 내던졌다.

 "난 네가 굉장히 똑똑한 앤 줄 알았는데…… 참 안됐구나."

 그는 또 한 개를 구둣발로 짓밟아놓았다. 벌써 세 개째였다. 사내의 손 안엔 이제 두 개의 과자가 남아 있었다. 그리고 여태까지의 사내의 태도로 보아 나머지 두 개마저도 충분히 짓밟고 남을 사람이었다. 사내가 별안간 껄껄 웃었다.

"너 이 녀석 우는구나? 못난 녀석 같으니라구. 애, 꼬마야, 이제라도 늦진 않아. 잘 생각해봐. 삼촌이 집에 다녀갔었지? 그게 언제지?"

 어른의 비상한 수완을 나로서는 도저히 당해낼 재간이 없다는 생각이 든 것은 바로 그 순간이었다. 그리고, 이 아저씨는 진짜로 삼촌의 친구일는지도 모른다. 그렇게 생각하니 마음이 한결 가벼워졌다.

 막 시작할 때의 첫마디가 가장 힘들었다. 그러나 일단 얘기를 꺼낸 다음부터는 연자새에 감긴 실처럼 전날 밤의 기억들이 술술 풀려나왔다.

 유월 뙤약볕 속을 걸어 삼십 리 밖 산골에 사는 고모가 우리집에 왔다. 시국이 어수선한 동안에도 예고 없이 찾아와서 하루나 이틀쯤 묵어간 적이 종종 있으므로 고모의 갑작스런 출현이 그날따라 부자연스럽게 보일 특별한 이유라곤 없었다. 그런데, 고모를 모시고 안방으로 들어갔던 어머니가 별안간 얼굴색이 노래져 뛰어나오면서부터 사정은 눈에 보이게 달라졌다. 나를 심부름시키지 않고 어머니는 당신이 직접 아버지를 부르러 달려나갔다. 논에서 지심(기음)을 매던 아버지가 흙탕에 젖은 옷차림 그대로 돌아와 우물도 거치지 않고 곧장 안방으로 향했다. 아버지 뒤를 바짝 쫓아 들어온 어머니가 멀쩡한 대낮에 사립문을 닫아걸었다. 모두들 온전한 정신이 아닌 듯했다. 나와 외갓집 식구들만 따돌려놓은 채 안방에서는 해질 무렵이 되기까지 긴 쑥덕공론들을 벌이는 것이었다. 이윽고 날이 어두워지자 따돌림을 받던 우리 세 사람에게 식은밥 한 그릇씩이 저녁으로 몫지어졌다. 내가 숟갈을 놓을 때쯤 되어 아버지는 옷을 갈아입었다. 나는 어둠이 깔린 사립 밖으로 나서는 아버지의 뒷모습을 의혹에 찬

눈으로 바라보았다.

"오널은 일찍 자거라."

할머니 앉은 자리 바로 옆에다 요를 펴면서 어머니가 말했다. 아직 초저녁인데 모두 나를 어거지로라도 재울 작정들이었다.

"웃방에다 재우지 그려라우?"

나를 턱으로 가리키며 고모가 어머니한테 말했다.

"아매 괭기찮을 것이다"라고 할머니가 말했다. "쟈는 눈만 깜었다 허면 누가 띠며가도 모르는 아다."

"죙일 노니라고 대간헐 틴디 어서어서 자거라. 니알 아적까장 눈도 뜨지 말고 죽은 디끼 자빠져 자야 된다. 알겄냐?"

어머니가 내게 단단히 일렀다.

누구네 집에 밤마을을 간 것도 아니다. 틀림없이 어떤 긴한 용무를 띠고 나간 것이다. 나는 아버지가 돌아올 때까지 가능한 한 말똥말똥한 정신으로 있고 싶었다. 어른들이 도대체 무슨 꿍꿍이를 꾸미는 것인지 기어이 밝혀낼 심산이었다. 그러기 위해서는 빨리 자라는 분부에 싫어도 따르는 척할 필요가 있었다. 눈을 감자마자 걷잡을 수 없이 덮쳐오는 졸음과 싸워가며 나는 방 안 동정에 귀를 곤두세웠다. 그러나 어른들 입에서는 단서가 될 말이 전연 나오지 않았다. 그리고 정작 눈을 떴어야 될 중요한 시간엔 이미 나는 깊은 잠에 빠져 있었다.

방바닥에 부딪는 둔중한 어떤 소리가 잠든 나를 얼핏 깨웠다.

"아구메나! 그게 폭발탄 아니냐?"

나는 그 순간 겁에 질린 할머니의 음성을 들었다. 양쪽에서 내 시야를 답답하게 가로막고 앉은 사람들은 어머니와 아버지였다. 두 덩치의 커다란 몸체 사이로 호롱불이 침침하게 비쳐들었다.
"괴춤에 찬 것도 마자 끌러라."
아버지가 방 안의 누군가를 향해 명령조의 말을 했다. 잠시 머뭇머뭇하는 기색이더니 아버지의 맞은쪽에서 부스럭거리는 소리가 났다.
"곤총을 두 자루썩이나……"
"숭칙도 혀라!"
어머니와 할머니가 동시에 중얼거렸다. 잠은 벌써 천리만리나 도망가버렸고, 썬득한 기운이 움직이는 뱀처럼 등줄기를 타고 내렸다. 관심의 대상에서 내가 일단 벗어나 있다 해도 안심할 수 없는 일이기 때문에 한 치 시선을 옮기는 데 여간만 수고스러운 게 아니었다. 나는 옹색한 시야 안에서 벌어지는 변화에 온 신경을 모았다. 그러자 굵직한 남자 목소리가 들렸다.
"동만이는 내가 온다는 걸 모르고 잠들었는가요?"
아버지가 옆으로 약간 돌아앉으려는 낌새여서 나는 얼른 눈을 감았다. 내 얼굴을 가리고 있던 그늘이 확 물러나면서 눈뚜껑 위로 불빛이 따갑게 쏟아져내렸다.
"부러 귀뜸을 안 혔어라우" 하고 어머니가 그것이 무슨 자랑이나 되는 것처럼 얘기했다.
"염려헐 것 없다. 저 녀석은 눈만 붙였다 허면 시상 모르게 자는 아다"라고 할머니도 말을 거들었다.
방 안이 잠시 조용해졌다. 아무도 섣불리 입을 열 수 없는, 삭막한 분위기 같았다. 그러는 동안에도 내 귓속엔 권총과 수류탄을 찬 채 밤중 몰래 숨어 들어온 사람의 그 굵은 음성이 아직 쟁쟁했다. 바로 그가 몇 달 전에 집을 나간 후 소식을 몰라 식구 모두가 애타하던 삼촌임에 틀림없다면, 유감이지만 삼촌의 목소리는 내가 첫 귀에 거의 못 알아들을 만큼 무섭게 변해 있었다. 자갈 바탕에 함부로 굴린 질항아리처럼 그렇게 거칠 수가 없고, 어떤 일에도 신명이 안 난다는 투의 그런 무심한 음색이 아니었다. 내가 기억하는 바 우리 삼촌은 아무 자리에나 끼여 버릇없이 너털웃음을 잘 웃고, 자기와는 전혀 이해 상관이 없는 남의 일에도 곧잘 뛰어들어 판세를 될수록 시끌짝하게 유도하면서 까닭 없이 흥분하고 쉽게 감동해버리는 사람이었다. 하지만 아무리 생각해봐도 조금 전의 그 소리는 어김없는 삼촌의 음성이었다. 소리의 변화만큼이나 험상궂어 있을 삼촌의 얼굴 모양을 상상해보았다. 그러자 별안간 오금이 가려워오기 시작했다. 이 가려움증은 삽시에 전신으로 번져 꼭 개미집이 많은 풀밭에 누웠거나 한 듯이 등 복판이나 겨드랑 밑 아니면 발가락 사이 같은, 하필 누운 채로 어른들에 들키지 않고 손을 뻗어 용이하게 긁을 수 없는 부위들만 심하게 물것을 타는 것처럼 스멀거리는 것이었다. 거기에 설상가상으로 기침까지 나오려고 목줄띠가 근질거리고 자꾸만 입 안에 침이 괴었다.

산에서의 생활이 제일 궁금한 모양이었다. 그간 어떻게 지냈는가를 할머니는 요모조모로 따지고 캐물었다. '예' 아니면 '아니오' 정도로 삼촌은 대답을 극히 간단히 끝맺곤 했는데, 그만한 대화를 꾸리는 데도 때로는 약간 짜증스런 기색이었다. 그러나 할머니는 아무 눈치도 없이 밤이 이슥하도록 질문을 혼자 도맡고 있었다.

"니 말로는 사람이 많다고는 허드라만, 혀봤자 맨나 남정네들뿐일 틴디 끄니때마동 밥이랑 국이랑은 누가 끼리냐?"

"즈이들이죠, 뭐."

"짐치나 너물 같은 겅건이도?"
"예."
"시상에나! 이 에미가 저티 있었드라면 지때 간이라도 맞춰주고 헐 것인디……"
"……"
"그래 입에 맞기나 허디야?"
"괜찮어요."
"남정네 손으로 맹근 것이 오직허겄냐만, 들을시록 시장시러서 그런다."
"괜찮다니께요."
"이리저리 처소를 웡겨댕기느라면 끄니를 걸르고 헐 때는 없냐?"
"아니오."
"아무리 급혀도 너 쌩쌀을 집어먹어서는 못쓴다. 그러다 곽란이라도 나는 날이면 큰일이다. 산중으로 의원을 부르겄냐, 약 한 첩인들 대리겄냐. 에미 말 명심혀야 된다."
"염려 마세요."
"그러고 산말랭이라니께 말이 하절이지 밤중에는 엄동이나 진배없을 틴디, 아랫두리 개릴 이불 한쪽이나 지대로 천신허냐?"
"그럼요."
"소캐도 들을 만큼 들고?"
"……"
"치운 디서 너무 오래 있지 마라. 그러고 얼음 백힌 디는 까짓대가 질이다. 까짓대를 푹 쌂어서 그 물에다가 한참썩 수족을 정구고 나면 고닥 풀리느니라. 에미가 저티 있으면 조석으로……"

장마 91

"글씨, 염려 마시랑게요!"

"니 손발을 보닝게 이 에미 가슴이 찢어지는 것 같어서 그런다. 아무리 시상이 험허다고는 혀도 그래도 귀동으로 키운 자석인디 손이 그게 뭐냐?"

"에이 참, 어머니도!"

그 이상 참을 수 없다는 듯이 삼촌이 길게 한숨을 쉬었다.

"인자 구만 좀 혀두세요."

기회를 봐서 아버지도 한마디 했다.

"손구락이 얼어터져서 떨어져나가도 에미보고 걱정허지 말란 말이냐?"

할머니가 발끈해서 소리쳤다. 당신 딴엔 여전히 심각하고 절실한 어조였다. 그러자 아버지 역시 못지않게 언성을 높였다.

"쪼매만 있으면 날이 샐 챔인디 한가허게 앉어서 그런 소리나 혀야만 똑 쓰겄소? 사람이 사느냐 죽느냐 허는 판국에 시방 짐치 걱정 이불 걱정 허게 생겼난 말요!"

할머니는 아무 소리도 못 했다. 물론 할 얘기야 얼마든지 더 있었을 것이다. 하지만 아버지의 말대꾸 속에 담긴, 어쩐지 예사롭지 않은 구석이 극성스런 노인 양반을 그처럼 몬존하도록 만들었으리라.

"앞으로 어떻게 헐 작정이냐?"

한동안 뜸을 들인 후에 아버지는 이렇게 물었다. 삼촌을 향해서였다.

"뭘 말이유?"

"산에서 끝까장 버틸 작정이냐?"

대답이 없자 아버지는 또, 자수할 생각이 없느냐고 물었다. 오래 두고 별러온 말인 듯 아버지는 천천히 이야기를 털어놓기 시작했다.

아버지는 늘 쫓기기만 하는 생활의 비참함을 거듭 강조했다. 그리고 자수를 해서 고향에 돌아와 다시 농사를 지으며 편히 산다는 아무개 아무개를 예로 들면서 삼촌도 그렇게 하라고 간곡히 권하는 것이었다. 아버지는 '개죽음'이란 말을 자주 들먹였다. 개죽음, 개죽음, 개죽음, 개죽음……

"성님은 어찌서 자꼬 그것이 개죽음이라고 그러시오?"

삼촌이 갑자기 볼멘소리를 했다. 멀지 않아 인민군이 다시 내려오기로 되어 있다고 삼촌은 장담을 했다. 그날까지 그저 악착같이 버티는 거라고 말하면서, 세상이 다시 뒤바뀌는 날 화를 당하지 않도록 모든 일을 알아서 조처하라고 오히려 아버지한테 되씌우기조차 했다. 얘기를 들으면서 삼촌의 변모를 또 한 번 실감할 수가 있었다. 말이 아주 청산유수였다. 옛날의 삼촌한테서 그처럼 차분한 설교조의 말씨를 기대한다는 건 어림도 없는 얘기였다. 자기 주장을 상대방에게 조리 있게 전달할 재간이 없어 걸핏하면 우격다짐을 벌이던 사람이었다. 날이 밝기 전에 산을 타야 된다면서 삼촌은 주섬주섬 뭘 챙기기 시작했다. 총과 수류탄일 것이었다. 여러 사람이 한꺼번에 움직이는 소리가 났다.

"일단 집 안에 돌아온 이상 니 맘대로는 못 나간다!"

마침내 나는 눈을 떴다. 갑작스럽게 벌어진 소동 속에서 내가 천천히 몸을 일으켜 앉는 걸 부자연스럽게 보는 사람은 아무도 없었다. 삼촌은 얼굴이 온통 수염투성이였다. 아랫목 벽에 등을 대고 앉은 삼촌을 아버지와 고모 둘이서 껴안다시피 붙잡고 있었다. 고모가 붙잡고 있던 한쪽 팔을 빼앗아 흔들면서 할머니가 말했다.

"야 말만 듣고 나는 니가 어디 가서 펜안히 지내는 종만 알었다.

작년 그때맹키로 면사무소 의자에 버티고 앉어서 밀주 단속반이나 잡어다가 족치고 그러는 종 알었다. 그런디 오널사 알고 보닝게 그게 아니구나. 사정을 죄다 알었응게 인자는 죽었으면 죽었지 너를 그 험헌 디로는 안 보낼란다."

삼촌의 손을 연방 자기 뺨에 대고 비비면서 할머니는 느껴 울었다.

"에미가 따러가서 끄니랑 잠자리랑 일일이 수발을 허면 행결 맘이 뇌겠지만 그럴 순 없다니 너를 인자는 저티다 꼭 붙들어 앉혀놓고 내 눈으로 지켜볼란다. 집에 있음서 농새나 짓고, 그러다가 장개를 가서 이 에미한티 니 속에서 난 새끼들도 조깨 안어보게 허고, 그러면 얼매나 좋겄냐?"

오랜만에 고모도 입을 열어 가정을 가진 사람만이 갖는 재미를 이야기하고, 어머니도 은근히 맞장구를 놓았다. 아버지가 재차 타이르기 시작했다. 전세가 어떻게 돌아가고 있는가를 자세히 설명하면서 인민군의 헛 약속에 속고 있음을 깨우치려 애를 썼다. 경찰에 아는 사람이 더러 있으니까 줄을 대면 몸을 상하지 않고도 빠져나올 방법이 있을 거라고 얘기했다. 그러나 삼촌은 끝내

"성님마자 날 쇡이기유?"

아버지의 손을 홱 뿌리쳐버렸다.

"쇡이다니?"

"들어서 다아 알고 있어요."

삐라를 주워 읽고 귀순하러 내려간 사람을 경찰이 마구잡이로 죽였다는 것이다. 과거를 무조건 용서하고 자유를 준다는 건 다 새빨간 거짓말이요 속임수라는 것이다.

"그런디 성님마자도 날더러 자수를 허라니……"

"뭐여?"

그때 아버지의 팔이 위로 번쩍 들렸다. 그리고 삼촌의 귀싸대기에서 철썩 소리가 났다. 숨을 헉헉 몰아쉬면서 아버지는 삼촌을 무섭게 째려보았다.

"내가 그럼 이놈아, 너를 이놈아, 죽을 구뎅이로 몰아는단 말이냐? 하나배끼 없는 동상놈을 못 쥑여서 환장이라도 혔단 말이냐, 이놈아?"

"야가 불쌍헌 아를 왜 패고 야단이냐!"

가슴으로 삼촌을 감싸안으면서 할머니가 소리내어 울었다. 아버지가 담배통을 앞으로 끄집어당겼다. 풋초를 말아쥐는 두 손이 발발 떨렸다. 삼촌이 고개를 떨구었다.

닭이 첫 홰를 치는 소리가 들렸다. 장닭의 긴 울음을 듣고 삼촌은 깜짝 놀라는 표정으로 식구들을 둘러보았다. 짧은 여름밤이 이제 곧 새려 하고 있었다.

"사람을 죽였어요." 무거운 짐을 부리고는 주저앉는 사람처럼 허탈한 소리로 이렇게 중얼거렸다. "그것도 아주 많이……."

그렇게 해서 삼촌은 결국 자수를 하기로 결심했다. 그것은 참으로 긴긴 설득이었고, 삼촌이 마음을 돌리기까지 아버지가 보인 인내심은 내 보기에 정말 놀라운 것이었다. 모든 일이 아버지가 처음 계획했던 대로 잘 이루어진 셈이며, 그래도 뭔가 못 미더워하는 삼촌을 안심시키기 위해서 아버지는 확실한 보장을 받을 때까지 한 이틀 여유를 두고 동정을 살피기로 이야기가 되었다. 그 동안 삼촌은 전에 외삼촌이 그랬던 것처럼 대밭 속에서 숨어 지낼 참이었다.

이야기는 다 끝났고, 이제 남은 일이란 날이 완전히 밝기까지 눈이라도 잠깐 붙여두는 것뿐이었다. 그런데 그때였다. 윗옷을 벗으려던 삼촌이 느닷없이 몸을 엎드리면서 방바닥에 귀를 대는 것이었다. 할머니가 질겁을 했다.

"무신 일이냐?"

"쉬잇!"

삼촌이 손가락을 세워 입술에 대고는 눈으로 방문 쪽을 가리켰다. 대번에 얼굴색들이 달라지면서 덩달아 바깥쪽에 귀를 모았다.

"소리가 났어요."

그러나 내 귀엔 아무 소리도 잡히지 않았다. 멀리서 우는 풀벌레 소리라면 몰라도 인기척 같은 건 전혀 없었다. 그런데도 삼촌은 방바닥에 잔뜩 귀를 붙인 채 일어날 생각을 아니했다. 숨막힐 듯한 긴장 속에서 쿵쿵 울리는 심장의 고동만 듣고 있던 나도 마침내 삼촌이 얘기하는 어떤 소리를 붙들었다. 심장의 고동과는 확연히 구별되는 그 소리는 매우 느린 간격으로 땅을 살금살금 밟고 있었다. 너무도 꼼꼼하고 신중해서 가까이 오고 있는지 점점 멀어져가는 중인지조차 구분하기 어려웠다.

"밖에 거 누구요!"

아버지가 소리는 작으나 엄하게 꾸짖는 말투로 이렇게 물었다. 그러자 움직이는 소리가 뚝 그쳤다. 불현듯 그것이 어디선가 많이 귀에 익은, 어쩌면 내가 잘 아는 사람의 발소리일지도 모른다는 생각이 들었다. 나는 그게 누구일까고 다급히 생각해보았다. 발소리가 다시 들렸다. 이번에는 전보다 조금 빨리 움직이는 듯했다. 삼촌이 몸을 벌떡 일으켰다. 그리고 눈깜짝할 사이에 시커먼 몸뚱이가 내 앉은키를 훌쩍 뛰어넘어버렸다. 뒷문이 부서지는 소리를 내며 떨어져나가고 삼촌의 커다란 뒷모습이 어둠 속으로 곤두박질을 했다. 어느새 삼촌은 대밭 속을 빠져나가고 있었다. 어찌나 동작이 날렵하던지 누가 붙잡고 말 한마디 건넬 여가도 없었다. 삼촌이 망가뜨리고 간 뒷문을 통해서 나는 밖으로 나갔다. 부엌 옆을 돌아 안마당으로 달렸다. 혼자였지만 조금도 무섭지 않았다. 마당에서부터 텃밭을 지나 대문간까지 울바자 안에 있는 모든 것들을 한눈에 살폈으나 아무것도 안 보였다. 그러나 불이 꺼진 사랑채에 시선이 머물자 그곳에서 나는 절반쯤 열려 있던 방문이 희부연 여명을 밀어내며 소리없이 닫히는 걸 보았다. 그 발견으로 하여 나는 크나큰 희열을 맛볼 수가 있었다. 그렇다, 역시 그것은 내가 잘 아는 사람의, 귀에 익은 발소리였다.

"일이 이렇게 될 종 알었드라면 진작에 다 챙겨놓 것인디…… 먹을 것 한나 입을 것 한나 못 줘여 보내고…… 누가 알었어야지…… 뜨뜻헌 밥 한 그럭 지대로 못 멕여 보내다니…… 누가 알었어야지……"

가슴을 뜯으며 흐느끼는 할머니 옆에서 고모가 내 손목을 꼬옥 잡아 한쪽으로 끌었다. 이어서 고모는 뜨거운 입김을 내 귓속에 불어 넣었다.

"삼촌이 집에 댕겨갔다는 얘기 누구한티도 혀서는 안 되야. 알었냐? 그런 얘기 함부로 혔다가는 왼 집안이 큰일난다. 잽혀가. 알었냐? 알었냐?"

동네 사람들이 우리 집 대문 앞을 여러 겹으로 에워싸고 있었다. 그렇게들 모여서서 웅성거리며 대문 안을 넘어다보려고 열심이었다. 당산 근처까지 들리던 여인네들의 통곡은 바로 우리집에서 흘러나오는 소리였다. 내가 다가가자 사람들의 시선이 일제히 내게로 쏠렸다. 나를 턱으로 가리키면서 자기들끼리 서로 의미심장한 눈짓을 나누고는 또 쑤군거렸다. 사람들이 이내 좌우로 갈라지면서 가운데로 길이 뚫렸다. 낯선 사내가 앞장서 걸어나오고 바로 뒤를 이어 아버지가 따라나왔다. 그리고 한 걸음 떨어져 맥고자의 사내가 보였다. 그는 아버지의 팔을 뒤로 결박한 오라의 한쪽을 손에 감아쥐고 있었다. 나를 보더니 그는 헤벌쭉 웃으며 한 눈을 찡긋해 보였다. 내 앞에서 아버지가 우뚝 걸음을 멈추었다. 아버지는 몹시 안타까워하는 눈초리로 나를 내려다보며 한참이나 무슨 말을 할듯할듯하다가는 잠자코 도로 발을 떼기 시작했다. 대문간에서는 어머니와 고모 그리고 할머니들이 한덩어리가 되어 자빠지고 고꾸라져가며 통곡을 터뜨리고 있었다. 그제야 비로소 내게도 어떤 고통의 감정이 서서히 살아나기 시작했다. 날이 어둑해질 때까지 맥고자한테 나를 일러준 그 이북 아이를 찾아 동네 안팎을 무작정 뒤지고 다니는 동안, 그것은 일종의 배신감과 어울려 갈수록 무서운 분노로 변했고, 때로는 감당 못 할 큰 슬픔이 되어 눈을 후비고 가슴을 찌르기도 했다. 맥고자의 그 사내는 나한테 그런 얘길 들었다는 걸 누구한테도 알리지 않겠다고 단단히 약속한 바 있었다. 그것은 그때 나이의 내게 어른들에 의해서 기록된 최초의 치명적인 배신이었다.

그날 밤부터 나는 온전한 외할머니 차지가 되었던 것이다. 나와 외할머니 사이엔 자기도 의식하지 못하는 사이에 잘못을 저지른 자들끼리 갖는 공통의 비밀이 있었다. 그것이 우리로 하여금 온갖 구박 속에서도 서로 등을 기대고 견딜 수 있는 귀중한 힘을 주었는지도 모르겠다. 아무튼 우리 할머니는 성깔이 대단한 사람이었다. 어쩌다 집안에서 얼굴이라도 마주치는 날이면 뱀이나 밟은 듯이 질색을 했고, 이야기는 물론 나하고 한방에서 밥 먹는 것조차 완강히 거부해 버렸다.

아버지는 꼬박 일 주일 만에야 풀려나왔다. 먹을 걸 차입하느라고 그간 읍내를 뻔질나게 들락거렸던 어머니가 대문턱을 막 넘어서는 아버지 머리 위로 연방 소금을 뿌리면서 눈물을 질금거리고 있었다. 끌려가기 전과는 딴판으로 아버지는 얼굴이 영 말씀이 아니었다. 눈자위는 우묵 꺼지고 그 대신 광대뼈만 눈에 띄게 솟아 마치 갓 마름질한 옥양목처럼 희푸른 낯빛이 말할 수 없이 초췌해 보였다. 나를 더구나 외면하게 만든 것은 걸음을 옮길 적마다 오른쪽 다리를 절름거리며 짓는, 몹시 괴로운 표정이었다. 집에 돌아온 첫 저녁, 아버지는 당시 마을에서는 구하기 힘든 두부를 한꺼번에 세 모나 날것으로 먹어치웠다. 본디 입이 무거운 양반인 줄은 알지만 그날따라 아버지는 더욱 말이 없었다. 가끔 내 얼굴을 멀거니 내려다보며 금방 무슨 말을 꺼낼 듯하다가도 도로 시선을 거두어버리곤 했다. 아버지가 만약 매를 든다면 죽는 한이 있어도 달아나지 않기로 이미 각오가 되어 있었다. 그리고 아버지가 손만 뻗으면 넉넉히 잡을 만한 거리에 목침이 있고 등경걸이가 있었다. 뭔가 속시원한 꼴을 보지 않고는 너무 찜찜해서 아버지 앞을 도저히 물러날 수가 없을 것 같았다. 정중히 무릎을 꿇고 앉아 이제나저제나 하며 나는 기다렸다. 그러나 지나간 일에 대해서 아버지는 끝끝내 입을 다물어버렸다. 다만, 잠들기 전에 이런 말 한마디를 남기는 건 잊지 않았다.

"동만이 너 니알부터 내 허가 없이 밖으로 나댕겼다가는 다리몽생이가 분질러질 팅게 그리 알어라!"

아아, 그때 우리 아버지가 미친 듯이 매를 휘둘러줬더라면, 마지막 말을 남기며 나는 얼마나 행복한 마음으로 눈을 감을 수 있었을 것인가. 아버님, 제가 잘못했어요, 하고…….

                            4

 계속해서 비는 내렸다. 어쩌다 한나절씩 빗발을 긋는 것으로 하늘은 잠시 선심을 쓰는 척했고, 그러면서도 찌무룩한 상태는 여전하여 낮게 뜬 그 철회색 구름으로 억누르는 손의 무게를 더한층 잡도리하는 것이었고, 그러다가도 갑자기 하마터면 잊을 뻔했다는 듯이 악의에 찬 빗줄기를 주룩주룩 흘리곤 했다. 아무 데나 손가락으로 그저 꾹 찌르기만 하면 대꾸라도 하는 양 선명한 물기가 배어나왔다. 토방이 그랬고 방바닥이 그랬고 벽이 그랬다. 세상이 온통 물바다요 수렁 속이었다. 쉬임 없이 붇는 물로 우물은 거의 구정물이나 마찬가지여서 팔팔 끓이지 않고는 한 모금도 목을 넘길 수가 없고, 밤새 아궁이 밑바닥엔 물이 흥건히 괴어 불을 지필 적마다 어머니가 울상을 지으며 봇도랑을 푸듯 양재기질을 하지 않으면 안 되었다. 세상이 하도 빗소리 천지여서 심지어는 아버지가 뀌는 방귀마저도 그놈의 빗소리로 들릴 지경이라는 객쩍은 농담 끝에 어머니가 딱 한 차례 웃는 걸 본 적이 있다.
 우중인데도 읍내에서는 야음을 틈탄 또 한 차례의 습격이 있었다. 읍내와는 짱짱한 이십 리 상거인 우리 동네에까지도 콩 볶듯 어둠을 두드리는 총성이 또렷이 들릴 정도였다. 비를 무릅써가며 당산 위에 올라섰다 돌아온 아버지 말에 의하면, 밤하늘로 치솟는 시뻘건 불길을 멀리 볼 수 있었다고 한다. 습격 사건에 관한 소식은 하루도 채 못 되어 마을에 소상하게 전해졌다.

　동생네의 안부가 걱정되어 새벽같이 읍내를 다녀온 동네 사람 하나가 이웃집 진구네 아버지와 함께 일부러 아버지를 만나러 왔다. 마루에 걸터앉자마자 그는 할머니가 큰방에서 듣는 줄도 모르고 넋이야 신이야 눈치없이 떠벌리기 시작했다. 경찰서 부근 인가들이 많이 상했고, 먼저 공격한 빨치산 쪽이 되레 혼구멍이 나게 당해서 목숨을 살려 산으로 도망친 숫자가 불과 몇 명밖에 안 될 거라는 얘기였다. 그가 전하는 내용 가운데 특히 인상적인 것은 읍내 곳곳에 널린 빨치산 시체들을 묘사하는 대목이었다. 거적때기에 덮인 끔찍한 모습 하나하나를 설명해 보이는 것이었다. 그는 한 가지 예로 사지가 제각기 흩어져 뒹구는 주검을 들었다. 최고로 많이 맞은 것이 세어 보니 열여섯 방인가 열일곱 방인가 되더라고도 했다. 허리 위아래가 완전히 두 겹으로 포개져 시궁창에 박혀 있었다는 시체에 흥미가 쏠렸다. 사람 몸뚱이가 마치 주머니칼이 반절로 접히듯 그렇게 등 쪽으로 두 겹이 될 수 있다는 게 내게는 커다란 의문이었다. 정말 그렇게 되리라고는 아무래도 믿어지지가 않았다. 마지막으로 그는, 시체들을 모아 경찰서 뒤뜰에 전시해놓았다가 연고자가 나타나면 인도해 준다더라는 소문까지 암냥해서 전했다. 그가 아버지를 만나러 온 목적이 바로 이것이었다. 그러니까 빨리 가보는 게 좋을 거라고 넌지시 권했다. 같이 온 진구네 아버지도, 두말 말고 어서 그렇게 하라고 채근을 했다. 이야기를 들으면서 아버지는 내내 참담한 표정이었다. 그리고 두 사람의 권고에 몹시 망설거리는 기색을 노골적으로 나타내고 있었다. 그러나 죽마고우인 구장 어른이 뒤늦게 찾아와 자기가 정 무엇하면 함께 따라가주겠다고 제안하자 그제야 아버지 얼굴에 결심의 빛이 떠올랐다.

　행장을 차려 삿갓 위에 유지로 된 갈모를 받쳐 쓰고 빗속을 나서는 아버지 등뒤에서 할머니는 가소로워 죽겠다는 내색을 구태여 감추려 하지 않았다. 아버지의 읍내행을 할머니는 처음부터 억척스럽게 반대하고 나섰다. 그런 수고가 절대로 필요없다는 주장이었다. 나중에는 하늘이 정해놓은 일을 아직도 곧이곧 신용하지 않는 아들의 어리석음에 불같이 화를 내는 것이었다. 할머니의 주장은 아주 단순했다. 읍내에서 어떤 일이 벌어졌든 삼촌하고는 아무런 상관도 없는 일이다. 아무리 기구한 처지에 빠진들 삼촌만은 죽지 않고 멀쩡히 살아 남도록 되어 있는 것이고, 아무 날 아무 시만 되면 할머니 앞에 버젓이 나타나게끔 하늘이 알아서 진작에 다 수습해놓았다. 그런데 동생을 찾으러 시체 구덩이를 휘젓고 다니다니, 도무지 말도 안 되는 소리였다. 다른 사람은 다 몰라도 할머니 혼자만은 그걸 철저히 믿고 있었다. 믿다뿐이냐, 그날에 대비하여 사소한 일에 이르기까지 하나하나 신경을 써 준비를 게을리하지 않으며 속새로 목이 길어나게 기다리고 있는 판이었다. 할머니에겐 꼭 그럴 만한 사유가 있었다. 작은아들을 창황 중에 떠나보낸 사건이 있은 후로 할머니가 지낸 나날은 그야말로 죽지 못해 사는 세상이었다. 밤잠을 못 자고 한 술 밥이 안 넘어갈 정도로 한시도 안정을 못 하면서 아들의 뒷소식이 궁금해 간장을 말리는 것이었다. 그때 마침 친정에 다니러 온 고모가 자기 이웃 마을에 산다는 점쟁이 이야기를 꺼냈다. 일이 그렇게 되어 할머니는 어느 하루로 날을 받아 쌀말이나 머리에 얹고 기가 막히게 용하다는 그 소경 점쟁이를 찾아나섰던 것이다. 늦은 저녁이 되어 할머니는 갈 때와는 사람이 다르게 희색이 만면해가지고 돌아와서는 식구 전부를 모은 자리에서 소경의 혜안을 극구 칭송한 다음 그를 대리하여 놀라운 신탁을 전했던 것이다. 그런데, 그로부터 손가락을 꼽아가며 고대하던 그날이, 삼촌이 집에 다시 돌아오기로 되어 있다는 그 '아무 날 아무 시'가 인제는 당장 며칠 눈앞의 일로 우리에게 다가오고 있는 중이었다.

아버지와 구장 어른은 빈손으로 돌아왔다. 아버지가 헛걸음을 한 것이 우리에겐 삼촌이 실제로 돌아온 거나 다름없는 경사였다. 그런데도 아버지는 여느 때와 매일반으로 별로 말이 없는 게 이상했다. 아버지 얼굴에는 성질이 전혀 다른 두 개의 표정이 복잡하게 얽혀 있었다. 적이 안심이 되는 한편 더욱더 착잡해지기도 하는 듯한 두 개의 얼굴이 수시로 변덕을 부리며 엇갈리고 있었다. 경찰서 뒤뜰에서 시체를 못 봤다는 사실이 결과적으로 삼촌의 생존을 의미하는 것임에 틀림없다 해도 그가 겪게 될 앞날의 고초가 두고두고 마음에 걸리는 모양이었다. 하지만 할머니는 그게 아니었다. 대번에 기고만장해가지고, 그러면 그렇지, 그것 보라고, 내가 뭐라고 그러더냐고, 우리 순철이는 보통 사람과는 다르다고, 거지반 고함을 지르듯 말하는 것이었다. 이윽고 할머니는 어린애처럼 엉엉 소리내어 울면서, 합장한 두 손바닥을 불이 나게 비비대면서 샘솟듯 흘러내리는 눈물로 뒤범벅이 된 늙고 추한 얼굴을 들어 꾸벅꾸벅 수없이 큰절을 해가면서, 하늘에 감사하고 부처님께 감사하고 신령님께 감사하고 조상님네들께 감사하고 터줏귀신에게 감사하면서, 번갈아 방바닥과 천장과 사면 벽을 향하여 이리 돌고 저리 돌고 뺑뺑이질을 치면서 미쳐 돌아가

장마 103

는 것이었다. 할머니가 가진 소박한 신앙과 모성애가 우리 모두의 가슴 구석구석을 뜨겁게 적시는 감동의 순간이었다. 우리는 모두 믿기로 했다. 같이 믿어주지 않고서야 어떻게 할머니를 진정시킬 수 있단 말인가. 결국 우리 식구들은 하나같이 어떤 엄숙한 종교적 분위기에 싸여 예배 의식의 한 절차처럼 서로 '아무 날 아무 시'란 주문을 나직이 외워가며 불사신 우리 삼촌의 무사 귀환을 신심 깊게 확인하기를 끝없이 되풀이했고, 그러다가 그날에 우리가 맞게 될 행복스런 꿈의 크기를 저마다 재기 위하여 새벽이 방문 밖에까지 와 있음을 피부로 느끼며 늦은 잠자리에 다난했던 하루를 고이 눕혔다. 그토록 벅찬 하루를 우리는 살았다.

외할머니가 거처하는 사랑방에 누워 줄창 내리는 방문 저쪽의 빗소리를 어렴풋이 가늠하고 있었다. 끊어졌다가는 이어지고, 그러다가 슬그머니 되끊어지고, 때로는 커졌다 작아졌다 하는 빗소리가 마치 귓밥을 살살 긁어내는 귀이개의 연약한 끝부리처럼 내 귀를 대고 간질였다. 간밤에 얻은 피로가 미처 덜 풀려 밀어닥치는 졸음과 힘겹게 겨루면서 듣는 그 빗소리는 꼭 꿈속에서처럼 먼 세계의 일로 아련하게 들렸다. 어차피 바깥 출입을 못 하도록 발이 묶여 있는 나한테 지루한 장마의 계속이 그래도 불행중다행으로 느껴질 경우가 어쩌다 있었다. 울 밖 들판과 언덕을 태우는 쨍쨍한 햇볕이 있고 정자나무를 흔드는 바람과 거기에서 들리는 시원스런 매미 울음이라도 있었더라면 여름날 긴 하루를 특별한 놀이나 재미도 없이 꼬빡 집안에만 갇혀 지내야 할 내게는 아마 온 세상의 빛과 소리가 한층 더 저주스럽게 여겨졌을 것이다. 어쩐 일로 잠깐씩 비가 걷히는 오후 같은 때면 그 짬을 놓칠세라 재빨리 패거리를 꾸며 우리집 대문 앞 골목길을 질주하는 동네 아이들의 북새를 방 안에 앉아서도 환히 들을 수 있었다. 앞강 언저리 우북한 물푸렁이 밑이나 층계논 물목마다 훑고 다니며 히히거리는 아이들과 그들이 제각기 건져올리는 소쿠리나 통발 안에서 은빛 비늘을 번득이는, 낱낱이 살찐 붕어들이 세차게 앙탈하는 꼴을 연상할 적마다 버림받은 자의 슬픔이 울컥 되살아나곤 했다. 그들 또래 사이에서 나라는 존재는 어느덧 까맣게 잊혀져가고 있었다. 단 한 번 빈말로라도 나를 부르러 우리집 삽짝 앞에 선 때가 없었다. 세상 전부가 그들 차지인 부러움의 시각에 나는 울바자 앞 늙은 감나무 밑에 서서 다 줍고 나면 금방 두엄간에 던져버릴, 장마통에 우수수 떨어진 썩은 감꽃이나 하릴없이 주워가며 일찌감치 체념이란 걸 익혔다. 내가 바라는 건 오로지 개학뿐이었다. 이제 얼마 안 있으면 문을 닫았던 학교가 다시 열릴 것이고, 그렇게만 될 양이면 아버지의 금족령도 자연 흐지부지되어 악몽 같은 세월에도 결국은 끝장이 올 것이었다.

  완두를 까던 일손을 멈추고 외할머니가 허리를 쭈욱 폈다. 죽치고 들어앉아 진종일 누구와 말 한 마디 건네는 법 없이 손만 놀리는 외할머니 덕분에 거둬들인 완두는 대충 다 처분이 되었다. 그런데 헛간 구석에 아직도 남아 있는 약간의 줄거리 더미에서 탈이 생겼다. 꼬투리 속에 든 채로 습기를 잔뜩 머금은 자실에서 샛노란 싹이 포식한 구더기처럼 길게 돋아져나오고 있었다. 그것이 더 길어나기 전에 서둘러서 마저 다 까놓아야 하는 일 또한 전적으로 외할머니 책임이었다. 어찌 된 영문인지 완두에 관한 일이라면 식구들은 무조건 외할머니 혼자 떠맡은 것으로 치부해버렸다. 그리고 외할머니 자신도

장마 105

응당 그래야만 된다는 듯 눈곱만치도 싫은 내색 않고 그 깨끗잖은 일감을 자기 유일의 소일거리로 삼았다. 아니다. 남이 행여 손을 댈까봐 당신 혼자 한시도 쉬지 않고 오직 그것만 붙잡고 늘어지기 때문에 모두들 양보를 해버린 선의의 결과라고 해야 이야기가 더 정확해지겠다. 어쨌든 우리 외할머니는 완두만 한번 붙잡으면 시간 가는 줄도 모르고 그저 묵묵히 손을 놀리는 것이었다. 그리고 연둣빛 무늬의 길쭘한 자실과 함께 대바구니 속에다 흘러나오는 긴 한숨을 가끔 담곤 했다. 그렇게 열심이자니 생김새와는 다르게 참을성이나 강단이 놀라운 외할머니도 가끔씩은 허리나 옆구리 같은 데가 결리는 때도 있는 모양이었다. 대바구니를 옆으로 밀어놓은 다음 치마 앞자락을 툭툭 떨었다. 치마폭에 손을 문질러 닦고 나서 내 곁으로 바싹 다가앉았다. 이마에 와 닿는 미지근한 숨결 속에서 나는 외할머니의 그 독특한 체취를 맡았다. 아니나다를까, 섬뜩할 만큼 차가운 손이 잠방이 속으로 슬금슬금 기어들기 시작했다. 사타귀를 주무르는 외할머니의 앙상한 손을 나는 단 한 번이라도 좋은 기분으로 받아들인 적이 없다.

"즈이 오삼춘 타겨서 붕알도 꼭 왜솔방울맹키로 생겼지……."

이모가 슬며시 홑이불을 머리 위로 뒤집어쓰는 걸 눈으로 안 보아도 옆에서 느낄 수 있었다. 얼마 전부터 이모는 기관지가 갑작스럽게 나빠져 늘 사랑방 아랫목에 누워서 나날을 보내고 있었다. 외삼촌 얘기가 나오면 이모는 으레 그렇게 이불을 둘러써버렸다.

"오삼춘이 존냐, 친삼춘이 존냐?"

외할머니가 던지는 뚱딴지 같은 질문이었다. 그런 질문만 받으면 나는 어찌할 바를 몰랐다. 우선 질문 자체가 일방적인 대답을 거의 강요하다시피 하고 있었다. 묻는 순서부터가 매번 외삼촌 쪽이 먼저였다. 그리고 내 처지로서는 도저히 누구는 좋고 누구는 싫다고 얘기할 입장이 못 되었다. 사실대로 얘기하려면 둘 다 좋다고 해야 된다. 그런데 외할머니의 요구는 둘 가운데 똑 부러지게 하나만을 가려내라는 것이다.

"오삼춘이 존냐, 친삼춘이 존냐?"

그러나 나는 알고 있었다. 거듭되는 물음이나 대답 자체가 중요한 건 결코 아니었다. 대화를 이끌어나가려는 열정도, 별다른 감정도 개입시킴이 없이 그저 무심히 흘리는 듯한 그 질문이 실은 자기 자신의 긴 이야기를 꺼내기 위한 막연한 서두임을 나는 벌써 깨닫고 있었다. 그래서 당황하는 것도 처음 두어 차례뿐, 이젠 잠자코 누워서 제법 능청도 떨 줄 알게 되었다. 그러면 외할머니는 못내 섭섭하다는 표정을 지어 보였다.

"그럴 티지, 언지든지 팔은 안으로만 휘는 벱이니께……."

그러나 섭섭한 표정도 잠시뿐, 외할머니는 곧 아무렇지도 않은 얼굴이 되어 다른 이야기를 시작하는 것이었다.

"니가 참말로 우리 권길준이 생질 노릇을 똑똑히 헐라면은 위선 느이 오삼춘이 어떤 사람였능가부텀 알어야 된다. 그러지 않고서는 어디 가서 감히 권길준이가 우리 오삼춘이라고 말헐 자격이 없지. 암, 없다마다."

외할머니가 얘기하는 동안 외삼촌은 항상 축구 선수 복장을 하고 있었다. 그리고 그는 내 머릿속에 급조된, 끝없이 넓은 상상의 운동장을 한 필의 준마처럼 종횡으로 치닫고 있었다. 멋진 폼으로 푸른 하늘을 향하여 공을 뼁뼁 차올리고 있었다. 공부도 공부지만 운동에는 아주 '귀신'이었다. 특히 축구를 잘해서 '중핵교' 때부터 '대핵교'까지 늘 선수로 뽑혀 다녔다. 외할머니가 '축구 차는' 아들에 비로소 자랑을 느끼기 시작한 건 그가 중학교 5학년 되던 해 가을 난생처음으로 공설운동장에 나가 정규 시합을 관람하고서였다. 그때까지 하나뿐인 아들을 운동 선수로 키우고 싶지 않았던 외할머니는 시합이 끝나자 생판 모르는 '여학상'들이 떼로 찾아와 마치 며느리가 시어머니 받들듯 허물없이 어머님이라고 부르는 데 질려버렸다. 더구나 제 남편이라도 추듯 당신 아들 자랑에 자지러지는 꼴들이 하 기가 막혀 "호말만 헌 츠녀들이 이게 다 어디서 배워먹은 버리장머리냐"고 알아듣게 혼을 내어 쫓아보내긴 했지만, 그게 노상 싫은 것만은 아니었다. 그 후부터 시합이 열릴 때마다 극성스럽게 뒤쫓아다니며 귀찮게 구는 여학생들을 '눈물이 쏙 빠지게' 혼을 내어 돌려보내는 것이 일이었다.

"그때 니가 그걸 꼭 봤어야만 되는 건디…… 느이 오삼춘이 내질른 꽁을 안고서나 저쪽 문지기가 뒤로 벌렁 나자빠지는 꼴을 봐뒀드라면 아매 대답허기가 수월혔을 것이다. 오삼춘이 더 좋다고 말이다."

평소에는 그토록 말수가 적다가도 일단 아들 이야기만 시작되면 끝을 모르는 사람이었다. 아들의 자랑스런 면면을 내 마음 가운데 더욱 인상 깊게 심어주려고 외할머니는 최선을 다했다. 혹시 내가 외삼촌의 얼굴을 영영 잊어버리기라도 할까 봐서, 어떻게 생겼는지 말해보라고 꼬치꼬치 그 특징을 캐물어 새삼스럽게 기억을 일깨워주기도 했다. 그것은 사실이었다. 외할머니의 뇌리에서 묵은 추억들이 자연스럽게 과장되고 더러는 필요 이상으로 미화되어 나타날 가능성을 충분히 참작한다 해도 그가 남달리 축구에 뛰어났다는 점, 그리고 주위 사람들로부터 많은 떠받듦을 당했다는 것 등은 모두 어김없는 사실들이었다.

한마디로, 그는 멋쟁이였다. 볕에 장시간 내맡겨도 그을지 않을, 사기처럼 하얀 얼굴 바탕에 지나치리만큼 오뚝한 콧날과 짙은 눈썹이 유난했다. 알이 총총 들어박힌 옥수수를 연상케 하는, 가지런한 이를 내보이며 웃는 모습과 다리가 길고 상체는 알맞게 균형이 잡힌, 해사한 모습에서 어딘지 모르게 도회인들이 갖는 귀공자다운 면모를 풍기는 사람이었다. 어렸을 때, 그가 우리 집에 들러 하루나 이틀 가량 묵었다 가는 걸 몇 차례 본 적이 있다. 한번은 그가 배낭을 멘 친구들을 여럿 데리고 왔다. 지리산을 가는 길에 들렀다면서 사랑채에 짐을 푼 그들은 밤새껏 하모니카를 불고 기타를 퉁겼다. 그날 밤 외삼촌 친구 중 하나가 일곱 살 난 내게 여자와 입맞추는 법을 가르쳐 준다며 까칠까칠한 턱을 마구 비비대는 바람에 비명을 지르고 뛰어나온 일이 기억에 남는다. 그리고 또 한번은 어떤 예쁜 여자와 함께였다. 난리가 나기 바로 전해인데, 그때도 먼저의 친구들이 여러 명 같이 와서 전에 없이 닷새를 놀고 먹어 우리 할머니의 눈총을 샀고, 어머니 입장이 그 때문에 한때 난처했다. 그들은 외삼촌과 여자를 늘 상전처럼 공손히 모시면서 두 사람의 말이라면 죽는시늉까지도 서슴지 않았다. 외삼촌 일행은 방문을 걸어닫고 한나절씩이나 들어앉아서 자주 무엇인가를 의논하느라고 밀담을 나누었다. 나중에 어머니한테 들은 얘기지만, 그때 그들은 한참 쫓고 쫓기는 중이었다. 좌익 학생들과의 오랜 싸움 끝에 뭔가 일을 저지르고 잠시 쉬러 내려왔다는 거다. 난리가 나 대밭 땅굴 속에서 숨어 지내던 한 달 남짓을 제하고는 그런 일들이 내가 외삼촌과 접촉한 전말의 대부분인 셈이다. 짧은 기간의 접촉을 가지면서 내가 그에게 품은 건 한 사람의 피붙이로서 느끼는 친근한 정이기보다 차라리 존경심 쪽이었다. 어린 나의 존경심을 불러일으킬 만한 요소들이 확실히 그에게는 있었다. 단정한 용모나 말씨에서 풍기는 섬세한 감각과 교양은 얼핏 여성적인 면이고, 무한한 기력을 배경으로 한 민첩한 동작과 차가운 결단은 과시 사내 중의 사내였다. 그만한 나이에 벌써 조직을 이끌고 활동할 수 있었다는 점 또한 그의 비범한 면을 결정적으로 장식하는 후광과도 같은 구실을 했다. 한 인간의 내부에 공존하는 갖가지 이질적인 능력의 신기한 배합이 내게는 언제나 수수께끼였다.

　삼촌은 외삼촌보다 세 살 위였다. 나이는 많아도 하는 짓들이 어떻게 보면 영락없는 어린애였다. 그가 사변 전에 밀주나 밀도살을 심하게 단속해서 마을의 원성을 산 적이 있는 사람을 용케 잡아다가 족친 이야기는 인근에서 한때 유명했다. 마을 남녀노소가 모두 모인 정자 마당에서 그는 무릎을 꿇린 단속반원에게 맹물을 한정 없이 들이켜는 희한한 벌을 주었다. 그 동안 술 단속을 철저히 한 데 대한 상이라는 것이다. 뒤통수를 겨눈 총부리 앞에서 삼촌의 가련한 그 포로는 똥물을 켜는 오뉴월 장마 개구리 꼴이 되어 한 바께쓰는 실히 넘을 거창한 양의 맹물을 꿀꺽꿀꺽 정신없이 퍼마셨다. 그런 다음 장구통 같은 배를 내놓고 손바닥으로 철썩철썩 박자를 맞춰 두들겨가며 "나는 누룩이 손자요! 나는 짐승 새끼요! 우리 아버지는 소요! 돼지가 우리 어머니요!"라는 구호를 정확히 백 번 외쳤다. 그래도 성이 안 차는지 여흥으로 노래란 노래는 아무거나 죄 부르게 했는데, 목이 쉴 대로 쉬어 진짜 소새끼의 울음처럼 꺽꺽 막히는 소리가 너무도 처량하니까 그때까지 배꼽을 쥐어가며 재미있어하던 동네 사람들도 끝판에는 아예 웃지를 않았다. 모든 일이 그런 식이었다. 이웃 마을 용상리의 소지주 최 주사를 끌어내어 혼낸 이야기도 그와 비슷했다. 그는 마을의 유명한 알건달 하나를 주례자로 내세워 이미 애어멈이 된 최 주사의 고명딸과 그야말로 엉터리 결혼식을 올렸다. 역시 정자 마당에서였고, 그 무렵의 시골에선 아주 보기 드문 하이칼라 신식 결혼이었다. 그리고 최 주사와 최 주사의 진짜 사위가 멀쩡히 보는 앞에서였다. 결혼식이 끝나자마자 그는 주례를 본 건달에게 신부를 양보해버리고 곧장 최 주사 쪽으로 달라붙었다. 그날 최 주사는 많이 혼났다. 입으로는 깍듯이 장인 어른이라고 존대하는 불한당한테 넙치가 되도록 얻어맞고 기절해버렸다. 최 주사네 딸을 열렬히 짝사랑하던 나머지 어느 달이 밝은 밤 술김에 담을 넘었다가 최 주사 어른에게 붙잡혀 그 집 머슴들로부터 초주검을 당한 쓰라린 기억이 있었던 것이다.

두 사람의 성격은 아주 대조적이었다. 성격뿐만이 아니라 모든 면이 다 그랬다. 삼촌의 부역 행위가 술김에 최 주사네 담을 넘는 거와 한가지 경우로, 어떤 외부적 자극이 타고난 맹목성을 부채질하여 자기도 모르게 휩쓸려 들어간 시간의 소용돌이 속에서 마냥 흥청거려본 것이라면, 외삼촌의 우익 활동이나 그 후의 장교 후보생 자원은 움직일 수 없는 주의주장 밑에 치밀한 계산과 검토를 거쳐 이루어진 결과였다. 자주 만난 건 아니지만 그래도 두 사람은 사이가 괜찮은 편이었다. 괜찮지 않고서는 그토록 서슬이 퍼런 인공 치하에서 한 달 이상의 피신 생활이란 도저히 불가능했으리라. 붉은 완장을 차는 건 못 배우고 가난하게 큰 자기 같은 사람이나 할 짓이라고 말하면서 삼촌은 세 살이나 아래인 외삼촌을 존경하고 대우했다. 배운 사람에 대한 선망의 감정이 그런 식으로 나타난 것인지는 몰라도, 하여튼 삼촌은 숨어 지내는 젊은 사돈에 대한 존경심을 이따금 굴속으로 들여보내는 친절과 배려 속에 표시했다. 그러는 자기 감정을 "동만이 저 녀석을 생각혀서도 그러고…… 성님이나 아짐씨 체면으로 봐서도 그러고……"라는 말로 어머니 앞에서 표현하기도 했다. 그러나 외삼촌은 달랐다. 아무 꾸밈새 없는 활달한 그 성품에 은근히 호감은 가지면서도 겉으로는 철딱서니없이 덤벙거리며 돌아가는 사돈에게 늘 싸늘한 시선을 던지는 것 같았다. 결국 외삼촌의 예감은 적중했다. 그렇게나 정이 두터운 것 같던 삼촌도 끝내는 인공 치하가 물러가던 저 광란의 날 새벽에 사람들을 시켜 땅굴을 덮치게 했다. 저녁밥을 든든히 먹고 나서 식구들 아무한테도 행방을 알리지 않은 채 외삼촌이 슬그머니 잠적해버린 지 몇 시간 후의 일이었다.

이모의 기침 소리가 들렸다. 홑이불을 들쓰고 아랫목에 반듯이 누운 채 이모는 기관지를 옥죄이는 통증을 자꾸만 기침으로 배앝고 있었다. 외할머니가 뭐라고 뭐라고 중얼거리는 소리도 들렸다. 그리고 커졌다 작아졌다 하는 그놈의 빗소리도 여전히 들렸다.

"갸는 에릴 적부텀 구질털털헌 걸 원판 싫어허는 아라 죽을 때도 아매 곱게 죽었을 거여. 총알도 한 방배끼 안 맞고, 딱 심장이나 머리 같은 디를 맞어서 어디가 아프고 어쩌고 헐 저를도 없이 아조 단박에……"

전날 동네 사람이 찾아와 무책임하게 지껄이고 간 이야기들이 커다란 충격을 준 모양이었다. 읍내 곳곳에 나뒹굴던 시체들의 갖가지 형태가 밤새도록 우리집 사랑채를 넘나들며 한 불행한 노파의 꿈자리를 실컷 어지럽히고 갔는지도 모른다. 얼마든지 가능한 일이었다.

외할머니는 아들이 기왕이면 잠자듯 곱게 누워 그지없이 평안한 자세로 전사했기를 기원하고 있었다. 악마의 총탄이 제발 급소를 건드려 조금도 고통을 안 느끼고 순간적으로 저 세상 사람이 되었기를, 육신의 고통은 물론 홀어미를 남겨둔 채 먼저 떠나는 자식 된 도리의 아픔도 일절 없었기를 간절히 희망했다. 죽은 후에도 시신이 온전해서 옛날 이야기에 나오는 원귀들처럼 흩어진 제 몸 조각을 찾아 언제까지고 산천을 방황하며 이승에 머무는, 두 번 죽는 거나 다름이 없는, 불행한 신세가 되지는 않았을 거라고, 절대로 그럴 리가 없다고 고집스럽게 중얼거렸다. 그러나 목소리에서 점차로 힘이 풀리고 있었다. 이모의 기침이 자꾸만 잦은가락으로 변하는 것과 정반대였다. 외할머니의 중얼거림은 방문 저쪽으로부터 끊임없이 건너오는 빗소리의 사이사이에 옹색하게 끼여 점점 맥을 못 추고 있었다.

5

소경 점쟁이가 예언했다는 그날이 뽀작뽀작 다가오고 있었다. 날은 여전히 궂었고, 사람들은 모두 지쳤다. 할머니 혼자만을 예외로 하고 인제는 모두가 정말 지쳐버렸다. 아주 지칠 대로 지쳐버렸다. 기다리는 것에도, 계속되는 장맛비에도.

우리 마을과 강 건너 마을을 연결하는 징검다리가 물에 잠긴 지는 이미 오래전이었다. 그 후 양편 둑에 맨 굵은 동아줄에 간신히 의지하여 어른들은 혼자 힘으로, 아이들은 어른들 어깨 위에 목말을 타고 허리까지 잠기는 빠른 물살 속을 곡예를 하듯 위태롭게 건너곤 했는데, 계속 불어나는 강물로 수심이 어른의 키를 넘어버려 이젠 그 것마저도 불가능해졌다고 한다. 읍내 쪽과는 교통이 완전히 두절된 셈이었다. 상류 쪽에서 떠내려오는 물건 중에 돼지도 있고 황소도 있고 뿌리째 뽑힌 소나무도 있다는 얘기가 나돌았는데, 아버지는 그럴 리가 없다고 소문을 일축해버렸다. 마을 자체가 섬진강의 상류에 속해 있기 때문에 웬만큼 심한 홍수가 아니고는 삶은 호박에 이빨도 안 들어갈 거짓말이라는 것이었다. 그러나 외부와의 교통이 끊어질 만큼 장마가 심한 것만은 부인 못 할 사실이어서 우리 할머니한테 색다른 근심 한 가지를 더 안겨주었다.

"야가 틀림없이 읍내 쪽으서 올 챔인디 강이 저 모냥이니 야단이다."

내가 그렇게 귀찮게 구는데도 달아나지 않고 며칠 동안을 내리 우리집 토방에서 머무는 두꺼비 한 마리를 볼 수 있었다. 장마통에 집을 잃고 깜냥엔 비를 피해 오길 잘했다고 안심하는 성싶었다. 하지만 마루 밑으로 토방으로 그 미련하게 생긴 몸뚱이를 괜히 어정어정 밀고 다니는 꼬락서니가 보기에 딱했다. 사흘째 되는 날, 허연 뱃가죽이 하늘을 향하도록 발랑 뒤집고는 똥구멍에 보릿대를 끼워 고무공만큼이나 뺑뺑하게 바람주사를 놓아주었더니 어디로 갔는지 한나절쯤 눈에 안 띄었다. 그러나 이튿날 아침이 되니까 어느 틈에 되돌아와 자리를 지키고 있었다. 섬돌 위에 되똑하니 올라앉아 퉁방울눈으로 처마에서 떨어지는 낙숫물을 우두커니 내려다보고 있었다.

그 무렵, 광 속에서는 변고가 생겼다. 하루아침에 생긴 게 아니라 전부터 어두컴컴한 구석에서 은밀한 가운데 진행되어나온 변인데, 그걸 아무도 눈치 채지 못했기 때문에 알고 나서의 놀라움이 더욱 컸다. 홅은 그대로 척척 쟁여놓은 겉보리 가마가 막 썩기 시작한 두엄

더미처럼 모락모락 김을 피워올렸던 것이다. 전에 완두가 그랬듯 엿기름으로 쓴다면 꼭 알맞게끔 애써 수확해놓은 곡식에서 노랗게 싹이 길어나고 있었다. 아버지가 마침 쥐덫을 놓으려고 광 속에 들어갔다가 요행히 발견했기에 망정이지 하마터면 우리는 가을걷이까지 앉아서 굶을 뻔했다. 갑자기 온 집안이 일손이 한창 달릴 무렵의 농번기를 새잡이로 맞이한 것처럼 부산스럽게 돌아가기 시작했다. 뒤늦게나마 보리 가마를 안전하게 건사하는 일이 여간 큰 문제가 아니었다. 당장 광의 구조를 고쳐 바닥과 가마 사이가 뜨도록 통나무를 밑에 질러 두어 뼘 정도의 공간을 만들고 훈김을 피우는 가마니를 모조리 끌어내다가 평평한 장소를 골라 깔아 넣고 말리는 등으로 법석을 떨었다. 방바닥이고 부뚜막이고 어디 가릴 것 없이 집안 구석구석에서 걸리적거리는 게 그놈의 까끌까끌한 겉보리였다. 입정이 까다로운 편이어서 소화도 잘 안 될 뿐더러 보리는 원래 내 성미에 안 맞았다. 그리고 통통한 알맹이 한가운데 일자로 팬 홈 자국을 볼 때마다 언젠가 할머니한테서 들은 이야기가 떠올라 기분이 좋질 않았다. 옛날 어떤 고을에 한 소년이 살았는데, 어느 날 아비가 불치의 난병에 걸려 유명한 의원을 찾게 되었더란다. 의원의 처방에 따라 아무나 닥치는 대로 세 사람—— 선비, 중, 미치광이——을 죽이고 생간을 꺼내어 달여 먹였더니 병이 깨끗이 낫더란다. 그래서 시체를 묻어 장사를 후히 지내주었는데, 이듬해 보니까 무덤 위에 이상한 열매가 맺히더란다. 그것이 오늘날의 보리이며 거기에 팬 홈은 소년이 배를 가를 때 생긴 칼자국이라는 것이다. 그런데 그 기분 나쁜 열매가 집안을 온통 차지해버려 마음놓고 움직일 수조차 없이 사람들을 구박하는 판이었다. 그러나 할머니만은 역시 대단한 양반이었다.

그와 같은 북새통 속에서도 할머니는 아랑곳없이 꼬박꼬박 자기 할 일을 다했다. 우선 어머니를 시켜 장롱 속에서 꺼낸 비장의 옷감으로 한복을 마르게 했다. 집안에서 입기로는 한복만큼 의젓하고 편한 옷이 없다는 얘기였다. 삼촌이 전에 즐겨 먹었다는 호박전을, 그렇게 터무니없이 많이 장만해놓으면 이틀 후에는 몽땅 쉬어터져 한 개도 못 먹게 된다는 어머니의 만류에도 불구하고 한 광주리나 되게 부치게 했다. 손수 고사리나물을 무치면서, 세상이 하도 험하니까 이젠 나물마저 쓸 만한 게 별로 없더라고 억지스런 푸념을 늘어놓기도 했다. 상하기 쉬운 음식은 소금에 절이고 콩기름으로 튀겨 단단히 갈무리해두었다. 준비는 대강 끝난 셈이었다. 없는 집 시골 살림으로 그만한 준비라면 웬만한 잔치쯤은 치르고도 남을 것이었다. 부엌을 둘러보는 할머니의 얼굴에서 장한 일을 끝낸 사람의 긍지가 오래도록 남아 떠나지 않고 있었다. 아직도 할머니한테 남은 근심거리가 있다면 그것은 딱 한 가지뿐이었다.

"야가 틀림없이 읍내 쪽으서 올 챔인디, 강이 저 모냥이니 야단이다, 야단!"

"어머님은 별걱정도 다 허시우. 강물이 좀 짚다고 틀림없이 올 아가 못 오겄소? 장마철이면 질이 잘 맥힌다는 걸 저도 알 티닝게 석교다리로 돌아서라도 때가 되면 어련히 오겄지요."

할머니를 안심시키려고 아버지가 대수롭잖다는 듯이 말을 받았다. 그러나 할머니는 고개를 설레설레 흔들어 보였다.

"돌아서라도 오기야 오겄지. 오겄지만서도, 거그를 돌라면 시오리는 휠긴 더 걷는 심 아니냐? 입으로야 쉽지만 이 우중에 시오릿길을 더 돈다는 게 얼매나 그역시런 노릇이냐. 더군다나 얼음이 백혀서

성치도 않은 발을 가지고…….”
　고모는 하루 전에 왔다. 와서 찬장도 열어보고 살강 위 광주리도 둘러보며 한참 수선을 떨고 나서는 할머니와 어머니에게 수고를 칭찬했다. 모든 준비가 마음에 썩 드는 눈치였다. 고모는 할머니 못지 않게 삼촌의 귀환을 철석같이 믿고 있었다. 애당초 점쟁이를 소개한 사람이 고모였다. 할머니로 하여금 점쟁이의 예언을 하늘같이 받들게 만든 것도 고모였으니 그 믿음이 오죽하랴만, 모녀간에 어쩌면 그리도 손발이 척척 맞아들어가는지 모르겠다고 사랑채에 건너온 어머니가 은근히 험담을 할 정도였다. 그렇다고 어머니가 삼촌이 살아서 돌아오기를 바라지 않는 건 아니었다. 항상 말이 없는 이모나 한때 빨치산을 저주한 적이 있는 외할머니까지도 기왕이면 사돈네 집안일이 그렇게 되기를 은연중에 바라면서 음식 장만하는 과정을 조용히 지켜보아왔다. 그러나 바란다는 것과 믿는다는 건 전혀 별개의 문제였다. 나 역시, 삼촌이 돌아온다면 얼마나 좋을까, 하고 그날이 억세게 기다려졌다. 하지만 아무리 어린 소견에도 그런 일이 달이 지고 해가 뜨듯 그렇게 간단히 이루어질 것 같지 않았다. 삼촌이 온다면 도대체 어떤 상태에서 어디로 온단 말인가. 부엌에서 아버지가 어머니한테 이야기하는 걸 우연히 엿들은 적이 있었다. 도대체 가망이 없다는 것이었다. 할머니의 신앙이— 그것은 완벽한 하나의 신앙이었다. 그리고 신앙도 아주 이만저만한 신앙이 아니었다— 우리에게 남긴 뜨거운 감동에서 벗어나 한 발짝만 물러서서 생각해보면 거울 앞에 선 듯 사정이 너무도 명백해지는 것이어서 할머니와 한가지로 낙관적이 될 수 없는 현실이 그저 안타깝기만 했다. 궁여지책으로 아버지는 어디 가서 삼촌이 이미 자수를 했을 경우를 이야기했다. 그러나 그것마저도 곧 자기 입으로 부인해버렸다. 만약의 경우 정말로 그랬다면 사전에 한 번쯤 경찰로부터 무슨 연락이 있었을 것 아니냐면서. 우리 집이 항상 감시를 받고 있다는 사실을 아버지는 누구보다도 잘 알았다. 문전을 오락가락하면서 울바자 너머로 수상쩍은 눈길을 던지는 어떤 낯선 사내를 종종 볼 수가 있었고, 그가 쳐놓은 투명한 그물에 의하여 우리는 제 발로 걸을 수는 있되 실은 빠져나갈 구멍이 없는 물고기 신세나 마찬가지였다. 그 사내가 바로 이웃인 진구네 집에 들러 우리 집 형편을 샅샅이 염탐하고 가거나 드물게는 아버지를 살그머니 불러내어 주막에 가서 같이 술을 마시는 때도 있다는 걸 나는 진작부터 알고 있었다. 사내의 모습이 눈에 띌 때마다 소스라치게 놀라는 사람은 나였다. 그의 출현이 나한테는 매우 중대한 의미를 지니고 있었다. 그것은 일껏 사그라지려던 죄책감에 대한 무서운 채찍질이면서 새로운 일깨움이었다. 과자 한 조각에 제 삼촌을 팔아먹는 사람 백정이라고 소리소리 외치던 할머니의 저주가 당시 그대로의 형태로 또렷이 되살아나는 것이었다. 아버지가 던지는 목침덩이에 맞아 코피를 흘리면서 나는 그날 저녁에 벌써 죽었어야 옳은 몸이었다. 사내를 만나고 돌아온 날 밤에 짓는 아버지의 우울한 표정을 읽는 일이 내게는 죽는 것 이상으로 괴로웠다. 할머니의 저주에 대항하는 유일한 방법이란 마지막 숨을 거두며 눈을 감는 자신의 처량한 모습을 상상을 통하여 보는 길뿐이었다. 오직 그것만이 나에게 감미로운 위안을 가져다주었다. 나는 어린 주검을 앞에 놓고 모든 식구들이, 그 가운데서도 특히 할머니가 남보다 서러운 소리로 많이 울어주기를 바랐다. 할머니의 후회가 크면 클수록 나는 당연하게도 더욱더 감미로운 기분에 젖을 수 있었다. 그러나 상상에서 깨어보면 나는 여전히 피둥피둥하게 살아 있었고, 그래서 돌아온 삼촌의 얼굴을 다시 대할 일이 점점 꿈만 같아지는 것이었다. 내가 삼촌이 돌아오기를 누구보다도 더 기다리면서 한편으로는 어처구니없이 독한 마음을 품는 건, 이를테면 사람들 눈에 띄지 않을 어느 으슥한 산골짜기 같은 데서 이미 오래전에 싸늘한 시체로 굳어져 내 눈앞에 다시 나타나는 날이 영영 없기를 바라는 건 순전히 그 때문이었다. 정말이지 나는 하루 앞으로 닥쳐온 그 '아무 날 아무 시'가 견딜 수 없이 두려웠다. 너무도 두려워 세상 끝날까지 오늘만이 한없이 계속되기를 어느 앞에나 빌고 싶은 심정이었다. 그러나 제아무리 그렇다고는 해도 아버지가 겪는 고통에 비기면 역시 내 괴로움 따위는 아무것도 아니었으리라. 부엌에서 이야기할 때 할머니의 지나친 처사에 불 먹은 소리를 하는 어머니를 애잔한 말씨로 타이르고 있었다.

"낸들 왜 몰라서 그러겄나. 임자 말자꾸로 아매 안 오기가 쉬울 게여. 그리고 천행으로 온다 혀도 어머님이 맘잡숫는 대로 일이 그렇게는 안 될 게여. 내가 그건 자네보담 더 잘 알어. 허지만 자식 된 도리로 어쩌겄나. 허라는 대로 안 혔다가 무신 꼴을 또 당헐지 누가 아냔 말여. 시방 조깨 몸살을 앓어두는 것이 낭중에 더 험헌 일을 치르는 것보담은 낫지. 안 그런가?"

동생의 귀환이 거의 불가능하리란 걸 빤히 알면서도 노인 양반의 주장에 감히 거역할 수 없는 괴로움, 그러면서도 울며 겨자 먹기로 열심히 따르는 척해야만 되는 괴로움, 아버지는 그걸 말하고 있었다. 할머니의 신앙과 모성애가 한때 우리를 감동시켜 점쟁이의 예언에 다소간 기대를 걸어보도록 충동한 게 사실이라고는 해도, 결코

장마 119

그것을 액면 그대로 믿어서가 아니었다. 거기에는 노인 양반을 절대로 실망시키지 않겠다는 조심스런 배려가 들어 있었다. 아버지는 기대 뒤에 올 절망을, 그리고 절망 뒤에 올 무서운 결말을 일찍부터 예감하고 있었다. 최선을 다하면서 그저 가는 데까지 무작정 가볼 따름이었다. 그렇다면 용하기로 소문난 소경 점쟁이가 어디로 어떻게 온다는 얘기까지 일러주지 않은 것은 크나큰 실책이 아닐 수 없었다.

어느덧 밤이었다. 어둠이 깔리면서부터 점차로 약해지기 시작한 빗밑이 이젠 완연히 알아보게 성글어졌다. 사립문 기둥에 달아놓은 장명등이 뿌옇게 밝히는 빛무리의 둥그런 허공 속으로 장마도 기진했다는 듯 몽근 빗방울을 쉬엄쉬엄 떨어뜨리고 있었다. 난리를 치르는 동안 자연스럽게 익힌 습성으로 누가 등화관제를 명령하지 않더라도 저녁밥만 먹고 나면 집집마다 불을 꺼버리는 우리 마을에서 유독 우리 집 한 채만이 전에 없이 장명등을 내달아 외로운 파수병처럼 밤을 밝히고 있었다. 역시 할머니의 성화에 못 이겨서였다. 누가 아나는 것이었다. 내일 진시, 그러니까 대략 오전 열 시경에 오는 것으로 되어는 있지만, 사정이 갑자기 바뀌어 오밤중에 문을 두드리게 될지도 모른다는 것이었다. 아무런 채비도 없이 불시에 맞이하여 모처럼 어려운 걸음을 한 아들을 처음부터 섭섭하게 만든다는 건 결코 할머니의 원하는 바가 아니었다.

"다아 요런 때 쓸라고 비싼 섹우지름 애껴놓았지."

대문만이 아니라 처마 밑에도 장명등 하나를 더 달고 각 방마다 밤새도록 불이 꺼지지 않게 분부하면서 할머니는 여느 날과 달리 집안 전체를 대낮처럼 밝혀야 하는 이유를 매우 간단한 말로 설명했다.

"어디서 보드라도, 시오리 배까티서 보드라도, 아, 저그 불이 훤헌 디가 바로 우리 집이고나, 우리 엄니가 잠 한소곰 안 자고 날 지 달리는구나, 험서 허우단심 뜀박질허게 맹글어야 된다."
 밤이 깊었다. 밤이 깊었으나 아무도 자려 하지 않았다. 노인 양반이 그렇게 설치고 다니는 판인데, 그걸 모르는 척하고 드러누울 만한 배포를 가진 사람이 우리 집엔 없었다. 날씨마저 할머니의 비위를 맞추는 듯했다. 가랑비로 바뀌던 빗발마저 슬금슬금 자취를 감추는 기색이더니 밤이 이슥해지자 처마 아래 울리던 낙숫물 소리도 아예 들을 수 없게 되었다. 그리고 습기를 옮겨 나르는 서늘한 바람이 불기 시작했다. 하기야 쏟을 만큼 쏟았으니 인제는 장마가 물러갈 때도 되긴 했다. 그런데 할머니는 날씨의 변화를 재빨리 내일의 경사에 결부시켜 퍽도 유리하게 해석해버렸다.
 아마 자정은 훨씬 지났을 것이다. 나는 안채에서 사랑채로 돌아와 외할머니 곁에 누워 있었다. 이모도 외할머니도 여태 안 자고 있었다. 잠을 이룰 수가 없었을 것이다. 이모는 얼굴이 천장을 향하게 반듯이 누워 있었고, 외할머니는 아랫목 벽에다 등을 붙인 채 비스듬한 앉음새로 방문 쪽을 향하고 있었다. 내 눈은 호롱불이 까불거리며 천장에 그리는 그을음 무늬의 움직임을 좇고 있었다. 내 귀는 방문 저편 어둠 속으로 활짝 열려 풀밭 어디쯤에서 열심히 밤을 노래하는 소리를 듣고 있었다. 사위가 너무나 조용했다. 식구들이 모두 깨어 있는데도 그렇게 집안이 조용할 수가 없었다. 너무도 조용해서 그 조용함이 오히려 어둠의 소리를 듣는 일에 방해가 될 지경이었다. 사위를 짓누르는 적막의 우세한 힘 앞에 청각의 기능이 꼭 마비당하는 듯한 기분이었다. 그래서 내 귀에 들리는 저 소리들이 실제로는 세상에 존재하지도 않는 것들이며 나는 지금 무엇에 홀려 가짜를 진짜처럼 착각하고 있는지도 모른다는 의구심마저 들었다. 그러나 정신을 차리고는 다시 들어보면 마치 거대한 적막의 한 귀퉁이를 가냘프면서도 날카로운 줄칼로 참을성 좋게 쓸음질하는 것같이 들리는 그 소리는 나 이외의 다른 생명체가 분명히 또 있어 어둠 속에서 내처 잠들지 못하고 있음을 알리는 신호였다. 들깨 주머니에서 참깨를 가리듯 혹은 참깨 주머니에서 들깨를 가리듯 나뭇가지를 스치는 바람소리 속에서 여치의 울음과 귀뚜라미의 울음을 따로따로 구분하여 그 소리들이 풍기는, 백반처럼 시디신 맛을 나는 오래도록 음미하고 있었다. 그러자 난데없는 소리가 중간에 뛰어들었고, 생전 처음 듣는 듯한 그 이상스런 소리는 갑자기 나를 긴장 속으로 몰아넣었다. 그러나 한 차례 울리고 나서 그 소리는 뚝 그쳤다. 소리의 뒤끝을 겨우 붙잡았다고 느끼는 순간에 벌써 달아나버렸으므로, 내가 또 무엇인가에 홀려 잘못 듣고 있을지도 모른다는 암담한 기분이 들었다. 잠시 후에 그 소리는 다시 들렸다. 이번에는 윤곽이 아주 뚜렷했다. 결코 크다고는 할 수 없어도 잡다한 밤의 소리 속에서 그것은 가려내기가 비교적 수월했다. 병 주둥이를 입에 대고 아이들이 흔히 장난으로 부는 소리를 듣고 있는 기분이라고나 할까, 먼바다에서 울리는 뱃고동처럼 그것은 매우 은은하게 들렸다. 그리고 그것은 매우 애매한 소리여서 출처가 어디쯤인지 도무지 짐작조차 할 수 없었다. 어떻게 생각하면 동구 밖 강언덕 근처에서 났던 것 같기도 하고, 또 어떻게 생각하면 방문 바로 건너 우리집 텃밭 속이 분명했다. 밤의 고요 속을 뚫고 은은히 건너오는 이상한 소리, 그 소리에 나는 정말로 홀림을 당하고 있었다. 도깨비불에 넋을 덜미잡혀 밤새껏 공동묘지를 헤맸다는 어떤 아이처럼 은은하면서도 왠지 모르게 소름이 돋을 만큼 음산함이 풍겨지는 그 소리의 신비스런 가락에 이끌려 내 마음은 어느새 강언덕으로 줄달음치고 있었다.

"구렝이 우는 소리다."

외할머니가 말했다. 앞을 떡 가로막고 서는 시커먼 그림자와도 같이 외할머니의 그 말이 별안간 귓전에서 울리는 바람에 나는 하마터면 소리를 지를 뻔했다.

"구렝이가 비암들을 모으는 소리여."

외할머니의 입에서 흘러나오는 말 그 자체가 바로 구렁이였고, 혓바닥을 날름거리는 그것이 내 몸뚱이를 눈깜짝할 사이에 친친 휘감아버려 나는 숨도 제대로 쉴 수가 없었다. 대번에 식은땀이 배었다. 내 몸에 와 닿는 썬득한 기운을 물리쳐준 사람은 고맙게도 이모였다. 나는 혼자가 아니었다. 그리고 그 소리를 들은 사람도 나 혼자만이 아닌 것이 얼마나 다행한 일인지 몰랐다. 언제 일어나 앉았는지 이모가 내 곁에서 방문 쪽을 노려보고 있었다. 무슨 말을 더 하려고 외할머니가 입을 달싹거렸다. 그러자 이모가 내 어깨 위에 손을 얹으면서 눈을 흘겼다.

"그만두세요."

그러나 외할머니는 자꾸만 입을 달싹거리고 있었다. 이모한테서 한마디 더 핀잔을 먹지 않았더라면 외할머니는 기어코 무슨 말인가를 하고야 말았을 것이다.

"제발 좀 그만두시라니까요!"

이모가 나를 홑이불 속으로 끌어들였다. 나는 이모의 겨드랑이 사이에 묻혀 잠시 후에 울리는 그 소리를 다시 들을 수 있었다. 먼바다에서 울리는 뱃고동 같은 그 소리가 또 한바탕 썬득한 기운을 방 안에 잔뜩 부려놓고 갔다. 이번 역시 강언덕 근처인지 텃밭 속인지 분간 못 할 애매한 소리였다. 그러고는 시간이 많이 흘렀다. 세번째를 마지막으로 하여 구렁이 우는 소리는 다시 들리지 않았다. 그러나 소리의 여운이 늦게까지 방 안에 남아 아무도 입을 열지 못하도록 사람들을 위협하고 있는 성싶었다. 특히 외할머니의 경우가 가장 심해서 방문 쪽을 향해 상체를 기울인 꾸부정한 자세를 풀지 않은 채 아직도 거북살스럽게 앉아 있었다. 얼굴 표정이 몹시 동요하고 있었다. 머리라도 되게 얻어맞은 듯이 멍한 표정을 짓다가도 느닷없이 한꺼번에 많은 것들을 생각해내려는 사람처럼 한껏 찡그린 눈으로 문밖을 내다보곤 했다. 마침내 외할머니가 이쪽으로 고개를 돌렸다.

"동만아." 외할머니가 나를 불렀다. "아가, 동만아."

나하고 시선이 마주치자 외할머니는 슬며시 외면을 했다. 잠시 망설이는 기색을 보이고 나서 천천히 입을 열었다.

"너도 그렇게 생각허고 있냐?"

밑도 끝도 없는 질문을 던진 다음 외할머니는 한참을 더 망설였다.

"이 외할매 땜시 느그 삼춘이 이렇게 되얐다고 생각허냐?"

나는 대답을 하기로 마음먹었다. 외할머니의 절실한 어조에 끌려 무슨 말이든 꼭 대답을 해주지 않으면 안 된다고 생각했다. 그러나 곧 그럴 필요가 없음을 깨달았다. 외할머니는 나를 보지도 않았고, 사실상 나에겐 아무런 관심도 두지 않았고, 오직 자기 외곬의 생각에만 골몰해 있는 상태였다. 설령 내가 대답을 했다손 쳐도 전혀 알아듣지 못했을 것이다.

"아니다. 그날 저녁 일은 절대로 그런 것이 아니다. 누구를 해꼬지헐라고 그런 것이 아니라 소피를 보러 나갔다가 안채에 불이 훤허고 밤중에 두런두런 얘기 소리가 들리걸래 대처나 무신 일인가 싶어서 찌꼼 구다본 것뿐이다. 일판이 그렇게 뀔 종 누가 알았냐. 내가 미쳤다고 그런 자리에 갔겄냐. 허기사 늙은이가 눈치코치도 없이 사둔네 일에 헤살을 논 게 잘못은 잘못이지. 잘헌 일은 아니여. 잘헌 일은 아니지만서도, 그런다고 이 외할매만을 탓혀서는 못쓴다. 그날 저녁에 내가 아녔드라도 느네 삼춘은 오던 질을 되짚어서 떠날 사람이었어. 팔자를 그렇게 타고난 거여."

이모가 나를 가슴으로 꽉 끌어안았다. 나는 이모의 젖둔덕 사이에 얼굴을 파묻고는 매우 아늑한 기분으로 외할머니의 중얼거림을 들었다. 그러자 매를 흠씬 얻어맞고 한바탕 쉽게 울고 난 뒤끝인 듯 온몸이 나른한 가운데 걷잡을 수 없는 졸음이 밀려들기 시작했고, 노곤한 꿈결 속에서도 이담에 크면 꼭 이모한테 장가를 들겠다고 생각하면서 나는 외할머니의 중얼거림에 어렴풋이 귀를 기울이고 있었다.

6

할머니가 대문간에 서서 호통을 치는 바람에 혼곤한 잠에서 깨었다. 날은 부옇게 밝았으나 아직도 꼭두새벽이었다. 가뜩이나 짧은 여름밤인데 그런 정도는 자나마나였다. 잠을 설친 탓으로 머릿속이 띠잉 울리고 눈꺼풀은 슬슬 감겼다. 그러나 나는 아무렇지도 않은 편이었다. 여러 날 겹치는 피로와 긴장 때문에 얼굴 모양들이 모두 말이 아니었다. 아버지는 부황이 든 사람처럼 얼굴이 누렇게 떠 부석부석했고, 어머니는 숫제 강마른 대꼬챙이였다. 외가 식구들이라해서 특별히 나은 사람도 없었다. 그런데 우리 할머니만이 홀로 청청해가지고 첫새벽부터 기진맥진한 사람들을 게으른 소 잡도리하듯 했다. 아버지와 어머니를 대문간에 나란히 불러놓고 무섭게 닦아세우는 중이었다. 장명등이 꺼져 있었다. 기름이 아직 반나마 들어 있는데도 어느 바람이 언제 끄고 갔는지 유리 등갓에 물기가 촉촉했다. 장명등 일로 할머니는 몹시 심정이 상해버렸다. 하느님이 간밤에 몰래 들어와서 아버지와 어머니의 정성을 시험하고 간 증거로 삼아버렸다. 할머니의 노여움은 거기에서 그치지 않았다. 그것 한 가지만으로도 하나밖에 없는 동생, 시동생을 끝까지 돌봐줄 의사가 있는지 없는지 알 수 있다면서 정성의 기미가 보일 때까지 광과 장롱의 열쇠를 당신이 직접 맡아 관리하겠다고 선언해버렸다.

"경사시런 날 아적부텀 예펜네가 집안에서 큰 소리를 하면 될 일도 안 되는 뱁이니께 이만침 혀두고 참는다만, 후사는 느덜이 알어서들 혀라. 나는 손구락 한나 깐닥 않고 뒷전에서 귀경만 허고 있을란다."

말을 마치고 돌아서면서 할머니는 거듭 혀를 찼다.

"큰자석이라고 있다는 것이 저 모냥이니 원, 쯧쯧."

할머니는 양쪽 팔을 홰홰 내저으며 부리나케 안채로 향했다.

"지지리 복도 못 타고난 년이지. 나만침 아덜 메누리 복이 없는 년도 드물 것이여."

사랑채 앞을 지나면서 또 혼잣말을 했다. 말이 혼잣말이지 실상은 이웃에까지 들릴 고함에 가까운 소리였다.

할머니는 정말로 손가락 한 개도 까딱하지 않았다. 방문을 꽝 닫고 들어앉은 후로 밖에서 일어나는 일은 죽이 끓든 밥이 끓든 일절 상관하지 않았다. 그런 대신 봉창에 달린 작은 유리 너머로 늘 마당을 감시하면서 일일이 못마땅한 표정을 지어 보였다. 우리는 수대로 하나씩 빗자루나 연장 같은 걸 들고 나와 감시의 눈초리를 뒤통수에 느껴가면서 마당도 쓸고 마루도 닦고 집 안팎의 거미줄도 걸었다. 고모도 나오고 이모까지 합세해서 모두들 바삐 움직인 보람이 있어 장마로 어지럽혀진 집안이 말끔히 청소되었다. 이모와 고모는 어머니를 도우러 부엌으로 들어가고, 나는 아버지와 함께 대문에서 마당에 이르는 소롯길과 텃밭 사이에 깊은 도랑을 내어 물기를 빼느라고 식전부터 구슬땀을 흘렸다.

하늘은 아직도 흐렸다. 오랜만에 햇빛을 볼 수 있을지 모른다고 기대했던 날씨가 아무래도 신통치 않았다. 그러나 서녘 하늘 한 귀퉁이가 빠끔히 열려 있었고, 구름을 몰아가는 서늘한 바람이 불었다. 다시 비가 내릴 기미 같은 건 어디에도 안 보였다. 그것만도 우리에겐 참으로 다행스런 일이었다. 우리뿐만이 아니라 모든 사람이 다 그러했다. 이른 아침부터 우리집에 찾아오는 동네 사람들이 내미는 첫마디가 한결같이 날씨에 관한 얘기였다. 그리고 그 다음 차례가 삼촌 얘기였다. 그들은 날씨부터 시작해가지고 아주 자연스럽게 아버지한테 접근했으며 아낙네들은 부엌을 무시로 드나들었다. 우리 집은 완전히 잔칫집답게 동네 사람들로 북적거렸고, 저마다 연줄을 찾아 말을 걸어보려는 사람들 때문에 식구들은 도무지 정신을 못 차릴 정도였다. 그들이 가장 궁금해하는 것은, 우리 식구들이 어느 정도로 미신을 믿고 있는가였다. 물론 그들은 미신이란 말은 입 밖에 비치지도 않았다. 점쟁이의 말 한마디가 이만큼 일을 크게 벌여놓을 수 있었던 데 대해 놀라움을 표시하면서도 속셈이 빤히 보일 만큼 노골적이지는 않았다. 이야기 끝에 그들은, 가족들 정성에 끌려서라도 삼촌이 틀림없이 돌아올 거라는 격려의 말을 잊지 않았다. 아버지는 그저 웃고만 있었다. 그런 말을 하는 몇 사람의 태도에서 아버지는 그들이 우리 일을 가지고 자기네 나름으로 한창 즐기고 있다는 사실을 충분히 눈치 챘을 것이다. 마치 죽어가는 환자 앞에서, 금방 나을 병이니 아무 염려 말라고 위로하는 의사와 흡사한 태도를 취하는 사람이 더러 있었기 때문이다. 시간이 진시에 점점 가까워질수록 사람이 늘어 우리 집은 더욱더 붐볐다. 마을 안에서 성한 발을 가진 사람은 하나도 안 빠지고 다 모인 성싶었다. 혼자 진구네 집 마루에 앉아 담배를 피우는 낯선 사내의 모습도 보였다. 장터처럼 북적거리는 속에서 우리는 아직 아침밥도 먹지 못했다. 삼촌이 오면 같이 먹는다고 할머니가 상을 못 차리게 했던 것이다. 아주 굶는 건 아니니까 진득이 참는 도리밖에 없지만, 그러자니 배가 굉장히 고팠다.

마침내 진시였다. 진시가 시작되는 여덟시였다. 모두들 흥분에 싸여 초조하게 기다리는 가운데 자꾸만 시간이 흘렀다. 아홉시가 지나고 어느덧 열시가 다 되었다. 그런데도 우리 집엔 아무 일도 일어나지 않았다.

사람들이 죄다 흩어진 다음에야 비로소 우리는 점심이나 다름없는 아침을 먹을 수 있었다. 구장 어른과 진구네 식구들만이 나중까지 남아 실의에 잠긴 우리 일가의 말동무가 되어주었다. 안방에 혼자 남은 할머니를 제외하고 모두들 침통한 표정으로 건넌방에 차려진 상머리에 둘러앉았다. 뜨적뜨적 수저를 놀리는 심란한 얼굴들에 비해 반찬만은 명절날만큼이나 걸었다. 기왕 해놓은 밥이니까 먼저들 들라고 말하면서도 할머니 자신은 한사코 조반상을 거부해버렸다. 진시가 벌써 지났는데도 할머니는 여전히 태평이었다. 적어도 겉으로는 그렇게 보였다. 애당초 말이 났을 때부터 자기는 시간 같은 건 그리 염두에 두지 않았다는 것이다. 중요한 것은 '아무 날'이지 그까짓 '아무 시' 따위는 별게 아니라는 것이었다. 하늘이 주관하는 일에도 간혹 실수가 있는 법인데 하물며 사람이 하는 일이야 따져 무얼 하겠냐는 것이었다. 아무리 점쟁이가 용하다고는 해도 시간만큼은 이쪽에서 너그럽게 받아들여야 된다는 주장이었다. 할머니한테는 아직도 그날 하루가 창창히 남아 있었던 것이다. 어느 때 와도 기필코 올 사람이니까 그때까지 더 두고 기다렸다가 모처럼 한번 모자 겸상을 받겠다면서 할머니는 추호도 지친 기색을 나타내지 않았다.

마루 위에 발돋움을 하고 자꾸만 입맛을 다시면서 근천을 떨던 워리란 놈이 갑자기 토방으로 내려섰다. 우리는 워리가 대문 쪽을 향해 으르렁거리는 소리를 들었다. 그리고 이내 함성을 들었다. 수저질을 하던 아버지의 손이 허공에서 정지하는 걸 계기로 우리는 일시에 모든 동작을 멈추었다. 아이들이 일제히 올리는 함성이 매우 빠른 속도로 가까이 오는 중이었다. 숟가락을 아무 데나 팽개치면서 나는 밖으로 뛰어나갔다. 우리집 대문간이 왁자지껄한 소리로 금방 소란해졌다. 마당 한복판에서 나는 다시 기세를 올리는 아이들의 아우성과 정면으로 맞닥뜨렸다. 우선 눈에 뜨이는 것이 저마다 입을 크게 벌리고 있는 한 떼의 조무래기였다. 그들의 손엔 돌멩이 아니면 기다란 나뭇개비 같은 것들이 골고루 들려 있었다. 우리집 대문 안으로 짓쳐 들어오는 걸 잠시 망설이는 동안 아이들은 무기를 든 손을 흔들면서 거푸 기세만 올렸다. 그중의 한 아이가 힘껏 돌팔매질을 했다. 돌멩이가 날아와 푹 꽂히는 땅바닥에서 나는 끝내 못 볼 것을 보고야 말았다. 꿈틀꿈틀 기어오는 기다란 것이 거기에 있었다. 눈어림으로만도 사람 키보다 훨씬 큰 한 마리의 구렁이였다. 꿈틀거림에 따라 누런 비늘 가죽이 이리저리 번들거리는 그 끔찍스런 몸뚱어리를 보는 순간, 그것의 울음 소리를 듣던 간밤의 기억이 얼핏 되살아나면서 오금쟁이가 대번에 뻣뻣이 굳어져버렸다. 그러나 나는 별수 없는 어린애였다. 한순간의 공포를 견디고 나서 나는 고함을 지르며 돌팔매질을 해대는 패거리들과 조금도 다를 바 없는 하나의 어린애로 재빨리 되돌아왔다. 모든 꿈틀거리는 것들에 대해서 소년들이 거의 본능적으로 품는 적의와 파괴욕을 주체할 수가 없었다. 나는 잽싸게 헛간으로 달려갔다. 지겟작대기를 양손으로 힘껏 거머쥐었다. 내 쪽으로 가까이 오기만 하면 단매에 요절을 낼 요량으로 작대기를 쥔 양쪽 팔을 높이 들었다. 그러자 억센 힘으로 내 팔을 움켜잡는 누군가의 손이 있었다. 돌아다보니 외할머니였다. 동시에 째지는 듯한 비명이 등뒤에서 들렸다.

"아악!"

외마디 비명을 지르면서 마치 헌 옷가지가 구겨져 흘러내리듯 그렇게 마루 위로 고꾸라지는 할머니의 모습을 나는 목격했다. 외할머니가 내 손에서 작대기를 빼앗아버렸다. 말은 없어도 외할머니의 부릅뜬 두 눈이 나한테 엄한 꾸지람을 던지고 있었다.

난데없는 구렁이의 출현으로 말미암아 우리 집은 삽시에 엉망진창이 되어버렸다. 무엇보다 큰 걱정이 할머니의 졸도였다. 식구들이 모두 안방에만 매달려 수족을 주무르고 얼굴에 찬물을 뿜어대는 등 야단법석을 떨어가며 할머니가 어서 깨어나기를 빌었다. 그 바람에 일단 물러갔던 동네 사람들이 재차 모여들기 시작했고, 제멋대로 떼뭉쳐 서서 떠들어대는 소리 때문에 혼란은 더욱 가중되었다. 모두가 제정신이 아닌 그 북새 속에서도 끝까지 냉정을 잃지 않는 사람은 애오라지 외할머니 혼자뿐이었다. 미리서 정해놓은 순서라도 밟듯 외할머니는 놀라우리만큼 침착한 태도로 하나씩 하나씩 혼란을 수습해 나갔다. 맨 먼저 사람들을 몰아내는 일부터 서둘러 했다. 외할머니는 구장 어른과 진구네 아버지 등의 도움을 받아 집안에 들어온 사람들을 모조리 밖으로 내쫓은 다음 대문을 단단히 걸어잠갔다. 대문 밖에 내쫓긴 아이들과 어른들이 감나무가 있는 울바자 쪽으로 우르르 몰려갔다. 고비에 다다른 혼란의 사이를 틈탄 구렁이는 아욱과 상추가 자라고 있는 텃밭 이랑을 지나 어느새 감나무에 올라앉아 있었다. 감나무 가지에 누런 몸뚱이를 둘둘 감고서는 철사처럼 가늘고 긴 혓바닥을 대고 날름거렸다. 무엇에 되알지게 얻어맞아 꼬리 부분이 거지반 동강날 정도로 상해서 몸뚱이의 움직임과는 각놀고 있었다. 아이들의 극성이 감나무에까지 따라와 아직도 돌멩이나 나뭇개비 들이 날아들고 있었다.

"돌멩이를 땡기는 게 어떤 놈이냐!"

외할머니의 고함은 서릿발 같았다. 팔매질이 뚝 멎었다. 그러자 외할머니는 천천히 감나무 아래로 걸어가기 시작했다. 외할머니의 몸이 구렁이가 친친 감긴 늙은 감나무 바로 밑에 똑바로 서 있는데도 아무 일도 일어나지 않자, 그때까지 숨을 죽여가며 지켜보던 많은 사람들 입에서 저절로 한숨이 새어나왔다. 바로 머리 위에서 불티처럼 박힌 앙증스런 눈깔을 요모조모로 빛내면서 자꾸 대가리를 숙여 꺼뜩꺼뜩 위협을 주는 커다란 구렁이를 보고도 외할머니는 조금도 두려워하지 않았다. 외할머니는 두 손을 천천히 가슴 앞으로 모아 합장했다.

"에구 이 사람아, 집안일이 못 잊혀서 이렇게 먼 질을 찾어왔능가?"

꼭 울어 보채는 아이한테 자장가라도 불러주는 투로 조용히 속삭이는 그 말을 듣고 누군가 큰 소리로 웃는 사람이 있었다. 그러자 외할머니의 눈이 단박에 세모꼴로 변했다.

"어떤 창사구 빠진 잡놈이 그렇게 히득거리고 섰냐? 누구냐? 어서 이리 썩 나오니라, 주리댈 놈!"

외할머니의 대갈호령에 사람들은 쥐죽은 소리도 못 했다. 외할머니는 몸을 돌려 다시 구렁이를 상대로 했다.

"자네 보다시피 노친께서는 기력이 여전허시고 따른 식구덜도 모다덜 잘지내고 있네. 그러니께 집안일일랑 아모 염려 말고 어서어서 자네 가야 헐 디로 가소."

구렁이는 움쩍도 하지 않았다. 철사토막 같은 혓바닥을 날름거리면서 대가리만 두어 번 들었다 놓았다 했다.

"가야 헐 디가 보통 먼 질이 아닌디 여그서 이러고 충그리고만 있어서야 되겠능가. 자꼬 이러면은 못쓰네, 못써. 자네 심정은 내 짐작을 허겄네만, 집안 식구덜 생각도 혀야지. 자네 노친 양반께서 자네가 이러고 있는 꼴을 보면 얼매나 가슴이 미여지겠능가."

외할머니는 꼭 산 사람을 대하듯 위를 올려다보면서 조용조용히 말을 건네고 있었다. 하지만 아무리 간곡한 말씨로 거듭 타일러봐도 구렁이는 좀처럼 움직일 기척을 안 보였다. 이때 울바자 너머에서 어떤 아낙네가 뱀을 쫓는 묘방을 일러주었다. 모습은 안 보이고 목소리만 들리는 그 여자는, 머리카락을 태워 냄새를 피우면 된다고 소리쳤다. 외할머니의 지시에 따라 나는 할머니의 머리카락을 얻으러 안방으로 달려갔다.

할머니는 거의 시체나 다름이 없는 뻣뻣한 자세로 자리에 누워 있었다. 숨은 겨우 쉬고 있다 해도 아직도 의식을 되찾지 못한 채였다. 할머니의 주변을 둘러싸고 속수무책으로 앉아서 사색이 다 되어 그저 의원이 도착하기만을 기다리는 식구들을 향해 나는 다급한 소리로 용건을 말했다. 누구에게랄 것 없이 아무한테나 던진 내 말이 무척 엉뚱한 소리로 들렸던 모양이다. 할머니의 머리카락이 이런 때 도대체 어디에 소용될 것인지를 이해가 가도록 설명하기엔 꽤 시간이 걸렸다. 그리고 고모가 인사불성이 된 할머니의 머리를 참빗으로 빗기는 덴 더 많은 시간이 걸렸다. 빗질을 여러 차례 거듭해서 얻어진 한줌의 흰 머리카락이 내 손에 쥐어졌다. 언제 그렇게 준비를 해 왔는지 외할머니는 도래소반 위에다 간단한 음식 몇 가지를 차리는 중이었다. 호박전과 고사리나물이 보이고, 대접에 그득 담긴 냉수도 있었다. 내가 건네주는 머리카락을 받아 땅에 내려놓은 다음 외할머니는 천천히 고개를 들어 늙은 감나무를 올려다보았다.

"자네 오면 줄라고 노친께서 여러 날 들어 장만헌 것일세. 먹지는 못 헐망정 눈요구라도 허고 가소. 다아 자네 노친 정성 아닌가. 내가 자네를 쫓을라고 이러는 건 아니네. 그것만은 자네도 알어야 되네. 남새가 나드라도 너무 섭섭타 생각 말고, 집안일일랑 아모 걱정 말고 머언 걸음 부데 펜안히 가소."

이야기를 다 마치고 외할머니는 불씨가 담긴 그릇을 헤집었다. 그 위에 할머니의 흰머리를 올려놓자 지글지글 끓는 소리를 내면서 타오르기 시작했다. 단백질을 태우는 노린내가 멀리까지 진동했다. 그러자 눈앞에서 벌어지는 그야말로 희한한 광경에 놀라 사람들은 저마다 탄성을 올렸다. 외할머니가 아무리 타일러도 그때까지 움쩍도 하지 않고 그토록 오랜 시간을 버티던 그것이 서서히 움직이기 시작한 것이다. 감나무 가지를 친친 감았던 몸뚱이가 스르르 풀리면서 구렁이는 땅바닥으로 툭 떨어졌다. 떨어진 자리에서 잠시 머뭇거린 다음 구렁이는 꿈틀꿈틀 기어 외할머니 앞으로 다가왔다. 외할머니가 한쪽으로 비켜서면서 길을 터주었다. 이리저리 움직이는 대로 뒤를 따라가며 외할머니는 연신 소리를 질렀다. 새막에서 참새떼를 쫓을 때처럼 "쉬이! 쉬이!" 하고 소리를 지르면서 손뼉까지 쳤다. 누런 비늘 가죽을 번들번들 뒤틀면서 그것은 소리없이 땅바닥을 기었다. 안방에 있던 식구들도 마루로 몰려나와 마당 한복판을 가로질러 오는 기다란 그것을 모두 질린 표정으로 내려다보고 있었다. 꼬리를 잔뜩 사려 가랑이 사이에 감춘 워리란 놈이 그래도 꼴값을 하느라고 마루 밑에서 다 죽어가는 소리로 짖어대고 있었다. 몸뚱이의 움직임과는 여전히 따로 노는 꼬리 부분을 왼쪽으로 삐딱하게 흔들거리면서 그것은 방향을 바꾸어 헛간과 부엌 사이 공지를 천천히 지나갔다.

"쉬이! 쉬어이!"

외할머니의 쉰 목청을 뒤로 받으며 그것은 우물 곁을 거쳐 넓은 뒤란을 어느덧 완전히 통과했다. 다음은 숲이 우거진 대밭이었다.

"고맙네, 이 사람! 집안일은 죄다 성님한티 맽기고 자네 혼잣몸뗭이나 지발 성혀서 먼 걸음 펜안히 가소. 뒷일은 아모 염려 말고 그저 펜안히 가소. 증말 고맙네, 이 사람아."

장마철에 무성히 돋아난 죽순과 대나무 사이로 모습을 완전히 감추기까지 외할머니는 우물 곁에 서서 마지막 당부의 말로 구렁이를 배웅하고 있었다.
 이웃 마을 용상리까지 가서 진구네 아버지가 의원을 모시고 왔다. 졸도한 지 서너 시간 만에야 겨우 할머니는 의식을 회복할 수 있었다. 그 서너 시간이 무의식의 세계에서는 서너 달에 해당되는 먼 여행이었던 듯 할머니는 방 안을 휘이 둘러보면서 정말 오래간만에 집에 돌아온 사람 같은 표정을 지었다.
 "갔냐?"
 그것이 맑은 정신을 되찾고 나서 맨 처음 할머니가 꺼낸 말이었다. 고모가 말뜻을 재빨리 알아듣고 고개를 끄덕였다. 인제는 안심했다는 듯이 할머니는 눈을 지그시 내리깔았다. 할머니가 까무러친 후에 일어났던 일들을 고모가 조용히 설명해주었다. 외할머니가 사람들을 내쫓고 감나무 밑에 가서 타이른 이야기, 할머니의 머리카락을 태워 감나무에서 내려오게 한 이야기, 대밭 속으로 사라질 때까지 시종일관 행동을 같이하면서 바래다준 이야기…… 간혹 가다 한 대목씩 빠지거나 약간 모자란다 싶은 이야기는 어머니가 옆에서 상세히 설명을 보충해놓았다. 할머니는 소리없이 울고 있었다. 두 눈에서 하염없이 솟는 눈물방울이 훌쭉한 볼고랑을 타고 베갯잇으로 줄줄 흘러내렸다. 이야기를 다 듣고 나서 할머니는 사돈을 큰방으로 모셔오도록 아버지한테 분부했다. 사랑채에서 쉬고 있던 외할머니가 아버지 뒤를 따라 큰방으로 건너왔다. 외할머니로서는 벌써 오래전에 할머니하고 한 다래끼 단단히 벌인 이후로 처음 있는 큰방 출입이었다.
 "고맙소."
 정기가 꺼진 우묵한 눈을 치켜 간신히 외할머니를 올려다보면서 할머니는 목이 꽉 메었다.

장마   135

"사분도 별시런 말씀을 다……"

외할머니도 말끝을 마무르지 못했다.

"야한티서 이야기는 다 들었소. 내가 당혀야 헐 일을 사분이 대신 맡었구랴. 그 험헌 일을 다 치르노라고 얼매나 수고시렀으꼬."

"인자는 다 지나간 일이닝게 그런 말씀 고만두시고 어서어서 뭠이나 잘 추시리기라우."

"고맙소, 참말로 고맙구랴."

할머니가 손을 내밀었다. 외할머니가 그 손을 잡았다. 손을 맞잡은 채 두 할머니는 한동안 말을 잇지 못했다. 그러다가 할머니 쪽에서 먼저 입을 열어 아직도 남아 있는 근심을 털어놓았다.

"탈없이 잘 가기나 혔는지 몰라라우."

"염려 마시랑게요. 지금쯤 어디 가서 펜안히 거처험시나 사분댁 터주 노릇을 톡톡이 허고 있을 것이요."

그만한 이야기를 나누는 데도 대번에 기운이 까라져 할머니는 가쁜 숨을 몰아쉬었다. 가까스로 할머니가 잠들기를 기다려 구완을 맡은 고모만을 남기고 모두들 큰방을 물러나왔다.

그날 저녁에 할머니는 또 까무러쳤다. 의식이 없는 중에도 댓 숟갈 흘려넣은 미음과 탕약을 입 밖으로 죄다 토해버렸다. 그리고 이튿날부터는 마치 육체의 운동장에서 정신이란 이름의 장난꾸러기가 들어왔다 나갔다 숨바꼭질하기를 수없이 되풀이하는 것 같은 고통의 시간의 연속이었다. 대소변을 일일이 받아내는 고역을 치러가면서 할머니는 꼬박 한 주일을 더 버티었다. 안에 있는 아들보다 밖에 있는 아들을 언제나 더 생각했던 할머니는 마지막 날 밤에 다 타버린 촛불이 스러지듯 그렇게 눈을 감았다. 할머니의 긴 일생 가운데서,

어떻게 생각하면, 잠도 안 자고 먹지도 않고, 그러고도 놀라운 기력으로 며칠 동안이나 식구들을 들볶아대면서 삼촌을 기다리던 그 짤막한 기간이 사실은 꺼지기 직전에 마지막 한순간을 확 타오르는 촛불의 찬란함과 맞먹는, 할머니에겐 가장 자랑스럽고 행복에 넘치던 시간이었었나 보다. 임종의 자리에서 할머니는 내 손을 잡고 내 지난날을 모두 용서해주었다. 나도 마음속으로 할머니의 모든 걸 용서했다.

정말 지루한 장마였다.

어른들을 위한 동화

　먼저, 우연한 계제에 인물 잘나고 몸 좋은 여노(女奴)를 시가보다 훨씬 저렴한 값에 구입하게 된 이야기. 그는 오른손이 한 일을 왼손이 모르도록 실천하고자 했던 작은 미거(美擧)를 그 자신에 의해 기록된 일종의 인간성의 승리로까지 치부하고 있었다.
　다음, 그는 당황했다. 많이 후회도 했다. 새 주인에 향하는 계집종의 충성을 그로서는 뿌리칠 재간이 없었다. 결국 두엄자리에 앉아 신선 놀음 하는 생활이 시작되었고, 시간이 흐를수록 그런 생활에도 차츰 익숙해지는 사이에 도낏자루는 어느덧 썩어버렸다.

　그렇다고 칠칠한 위인은 못 되지만, 무슨 요일인가마저 까먹을 정도로 숱봉이는 아니었다. 아침에 출근할 당시만 해도 그걸 알았고, 회사가 파하는 즉시 집에 일찍 들어가겠노라고 마누라한테 약속까지 주고 나온 처지였다. 그런데 그걸 깜박 잊게 만든 사건이 일과 중에 사무실 안에서 툭 불거졌다. 사건치고는 없는 것보다 있는 것이 백

배나 나은 사건이었다. 나온다, 안 나온다— 오십 프로다, 아니다, 백 프로다— 로 그간 사원들 간에 추측이 분분하던 연말 상여금이 싸가지없도록 불쑥 지급되었던 것이다. 사원 일동을 모아놓고 봉투를 나눠주는 자리에서 사장은 일장의 연설을 토했다. 마치 사면초가에 빠져 마지막 탄알을 분배하고는 전원 옥쇄할 것을 명령하는 지휘관의 노호처럼 비장미 넘치는 채찍질이었다. 사장은 최근 무역업이 수지가 맞고 또 사세가 괄목할 만하게 확장됨에 따라 구어박힌 평민 출신에서 귀족으로 지체가 급격히 향상된 사람이었다. 그 너구리 같은 사장이 신년도부터는 더욱더 심하게 밑엣사람 기름을 짤 포석을 까느라고 그처럼 일찌감치 엄살을 떠는 중이란 걸 유리대롱 속 들여다보듯 빤히 알고 사원들 모두는 요노옴, 하며 속으로 코방귀를 뀌었다. 그러나 거기에 오직 한 사람 예외가 있었으니, 그는 연설을 경청하는 동안 뺨이라도 얻어맞은 듯 얼얼한 감동으로 얼굴이 사뭇 화끈거렸다. 한 달치 봉급과 그것에 맞먹는 상여금 봉투를 받아넣으면서 그는 심한 부끄러움을 느꼈다. 한 일도 없이 빈둥빈둥 놀기만 하다가 남의 피와 살로 뭉친 값진 재물을 도둑놈처럼 착복하는 듯한 기분이었다. 마침내 그는, 어제 부실했으면 오늘 충실하고, 오늘 충실했으면 내일은 그야말로 헌신하기로 단단히 작정한 바 되었다. 그러다보니 반공일 근무가 오전만으로 끝난다는 사실조차 하마터면 잊을 뻔해가면서 주판알 튀기기에 고부라져 있었던 것이다. 다행히도 일과 끝이 가까웠음을 그에게 일깨워준 사람은 같은 사무실 맞은바래기에 앉은 미스였다. 그녀는 주말만 되면 어떤 청년—비록 선조 대대로 평민 신분이긴 하나 그래도 제법 배워 비교적 쓸 만한 직장을 가진 최신식 청년과 그렇고 저렇게 관계를 가지는 것으로 사내에 소문이 자자했다. 그녀가 얼굴에 물감을 칠하고 가짜 속눈썹을 다는 걸 보며 그도 책상을 정돈하기 시작했다.

어디로 갈까. 어디 가서 무슨 선물을 살까. 무슨 선물을 사서 아내를 한 길쯤이나 뛰게 해줄까. 사무실에서 나와 그는 잠시 망설였다. 보도를 메운 인파에 휩쓸려 걸으면서 그는 거의 습관적으로 위를 올려다보았다. 조붓이 위축되어 간단없이 유동하는 도시의 하늘이 잿빛의 층운(層雲)을 두껍게 거느린 채 사흘 굶은 시어미상으로 하계를 굽어다보고 있었다. 뭐라도 한바탕 이내 쏟아내릴 듯한 암상궂은 날씨였다. 어깨를 한껏 움츠린 채 행인들은 당장 아무한테나 시비를 걸 것 같은 표정으로 바쁜 걸음을 더욱 채치고 있었다. 그러나 손끝에 간질간질 매만져지는 두툼한 봉투의 질량감을 두 개의 호주머니에 나누어 담은 그는 그다지 추운 줄 몰랐다. 한겨울 혹한을 얼굴마다 고드름처럼 달고 다니는 저 수많은 남녀들 호주머니 속엔 시방 상여금 봉투가 들어 있지 않을 것이었다. 제아무리 추우려 해봐야 추울 재주가 없을 정도로 역시 돈이 좋은 세상이었다. 마누라 앞에서 한 달에 한 번씩 이봐, 하고 큰소리치게 만드는 것 또한 그 육시하게 좋은 그놈의 돈이었다. 돈의 효용가치가 그저 단순히 물품 내왕의 원활을 도모하기 위한 수단에만 머물던 소박하고도 딱한 시절이 과거에 있긴 있었다. 그때 그 시절을 살던 세상의 남편들은 과연 무엇으로써 한 달에 한 번씩이나마 마누라쟁이의 콧대를 납작 누를 수 있었을까. 지금은 인격이나 권력, 또는 양심이나 정조 따위 무형의 것들까지 눈깔사탕이나 세탁비누와 대동소이한 유통 경로를 밟아 자연스럽게 거래되는 개명천지였다. 구식이라고 늘 핀잔먹는 그마저도 돈으로 안 되는 일이 이 세상 어딘가에 아직도 존재한다는 일부 궤변에 코를 동으로 두르리만큼 황금 만능은 이미 일반에 통념화한 미덕이었다. 어디 가서 무슨 선물을 사야만 그걸로 다시 아내의 보다 개선된 내조 정신과 물물교환을 할 수 있을 것인지, 원. 아직도 뚜렷한 행선지를 정하지 못한 상태에서 그는 무턱대고 마냥 걸었다. 걸었다기보다 사실은 이리 밀고 저리 밀리는 인파의 소용돌이가 대낮에 대로상에서 방황하는 커다란 미아 하나를 백화점이 밀집해 있는 번화가까지 실어다주었다.

  백화점을 서너 군데나 순례하는 동안에도 그는 방황하는 상태에서 여전히 깨나지 못했다. 여기저기 기웃거려봐야 아내의 비위에 합당할 만한 상품이 눈에 안 띄었다. 아내는 물건을 보는 눈이 몹시 까다로운 여자였다. 빛깔이 난하거나 투박함은 물론 포장이 요란스럽다거나 헐찍해 보여도 안 되었다. 특히나 가격 문제를 가지고 가탈을 부리는 성미였다. 비싸도 안 되고, 그렇다고 내용이 부실한 싸구려도 아내한테 가는 선물로는 영락없는 미역국이었다. 그래서 간혹 비싸게 사는 한이 있더라도 집에 가면 거의 공짜나 다름없게 산 듯이 꾸며대왔다. 값싸고 맵시 좋고 내용이 충실한 물건── 산더미처럼 체화된 엄청난 물동량의 홍수 속에서 생광스런 선물 하나 고르기가 그렇게도 힘이 들었다. 물론 아내의 성미 탓도 있었겠지만, 그러나 보다 원초적인 결함은 그의 세상을 바라보는 안목의 왜소함이었다. 최신의 설비나 어떤 번화한 구조물 종류 앞에 섰을 때, 그와 같은 문명의 이기에 익숙지 못한 자신의 취약성이 만인 환시리에 들통나지 않을까 늘 노심하는 것이었다. 종업원들의 친절 그역 매일반이어서 웃음 저쪽에 도사린 악덕의 상혼이랄지 간지(奸智) 등속을 싸잡아 넘겨다보며, 만약 중도에 흥정을 작파할 경우 그네들이 자기 뒤통수에 먹일 쑥떡감자에 지레 오금부터 저리고 보는 것이었다. 유년 시절에 이미 다 체득해버린 몸을 사리는 버릇, 우유부단에 가까운 신중성, 결벽 따위의 서글픈 착종(錯綜) 아니면 그런 것들로부터 비롯되는 지나친 반사작용 탓일 것이었다. 어른들 눈치만 보며 보낸, 째지게 곤궁했던 유년의 잔재가 지금도 살아 이젠 남루를 벗을 만큼 셈평이 펴인 성년의 나이까지 완강히 지배하려 하고 있었다. 그렇다면 그에게는 이 세상에서 돈만으로 해결 안 되는 그 무엇이 아직도 엄연히 존재하고 있는 셈이었다. 도회 복판에 있으면서도 그는 여전한 시골 호박이었다. 백화점 구내 이곳저곳을 장시간 쏘다니면서도 흥정다운 흥정 한 번 제대로 못 했을 뿐더러 여태껏 품목조차 정하지 못한 상태에서 본의 아니게 방황을 계속했다. 결국 그는 거기서도 쇼핑하는 인파가 거저 실어 날라주는 대로 몸을 내맡겨버렸다.

어쩌다 잠깐 정신머리란 것이 외출을 나갔었나 보다. 별안간 허전한 느낌이 들어 주변을 살펴보니 놀랍게도 자기는 번화가에서 멀리 벗어나 문명과는 전혀 동떨어진, 웬 누추하고 조잡한 골목길을 지나는 중이었고, 자기 혼자 달랑 외돌토리로 남겨진 채였다. 순간적으로 당황하지 않을 수 없었다. 마치 지브 기중기 집게삽 닮은 거대한 해동청 발톱에 달칵 물려 산마루를 넘다 실수로 시골집 마당에 떨어뜨린 쥐새끼 모양으로 머릿속이 온통 휑뎅그렁했다. 길바닥에 아무렇게나 널브러진 쓰레기 너부러기 위로 희끗희끗 성긴 눈발이 덮이고 있었다. 앞으로 나갈수록 자꾸만 섞이어 흐르는 눈으로 길은 형편없이 질척거렸다. 그리고 무엇보다도 그놈의 냄새였다. 월척의 강설량으로도 덮지 못할 역한 냄새가 코를 찔렀다. 가축 우리 같은 데서나 맡을 수 있는, 불결하기 짝이 없는, 문명의 밝음에 역행하는, 그믐밤처럼 시커먼, 괴상야릇한 냄새였다. 하늘은 여전히 사흘 굶은 시어미 상이었고, 일몰이 가까움을 알리는 쌀쌀한 바람이 불었다. 한 무더기의 바람이 달려들어 그의 전신을 강타했다. 다른 한 무더기의 바람이 재차 달려들어 가정과 직장 사이를 시계불알처럼 혹은 배드민턴 셔틀콕처럼 육장 왔다갔다하던 그의 판에 박힌 일상을 간단히 뒤흔들어놓았다.

오직 성실한가지로입신하고야말겠다는조촐한야망세계적긴장완화와공해문제에관한그나름의소견오입에대한끊임없는욕구와동경그리고거기에따르는지칠줄모르는공상조국의장래에대한잿빛우려오래눈독을들여온전기세탁기쪽으로향하는왕성한구매욕빙하기로다시한발한발다가서고있다는지구의운명불황타개책이십년월부상환의주택자금미래에태어날자식들의교육문제— 등등으로 뒤죽박죽 얽히고 설킨 하나의 소우주를 말끔히 파괴해버렸다. 어찌 된 영문인지 그는 갑자기 오장육부를 낱낱이 해체당한 기분이었고, 무대 위에 세워진 채 불가항력의 어떤 세력에 의하여 하나씩 하나씩 옷가지가 벗겨지는 듯한 느낌이었다. 아무리 봐도 자기가 가고자 하는 방향이 아니었다. 그는 곧바로 돌아서서 나오려 했다. 그런데 그때 웬 고함 소리가 높은 벽돌담으로 가려진 골목 저쪽에서 길게 울려나왔다. 단말마의 무서운 외침이었다. 전신을 타누르는 고통의 무게를 고스란히 혓바닥 위에 올려 잇새로 뿌적뿌적 밀어내는 것 같은 사내의 비명이 잇달아 들렸다. 사내의 비명이 그로 하여금 내처 앞으로 걷게 충동질하는 것이었다.

냄새와 소리의 진원지는 공교롭게도 같은 방향이었다. 지저분한 골목길이 다 끝나는 곳에서 지저분한 광장으로 통하는 철책의 지저분한 입구가 눈에 띄었다. 한 차례 더 사내의 고함 소리가 울렸다. 그러자 어디서 나타났는지 행인들 몇 사람이 거지반 뜀박질하다시피 서둘러 그 철책의 입구로 빨려 들어갔다. 그 또한 비상한 호기심에 이끌려 걸음을 재촉했다. 광장 안에 발을 들여놓고서야 비로소 거기가 어떤 데라는 걸 그는 깨달을 수 있었다. 이름하여 노예 시장이었다. 그런 것이 도시의 어딘가에 생겼다는 얘긴 그도 들음들음으로 오래 전부터 알고 있었다. 그러나 실제 자기 눈으로 확인하기는 난생처음이었다. 한 번쯤 가서 구경할 만하더라고 권하는 친구들이 있었어도 자기가 신봉하는 주의주장 때문에 여태까지 의식적으로 백안시해온 터였다. 정처없는 발걸음 끝에 노예 시장을 구경하게 된 것도 정말 우연한 일이거니와 그로서는 사람과 집짐승을 한데 섞어 판다는 사실도 거기 와서 비로소 처음 알게 되었다.

"그렇게 짐승을 다룰 줄 몰라서야 어디 이런 장사 해먹겠나!"

고객임이 분명했다. 중절모에 콧수염에 단장까지 짚은, 바위처럼 체격이 단단해 보이는 중년의 신사가 사람 허리 높이로 세워진 기다란 판매대 바로 곁에 서서 소리를 질렀다. 어지간히 화가 나 있는 표정이요 태도였다.

"여보게, 그 채찍 이리 내게!"

"소란을 피워서 죄송합니다요, 나리. 허지만요, 헤헤, 워낙 고집이 쎈 놈이라서요, 나으리."

꼽추 방불하게 허리가 굽은 늙수그레한 노예 상인이 연방 아첨을 물찌똥처럼 흘려가며 두 발은 실히 넘을 채찍을 신사의 손에 건넸다. 젊디젊은 수컷 노예 하나가 원숭이 본새로 노예상의 발치에 웅크려 앉아 흰자위 승한 눈알을 사방으로 표독스럽게 굴리고 있었다. 눈발이 흩날리는 날씨에 손바닥만 한 헝겊쪼가리로 간신히 샅아구니만 가린 꼬락서니였고, 온통 살가죽이 물러나 난도질당한 수육 못지않이, 어떻게 보면 한 뭇의 구렁이가 엉겨붙은 것처럼 전신이 피멍과 생채기로 어지러이 무늬져 있었다.

"족쇄를 풀어줘!"

신사의 입에서 명령조의 말이 떨어졌다.

"아니 나으리, 어쩔라고 이러십니까요? 승냥이같이 날쌥고 싸난 놈입니다요."

"잔말 말고 어서 풀라면 풀어!"

호통치는 서슬에 그만 상인은 찔끔해버렸다. 상인은 한참을 망설이고 주저했다. 그러다가 도리 없다는 몸짓을 하며 노예의 두 발을 묶은 사슬을 철커덕 벗겨놓았다. 하지만서도 미덥지 않아 하는 표정이 내내 얼굴에서 지워지지 않고 있었다. 신사가 모피로 깃을 장식한 고급의 털외투를 벗더니 그것과 단장을 암냥해서 상인의 손에 맡겼다. 그러고는 별안간 광장이 산으로 가게끔 큰 소리로 외치는 것이었다.

"야, 이 쥐새끼 같은 종놈아! 네놈한테 자유를 줬으니까 어디 여기 서 계신 이 어르신네를 네놈 배짱대로 한번 요리해봐라!"

사슬에서 풀려난 젊은 수컷 노예는 제 손발에 붙은 뜻밖의 자유가 차라리 거대한 티눈처럼 설익고 어색하다는 듯 한동안 미심쩍은 눈으로 주위를 두리번거렸다.

"네놈 배짱 꼴리는 대로 해보라니까!"

신사의 콧수염 밑에서 거푸 고함이 터져나왔다. 그리고 노예의 얼굴 위에 가래 덩어리가 카악 뱉어졌다.

"그 냄새나는 더러운 손으로 어서 이 어르신네의 목을 비틀어보란 말야!"

마침내 노예의 눈에 불이 확 켜졌다. 그렇다고 느껴지는 순간 몸을 솟구쳐 머리로 신사의 배를 들이받았다. 그러나 신사 쪽이 더욱 빨랐다. 중년의 나이에 어울리지 않게 굉장히 민첩한 동작이었다. 머리가 와서 닿기 전에 벌써 옆으로 빙글 돌아서며 어느 하가에 딴죽을 걸었는지 상대를 땅바닥 진창 위로 서너 바퀴나 재주를 넘기는 것이었다.

"자아, 일어나서 다시 덤벼봐!"

일어나서 다시 덤볐다. 이번에는 무릎을 세워 내지르는 일격에 정통으로 면상을 받혀 쿵 하고 짐짝처럼 떨어졌다. 도저히 상대가 안 되었다. 신사 쪽에서 두어 수쯤 접어주고 다시 붙어도 결과는 뻔할 것이었다. 비틀비틀 일어앉으며 침을 뱉는 노예의 입에서 시뻘건 타액에 섞여 옥수수알 같은 이빨이 한 움큼이나 되게 쏟아졌다. 증오와 분노로 흰자위 승한 눈을 번뜩이며 노예는 마구잡이로 날뛰기 시작했다. 그러나 일정한 간격을 유지해가며 몸에 밴 솜씨로 휘두르는 채찍질에 목이 친친 감겨 어쩔 도리가 없었고, 반항의 기미가 보일 적마다 신사는 채찍을 불끈불끈 당겨 함부로 자빠뜨리기를 몇 차례고 기듭했다. 드디어 노예의 입에서 고함이 터져나왔다. 골목길에서 듣던 예의 그 비명—고통의 무게를 고스란히 혓바닥 위에 올려 잇새로 뿌적뿌적 밀어내는 단말마의 비명이 광장을 하나 가득 메웠다. 탈진 상태에 들어 이미 저항할 의욕조차 상실해버린 노예의 목에 채찍을 휘감아 양쪽 끝을 힘을 다해 옥죄면서 신사는 속삭이듯 낮은 소리로 이야기했다.

"네놈 복을 네놈 발로 찬 셈이다. 고분고분 시키는 대로 말을 잘 들을 것 같으면 끼니때마다 상으로 날고기를 주려고 했는데, 이젠 이빨이 그렇게 몽창 나가버렸으니 억울하게 된 건 네놈 혼자야."

그리고 상인으로부터 외투를 돌려받아 젊은이 찜쩌먹게 튼실한 상체 위에 걸치면서 신사는 다들 들으라는 듯이 목청을 돋우어 설명하는 것이었다.

"여기 이 우직스럽기 짝이 없는 짐승을 벵골산 호랑이하고 한우리에 넣어서 맨몸으로 격투하는 재간을 가르칠 작정이오. 좀 비싸게 친 감이 없지 않지만 틀림없이 제 값어치를 하게 만들 테니까 여러 선생님들 많이 기대해주십시오."

물건을 인수하는 절차가 대금을 치르고 받는 것으로 신속히 끝났다. 이제 자기 소유가 된 노예의 손목에 다시 쇠사슬을 채워 앞장세우고 신사는 구경꾼들 틈바귀를 헤집으며 출입구 쪽으로 나아갔다. 상인을 포함하여 모든 구경꾼들이 한결같이 던지는 감탄과 경악의 눈초리를 신사는 충분히 계산하는 것 같았다. 신사의 모습이 득의에 찬 걸음걸이로 멀어져가자 누군가 앞발 뒷발 바짝 들었다는 투로 끌끌 혓소리를 하는 사람이 있었다. 신사의 솜씨도 솜씨려니와 그토록 광포스럽던 노예가 양같이 온순해졌다는 사실이 아닌게아니라 믿어지지 않았다.

"대체 저 사람 뭐 하는 사람이우?"

그는 아까부터 내내 궁금히 여기던 걸 끝내 옆사람에게 묻고 말았다. 묻고는 젊은 수컷 노예와 중년 신사가 사라져간 방향을 턱으로 가리켰다.

"곡마단 단장이라나요."

"곡마단 단장요?"

어쩐지 예사 솜씨가 아니더라니…….

"그렇다오, 곡마단 단장이래요."

옆 사람이 연신 고개를 끄덕거렸다. 방금 목격한 충격적인 광경에 그자도 어지간히 얼이 나간 모양이었다. 감탄의 빛이 얼굴에 여실히 나타나 있었다.

"맹수를 사람처럼 길들여서 열두 마당씩 재주를 넘기는 곡마단 주인이래요."

소문으로 듣던 것보다 한산해 보이는 풍경으로 미루어 파장에 가까운 시간인 듯했다. 그러나 여기저기 무더기로 남겨진 쓰레기의 양과, 당장 눈에 띄는 건 아니지만 그래도 아직 미지근하게 살아 주위에 감도는 시장 바닥 특유의 어쩐지 술렁이는 분위기가 조금 전만 해도 이곳 경기가 자못 흥청거렸음을 잘 말해주고 있었다. 한꺼번에 많은 수효가 올라서서 패션 쇼를 하듯 전후좌우로 거닐며 선을 보이도록 마련된 대규모 목조 판매대 위엔 아직도 팔리지 않은 노예들 몇몇이 한군데 우부룩이 몰려서 있었다. 거개가 노약자거나 아니면 젖먹이가 딸린, 다시 말해서 아무래도 상품 가치가 희박한 것들이었다. 그것들은 한결같이 오들오들 떨면서 무리의 가운뎃자리를 차지하려고, 또는 이미 확보한 가운뎃자리를 빼앗겨 바깥쪽으로 밀려나지 않으려고 서로를 몸으로 밀고 부딪쳐가며 무언의 다툼을 되풀이하고 있었다. 적어도 욕지거리와 함께 노예상의 채찍이 휘익 바람을 가르고 나서 다음에 또 휘익 소리가 울릴 때까지는 내내 그랬다. 그것들이 제복처럼 걸치고 있는 마대 비슷한 천의 내리닫이 겉옷만 가지고는 엄습하는 추위를 물리칠 수 없는 게 너무도 당연했다. 항상 강자

편에서만 행세해온 하늘이 무력하게 타고난 대죄를 범한 것들에게 내리는 무서운 형벌과도 같은 눈발이 보일락말락 점점 송이를 키우면서 노예들 몸뚱이 위로 쌓이고 또 쌓였다.

 곡마단 단장이 아주 떠나버리자 판매대를 에워싼 구경꾼들도 하나씩 둘씩 자리를 뜨기 시작하여 광장 안은 더욱 한산해졌다. 사람들을 붙잡아둘 심산으로 노예상이 갑자기 목청을 돋우어 입정을 뽑기 시작했다. 있는 숫기 없는 숫기 죄다 떨어 긴 사설을 까발리는 것이었다. 아무리 그래봤자 사람들이 일단 내친 걸음을 되돌릴 기미가 안 보이니까 이번에는 무리 가운데서 암컷 노예 하나를 끄집어내어 판매대 중앙에 세웠다. 그것의 존재를 처음으로 발견한 그는 긴장하지 않을 수 없었다. 그것이 지닌 용모의 빼어남에 이아침을 받아 다른 것들은 하나도 눈에 안 들어올 정도로 인물이 볼 만했다.

 "자아, 싸구려요, 싸구려. 그냥 가면 후회돼요. 평생을 후회헐 테니 두고 보소. 장담허고 허는 말이지만 백년 만에 하나 나올까 말까, 기똥차게 생겨먹은 요년 한번 구경허소."

 눈요기만으로도 본전이 아깝지 않을 거라는 그 여노를 말하면서 노예상은 입에 거품을 물었다. 사설 자체는 과장스러운 가락을 담고 있으나 그렇다고 그 인물 됨됨이까지 심하게 과장하는 건 결코 아닌 성싶었다. 여노의 이목구비 하나하나를 요모조모 뜯어 살피며 그는 은근한 감탄을 했다. 눈은 둘이요 코는 하나였다. 입도 하나요 귀는 둘이었다. 양민에 조금도 뒤질 게 없는 완전한 하나의 인간 형태를 고대로 유지한 채였다. 외려 어떤 면에서 보면 범상한 인간들이 자기네의 범상함을 자인하는 유력한 방증으로 집에서나 거리에서나 늘 쓰고 다니는 평범의 너울을 훌쩍 벗어버린 모습이었다. 얼굴을 이룬

이목구비 개개의 것들이 서로 긴밀히 협조하고 단결하여 주인의 미를 한층 돋보이도록 경쟁하고 있는 듯했다. 그중 인상적인 것이 눈이었다. 크기에 비례하는 다량의 우수를 수용한 시원스러운 눈이었다. 그것은 주위의 사정에 민감하게 반응하는 가슴 내부의 사정을 밖으로 나타내는 초감도의 감광판과도 같았다. 때로는 가슴 내면에 인 반응의 농도를 누그러뜨리거나 희석시키기를 자유자재로 해내는 여과망, 혹은 셔터이기도 했다. 또 때로는 상대방으로 하여금 긍휼지심이나 연민의 정을 불러일으키게 함으로써 흥정을 자기 쪽에 유리하게 이끄는 일종의 무기로서도 적절히 이용하고 있었다. 그리고 그 빼어난 몸매였다. 매우 건강하면서도 암컷의 성징을 제대로 간직한 몸매가 꼴불견인 옷차림에도 불구하고 내리닫이 마대천 속에서 우아한 곡선으로 살아 작은 움직임에 큰 율동으로 대답하는 것이었다. 그는 수컷들이 흔히 변변하게 생긴 암컷을 대할 때 갖기 쉬운 저열한 사심에서 뚝 떠나 다만 공정하고 객관적인 입장에서 의문을 느끼기 시작했다. 저만한 인물이라면 다른 것들보다 훨씬 먼저 팔렸어야 옳다. 파장에 가까운 시간까지 안 팔리는 무리에 끼여 두고두고 싸구려로 호가될 허섭스레기는 아무리 봐도 아니었다. 거의 필사적이다 싶게 떠벌리는 노예상의 입담에도 선뜻 나서는 사람이 없다는 게 더구나 이상했다.

"허허, 이 양반 소식이 영 깜깜이군."

그 의문에 대답해준 사람 역시 먼젓번의 그 사내였다.

"발꿈치로 지근지근 밟아서 만든 것들까지 다 날개 돋쳐서 팔렸다오. 그런데 저것만은 감히 누가 손을 못 대고 있어요. 고객들 모두가 침을 바르면서도 어떻게들 캐냈는지 저것의 과거를 알고 난 뒤로는 도무지 겁이 나서 사겠다고 나서는 사람이 없는 거죠."

"과거라니, 도대체 어떤 과거관데 그래요?"

"나서부터 여태까지 귀족 집안으로만 돌았다나요. 누구라고 대면 삼척동자라도 다 알아들을 만큼 유명한 귀족 집 우두머리 하녀 출신 이래요."

"그렇다면 더욱 이상하군요. 매매하는 데 유리했으면 유리했지, 그게 뭐 흠이 될 건 없잖아요? 일도 잘할 테고, 눈치도 빠를 테고……"

"참, 답답도 허슈. 누가 그걸 모르나요? 아니까 더욱 겁난다는 거죠. 우리네 평민 형편으로는 감히 꿈조차 못 꿀 호화판 살림에 푹 젖어서 살아온 종년을 데려다가 대체 뭐에 써먹겠소? 저걸 부리고 유지 관리하려면 아마 배보다 배꼽이 더 클 거요. 그나 그뿐인 줄 아슈? 손버릇이 아주 고약하대요. 생김새는 저렇게 멀쩡해도 선천성 도벽이 있어서 전에 귀족 집에 있을 때 가보로 내려오는 노마님 패물을 훔쳤더랍니다. 그래서 노마님의 분노를 사가지고 평민용 노비로 등급이 깎여서 시장에 내돌려졌대요. 애당초 우리네 같은 평민들 생활 수준으로는 엄두도 못 낼 그림의 떡인 셈이죠."

광장 안에 땅거미가 깔리기 시작하면서부터 노예상은 완연히 초조하게 굴었다. 부르는 값도 조금 전에 비해 많이 헐해져 있었다.

"나리, 나으리! 높으신 나으리! 여길 좀 보십쇼, 여길!"

그를 지목하고 서두르는 소리였다. 노예상의 간교한 눈에 신참의 그가 마침내 물봉으로 비쳤음이 분명했다.

"여기 이 머리를 보십쇼." 노예상은 한 손으로 젊은 암컷 노예의 머리털을 꺼들어 뒤로 바싹 젖혔다. "꼭 비단 같습죠. 아니, 비단 이상입죠. 저녁때 피곤해서 들어오시면 나으리의 발을 이 비단보다 더 부드러운 머리털로 씻겨드릴 수도 있구요." 다음은 때꼽이 누룽지처럼 덮인 시커먼 손가락을 노예의 입아귀에 넣어 양쪽으로 팽팽히 당겼다. "인정이 많으신 나으리, 요년 잇속도 좀 보십쇼. 요렇게 이빨들이 곱고 튼튼해서 아무거나 주는 대로 잘 처먹고 잘 새긴답니다." 이번에는 채찍 손잡이로 노예의 내리닫이 겉옷을 쑤욱 걷어올렸다. 그러고는 달덩이처럼 허연 알궁둥이가 드러나자 철썩 소리나게 손바닥으로 갈기는 것이었다. "어떻습니까, 젊으신 나으리? 요 정도 몸뚱이라면 일 년에 한 배씩은 어김없이 새끼를 쳐서 시장에다 내놓을 수 있습죠. 그 수입만 해도 본전쯤은 금방 건져질 겝니다."

추위조차 느끼지 못하는 모양이었다. 젊은 암컷 노예는 미동도 하지 않았다. 상인의 극성이 그처럼 우심한데도 몸을 깡그리 내맡긴 채 조금도 동요됨이 없이 그저 담담한 눈으로 어둠발이 덮여오는 먼 하늘만을 올려다볼 따름이었다. 그는 노비의 얼굴에 내려앉는 눈송이를 보고 비로소 닿자마자 녹아 흐르는 자기 얼굴의 눈송이도 의식했다. 그는 얼굴에 와 닿는 감촉이 매우 차가움을 느끼면서 저도 모르는 새 무척 상기되어 있음을 퍼뜩 알아차렸다. 그 사이에 노비의 몸값은 더욱 떨어져 있었다. 그런 추세로 떨어져가다가는 결국 막판에 이르면 노예상이 되레 자기한테, 사례금 암만을 줄 테니 제발 가져가달라고 애걸복걸할 듯싶어 슬그머니 겁이 날 지경이었다.

"젊으신 나리! 젊고 인정이 많으신 나으리! 언제까지 주저만 하고 계실 작정인지요? 자아, 이래도……"

상인이 별안간 노비 앞으로 달려들어 오지랖을 움켜쥐더니 아래로 주욱 훑어버렸다. 이미 탄성을 잃은 마대천이 찢기면서 내는 무력한 음향과 함께 두 개의 탐스런 젖둔덕이 눈앞에 툭 불거졌다. 그래도 노비는 동요하지 않았다. 잠시 후에 느릿느릿 손바닥을 펴 어설피나마 젖가슴을 감싸긴 했는데, 그것도 수치심 때문이 아니라 엄습하는 추위로부터 자신을 다소나마 보호하려는 본능적인 동작처럼 보였다.

"보시다시피 몸이 아주 고만입지요. 잠자리에서 사내 다루는 솜씨는 더 기맥히답니다. 자아, 어떡할깝쇼?"

꼽추처럼 허리가 잔뜩 휜 그 노예상은 대고 음탕한 웃음을 흘렸다. 노예를 향한 자기의 관심이 분명히 오해를 사고 있는 것 같아 그는 얼굴이 시뻘게졌다. 차라리 외면해버리고 말았다. 그러자 상인은 거의 울상을 지으며 몸값을 한 계단 더 낮추는 것이었다. 그러면서 하는 말이,

"부디 자비를 베푸십쇼. 인정 많고 기품이 넘치고 장차 크게 되실 젊으신 나으리, 제발 이놈을 더 나쁜 놈으로 만들지 말아주십쇼. 나으리마저 외면하신다면 저는 이년을 더욱 학대하지 않을 수 없사옵니다."

마침내 그는 마음속으로 한 가지 위험천만한 결심을 해버렸다. 시장 안에서 이루어지는 이런 모든 행위는 그가 오늘날까지 신봉해온 주의주장에 전적으로 위배되는, 온당치 못한 처사였다. 그리고 아무리 둘러봐야 이 추악한 놀음에 종지부를 찍을 만한 사람은 자기말고 더는 없는 성싶었다. 그는 잠자코 결정적인 순간의 도래를 기다렸다. 기다린 보람이 있어 상인이 부르는 값과 자기 호주머니 사정이 일치되었을 때 그는 마침내 오른손을 번쩍 추켜들었다.

"사겠소!"

외침과 동시에 두 개의 봉투를 꺼내어 판매대 위로 던졌다.

"쇠사슬 따윈 일없소!"

구속에 사용되는 두어 점 기구와 노예 증선지 뭔지도 마다며 땅바닥에 팽개쳐버렸다. 그는 이제 자기 소유가 된 여노를 이끌고 거반 도망치다시피 구경꾼들 틈서리를 비집어 뚫었다. 간신히 광장을 벗어나와 인적이 뜸한 골목길에 다다르자 그는 여노의 팔을 놓아주면서 이렇게 소리쳤다.

"당신은 인제 자유의 몸이오. 누가 보기 전에 어서 아무 데로나 도망치시오!"

그러나 딱하게도 여노는 말귀를 전혀 못 알아듣는 것이었다. 그저 커다란 눈을 백치처럼 꿈벅이면서 "주인나리……" 하고 중얼거릴 뿐이었다.

"어떻게 설명해야 알아듣겠소? 지금부터 당신은 자유란 말이오. 인제는 아무도 당신을 돈으로 사고팔 수 없단 말이오. 그러니 빨리 달아나시오."

그는 뒤도 돌아보지 않고 걸었다. 뒤에서 따라오는 발소리가 들렸다. 그는 냅다 뛰기 시작했다. 뛰면서 들으니 발소리는 여전했다. 으늑한 구석을 찾아 숨어도 보았으나 역시 허사였다. 용케도 찾아내어 일정한 간격을 두고 다소곳이 서는 것이었다. 결국 그는 이 어린애 장난 같은 숨바꼭질에 진절머리가 나고 부아가 치밀었다.

"대관절 어쩌자고 이러는 거요?"

"주인나리……"

"그 주인이란 소리 좀 거두시오! 난 당신의 주인도 무엇도 아니오! 단지 당신이 수모와 고통을 당하는 게 하도 딱해서 작은 선심을 베풀었을 뿐이오!"

그러자 여노가 쪼르르 내달아 발 아래 엎드리면서 그의 구두코에다 대고 수없이 입을 맞추었다.

"바라옵건대, 나리께서는 소녀더러 제발 당신이라고 부르지 마시옵소서. 소녀는 그저 주인나리의 어리석고 천한 종이옵니다. 소녀의 몸도 마음도 모두 나리의 소유이옵니다. 버리지 마시고 거두어주시옵소서."

참으로 기가 찰 노릇이었다. 그는 계집종이 가진, 골수에 박힌 노예근성에 치를 떨었다. 괜한 짓을 했다고 처음으로 후회를 느끼게 만든 건 바람이었다. 바람이 불고 있었다. 들어올 때와는 정반대의 방향에서 불어오는, 눅눅하고 차디찬 저녁 바람이 한나절 미궁 속을 헤매다 나가려는 그에게 옷을 입혀주었다. 잠시 벌거숭이로 백주의 대로를 배회하던 그의 마음에 현실의 두꺼운 의상을 도로 입히는 것이었다. 그는 후회와 분노와 낙담과 곤혹 따위 크고 작은 옷가지들을 차례로 주워 걸친 다음 실로 오랜만에 마누라를 생각하기 시작했다. 그러나 마누라는 마누라고, 여노는 여노였다. 새로 맞은 주인 앞에서 거듭 충성을 다짐하는 그 어리석은 여노한테는 어떻게 손을 쓸 도리가 없었다. 그는 집으로 데려갈 수 없는 사정을 여노에게 납득시키는 데 실패하고 말았다.

우려했던 것보다 한결 더 심했다. 아내는 그의 어리석은 행동을 단연코 용서하지 않았다. 여러 말로 변명도 해보고 본의가 순수함을 주장도 해봤으나 말짱 헛일이었다. 때 없고 철없이 그가 인간애를 발휘하는 걸 아내는 원치 않았다. 원치 않았을 뿐만이 아니라 아예 믿으려조차 하지 않았다.

"이제 두고 보면 알 거요. 내 진심이 어떻다는 걸 행동으로 증명하는 길밖에 없소."

"그렇게꺼정 수고허실 필요 없어요. 당신 뱃속이 검다는 건 이미 증명이 끝났으니까."

더구나 아내의 눈에 부쩍 쌍심지를 돋우게 만든 건 여노의 그 충성스런 봉사였다. 그의 곁을 잠시도 떠나지 않는 것이었다. 깎아 세운 목상처럼 등 뒤에 시립해 있다가 그가 움직이려는 기척만 보여도 눈치 빠르게 의도를 간파하고 성냥불을 그어댄다거나 휴지통을 찾아 대령하는 등으로 번번이 앞질러 손을 쓰곤 했다. 안주인이 옆에 있건 없건, 무슨 소리를 하건 말건 일절 구애받지 않고 소신껏 시중을 들었다. 그가 오른쪽 등갈비 부근이 가렵다고 느끼는 순간이면 어느 겨를에 귀신이 곡하게끔 알아차리고 정확히 오른쪽 가려운 등갈비 위에 옥수수 등긁이 같은 손을 갖다 얹는 것이었다. 그 때문에 분이 꼭뒤까지 오른 안주인한테 머리채를 꺼들려 방바닥에 함부로 나뒹굴기를 수없이 되풀이했지만, 다아 소용없었다. 아프다든지 하다 못해 야속스럽다는 표정 한 번쯤 지을 법한데도 끽소리 한 마디 않고 일어나서는 다시 그의 등 뒤에 그린 듯이 시립해 선 채 봉사할 다음 기회를 탐탐히 노리는 것이었다.

"좀 참고 기다려봐요. 수소문해봐서 적당한 임자만 나서면 곧바로 내보낼 작정이니까 너무 심하게 굴지 말아주구려."

그만큼 안존한 말로 다독거려놓았는데, 그래도 그가 없는 틈을 타 단단히 손을 보는 모양이었다. 회사에서 돌아와 보면 할퀴이고 꼬집힌 자국이 여노의 전신에 장님이라도 얼른 알아보게 끔찍했다. 밤마다 내외는 티격태격 줄다리기를 벌였다.

"옛날을 생각해봐요, 옛날을. 허리끈을 졸라매가면서 고생하던 일을 벌써 잊어버리진 않았겠죠? 지금 요만치라도 살림이 는 게 다 누구 덕인데……"

아내는 비장의 눈물을 한꺼번에 쏟기도 했다.

"저 계집년이 나보다 인물이 반반하다든지 몸이 좋다든지 하는 따위는 크게 억울할 게 없어요. 허지만 저년을 먹여살리기 위해서 가외로 비용이 나가는 건 도저히 못 참겠어요."

아내는 이렇게 생짜로 악지를 세우기도 하면서 별의별 수단을 다 쓰는 것이었다. 그러나 그로서는 실로 천만의 말씀이었다. 아내의 오해나 객없는 그 질시 모두 시간이 지나면 해결될 문제였다. 그래서 며칠에 걸친 긴 싸움 끝에 아내가 보따리를 챙겨가지고 친정으로 훌쩍 떠나는 것도 공들여 말리진 않았다. 지가 가면 몇 날이나 묵을라고, 좀이 쑤셔서 오래 못 배기고 도로 슬슬 기어들 테지.

아내가 없어진 집안에서 여노의 알뜰한 시중이나 받으며 마음 편히 지낼 그는 아니었다. 그림자처럼 잠시도 등 뒤에서 떠나지 않는 여노의 존재가 육장 마음에 걸렸고, 그가 움직이는 대로 졸졸 뒤따라 행동하는 바람에 홀딱 벗김을 당한 듯 사실상 자신의 사생활은 이미 빼앗긴 바 된 셈이어서 그 또한 유쾌한 기분일 수 없었다. 무엇보다도 거북한 것이 말끝마다 붙이는 그놈의 낯간지러운 호칭이었다.

"몇 번이나 말해야 알아듣겠소. 제발 그 주인이란 소리 좀 빼시오!"

"하오나 주인 나으리……"

"거듭 이르겠는데, 당신은 이제 남의 종이 아니라 자유를 가진 한 사람의 떳떳한 인간이란 말이오. 그런데도 개나 돼지처럼 취급당하던 노예 생활에 뭐가 그리 미련이 커서 아직도 스스로 천한 지경에 빠지길 고집한단 말이오?"

"태어나면서부터 소녀는 줄곧 복종과 충성만을 배웠사옵니다. 주인을 위해서는 목숨도 버려야 한다는 가르침 속에서만 자랐사옵니다."

"도대체 어떤 육시랄 녀석이 그런 걸 가르칩디까?"

"소녀의 어미이옵니다."

"딸을 그런 식으로 교육시키다니, 그게 곰이지 어디 사람이오?"

"맞사옵니다. 저의 어미는 곰이었습니다. 사람들이 모두 소녀의 어미를 가리켜 웅녀라 불렀사옵니다."

정색을 하고 진지하게 털어놓는 말에 더 이상 화를 낼 수도 없었다. 하릴없이 그는 실소를 하고 말았다.

"허허, 이거 원, 기가 막혀서…… 만약 당신 어머니가 곰이었다면 우리 어머닌 호랑이였겠소."

"맞사옵니다. 모두들 그렇다고……"

"시끄럽소! 밤도 늦었으니 저쪽 방에 건너가 잠이나 자시오!"

참으로 미련하고 불쌍한 인종이었다. 여노는 움직이려 하지 않았다. 참으로 가망 없는 서글픈 인종이었다. 주인이 먼저 잠드는 걸 본 다음 종은 나중에 자리에 드는 게 옳은 순서라면서 언제까지고 부동 자세로 서서 버틸 심산이었다. 그의 내부에서 울화가 치밀기 시작했다. 그토록 학대받고 구속당해도 시늉으로나마 한 번 저항할 줄 모르고 오로지 맹종만을 일삼는 그네들의 저열한 본능에 치가 떨렸다. 남의 도움에 힘입어 어렵게 얻은 자유마저 주체를 못 해서 잘못 배달된 우편물처럼 간단히 반송해버리는 그네들의 헐수할수없는 생리를 차라리 저주하고 싶었다. 노예 시장에서 그네들의 참상을 맨 처음 목격했을 때, 아니, 그보다 훨씬 이전에 소문으로 들어 알았을 때부터 그가 느껴온 동정과 연민은 이미 그의 마음속에서 떠나 있었다. 여노를 물리치기 위하여, 아니, 속박이나 매일반인 여노의 그 지긋지긋한 충성으로부터 도망치기 위하여 짐짓 그는 주인 나리의 권위를 엄숙히 행사하지 않을 수 없었다.

"주인으로서 너에게 명령한다. 이제 그만 물러가 자도록 하라!"

놀라운 일이었다. 그러자 희열의 빛이 여노의 얼굴에 넘치고 넘쳐 흘렀다. 비로소 저를 하나의 노예로 대접해준 데 대해 수없이 머리를 조아려 감사를 표하면서 여노는 홀가분한 걸음으로 자리를 물러갔다.

이튿날 아침, 출근하기에 앞서 그는 한동안을 망설여야 했다. 말직의 무관을 지낸 조상 적부터 내려오는 몇 가지 알량한 세전지물과 최근에 아내가 구입한 시쳇귀금속 약간이 집안에 있었다. 그걸 한군데 몽땅그려 장롱에 넣고 쇠를 채울까 하다 그만두었다. 도벽이 있는 것으로 듣긴 했지만, 천성이 착하게 보이고 충성스럽기 그지없는 여노를 의심한다는 게 좀 무엇했던 것이다.

믿었던 대로 저녁에 회사에서 돌아와보니 여노 혼자 덜렁한 집채를 지키고 있었다. 그런데 집안 꼴이 아주 엉망이었다. 그가 아침에 나가면서 어지러뜨린 것들이 하나도 정리되지 않은 채 그대로 방치되어 있었다. 그만한 일쯤 마땅히 해놓았을 것으로 기대했던 저녁밥도 준비되어 있지 않았다. 가까운 음식점에서 그리 비싸지 않은 것으로 이인분을 시켜다 나누어 먹은 다음 그는 어이가 없어 물었다.

"진종일 집에서 혼자 뭐 하고 지냈소?"

"죄송하옵니다, 주인 나리. 예삿집안일은 통 해본 적이 없어서……"

"그럼 당신 재주로 익히 할 수 있는 일이란 어떤 것들이오?"

어른들을 위한 동화 159

"주인 나리를 즐겁고 편안하게 모시는 일이라면 뭐든지 다 할 수 있사옵니다."

여노의 얼굴이 갑자기 환해지는가 싶더니 곧 신명이 오른 몸짓과 함께 자기 숨은 재주를 자랑하기 시작했다. 그 자랑에 의할 것 같으면, 여노는 주인의 명령에 따라 개가 되라면 개가 되고 소나 말이 되라면 소나 말이 되어 완전히 벌거벗은 스무 명의 노예가 상여처럼 떠메고 선 침상 위에서 정사를 벌이는 일에 가장 능했다. 여노의 이야기 중에서 그가 가장 충격적으로 받아들인 것은 귀족들의 의식주 생활이었다.

"그분들은 인피를 벗겨 옷을 마르고 신발을 삼기도 합니다. 그분들은 진주를 먹여 돼지를 기르고, 돼지를 먹여 사람을 기르고, 사람을 먹여 개를 기르고, 마지막으로 그 개를 당신들의 식용으로 삼습니다. 그분들은 하늘도 아니고 땅도 아닌 곳에다 요지경을 꾸며놓고 사람의 몸 위에 번쩍번쩍 도금을 해서 집안 구석구석에 울타리로 혹은 벽으로 혹은 가구로 진열해놓고 즐깁니다."

그것은 그 나이 되도록 세상을 일일이 자로 재가며 꼼지락꼼지락 살아온 그의 일상을 파괴하기에 충분한 위력을 가진 증언이었다. 귀족들의 호화를 극한 사치와 자신의 꾀죄죄한 생애를 견주어보는 데서 생기는 까마득한 거리감이 그의 이성을 강타했다. 그것은 이제껏 그가 노예들에 대해서 품어온 동정과 연민을 너끈히 누르고도 한 자락은 남을 정도로 크고 강력한 충격이었다.

그날 밤도 아내는 돌아오지 않았다. 그는 이제는 아주 하잘것없는 것이 돼버린 자신의 인생을 통하여 느끼는 엄청난 외로움을 여노로부터 위로받지 않을 수 없었다. 그는 충성스런 여노의 봉사를 구태여 물리치지 않았다. 그날 밤 그는 두 번 세 번 거듭 성의 있는 봉사를 받고는 곯아떨어졌는데, 곯아떨어지기 전에 의식주에 관한 지금까지의 관념을 약간 수정해놓았다. 내일 아침 한 끼 정도 음식다운 음식을 불러다 먹는다 해서 설마 하늘이 무너지지야 않겠지…….

이튿날 그는 회사를 결근해버렸다. 입사 이래 주욱 개근하면서 할 만큼 해줬으니까 며칠쯤 푹 쉬는 게 당연하다고 생각하면서 여노에게 술시중을 들게 했다. 그날도 아내한테서는 아무런 연락이 없었다. 당분간 별거해보는 것도 그리 나쁘진 않겠다는 생각이 들어 외려 연락이 없는 걸 다행으로 여겼다.

"이리 오너라!"

난생 처음 여노를 큰 소리로 격식에 맞게 부른 것도 그날 밤의 일이었다. 물론 술김이긴 했지만 그는 옷을 홀랑 벗도록 여노에게 명령했다. 거추장스런 누더기를 벗고 집안에서는 나체로 기거하도록 명령한 다음 그 자신도 그걸 실천에 옮겼다. 명령을 내리는 자의 기쁨이 복종만 일삼는 자의 그것보다 질과 양에서 훨씬 우월하다는 걸 그는 비로소 깨닫게 되었다. 그 다음날부터 그는 목수를 불러 가옥 구조를 뜯어고치는 한편 번쩍번쩍 도금을 올린 새로운 가구들을 사들이기 시작했다.

겨울이 지나고 어느새 봄이었다.

신통찮은 봉급쟁이의 여축을 한쪽서부터 차근차근 조져먹는 데는 그다지 긴 시간도 걸리지 않았다. 파산에 직면했음을 자각한 그는 어느 날의 짧은 궁리 끝에 묘책을 발견하여 조상으로부터 물려받은 알량한 세전지물과 아내의 귀금속을 꺼내어 방바닥에 늘어놓았다.

그러고는 여노를 불러 엄숙히 명령했다.

"이 가운데서 아무거나 하나 훔쳐라!"

녹슨 화살촉과 엄심갑(掩心甲)과 단검, 그리고 목걸이, 귀고리, 팔찌…… 방바닥에 늘어놓인 물건들과 주인을 번갈아보며 여노는 어리둥절한 표정이었다.

"뭘 꾸물거리는 거야! 훔쳐, 당장에 훔쳐! 아무거나 훔치란 말야!"

여노는 엉겁결에 단검을 집었다.

"좋아. 네년은 분명히 주인집 가보를 훔쳤다. 그 죄로 네년을 다시 노예 시장에 내다 팔아버리겠다."

집어든 단검을 그야말로 값진 희귀한 보물인 양 두 손으로 감싸 가슴에 품어보는 어리석은 여노를 내려다보며 그는 음흉스런 미소를 지었다.

이른 아침이었다. 마을 사람들은 요즘 세상에 좀처럼 보기 힘든 희한한 광경을 구경하려고 마을 골목길을 가득 메웠다. 한 노예 상인이 인물 잘나고 몸 좋은 여노의 손에 오라를 지워 시장으로 끌고 가는 참이었다. 겨우내 꼭꼭 닫혀 있던 무역회사 경리 사원네 대문에서 나온 그 노예 상인은 얼굴이 온통 주름살투성이였고 꼽추나 다름없이 등이 굽어 일흔은 실히 돼 보이는 추악한 몰골이었다. 금시 초면인 그자가 에워싼 구경꾼들을 둘러보며 "안녕하세요, 반장 부인? 아, 식료품점 아주머니도 나오셨군요……" 운운하며 괜스레 아첨 섞인 웃음을 흘리자 아낙네들은 질겁을 해서 서너 걸음 물러섰다. 그러고는 재수 옴 붙었다는 듯이 가래를 카악 뱉으며 쏘아붙이는 것이었다.

"저놈의 늙은이가 날 언제 봤다고, 쟁그럽게시리!"

"누가 아니래요. 그런데 저 종년 앞섶에 삐죽이 보이는 게 뭐죠?"

"어머나, 저거 칼 아냐? 원 세상에, 어쩌자고 저런 위험한 물건을 가슴에다 품고……."

"저거, 저거, 저러다 큰일날라고……."

타임 레코더

　여섯시—좀더 정확히 따져서 오후 여섯시 이십오분 정각—소리가 들렸다—그는 멋대가리 없이 시커멓고 그저 우중충하게만 생겨먹은 그놈의 기계 안쪽에서 마치 소슬바람에 날린 모래알 서너 개가 한꺼번에 유리창에 부딪혀 내는 것과 비슷한 음향을 들었다.
　'6·25'
　진행 중인 시간의 어느 한 점이 기계의 안쪽에 부착된 동그라미 종이판 위에 흔적을 남기고 지나가는 소리였다. 바늘 끝으로 점자를 찍어놓은 듯 어김없이 숫자가 기록되었을 것이다. 뭐 별다른 뜻이 있는 건 아니었다. 대한민국 역사와 유관한 날짜가 그의 맨 첫번째 순찰 기록으로 남겨진 것은 기왕이면 이미 널리 알려진 세 자릿수를 택하고 싶은 평범한 의도에서였다.
　국어 담당 말석 교사 오석태는 기계의 뒷면 구멍에 꽂았던 기다란 열쇠를 도로 뽑아들었다. 기가 찰 노릇이었다. 목숨이 성성한 생물인 양 째깍째깍 잠시의 쉼도 없이 소리를 토하는 그놈의 기계뭉치를 그는 째지게 흘겨보았다. 참으로 가소로운 일이 아닐 수 없었다. 층층시하에서 그러잖아도 주눅이 들고 오가리가 들어 줄방귀 참는 새댁처럼 영 얼굴색이 노래지는 판국이었다. 그런데 이제부터는 도시락 크기만도 못한 그놈의 요물단지가 또 하나의 때리는 시어미인지 혹은 또 하나의 말리는 시누이인지로 숙직을 맡은 남자 교직원들 머리 위에 새롭게 군림하게 된 것이었다.

"이봐, 김씨!"

기계를 향하던 분노가 예정된 순서인 양 자연스럽게 인간 쪽으로 돌려졌다. 그리고 항상 인간 이하로 취급해온 사십 고개의 사환 앞에서 석태는 눈을 한껏 부라려 불량을 떨었다.

"잘 봐! 나중에 가서 이러니저러니 뒷소리 말구 지금부터 순찰 돌러 나가는 걸 똑똑히 봐두란 말씀이야!"

숙직실 아궁이 앞에 쪼그려 앉아 라면을 끓이던 김씨는 그저 웃어만 보였다.

그의 멀겋게 풀린 눈을 바라보고 있노라면 불현듯 양쪽 집게손가락을 갈고리처럼 오그려 후벼대고 싶은 충동이 솟구치곤 했다. 보면 볼수록 정나미가 확확 물러앉는 작자였다. 생긴 모양은 제법 수더분한 듯해도 실상은 개개풀린 눈동자 뒤에 번쩍이는 교활을 탄환처럼 장전해놓은 채 항상 상대방의 허점을 노리는 위인이었다. 교내에서는 누구나 다 아는 비밀이었다. 재단 이사장이 교직원들의 근무 동태를 효과적으로 파악하기 위해 이중 삼중으로 쳐놓은 치밀한 그물망의 굵은 벼릿줄에 상당하는 몫의 밀대 노릇을 김씨가 톡톡히 해내고 있다는 사실쯤 심지어는 학생들까지도 훤히 알았다. 권고사직이나 파면도 감수할 각오만 되어 있으면 김씨의 정체를 몸소 확인해보는 건 여반장이었다. 누구든지 김씨 앞에서 재단측이나 학교 당국을 겨냥하고 불평 몇 마디만 늘어놓으면 그만이었다. 그러면 그는 이튿날 직원 조회가 끝나기 무섭게 깔축없이 교장실로 호출당하게 마련이었다. 하지 말라면, 하지 말라더라는 말까지 알뜰하게 담아다 까바친다는 김씨와 한날 숙직에 걸린 것이 석태는 되놈하고 겸상을 받은 만큼이나 재수없게 느껴졌다.

"국어 선생님, 오늘 숙직이세요?"

복도에서 한 떼의 학생들과 마주쳤다.

특별활동을 마치고 하교하는 합창부원들이었다. 그애들만 하교하고 나면 넓디넓은 학교 안엔 당직을 맡은 두 사람만 호젓이 남게 된다. 호말만 한 계집애들 옆을 지나치면서 총각 선생 오석태는 짐짓 혐상을 꾸며 보였다. 여학교 선생으로서 필수적으로 갖춰야 할 위엄이 없다고 교장으로부터 주의를 받은 적이 있었다. 학생들 앞에서 말을 함부로 쏟는 혐구벽이 벌써 교장의 눈 밖에 나버린 것이었다. 하지만 없는 위엄을 내세우려고 꾸민 혐상은 아니었다. 그토록 발랄하고 청순한 듯이 보이는 학생들 가운데도 자신의 일거일동을 감시하는 세모꼴의 눈이 숨어 있다는 걸 깨달은 뒤로는 가급적이면 공적인 일 외에는 애들을 상대하지 말자는 주의였다. 학생들 세계에까지 그물망이 퍼져 학생회 간부들 몇몇을 고정 제보원으로 이용하거나 인기투표 따위를 시키는 등등으로 교사 개개인에 관한 실력의 정도와 소위 그 통속적인 인기를 측정하는 것이었다. 물론 명분이야 그럴싸했다. 신설 학교를 단시일 내 명문교로 발전시키자면 무엇보다 단결이 중요하고, 사소한 불평불만은 그 단결을 저해하는 으뜸의 요인이고, 그렇기 때문에 교세가 본궤도에 오르기까지의 일정 기간은 부득

불 변칙이 필요하다는 논리였다. 다 좋다. 단결해서 나쁠 게 뭐가 있겠는가. 그러나 이사장의 의도가 백번 옳다고 가정해도 그가 기대하는 만큼의 성과가 있는 건 아니었다. 단결이 배라면 부작용은 배꼽이어서 결과적으로 교사와 교사, 교사와 학생, 그리고 학생과 학생 사이에 불신과 반목의 싹만을 까맣게 심어놓았다. 자기 실력에 자신을 못 갖는 약심장 교사들이 영향력 있는 학생들에게 아부하는 기현상을 목격하면서 석태는 처사의 부당함을 몇 번이나 항의하고 싶었다. 그러나 아직은 권고사직 아니면 파면 형식을 빌린 자살 행위에 선뜻 뛰어들 결심이 덜 굳어 그저 꾹 참아나오는 중이었다. 아뭏거나 석태는 군대에서 제대한 뒤 어렵게 붙잡은 교직에서 멋모르고 무제한의 사랑을 쏟았던 제자들로부터 시나브로 배신의 쓴맛을 느낄 적마다 몸살이라도 앓듯 밥맛을 잡치곤 하다가 요즘은 그것도 만성이 되어버렸다.

시가에서 멀리 떨어진 언덕빼기에 우뚝 선 학교 옥상에는 오염되지 않은 신선한 공기가 있고, 인근 숲에서 바람에 묻어오는 아카시아의 짙은 향기도 곁들여 있었다. 곧 달마저 솟을 모양이었다. 일단 초저녁 어스름에 잠기는 듯하던 남한산성 동녘의 고만고만한 산봉우리들이 부챗살처럼 위로 뻗치기 시작하는 노르무레한 배광 속에서 서서히 실루엣으로 되살아나고 있었다. 하루의 번잡을 죄다 감당해내고 이제 겨우 휴식을 취하려는 성남(城南) 시가가 눈 아래 질펀히 누워 있었다. 굴곡이 심한 시가지를 한 꺼풀 두껍게 덮은 어둠의 막 갈피갈피에 사금처럼 박힌 무수한 불빛들이 낮 동안이면 속절없이 드러나게 마련인 그 안쓰런 영세성과 날림으로 급조된 불규칙의 냄새를 아주 영악스럽게 호도하고 있었다.

옥상에 서서 주변을 조망하는 것으로 그는 첫번째 순찰을 때워버렸다. 모든 것이 다 이상 없었다. 아니, 이상 없을 성싶었다. 정말 이상 유무를 확인하려면 동편 변소에서 백여 미터나 떨어진 골짜기 묘포장까지 직접 내려가든지, 아니면 적어도 달빛이 훤해지는 시각까지 기다리는 수고가 필요하다. 갈아끼운 지 며칠 안 된다는 플래시라이트지만 묘포장까지 불빛이 미치기엔 턱도 없었다. 그는 유행가를 불렀다. 음정이야 맞건 말건 무턱대고 우람찬 목소리로 한바탕 시들어지게「고향무정」을 불러제쳤다. 지금쯤 교사 바깥 어디만큼에 잠복해 있을지도 모르는 도둑에게 주는 경고였다. 거기에 합세하듯 먼 어느 숲에서 때이른 부엉이 울음이 들려왔다.

사실 순찰이래야 별게 아니다. 도둑이 노릴 만한 물건이 있다면 이층 가사실에 있는 자봉침 열 대와 삼층 과학실에 있는 실험 기구 몇 점, 또 사층 음악실의 피아노가 전부였다. 그건 문단속만 잘 하고 숙직실에 들어앉아 있노라면 저절로 지켜지는 셈이다. 그런데 탈은 언제나 건물 밖에서 일어났다. 이사장은 혐의를 전적으로 인근 빈민촌 주민들에 두어 인간 쓰레기라고 터놓고 그네들을 비방하고 다녔다. 백 평 남짓 비탈 돌밭을 일궈 정성들여 가꾼 각종 묘목들이 기계충에 먹힌 머리 자국처럼 밤사이에 보기 흉하게 뽑혀져나간다. 뿐만이 아니다. 우물 속에 매달아둔 두레박이 사흘이 멀다 하고 없어진다. 학교 안내판과 푯말도 심심찮게 수난을 겪고, 놋쇠로 된 학교 간판은 신학년도에 들어서만도 벌써 두번째나 갈아 달았다. 심지어는 가건물로 지은 구내 매점 한쪽 판자벽이 홀랑 뜯겨 달아나고, 안에 쟁여놓은 빵이야 콜라야 상자째 도둑맞는 판이다. 제아무리 눈에 버팀개를 하고 지킨다고 지켜도 야음을 틈탄 좀도둑들의 극성을 막아

낼 장사가 없었다. 없어지는 학교 재산이 자기 신체의 일부분이나 되는 듯 지극한 통증을 느끼는 노랑이 이사장으로서는 묘목 한 그루, 판자 한 쪽과 인간 쓰레기의 수족 하나하나를 일 대 일로 맞바꾸고 싶은 심정이었을 것이다. 마침내 이사장이란 사람이 전교생을 모은 운동장 조회 단상에 난데없이 뛰어올라 아무개 교사를 파면시키겠다고 망발을 토하게 만든 중대 사건이 발생했다. 기분파 체육 교사 고 선생이 숙직 중 충직하기 이를 데 없는 김씨를 무슨 수로 꼬셨는지 좌우간 소주 두 병을 나눠 마시고는 둘이서 나우 취해버렸다. 거의 같은 시간에 곯아떨어졌으나 일찍 깬 것은 그래도 김씨가 먼저였고, 그에 의해서 서무실 캐비닛 속의 앰프 시설을 뜯다 만 흔적이 뒤늦게 발견되었다. 김씨가 일찍 잠이 깨어 설치는 서슬에 도둑이 혼비백산 꽁무니를 뺀 것인지 어쩐지 그 속은 알 수 없으나 어쨌든 잃은 물건이 없는 게 천만 다행이었다. 그런데도 진돗개처럼 충직무쌍한 김씨는 이튿날 이사장과 교장 앞에서 고 선생의 유혹에 빠져 직분을 망각하고 놀아나게 된 전말을 상세히 보고하면서 하염없이 낙루를 했다. 비록 죽어 마땅한 대죄를 범하긴 했으나 과거의 적공을 참작하여 너그러이 용서해줄 것을 끈끈한 목소리로 길게 읍소하는 것이었다. 그러자 이사장의 분노는 그만 극에 다다라 교직원 앞에서나 학생들 앞에서 망발을 서슴지 않게 되었다. 또 선생들은 선생들대로 술렁이기 시작했다.

"소위 육영사업에 몸바쳤다는 양반이 애들 듣는 데서 그 따위로 교권을 짓밟아놓으면 우린 앞으로 무슨 낯짝을 들고 제자들을 대하라는 거야?"

"제에길, 선생질 보따리 싸든지 달리 무슨 방도를 차려야지, 서글

퍼서 이놈의 짓 어디 해먹겠나!"

끼리끼리 모여 이사장의 월권 행위와 몰지각한 폭언을 성토하는 것이었다. 물론 때와 장소를 가려 고 선생의 발등에 떨어진 불똥이 자기한테는 직접 옮지 않을 범위 안에서 적당히 성량을 조절하며 내는 불만이었다. 아무래도 유야무야 사그라질 문제는 아닌 듯싶었다. 소문이 새끼를 치고 가지를 벌려 별의별 억측과 구설이 교내외를 종횡으로 휘젓고 돌았다. 모든 일이 자신의 충성심을 증명하기에 혈안이 된 김씨의 어리석은 두뇌에서 꾸며진 일장의 연극이라는 설이 가장 유력했다. 그렇게 함으로써 김씨 자신에 과연 얼마만한 이득이 있었는지, 그 점은 계산하기 곤란하다. 그러나 선생들은 그런 소문을 곧이곧 믿어버렸다. 평소에 미운살이 박힌 기분파 고 선생을 손쉽게 제거하기 위한 고등 술책으로 이사장과 교장이 김씨와 단단히 짜고 파놓은 함정이라는 소문도 있었다. 그 소문 역시 선생들은 아무런 의심 없이 맹목적으로 받아들였다. 사태가 심상치 않은 지경에 이르자 이사장과 인척 관계에 있는 교장이 수습을 맡고 나섰다. 선생들은 어르고 뭣 먹이는 교장의 능수에 쉽게 말려들었다. 항상 약자가 피 보게 마련이라는 체념 아래 선생 편에서 먼저 양보하기로 했다. 자세를 가다듬어 직무에 충실할 것을 굳게굳게 다짐하는 교직원 일동의 결의와 이사장의 자비를 서로 주고받는 교환 형식으로 사건은 나흘 만에 겨우 일단락지어졌다. 그러나 선생들에 대한 이사장의 불신은 여전해서 당직자 근무 수칙에 새로운 조목들이 추가로 명시되었다. 예를 들자면——수단과 방법을 다하여 도난을 사전에 예방할 것(잘宿자 숙직이 아니예요, 잠한소곰안자고밤새도록지킬宿자 숙직이라는 걸 명심허시오), 그래도 도난 사고가 발생할 시에는 당직자가

책임지고 변상할 것(내 살 아픈 걸 따끔허게 경험해봐야만 남의 살 아
픈 줄도 알게 됩니다. 쌔고쌘 흙덩어리를 파서 학교를 거저 지은 게 아
니란 말예요) 등등으로. 아울러 서무주사를 시켜 변상물 가격 명세표
를 작성해서 교무실에 회람을 돌리게 했다. 예를 들자면—2년생 히
말라야삼목 1본에 얼마, 직경 1센티 나일론 두레박줄 미터당 얼마,
하는 식으로. 그리고 이사장이 취한 마지막 조처는 자신을 대리하여
선생들의 당직 근무를 독려, 감시할 파수꾼 역할로 타임 레코더라는
이름의 야릇한 물건을 주문해서 제격 들여놓은 것이다. 그것의 맨
첫번째 사용자가 된 사람이 다름아닌 오석태였다.

숙직실 맨바닥에 찌그러진 양재기 서너 개가 아무렇게나 늘어놓여
있었다. 사십 고개의 홀아비 사환 김씨가 호락질로 저녁을 드는 참
이었다. 막 들어서는 석태를 보더니 그는 까닭 없이 당황하여 나머
지 식사를 무지하게 서두르기 시작했다. 라면 멀국이 담긴 냄비에
보리가 많이 놓인 밥덩이를 달팍 쏟은 다음 숟가락으로 두어 바퀴 휘
젓고는 그대로 입 안에 들이부었다. 뭔가 찔리는 구석이 있는 태도
였다. 고기비늘만큼이나 굵게 빻아진 고춧가루가 듬성듬성 섞인 허
연 김치 깍두기가 반찬의 전부인 조악한 식사를 석태는 잠시 눈여겨
보았다. 놀랄 만한 충성에 대한 보수치고는 그의 입에 들어가는 것
이 너무도 험해서 측은한 생각마저 들었다. 매끼 그런 종류의 음식
물을 소화시키면서 다시 기운을 차려 선생들의 동태를 감시하는 것
으로 그는 어미 없는 다섯 자녀를 굶기지 않는 것이다. 그는 자기가
맡은 직책에 여간만 만족을 느끼지 않았다. 그리고 그의 만족의 기
준은 언제나 어린것들을 굶기지 않고 헐벗기지 않는 그 선이었다. 정
액의 급료가 약속된 일자리에 근무할 수 있는 요행을 안겨다준 신에

게 자신이 얼마나 감사하고 있는가를 그는 이따금 사람들 앞에서 진지하게 피력하곤 했다. 그가 생각하기엔 아무나 할 수 없는 것이 바로 사환이란 직업이었다. 원래 착실한 소작인이었던 그는 어느 날 모내기 쉴 참의 피곤한 논둑에서 계시를 받듯 갑자기 깨달은 바 있어 개미 쳇바퀴 돌듯 하는 자신의 팔자를 하루아침에 뜯어고칠 엄청난 뜻을 품고 당장 시골 살림을 청산하여 서울로 솔가해왔다. 답십리에 무허가 판잣집을 세워 우선 식구들을 들여앉히고는 짧은 밑천으로 장사를 시작했다. 그것이 실패하자 다음번엔 손에 익힌 뾰족한 기술도 없이 그저 타고난 힘만을 팔아먹는 고달픈 생활로 주저앉고 말았다. 남의 집 고용살이를 여러 군데 전전하는 동안 마누라를 산후별증으로 잃고, 애초 이농할 당시에 안았던 요란한 꿈은 차츰 빛이 바래 흔적조차 안 남게 되었다. 오만가지 잡일을 골고루 겪은 끝에 서울에서의 생활이 결코 시골보다 나을 게 없음을 뒤늦게 깨우쳤으나 이미 엎질러진 물이었다. 엎친 데 덮쳐 판잣집마저 철거를 당했다. 그러고는 다른 철거민들과 함께 지난날의 성남—그러니까 초창기의 광주단지로 재차 이주를 했다. 막일에 종사하던 그를 운명의 신이 어느 날 학교 신축 공사장으로 인도해주었다. 거기서 그는 타고난 힘과 성실성이 이사장의 눈에 들어 교사의 완공과 동시에 사환 겸 잡역부로 취직되었다. 전에 하던 막일에 비하면 거저먹기로 수월하고 신사적이면서 수입은 장래의 계획이란 것이 가능할 만큼 일정했다. 누가 뭐라든 그것은 명실상부한 월급쟁이였고, 무엇보다 자라나는 어린것들 보기에 의젓한 느낌이어서 더 이상 출세는 바라고 싶지도 않았다. 그 당시 자기는 확실히 물에 빠진 사람이었고, 학교 취직 자리는 어쩌다 우연히 손에 잡힌 지푸라기였다고 회고하는 김씨를 석태는 언젠가 본 기억이 있다.

　마지막 한 숟갈을 입에 가득 문 채로 김씨는 주섬주섬 그릇들을 챙겼다. 죄라도 지은 사람처럼 허둥지둥 숙직실을 나가는 그의 뒷모습을 보면서 오랜만에 석태는 자기 자신을 타일렀다. 김씨를 미워해서는 안 된다. 자식 새끼들 먹여살리는 세상의 모든 어버이들은 위대하다. 그리고 신들린 듯이 자기 일에 열중할 수 있는 사람들은 하나같이 아름답고 행복하다. 김씨를 절대로 미워하지 말고 가능한 한 사랑해보자. 석태는 하숙집 아주머니가 같은 동네 사는 학생 편에 보내온 보따리를 풀었다. 찬합을 꺼내놓으면서 설령 김씨가 자기 없는 새 반찬을 웬만큼 축냈다 해도 묵인해주기로 작정했다. 어차피 다 못 먹고 늘 남겨 보내는 반찬이었다.

　저녁 식사가 거의 끝나갈 무렵, 복도 한끝이 별안간 소란스러워졌다. 이제까지 적막에 잠겨 있던 건물 내부는 순식간에 거대한 공명통으로 변하여 쿵쾅거리는 발소리가 산울림처럼 사면 벽을 쳤다. 아닌 밤중에 징징 우는 어린애의 소리는 흡사 항아리 안에서 터져나오는 통곡처럼 확성되어 몹시 괴이쩍게 들렸다. 석태는 먹다 만 것들을 숙직실 윗목으로 가만히 밀어놓았다. 그리고 소란이 가까이 다가오기를 느긋한 마음으로 기다렸다. 김씨가 그 소란의 와중에 휩쓸려 있는 눈치여서 자기까지 덩달아 날뛸 필요는 없다고 생각했다. 울고 있는 애들은 적어도 두 명이거나 그 이상이었다. 복도 바닥에 넘어져 궁둥방아를 찧거나 데굴데굴 구르는 소리가 잇달아 울리고, 그럴 때마다 음색이 각각 다른 비명들이 번차례로 들렸다. 그런데도 김씨의 말소리는 단 한 마디도 안 났다. 그러나 침묵 가운데서 김씨는 무언의 폭력으로 끌려가지 않겠다고 떼거리쓰는 애들을 솜씨 있게 연행해오고 있음이 분명했다. 아니나다를까, 석태의 지레짐작에 대한 긍정의 대꾸인 양 숙직실로 면한 복도 문이 벌컥 열리면서 만만한 짐짝 같은 두 개의 조그만 몸뚱이가 한꺼번에 투둑 부려졌다.

"모가지를 비틀어 죽일 종자들!"

비로소 김씨의 잇새에서 착 가라앉은 소리가 새났다. 뒤이어 모가지를 비틀어 죽일 만한 범죄의 증거물이 숙직실 방바닥에 쏟아져 굴렀다. 한 움큼의 호두알이었고, 더러는 은행도 섞여 있었다. 손바닥을 툭툭 털면서 김씨는 재차 뇌까리는 것이었다.

"모가지를 싹싹 비틀어 죽일 종자들 같으니!"

껍데기가 거무끄름히 변색한 점으로 미루어 은행은 알맹이 속까지 몹시 상했을 터이나 호두알만은 뻘건 황토 가루가 몽글게 입혀 있을 뿐 우선 겉보기엔 멀쩡했다. 지난 식목일에 학생들 손으로 심은 거니까 땅속에 묻혀 지낸 지 벌써 오래인 묘목 씨앗이었다. 석태는 고개를 꽉 숙인 채 윗목에 나란히 무릎을 꿇고 앉은 두 아이를 딱하게 내려다보았다. 왼쪽 놈이 오른쪽 놈보다 앉은키가 눈에 띄게 크고 여물어 보였다. 왼쪽 놈은 귀 밑에서 입 언저리까지 싸잡아 갈긴 커다란 손바닥 자국이 아직도 선명했고, 오른쪽 꼬마는 터진 아랫입술에서 빨갛게 배어나는 피를 연신 윗입술로 덮어 빨아내고 있었다. 상상했던 것보다 훨씬 더 김씨의 손끝이 우악살스러웠던 모양이다.

"이 녀석들, 아주 나쁜 짓을 했구나."

석태는 장승처럼 문 앞을 막아 선 김씨와 애들을 번갈아보며 혀를 끌끌 찼다. 그러자 오른쪽 꼬마의 수그렸던 머리통이 번쩍 들렸다.

"나는 증말 안 혔유. 종순이가 자꼬만 가자고 혀서 따러왔는디, 저만침 떨어져서 나는 내둥 귀경만 허고 있었유. 종순이한티 물어봐유. 그짓말 아녀라우, 증말……"

"나도 안 팠어요. 철호가 파서 나눠주길래……"

"요 쥐새끼 같은 놈들이 그래도 바로 안 대고!"

꼬마의 말은 큰놈이 가로막고, 큰놈의 말은 김씨가 가로막았다. 김씨는 두 놈의 귀를 한 쪽씩 나누어잡더니 꽝 소리나게 박치기를 시켰다.

"아고머니, 나 죽네, 나 죽겠네! 나 좀 살려줘유. 증말로 나는 안 혔어라우, 선생님, 나 좀 살려줘유, 선생님!"

큰놈은 꿇어앉은 자세대로 쭐쭐 눈물만 짜는데, 꼬마는 엄살이 아주 대단했다. 두 팔로 머리통을 감싸 몸뚱이를 축구공만하게 말아붙이고는 이리저리 굴러다니며 금방 숨넘는 소리를 하는 것이었다. 박치기를 놓는 김씨를 보는 순간 석태는 오장이 확 뒤집히는 걸 느꼈으나 심한 농담이라도 거는 것 같은 꼬마의 지나친 엄살에 자칫 미소를 흘릴 뻔했다.

"철호가 누구지?"

종순이란 이름의 큰놈에게 넌지시 물어보았다. 종순이는 대답을 하려다가 옆의 꼬마를 힐끔 곁눈질하고는 갑자기 입을 다물어버렸다.

"네 이름이 뭐지?"

이번엔 꼬마에게 물었다. 언제 울었냐는 듯이 발딱 일어나 앉으며 꼬마는 또랑또랑한 목소리로 대답했다.

"철영이, 강철영이여라우."

"그럼 철호는 네 형쯤 되겠구나?"

"……"

"어째 내 짐작이 틀렸나?"

석태를 쳐다보는 꼬마의 두 눈은 잔뜩 겁에 질려 비정상에 가깝게 크고 거인증의 징후와도 같이 유난히 솟아 보였다. 꽁무니를 뺀 다른 공범자와 형제간이라는 사실이 제 죗값에 불리하게 작용할지 어떨지를 눈치 빠르게 계산해보는 중인 듯 그 커다란 눈알의 움직임이 잠시 기민해졌다. 결론이 나쁘게 내려진 모양, 꼬마는 다시 고개를 떨구며 끝내 대답을 회피해버렸다. 사태의 변화 때문에 윗입술이 쉬는 동안 아랫입술의 상처에서는 새로운 피가 빨갛게 배어나오고 있었다. 깨끗이 세수라도 시키고 추저분하게 자란 머리털을 다듬어놓는다면 규모 있는 집 자식처럼 조화를 갖출 귀인성스런 얼굴이었다. 국민학교 이학년 정도나 됐을까. 전라도 아니면 충청도 어느 고을에서 이사온 지 얼마 안 되는 시골뜨기가 분명한데, 무척 총기 있게 생겼다. 만약 제대로 학교에 다닌다면 지난 학년말엔 우등상을 받아가난한 부모를 기쁘게 했을지도 모른다.

"좋아. 대답 안 해도 난 보면 다 알아. 하지만, 바른말을 해야 용서해준다."

석태는 타임 레코더에 달린 시계를 들여다보았다. 두번째 순찰 시간으로 예정해놓았던 일곱시 십칠분이 멀지 않았다.

"철영이 너 칠월 십칠일이 무슨 날인지 알아?"

아까부터 석태의 하는 양이 심히 못마땅하여 통통 부어 있던 김씨가 무섭게 노려보았다. 이 무슨 가당찮은 개수작이냐고 힐난하는 눈치가 역력했다. 그는 마땅히 심각해야 할 사태가 건방진 애송이 숙직 교사에 의해 장난스런 분위기로 타락하고 도둑을, 그것도 한꺼번에 둘씩이나 붙잡은 자신의 공로가 한낱 웃음거리로 변질될까봐 안절부절못하는 것 같았다.

"오 선생, 파출소로 전화 걸어서 얼른 순경을 부르는 게 좋을 게요."

"제헌절!"

"옳지, 그 녀석 똑똑하다. 그럼 너 구구단도 문제없이 외겠구나?"

"이이는 사, 이삼은 육, 이사 팔……"

순경 얘기가 나오는 바람에 꼬마는 다급해졌다. 되도록이면 김씨 쪽은 외면하면서 희망을 온통 석태에게만 건 듯 시키는 대로 제꺽 목청을 높이기 시작했다.

"말로만 해야 소용없어요. 어서 경찰에 넘겨버립시다."

"……이구 십팔, 삼일은 삼, 삼이 육, 삼삼은 구, 삼사 십이……"

꼬마는 더욱더 목청을 높였다. 힘든 노래를 부를 때처럼 새빨개진 얼굴을 한껏 뒤로 잦혀 천장을 향하고 눈을 질끈 감아붙이고 아직도 피가 안 그친 입을 제비 주둥이마냥 딱딱 벌려가며 새된 소리를 지르는 것이었다. 그렇게 해서 기어코 어른들의 용서를 받아낼 요량으로 아주 결사적이었다. 그 눈물겨운 노력이 제대로 석태에게 전달되었다.

"……사칠은 이십팔, 사팔 삼십이, 사구 삼십육……"

"됐어, 됐어. 이제 그만 해도 돼."

내친김에 구단까지 내리 외울 작정인 꼬마를 제지시켰다. 아무것도 아닌 일 같으나 사실은 여러 모로 복잡성을 내포한 이 사건을 뒤탈 없이 처리하기 위해서는 김씨의 체면도 생각해줄 필요가 있었다. 그래서 서슬이 퍼렇게 훈계를 하기로 마음을 정했다.

"제법 똘똘하군. 틀림없이 우등생일 거야. 그런데 왜 그런 짓을 했지? 어쩌다 그런 나쁜 짓을 저질렀냐 말야!"

"츰에는 그런 짓 헐라고 안 혔어라우. 그런디…… 깨구리를 잡으러 나왔는디 꿩이……"

"뭐? 꿩이 어쨌다고?"

"꿩이…… 땅을 막 파는디 은행이랑 추자랑 뒤벼져서 그걸 봉게로 배가 고파서……"

배가 고팠단다. 그래서 놓친 꿩 대신 땅속의 그걸 캤단다. 여태껏 곁에 꿇어앉아 잠자코만 있던 큰 놈이 머리를 푹 수그렸다. 녀석의 무릎 바로 옆에 미처 치우지 못한 도시락서껀이 보기 흉하게 흩어져 있었다. 녀석의 내리깐 시선이 먹다 남긴 달걀부침 위에서 잠시 방황하는 걸 석태는 놓치지 않았다. 그는 혼잣말로 중얼거렸다.

배가 고팠다……

"뭐라고?"

꼬마의 변명은 김씨의 분격을 샀다.

"배가 고팠다고?"

김씨는 방바닥에 널브러진 것들을 되는대로 쓸어모으기 시작했다.

"그래 배고파서 이 썩은 걸 먹겠다고 학교 묘포장을 망쳐놔?"

썩은 흙투성이 호두와 은행을 양손에 갈라 쥐더니 김씨는 느닷없이 아이들한테 달려들었다.

"아나, 처먹어라! 배지가 터지게 처먹고 피똥이나 누어라! 어서 처먹어, 이 주리를 댈 놈들아!"

"무슨 짓이오, 김씨!"

석태가 소리쳤다.

"그만두지 못하겠소?"

석태의 만류에도 불구하고 김씨는 손에 쥔 걸 강제로 아이들의 입안에 틀어넣으려 했다.

"실컷 처먹고…… 배지가 뺑뺑하게 처먹고……"

한달음에 십릿길을 달려온 사람처럼 김씨는 무섭게 숨을 헐떡였다. 아이들은 불에 덴 듯이 기급을 해서 울음을 터뜨렸다. 요리조리 머리를 틀어 피하는 아이들의 입에 기어코 썩은 열매를 틀어넣으려고 김씨는 번갈아가며 군밤을 먹여댔다. 참다못해 석태가 몸을 일으켰다. 조금 전에 김씨를 향했던 일말의 동정은 이제 그의 마음속에서 흔적도 없이 스러져버렸다. 그는 김씨의 팔을 낚아 있는 힘을 다해서 손목을 꺾었다. 마침내 손안의 것들이 방바닥으로 쏟아져내리자 김씨를 벽 쪽으로 몰아붙였다.

"당신도 자식이 있다지? 아들딸 도합 다섯이나 두었다지? 둘째나 셋째가 아마 저애들만큼 자랐을걸?"

김씨가 그를 험악하게 노려보았다. 그도 지지 않고 그 눈을 맞받았다. 가쁜 숨을 몰아쉬기는 양쪽이 매일반이었다. 처음 김씨를 알게 된 이래 그와 같은 자세로 눈싸움을 하면서 내내 오늘날까지 지내온 듯한 기분이었다.

"빨리 순경을 부르시오!"

김씨가 이를 가는 소리로 웅얼거렸다.

"경찰은 필요 없어!"

"알아서 하시오. 나중에 후회할걸요."

"걱정 마. 오늘 저녁 당직 책임자는 나야. 그만한 일쯤 책임질 배짱은 나도 있어. 그리고 그런 식의 협박은 적어도 내 앞에선 안 통해."

"어디 두고 봅시다!"

여전한 협박을 남기면서 김씨는 숙직실을 나갔다. 복도 저편으로 멀어지는 성난 발소리를 들으며 석태는 마음을 가라앉혔다. 결코 바람직한 방향은 아니나 어쨌든 일은 해결된 셈이다. 이젠 아이들을 적당히 돌려보내는 일이 남았다. 어느 겨를엔지 아이들의 울음은 그쳐 있었다.

"네놈들 집이 어디냐?"

큰 놈이 좀 머뭇거리다가 멋쩍은 듯이 간신히 입을 놀렸다.

"달나라요."

아아, 달나라…… 집이 달나라에 있고 거기서 거주한단다. 녀석의 태도로 보아 거짓말이 아닌 듯했다. 그처럼 한바탕 야단법석을 떨고 난 분위기에서는 충분히 농담으로 들릴 수도 있는 대꾸였다. 그러나 그는 웃지 않았다. 웃음과는 거리가 먼 이야기였다. 학교에서 그리 멀지 않은 동네다. 달나라만이 아니라 그 맞은편 언덕엔 별나라도 있다. 어떤 데서 유래된 지명인지 알 수 없다. 다만 분명한 것은, 지명에서 풍기는 만큼 그렇게 아름답고 신비한 동화의 마을이 아니라는 사실이다. 별나라보다 달나라가 오히려 더 높다. 웬만한 등산 코스 푼수는 되게 지대가 높아서 땅값이 거저 안 줄 정도로 헐하고, 그래서 주민의 대부분이 성남으로 이주한 이후 한 번 더 실패의 쓴맛을 경험하고 또다시 살림의 규모를 줄인 사람들이다. 어느 짓궂은 친구가 자조(自嘲)와 자위(自慰)가 반반으로 섞인 유머의 센스를 발휘하여 붙인 지명쯤으로 석태는 믿고 있었다. 적당히 훈계해서 돌려보내는 일이 아직 남아 있었다. 달나라에 산다는 그 아이들한테 무슨 일부터 어떻게 얘기해야 좋을지 석태는 실로 난감했다. 사환이 거의 공공연히 선생을 협박할 수 있는 이놈의 학교 생리를 저것들이 이해할까. 제놈들을 풀어주는 작은 일에 한 숙직 교사의 모가지가 오락가락하는 위험이 따른다는 걸 저것들이 이해할까. 그리

180

고 무엇보다도 이사장이 저희네 이웃을 가리켜 인간 쓰레기라고 부르는 그 이유를 저것들이 과연 이해할까…….

"일어서!"

석태는 아이들을 상대로 더 이상 긴말을 하고 싶지 않았다.

"우향우!"

너무 어리둥절해서 일관동작이 되지 못하는 아이들의 등을 향해 석태는 떠다밀 듯한 소리로 명령했다.

"앞으로 가!"

비로소 석태의 의도를 눈치 챈 모양이었다. 갑작스런 은혜를 입은 사람이 대개 그러하듯 아이들은 잠깐의 망설임으로 인사를 닦고 나서 슬금슬금 꽁무니를 빼기 시작했다. 그러다가는 걸음아 날 살려라 하고 냅다 뛰어 달아나버렸다. 어른들의 변덕스런 마음이 한 번 더 재주를 넘기 전에 한껏 멀찍이 도망쳐놓고 보자는 속셈이었으리라. 아이들이 자취를 감추자 석태는 숙직실 바닥에 흩어진 그대로의 도시락 반찬들을 우두커니 내려다보고 있었다.

달빛이 창으로 비쳐들어 전등을 껐는데도 숙직실은 환했다. 타임 레코더에 달린 시계가 잠시도 쉬지 않고 째깍거렸다. 두꺼운 콘크리트벽 건너 저쪽 교무실에서는 무엇을 하는지 마룻바닥을 걷는 김씨의 발소리가 무척 신경을 자극했다. 김씨와는 아직 화해하지 않았다. 그가 불침번을 서는 동안 좀 자둘 필요가 있다. 눈에다 버팀개를 하고 밤을 꼬박이 밝히라는 이사장의 엄명이 있지만, 그래도 내일의 수업을 위해서는 한숨 자야 된다. 그리고 나서 새벽 한시에 불침번을 교대하도록 애초에 김씨와 약속이 되어 있다. 그런데 영 잠이 오질 않았다. 석태는 홀아비 냄새가 찌든 이부자리 위에서 수없이 몸을 뒤치락거렸다.

"어이, 김씨!"

대답이 없다.

"나허고 순번을 바꿀까?"

김씨의 발소리가 뚝 그치더니 이윽고 다시 이어졌다.

"내가 불침번을 설 테니까 먼저 들어와서 자!"

그래도 대답이 없다.

"넨장맞을, 이젠 귀까지 먹었나?"

석태는 심통 사납게 외쳤다.

"어이, 김씨, 내가 도둑놈을 풀어줬다는 얘기, 누구한테도 하지 마!"

저쪽의 반응을 살핀 다음 또 외쳤다.

"그리고 내일 아침 교장실에 들어가서 보고해. 누구한테도 얘기하지 말라고 그러더라고."

뭔가 꽝 하고 부딪치는 소리가 교무실에서 들렸다.

"당신을 고발하려 했어. 미성년자 학대 혐의로, 특수폭행죄로 당신을 경찰에 넘기고 싶었어."

석태는 오랜만에 기분 좋게 껄껄 웃었다.

"여덟시 십오분이 지났어. 나가서 순찰 돌도록 해."

공허하게 울리는 자기 목소리의 반향을 상대로 석태는 줄창 씨부려대고 있었다. 그렇다고 잠이 올 리 만무했다.

무료한 시간이 지질히 흐르고, 그러다가 드디어 불침번을 교대할 시간이 왔다. 마지막 순찰을 끝내고 들어온 김씨가 이불 한 귀퉁이를 차지하고 말없이 드러누웠다. 석태 또한 아무 말 없이 타임 레코더를 옆구리에 낀 채 숙직실을 나와버렸다. 그는 교무실 자기 책상 서랍에서 학습 지도안, 참고서를 꺼내어 응접용 소파로 자리를 옮겼다. 이처럼 답답하고 지루한 시간과 겨루는 덴 다음 주 지도안이라도 미리 작성해두는 게 상책이지 싶었다. 그는 탁자를 끌어당겨 책들을 펴놓고 일을 시작했다.

만년필이 탁자에서 굴러떨어졌다. 그 소리에 정신이 퍼뜩 들었다. 깜빡 졸았던 모양이다. 멀리 가 있던 시계의 초침 소리가 껑충 도약이라도 하듯이 귓가로 확 다가들었다. 한 차례 비볐다가 뜬 그의 눈에 비친 타임 레코더는 네시가 훨씬 지난 시간을 가리키고 있었다. 깜빡 존 정도가 아니라 아주 세상 모르게 쿨쿨 곯아떨어졌던 것이다. 덕분에 한시와 네시 사이의 순찰 기록에 커다란 공백이 생겼다. 낭패였다. 전 같으면 숙직 일지에 적당히 가짜 시간을 적어넣는 것으로 끝나지만 그놈의 타임 레코더란 괴물이 등장한 지금은 일단 지나가버린 시간을 어쩔 도리가 없는 것이다. 그는 플래시를 집어들고 부랴부랴 순찰에 나섰다.

교사 내부터 먼저 둘러볼 요량으로 이층 층계를 오르다가 갑작스럽게 다급한 요의(尿意)를 느껴 바깥 변소 쪽으로 발길을 돌렸다. 방뇨를 마치고 그는 천천히 우물 있는 곳으로 자갈길을 내려갔다. 두레박은 그간 별고 없이 튼튼한 나일론줄에 매달려 있었다. 새벽이라지만 밖은 아직도 어두운 편이었고, 서녘으로 많이 치우친 달이 주검의 옷과도 같은 희붐한 잔광을 잠든 모든 것 위에 싸늘하게 던지고 있었다. 멀리 골짜기 아래 묘포장이 내려다보였다. 언덕의 그늘자락에 가려 노출이 불량한 네거티브 필름처럼 보였으나 그래도 크고 작은 나무들이 이루는 검은 톱니의 선이 한눈에 들어왔다. 묘포장을 바라보던 그는 순간적으로 숨이 멎는 긴장을 느꼈다.

뭔가 움직이는 물체가 눈에 띈 것 같았다. 무의식 중에 플래시를 비추려다 불빛이 거기까지 미치지 못함을 깨닫고 그는 주춤했다. 어둠에 눈이 익기를 기다려 그는 분명히 움직이는 물체가 있고 그것이 사람임을 확인했다. 오라지게 말썽도 붙는 날이다. 그는 비탈을 뛰어내려 겁없이 달리기 시작했다. 달리면서 그는 요란한 발소리를 듣고 제발 몸을 피해달라고 상대방에게 빌고 싶은 심정이 되었다.

그러나 상대방은 그가 바투 다가섰을 때까지 전혀 눈치를 못 채고 있었다. 묘목 사이에 허리를 굽혀 열심히 삽질을 하는 희읍스름한 몸뚱이 둘레를 플래시의 둥근 광망이 포위하자 그제야 소스라치게 놀라 몸을 펴는 것이었다. 흰 저고리에 흰 치마—혹은 연회색이나 황색 계통일지도 모른다—여자였다. 뜻밖에도 부인티가 완연한 젊은 여자였고, 밤도둑치고는 무척이나 서투른 복장이었다. 여자의 조붓한 턱이 아래로 처지면서 가늘디가는 신음이 흘러나왔다.

"아아……"

병든 거위처럼 여자는 새벽 이슬에 흠씬 젖어 있었다. 석태는 우묵 꺼진 눈자위를 스치는 여자의 절망과 수치를 읽고 플래시를 꺼버렸다.

"피치 못할 사정이…… 죄짓는 줄 알면서도 피치 못할 사정 땜에……"

"당신, 혹시 강철영이 엄마 아니오?"

저도 모르게 엉뚱한 소리를 하고 나서 석태는 여자의 얼굴에 떠오르는 의아스런 표정으로 그 엉뚱함의 정도를 깨달았다. 그는 자기 자신에 버럭 화를 내면서 이렇게 소리쳤다.

"다시 삽을 잡으시오!"

뿌리째 뽑힌 묘목 무더기가 눈에 띄었다. 어림짐작에 부피가 작고 가벼운 개량종 밤나무와 어린 향나무가 대부분인 듯했다.

"피치 못할 사정 땜에……" 하고 꼭 같은 말이 여자의 입에서 여리게 반복되었다. 뜻 모를 입엣말을 웅얼거리면서 픽 주저앉는 걸 보고 석태는 틀림없이 실신해버린 거라고 생각했다. 여자가 땅바닥에 반듯이 누워 축축이 젖은 치맛자락을 머리 위로 뒤집어쓰는 걸 보고도 그는 그것이 전연 다른 의미를 내포한 행동인 줄을 몰랐다.

"용서해주세요. 제발 파출소에 끌고 가지는 말아주세요. 용서만 해주신다면 무슨 짓이라도 하겠어요. 그만한 값어치는 꼭 치르겠어요."

얼굴을 가린 치마 밑에서 여자의 용기가 수치심을 딛고 일어서는 모양, 보이지 않는 입에서 말이 제법 술술 나왔다. 그리고 말과 함께 가지런하던 가랑이 사이가 느릿느릿 벌어졌다. 비로소 석태는 여자의 말뜻을 옳게 새길 수 있었다. 여자는 딴에 열심히 육감적인 내용을 애기하는 중이었지만, 어둠 속에 허옇게 드러난 두 다리는 참담할 정도로 허약해 보였다. 별안간 비통에 가까운 감정이 석태의 뇌리를 쳤다. 꼭 배반당한 기분이었다. 여자의 손에 삽자루를 잡혀 파낸 묘목을 도로 묻게 하고는 아무 일도 없었던 듯이 돌려보낼 작정이었던 것이다.

"난 또 어떤 놈인가 했더니 계집이로구먼."

어둠 속에서 슬그머니 나타나는 김씨를 보며 석태는 절망을 느꼈다. 김씨는 손에 든 몽둥이로 자기 오른쪽 다리를 가볍게 툭툭 치면서 여자의 아랫도리에 흘끔흘끔 곁눈질을 보냈다. 언제 뒤따라나왔는지, 가까운 곳에 숨어서 여자의 말을 엿들은 눈치였다.

"오 선생, 염려 말고 들어가시오, 뒷일은 내가 다 처리할 테니까."

그토록 완강히 화해를 거부하던 김씨의 두 눈이 어둠 속에서 번들번들 빛나며 목마른 협상을 청해오고 있었다. 석태는 김씨의 웃는 얼굴을 겨냥하고 힘껏 주먹을 날렸다.

"여자를 데리고 와. 오다가 딴생각 먹으면 나한테 죽을 줄 알아!"

땅바닥에 벌렁 나자빠진 김씨한테 으름장을 놓은 다음 뒤도 안 돌아보고 숙직실로 돌아왔다.

관할 파출소에 전화를 걸어 대충 사건을 설명했다. 손이 모자라니까 자기네 대신 학교에서 사람을 시켜 연행해오라는 전갈이 왔다. 석태는 아주 잽싸게 사무적으로 모든 일을 처리했다.

"김씨, 저 아래 파출소까지 데려다주고 와야겠어."

김씨가 도망치지 못하도록 여자의 한쪽 팔을 끼려 했다. 그러자 여태껏 길든 짐승처럼 양순하던 여자의 눈이 표독스럽게 변하면서 김씨의 손을 홱 뿌리쳐버렸다.

"놔라, 놔! 이 개 같은 놈들아! 내 발로 얼마든지 걸어갈 테니 그 더러운 손 다치지 마라, 이놈들아!"

어디서 그런 악발이 솟는지 놀라우리만큼 당당한 기세로 앞장서 걷는 여자의 뒤를 잠시 멍해서 서 있던 김씨가 허둥지둥 병신스런 걸음걸이로 따라나섰다. 운동장을 가로질러 언덕길로 내려가는 그들의 모습이 교무실 유리창에 비쳤다.

새벽의 고요를 가르는 초침 소리가 째깍째깍 울렸다. 몇 시간 후면 자신의 한시에서 네시 사이의 근무 태만을 명백히 입증할 타임 레코더란 이름의 괴물이 탁자 위에서 숨쉬는 소리였다. 순간, 석태는 그걸 번쩍 들어 콘크리트벽에다 태질을 치고 말았다. 요란한 소리와 함께 유리가 깨지고 시계 바늘과 나사못들이 사방으로 튀었다. 이사장을 대리한 고성능의 감시자요 충직한 하수인으로 대단하게 알았던 그 괴물을 단 일격에 박살낸 것이 하도 신통해서 그는 거의 발작적으로 웃음을 터뜨렸다.

창문을 활짝 열어젖히자 아직은 공해에 오염되지 않은 신선한 공기와 함께 만월에 가까운 하얀 새벽달이 쏟아져 들어왔다. 너무도 피곤해서 나머지 시간 잠이나 더 자두고 싶었다. 그리고 이제부터 꾸는 꿈속에서 달은 한 닢의 백통전 같은 모습으로 나타날지도 모른다는 생각을 했다. 누가 알랴, 계수나무 옥토끼 대신 혹시 '50' '한국은행'이란 글자들이 위아래로 나란히 양각되어 있을지—그런 공상이 대고 우습게 느껴져 말석 국어 교사 오석태는 미친놈처럼 혼자서 웃고 또 웃었다.

제식훈련 변천약사

하오의 운동장 안에서 우리말고 또 움직이는 것이라곤 아무것도 없었다. 우리 역시 좋아서 하는 노릇은 결코 아니었다. 우리들 수강생 일동은 구령에 맞추어 마지못해 수족을 놀리고 있었다.

낡은 헝겊 쪼가리처럼 풀기 없이 늘어진 넓은 잎들을 주체스럽게 매단 채 플라타너스의 긴 행렬이 운동장가에서 마냥 힘겨워하고 있었다. 축구장 골문 근처를 휘덮은 바랭이잎과 수작하는 실바람 한 점 느낄 수 없는 날씨였다. 오직 누리에 무성한 것은 햇빛 그리고 또 햇빛일 뿐……

"오(伍)와 열(列)! 오와 열!"

특히 그것은 우리를 담당한 체육과 주임 강 교수가 쓰고 있는 하얀 운동모의 비닐 챙 위에서 한껏 위세를 떨치고 있었다. 구령에 장단을 넣기 위해 그가 고개를 꺼떡거릴 적마다 파란색의 그 비닐 챙은 위로부터 쏟아지는 무더기 햇빛을 덥석 받아 곧바로 우리들 시야 속에 홱 뿌리고 또 홱 뿌리는 그 노릇을 쉼 없이 반복하는 것이었다.

운동모 자체가 너무 깊숙이 눌러 씌워진 탓도 있긴 했다. 하지만 그보다도 우리들 쪽에서 강명록 교수의 유명한 세모꼴 눈매를 역력히 볼 수 없는 진정한 이유는 그 비닐 챙이 이루는 짙은 그늘에 있는 셈이었다. 그렇게 강 교수는 자기 시선이 어디를 향하는지를 눈치 채지 못하도록 계속 유리한 위치를 고수해가며 어느 누구의 태만이나 실수도 허용하지 않았다.

"하나, 하나! 왼발, 왼발! 오와 열, 오와 열!"

그늘의 맨 가장자리가 만드는 날카로운 선 때문에 우리 강 교수의 코는 중동이 싹둑 잘린 듯했고, 그래서 두루뭉수리 그 콧잔등 부위가 제 근본을 멋대로 벗어나 저 혼자 허공에 날름 떠 있는 듯했고, 또 거기만 특별히 밝은 조명을 받고 있는 것처럼 보였다. 오전에 이어 오후에도 내쳐 옥외 강습의 강행이었는데, 그러면서도 그는 얼굴 구석에 얼쩍지근한 땀기 하나 내비치지 않았다. 어느덧 장년의 나이인 그에 비길 때 우리들 수강생 일동은 빛나는 그 젊음에도 불구하고 너나없이 물렁이였다. 모두들 땀독에 빠져 있었다. 소금을 뒤집어쓴 듯이 눈알이 쓰리고 먼지투성이 위아래 트레이닝복은 자꾸만 등덜미와 허벅지에 감겨들었다.

"걸음 바꿔이 갓!"

사실 행진 중에 걸음(보조)을 바꾼다는 건 그다지 어려운 동작이 아니었다. 그런데도 이미 더위를 먹을 대로 먹어버린 우리의 지각은 일단 받아들인 명령을 다리에까지 전달하는 일에 몹시 게으르고 불성실했다. 보나마나 결과는 엉망이었다. 일제 동작이 되질 못하고 저마다 뒤죽박죽이어서 그것 때문에 또 한 번 고참 교수의 분노를 사고 말았다. 간격을 넓혀 간다든가, 분대별로 방향을 바꿔 일단 흩어졌다가 원위치로 차례차례 되돌아와 다시 대오를 정비하는 등, 어느 정도 기계적 정확성 아니면 순발력을 필요로 하는 복잡한 동작일 경우에는 가뜩이나 그러했다. 그래서 강명록 교수는 영 가망 없이 자주 틀리는 몇 사람을 따로 불러내어 실내 체육관 앞 백화나무를 구보로 돌아오는 선착순을 시키곤 했다.

"제군들은 썩었다!"

적당한 사이를 두고 연방 불호령이 떨어졌다.

"그 썩어빠진 정신머리를 가지고 어떻게 이세들의 앞날을 올바로 인도할 것인가. 본인은 그저 한심스럴 뿐이다!"

그것은 실로 부당한 대우였다. 그와 같은 파격의 체벌을 우리가 달게 견뎌야 할 이유라곤 전혀 없었다. 거기는 논산이 아니었고, 우리는 소집영장을 받고 온 신병이 아니었다. 지금의 처지가 아무리 피교육자 신분이라곤 하지만 어디까지나 우리는 사회인이었다. 다만, 방학 기간을 이용해서 1정(1급 정교사) 강습을 받으러 온 도내 중고교 체육 교사들이기 때문에 1정을 따느냐 못 따느냐의 문제가 있을 뿐인데, 강 교수는 그와 같은 약점을 십분 활용하여 우리에게 시종 몰풍 사납게 굴고 있었다. 우리는 입때껏 똑 부러진 항변 한 마디 못 건넨 채 질질 끌려만 나온 참이었다. 거개의 수강생들이 과거의 사제지간이란 끈으로 강 교수와 질기게 맺어져 있어서 항변해봤자 아무 소용 없는 강 교수의 고집불통을 익히 알고 있었던 것이다.

"하낫 둘, 하낫 둘, 간격 좁혀이 갓! 오와 열, 오와 열! 소대원 간 간격 십 센티! 기준 분대 너무 빠르잖나!"

교수의 주문에 응해서 우리는 제꺼덕 몸을 놀렸다. 동령에 맞추어 기준 분대는 반 걸음만 전진하고, 나머지 분대는 반우향우 하여 옆

사람과의 어깨 사이가 더도 덜도 아닌 십 센티미터가 되도록 곁눈질을 해가며 용의주도하게 간격을 좁힌 다음, 기준 분대와 마침내 평행이 이루어지는 순간 슬그머니 반 걸음 전진해 나갔다. 소대 전체가 한 덩어리로 오밀조밀 뭉쳐지자 정식간격에서는 맡을 수 없던, 분명히 자기 것 아닌 남의 땀 냄새가 사방에서 역하게 풍겨져왔다.

성의껏 하노라고 그렇게 애를 썼는데도 교수의 입에서는 대고 잔소리가 튀어나왔다. 마치 간격이 십 센티미터를 벗어나거나 오와 열이 행여 삐딱하게 되는 날이면 당장 자기 봉급이 절반으로 깎이기라도 하는 것처럼 그는 무정하게 구는 것이었다.

그의 음성에는 언제나 위엄이 서려 있었다. 입술이나 턱을 거의 움직이지 않는 것 같으면서도 큰 목청을 낼 줄 알았다. 반평생을 연병장 아니면 운동장에서 보낸 사나이답게 그는 별로 힘도 안 들이고 군중을 휘어잡는 재간을 터득하여 비상금처럼 늘 휴대하고 다녔다. 더군다나 악조건의 기후마저 그의 위엄을 배가시키는 데 상당한 역할을 하고 있었다. 걸음을 옮길 적마다 두껍게 생고무를 댄 농구화 밑창을 통해서 후끈거리는 지열이 고스란히 발바닥에 느껴졌다. 앞사람 그리고 옆사람들의 발부리에서 이는 먼지가 뽀얗게 오르는 속을 겨우 뚫어 넘고 나면 어느새 또 그 다음 먼지구름이 제 차례를 기다리고 있는 것이었다. 그리고 운동장의 모래는 사금가루라도 달콱 쏟아부은 듯 저마다 하나씩들 쬐꼬만 태양이 되어 무수히 반짝이면서 까끌까끌 유난히도 시선에 밟혔다.

우리의 마지막 불평마저 그놈의 더위가 앗아가버린 지 이미 오래였다. 당최 아무짝에도 소용없는 불평들인 데다가 또 그런다고 사정 봐줘가며 놓아먹일 강 교수도 당최 아니었다. 우리에겐 다만 복종이 있을 뿐이었다. 오직 구령에 맞추어 몸을 움직이는 시늉이나마 해보일 따름이었다. 하기야 우락부락한 체격에 성깔마저 한가락씩들 지닌 친구들이면서 좋게 얘기해서 소위 그 체육인 간의 의리란 것, 엄격한 선후배 관념이란 것 때문에도 설령 강 교수가 우리 은사가 아니라 해도 어쩔 수 없는 노릇이긴 했다. 먹혀들지 않을 불평보다는 차라리 요지부동의 그 위엄 앞에 몸을 송두리째 내던지는 편이 어떤 의미에선 아주 마음 편했다. 그리고 그것이 더위를 견디는 하나의 방편이 될 수도 있었다.

적막에 가깝던 교정 분위기의 모서리 한쪽이 갑자기 허물어지면서 한 떼의 웃고 떠드는 소리가 운동장을 성큼 가로질러 왔다. 그리고 곧이어 소리의 임자들이 모습을 드러내기 시작했다. 방학 중이라서 거의 빈집이나 매한가지이던 모교의 교정이 비로소 활기를 띠었다. 멀리 언덕 중간에 자리잡은 문리대 동사에서 쏟아져나오는 서생들 패거리였다. 그치들 역시 우리와 똑같은 수강생 신분인데, 매 강좌마다 시간을 앞당겨 미리감치 끝내고 나오는 바람에 우리의 피곤은 한층 실감이 더했다. 어제의 그 일만 해도 사실 그치들 때문에 일어난 셈이었다. 상대가 이문택이란 놈만 아니었어도 우리는 감히 오후 강좌를 내리 까먹을 생각 같은 건 엄두도 못 냈을 터이었다.

드디어 오후 강좌가 막 끝나려는 마지막 순간이었다. 강명록 교수는 우리에게 '편히 쉬어'를 명한 다음 출석부를 꺼내들고 점호를 시작했다. 호명이 진행되는 동안 나는 열중에 섞여 있는 내 친구들을 눈으로 더듬었다. 별일 있을 게 뭐냐고 큰소리 쳤으면서도 그들은 누구나 다 속으로 편찮게 여기고 있음이 분명했다.

"안종복!"

안종복이는 나하고 동기동창이자 어제 오후에 행동을 같이한 친구였다. 안종복을 바라보는 강 교수의 눈에서 아침에 전해 들은 얘기가 단순한 공갈만이 아님을 얼핏 읽을 수 있었다.
"서창원!"
서창원이 역시 똑같은 입장이었다. 더러는 귀에 익은 이름, 또 더러는 전혀 귀에 선 이름들이 주욱 꼬리를 물다가 종내에는 내 차례가 되었다.
"윤성철!"
나는 짤막하게 대답을 했다. 나 자신도 놀랄 만큼 그것은 생판 모르는 사람의 목소리처럼 들리는, 목쉰 대답이었다. 모든 소리들이 한결같이 염천에 녹아 엿가락 같은 길고 끈끈한 형상으로 운동장 바닥을 꼬물꼬물 헤엄치는 모양이 눈에 어른거리는 듯했다. 그게 싫었다. 제식훈련도 싫고 출석 점호도 싫고 호봉이 오르는 1정 자격도 다 싫었다. 어떤 한 분위기 속에 휘말려 그 분위기와 똑같은 형상으로 마냥 엿가락처럼 늘어져가는 나 자신의 모습에 치를 떨면서 나는 호명이 끝나는 순간만을 조급하게 고대하고 있었다. 그것은 성명(姓名)의 고리에서 또 다른 성명의 고리로 끝없이 이어지는 사슬이었고, 그것이 내 몸뚱어리를 열두 바퀴 반이나 감고 돌다가는 어느 순간에 갑자기 탁 풀려나갔다.
"윤성철, 서창원, 안종복, 이상 세 사람은 해산하는 즉시 내 방으로 올 것!"
출석부를 소리나게 덮으면서 강 교수가 말했다. 내 수업 중에 내가 같은 종류의 은혜 아닌 은혜를 베풀었을 때 내 학생들이 늘 그러했듯이 체육과 수강생 일동은 해산의 구령이 떨어지기 무섭게 우우

기성을 올리면서 한나절 동안 꽁꽁 뭉치고 다져져 웬만한 파괴력 가지고는 쉽게 망가뜨리지 못할 것 같던 4열 횡대의 틈을 간단히 쪼개면서 산지사방으로 흩어져 달아났다. 피교육자 신분으로 돌아오면 누구나 나이 네댓 살씩은 젊어지는 법인 모양이었다.

　호출당한 우리만이 휑뎅그렁한 운동장 복판에 버려져 있었다.

　"즉시 오라는데 뭘 꾸물대는 거야, 이놈들아!"

　우리들 등 뒤에서 누군가 호통을 쳤다. 어느새 다가왔는지 이문택이 거기에 서 있었다. 우리를 곤경에 몰아넣은 장본인이면서도 녀석은 무슨 살판이나 난 듯이 혼자 좋고 혼자 재미있었다.

　"저거 잡아가는 귀신 없나……."

　서창원이 우울하게 중얼거렸다. 체육과가 속해 있는 사대 교수실은 운동장에서 한참 거리였다. 불청객인 이문택이를 꽁무니에 덤으로 달고 우리는 별수 없이 강 교수 방으로 향했다.

　어제 또한 오늘 못잖이 지독하게 무더운 날씨였다. 아침 나절에 벌써 녹초가 되어 훈련을 받는다기보다는 당장 운동장에 주저앉고 싶은 충동과 힘겹게 겨루는 상태로 오전 일과를 보내고 있었다. 그리고 오전 일과가 끝날 무렵쯤 해서는 강의가 일찍 파한 서생패들에게 둘러싸여 완연한 구경물 신세가 되었다. 구경하는 사람들 틈에 공교롭게 고등학교 동창 녀석이 끼여 있는 줄은 나중에야 알았다.

　오랜만에 고교 동창 이문택이와 어울려 학교 근처 술집과 식당을 겸한 싸구려 음식점에서 점심을 먹게 되었다. 이런저런 얘기 끝에 문택이가 노천에서 직사하게 고생하는 우리를 슬슬 구슬려 충동질하기 시작했다.

"너들 도대체 무신 충성이라고 오뉴월 이 염천에 그 따위 강습을 꼬박꼬박 받고 있나. 거 왜 적당히라는 것 있잖어, 적당히. 눈치 봐 가며 적당히 빠져버려라, 적당히."

"제발 그랬으면 얼마나 좋겠나."

"그 교순가 교관인가 하는 친구, 되게 깡깡거리더군. 도대체 뭣 때문에 오뉴월 이 염천에 새삼스럽게 제식교련 따위를 들고 나오는 거야, 들고 나오길? 몰라서 가르치나? 다 잊어먹었을까봐서 가르치나? 까짓것 말야, 국어 선생인 이 이문택이도 훤히 꿰는 걸 가지고, 더더구나 군대까지 갔다 온 놈들을 붙잡고 말야, 공자님 앞에서 문자 쓰는 격으로 저 혼자만 아는 것처럼 깡깡거려, 깡깡거리길."

"동작이 많이 개편됐대."

"개편 좋아허네. 까짓것 지가 개편되면 도대체 얼마나 개편됐다는 거야? 아까 보니까 전에 내가 배운 것하고 똑같던데."

"문외한 눈에는 똑같은 것 같아도 전문가들 보기엔 천양지차가 있어."

"야야, 울리지 마라, 울리지 마. 까짓것 앞으로 가라면 앞으로 가고, 뒤로 돌라면 뒤로 돌고, 밤송이로 까라면 까는 것으로 끝나는 거지, 그 알량난 학과에 도대체 무신 개편되고 마잘 건덕지가 있다고……"

국어과 강의실에만 들어앉아 1정 강습을 받고 있는 문택이로서는 우리나라의 제식훈련(또는 제식교련)의 형태가 부분적으로 많이 수정되었음을 전혀 이해하지 못했다. 또 이해해줄 용의가 전혀 안 갖춰져 있기 때문에 우리가 하는 말이나 강 교수의 무리한 교육 방식 자체에 심한 거역 반응을 나타내고 있었다. 그래서 평소부터 체육을 전공했다는 사실에 항상 열등감을 표시해온 안종복이 갑자기 열을 올리며 경례 동작 한 가지를 예로 들어 변명 겸 두둔 비슷하게 설명을 늘어놓았다.

"잘 봐. 똑똑히 잘 봐두란 말야. 학교 다닐 때나 군대 시절에 우리가 배운 경례 동작은 이랬었지. 차렷 자세에서 하의 봉합선상에 붙어 있던 오른손을 곧장 올려가지고 최소의 시간에 최단거리로 인지와 중지 부분을 오른쪽 눈썹 우단 부분에 갖다 붙이면 그걸로 충분했단 말야."

"그랬었지. 오른손을 오른쪽 불알에 갖다 대면 그건 경례가 아닐 테니까."

"그랬는데 지금은 그게 아냐. 요즘 개편된 제식훈련에 따른다면……"

"요즘에는 오른손을 왼쪽 눈썹에 세운단 말인가?"

"얻어터지기 전에 잠자코 들어! 요즘은 최단거리를 유지하지 않고 오른손이 이러엏게 바깥쪽을 돌아서 올라붙는단 말야."

"오른손이 그렇게 장거리 여행을 해야 할 이유가 뭐야?"

"시대가 달라졌기 때문야. 지금까지 우린 미국 아이들 걸 그대로 답습해서 사용해왔는데, 우리 실정에 안 맞기 때문에 시대의 요청에 부응하는 방향으로 절도 있게 개편해놓은 거야."

나중 말은 강 교수의 솜씨를 앵무새처럼 고대로 옮긴 것에 불과했다. 그리고 처음 것은 교련 교범에 적힌 내용을 적당히 표절한 것이었다. 그런데도 그만한 정도의 설명에 이문택은 색다른 변화를 보이기 시작했다. 내내 이죽거리고만 있던 문택이의 표정 가운데 느닷없이 진지한 구석이 떠오른 것이다.

"뭔가 심상찮은 것 같은데. 분명히 뭔가 심상찮어."

도수 높은 안경 저편에서 실제보다 비정상에 가깝게 불룩 솟아 보이는 눈알을 서너 번 신경질적으로 끔벅이고 나더니 이문택은 이윽고 제 얼굴에서 거추장스런 이물을 철거해버렸다. 안경을 벗음은 곧, 이제부터 단단히 흥분할 작정이니 그리 알라는 신호나 매일반이었다. 그는 땀에 젖어 이마 복판에 찰싹 늘어붙은 긴 머리카락을 손가락으로 추어올린 다음 안경을 걸쳤을 때보다 훨씬 작아진 눈알을 한껏 부릅떠 좌중을 거만하게 둘러보는 것이었다.

"경례말고 다른 동작들도 모두 그런 식으로 변했나? 말하자면 최소의 에너지 소비나 최단거리, 최단시간의 원칙 같은 게 무시되고 오로지 절도 위주의 방향으로?"

"뭐, 꼭 다 그렇다는 건 아니지만 대충은……"

"그래 너들은 절도 위주, 질서 위주의 그런 변화에 대해서 어떻게들 생각하지?"

"어떻게 생각하긴, 임마. 싫어도 배우는 거고, 배운 담엔 돌아가서 애들한테 다시 풀어먹는 거지 별수 있어?"

"이 먹통들아!"

주먹을 들어 쾅 하고 식탁을 치는 바람에 우리는 하마터면 웃을 뻔했다. 약골이 흥분했을 때의 모습은 아무래도 사랑스러워 보이는 법이다. 그런데 우리는 웃으려다 말았다. 웃을 수만 없는 분위기를 이문택이 우리에게 강제하고 있었기 때문이다.

"거듭 말하지만, 이 먹통들아, 그건 빙산의 일각이야. 진짜로 중대한 변화는 그게 아냐. 다른 데 있어. 그런데 여태껏 그것도 눈치 못 채고 오른손이 어떻고 봉합선이 어떻다고 한가한 소리나 씨월거리고들 있다니, 역시 철봉대에나 매달리고 자란 놈들은 별수 없단 말야. 이봐! 여기 술 좀 가져와!"

이렇게 해서 우리는 점심에 곁들여 생각지도 않던 낮술까지 얻어마시게 되었다. 애당초는 얼굴이 표나지 않을 만큼 냉막걸리 한두 잔 정도로 갈증이나 풀 생각이었는데, 술잔이 거듭될수록 턱없이 고조되는 이문택의 변설에 알게 모르게 말려들다 보니 어느덧 오후 강좌가 시작된 줄도 까맣게 잊어먹었다.

이문택은 지겹도록 그놈의 제식훈련을 물고 죽살이를 쳐댔다. 그의 시종여일한 주장에 따를 것 같으면, 요컨대 그것은 대기 중의 산소 함량이 일정 수준 이하로 떨어지는 현상에 비견할 만한 변화였다. 그만한 얘기에도 뭔가 턱 심장에 와서 쨍그랑 하고 부딪치는 게 있다는 것이었다. 그리고 또한, 말하자면 그것은 해방 후 이 땅에 이식해놓은 프래그머티즘이나 합리주의 사고의 효용가치를 전면 재평가하려는 의미이며, 되도록 불필요한 형식이나 절차 따위를 매사에서 제거함으로써 우리들 인체에 가해지는 무리를 최소한으로 덜어주려는 인본 사상에 가해지는 일대 수정 작업이며, 동시에 그것은 오늘과는 달리 우리 모두의 내일이 오래 분해 소제 않은 시계처럼 빡빡이 돌아가게 될 것임을 타전해주는 일종의 모르스 부호라는 것이었다. 거기에 덧붙여 이문택은 이렇게 선언해버렸다.

"돌대가리들이야 이렇게 손에다 쥐어줘도 모르겠지. 모르는 게 당연할 테지. 허지만 말야, 난 달라. 나는 다르단 말야. 체내의 모든 감각기관이 온통 그쪽을 향해서 열려 있거든. 그 얘길 들었을 때 난 대뜸 그것이 보내는 무전을 해독해낼 수 있었어. 너들 인제 두고 봐라, 내 말이 맞는가 틀리는가……."

문택이는 층계를 한꺼번에 서너 단씩 성급히도 건너뛰고 있었다.

기회 있을 적마다 제놈 입으로 형이하학 전공이라고 의식적으로 한 수 접어 깔아보는 우리들 체육 선생 듣기에도 천정 모르게 비약적인 논리를 그는 끝없이 펼쳐내고 있었다.

점심 겸 낮술을 엔간히 끝낸 다음 우리는 곧장 시내로 진출하여 번화가의 다방에 자리를 잡았다. 그때까지 우리는 오후 강좌를 내리까먹은 걸 아무도 후회하지 않았다. 술김이긴 하지만, 앞으로도 기회만 닿는다면 얼마든지 더 까먹어도 좋다는 배짱들이었다. 이렇게 입으로는 연신 흰소리를 하면서도, 그러나 기실은 모두들 우울했다. 이문택의 성급함은 십분 인정하지만, 일단 그런 얘길 듣고 난 우리는 아무래도 예사스러운 심정일 수가 없었다. 우리에겐 충분히 우울해해야 할 이유가 있었던 것이다. 이문택의 예감이 장차 맞고 안 맞고는 둘째치고, 우선 그런 얘길 서로 간에 입 밖에 내고 귀에 담았다는 그 사실 하나만으로도 젊은 우리는 벌써 겁탈을 당해버린 기분이었다. 솔직히 말해서 문택의 그 변설은 그만큼 우리에게 충격적이었다.

다방 안에 유행가가 흐르고 있었다. 샹송에 가까운 번역가요풍의 노래였다. 굵고 낮고, 그리고 약간 쉰 듯한 음색의 여자 목소리가 밋밋한 음정으로, 사랑한다고 말해달라고 거듭거듭 호소하고 있었다.

"언제 들어도 그래. 루비나 노래는 발가락으로 들어봐도 재치 이상의 뭔가가 분명히 있단 말야."

엉뚱하게도 이번에는 대중가요였다. 언제 제식훈련 따위를 들먹거렸더냐는 듯이 천연덕스러운 태도였다. 이문택은 유행가에 관해서도 알은체를 많이 해가며, 외국에 오래 나가 있다가 얼마 전에야 귀국했다는 가수를 이야기했다.

"그녀의 노래는 영혼의 저쪽의 그 저쪽을 손톱으로 북북 할퀴는 것 같은 느낌이 들거든."
 문택이를 제외한 우리는 그저 잠자코 듣고만 있었다.

　사랑한다고오 말해주우
　사랑한다고오 말해주우

 그러자 루비나의 나지막한 슬픔이 내게로 서서히 전이되어 오는 듯한 기분에 사로잡히게 되었다.

　사랑한다고오 말해주우
　사랑한다고오 말해주우

 그 노래가 계속되는 동안 나는 앞으로 필요 이상의 장거리 여행을 거쳐 오른손을 오른눈썹 우단(右端)에 갖다 붙이지 않으면 안 되게끔 된 우리의 처지를 어느새 슬퍼하고 있었다.

 "자넨 무슨 용무지?"
 고회전하는 선풍기 앞에서 강명록 교수는 대뜸 이렇게 따지는 투로 물었다. 우리 꽁무니에 묻어와 뒷전에 버티고 서 있는 이문택이가 아까부터 신경쓰였던 모양인지 그는 더 이상 참지를 못했다.
 "가르침을 받을까 해서 친구들을 따라왔습니다."
 "자네는 우리 체육과 출신이 아니지?"
 "아닙니다. 허지만 운동이라면 뭐든 조금씩은 다……"
 "좋아, 자네 입으로 스포츠맨이 아니라니까 무례를 용서해주지."

그것으로 강 교수는 이문택과의 대화를 간단히 끝내버렸다. 더 이상 상대할 의사가 없다는 눈치였다. 그는 교수실에 와서 갈아입은 하얀 모시저고리 앞자락을 열어 알통으로 뭉친 그들먹한 가슴에 선풍기 바람을 잡아넣었다. 사람인지라 강 교수 역시 덥긴 더운 모양이었다.
 "아무리 그래봤자 소용없어. 좋게 얘기할 때 어서들 돌아가!"
 강 교수는 우리를 향해 재삼 못을 박아 자신의 결의가 얼마나 굳은가를 강조했다. 그러거나 말거나, 우리는 숫제 멍청한 척하고 눌러 버티었다.
 "개강 첫 시간에 내 분명히 말했었지, 한 시간이라도 결강하는 사람은 수료증 다 받은 줄 알라고. 내일부터는 너희들 강의 안 받아도 좋아. 재수강 외에는 어차피 수료 못 하는 거니까 더 이상 나올 필요 없어."
 비닐 챙의 그늘에 가려 운동장에서는 눈여겨볼 수 없던 강 교수의 눈매가 전보다 더욱 세모꼴이 되어 있었다.
 "그렇습니다, 교수님. 이번 기회에 혼 좀 단단히 내주십시오. 아글쎄, 강의 시간에 대낮부터 술들을 퍼마시질 않나, 이것들 아주 형편 무인지경이더군요."
 오직 이문택이란 놈만이 겁없이 방자하게 굴었다. 대척은 안 해도 강 교수는 노골히 불쾌한 기색을 얼굴에 나타내었다. 운동장에서 혼자 따돌려보낼 걸 공연히 달고 왔지 싶었다. 나는 이문택의 옆구리를 찔벅거려가지고 서둘러 밖으로 데리고 나와버렸다.
 "사관학교 출신 너희 교수님께서 재수강을 선언하셨으니까 너희들 내년 이맘때 여기서 다시 상봉하겠구나."

교수회관 층계를 끌려 내려오면서 문택이가 이기죽거리는 소리였다. 바로 뒤쫓아 나오던 서창원이 따귀라도 갈길 기세인 걸 겨우 뜯어말렸다.

"재수강말고도 방법이 있겠지. 지금부터 내가 하라는 대로만 하면 돼."

말만이라도 안종복은 자신있게 했다. 재수강이라니, 천만의 말씀이었다. 1정 자격 취득이 1년 후로 미뤄지는 데서 오는 갖가지 손해는 그만두고, 어차피 맞을 매를 내년까지 묵혀가며 키운다는 건 생각만 해도 소름끼치는 노릇이었다. 그리고 이제 와서 포기하기엔 그간 불볕 속에서 공을 들인 며칠 간의 수고가 눈물이 나도록 아까운 생각이 들었다. 곤경을 모면할 수 있는 유일한 길은 용천뱅이 떼쓰듯 물고 늘어지는 외에 달리 도리가 없다고 안종복이 힘주어 말했다. 그런 식으로 해서 학점도 따고 졸업도 한 사례가 재학 중에 더러 있음을 저는 잘 안다는 것이었다. 결국 우리는 종복이의 그 방법에 따르기로 방침을 굳혀버렸다.

자기 집 응접실 푹신한 소파에 앉아 쉬는 두 시간 남짓 동안에 강명록 교수는 모두 해서 담배를 일곱 개비 태우고, 화장실에 두 차례 다녀오고, 냉장고에서 꺼내온 얼음 냉수를 자기 혼자서만 두 컵이나 마시고, 석간 신문 한 장을 앞뒤로 골골샅샅 죄 훑어 읽고, 밖에서 걸려온 전화를 세 번 받았다. 교수의 말투로 미루어 통화의 상대는 매번 동일인인 듯 짐작이 갔다. 응접실 바닥에 나란히 책상다리를 하고 앉아 버티는 우리 일행 가운데서 이문택이 혼자만이 태도가 당당했다. 그는 도수 높은 안경 너머로 교수의 동작 하나하나를 체크

하는 자세를 취하면서 꿀릴 하등의 이유가 없음을 은연중 과시하고 있었다. 같이 가야만 한다고 부득부득 우기는 바람에 근신할 것을 단단히 다짐받고 또 데리고 온 것인데, 와서는 별로 근신하는 기색이 안 보였다. 푹신한 소파에서 쉬는 두 시간 남짓 동안에 강 교수가 우리에게 말을 건넨 것은 딱 한 번이었다.

"아무리 그래봐야 나한테는 안 통한다는 걸 잘 알잖나. 괜히 시간 낭비 말고 집에 가서 편히들 쉬기나 해."

그리고 네번째 전화를 받고 외출복으로 갈아입으면서 강 교수는 이렇게 막말을 쏟았다.

"예서 더 버티면서 농성을 하든지 데몰 하든지 너희들 하고 싶은 대로 다 해!"

강명록 교수가 밖에서 사람을 만나지 않을 수 없게 된 것은 우리에겐 차라리 잘된 일이었다. 그는 자기 집에서 그리 멀지 않은 다방에서 그와 동년배로 보이는 어떤 풍채 좋은 신사를 만나 악수를 나누고 차를 마시고 잠시 담소를 했다. 고맙게도 그 신사는 바로 옆자리의 우리를 이내 의식해주었다. 신사는 강 교수와 우리를 번갈아 보고 나서 배시시 미소를 지어 보였다.

"제자들인가?"

"무슨 소리, 난 저런 제자들 둔 적 없어!"

여전히 우리들 쪽은 거들떠도 안 보면서 강 교수는 정나미 확 물러앉는 대꾸를 했다.

"그래? 그렇다면 내가 잘못 본 게로군. 하지만 자네가 날 한사코 밖에서만 만나겠다고 고집부린 이유를 이제야 알 것 같구먼. 자네, 설마 마누라 도둑맞을까봐서 날 집안에 끌어들이지 않은 건 아니겠지? 허허허허······."

　실없는 농담 끝에 신사는 호걸풍의 너털웃음을 했다. 언행에서 풍기는 체취 같은 걸로 미루어 안정된 기업체를 가진, 수완 좋은 사업가의 틀이었다. 그는 넥타이까지 단정히 매고 철두철미 정장을 갖춘 차림이면서도 말씨나 행동거지 모두가 시원시원해서 조금도 갑갑해 보이지 않았다. 거기에 비하면 우리는 덥고 피곤해서 거의 미칠 지경이었다. 낮 동안에 땀과 먼지로 몇 꺼풀 도배를 해버린 몸뚱어리에 더러운 속옷을 그대로 걸친 채였고, 세수조차 제대로 못 하고 나왔기 때문에 스스로 느끼는 불결감을 견디기가 여간만 고통스러운 게 아니었다. 에어콘이 가동되고 있다고는 하지만 아직도 드넓은 다방 안에 깝북 잠긴 초저녁 잔염(殘炎)을 쫓기엔 아무래도 힘이 부치는 모양이었다.

　"모처럼 만났는데 형님 대접을 안 받을 수 있나. 자아, 그만 나가지."

　신사가 먼저 자리에서 일어섰다. 그러자 우리들 쪽을 한 번 힐끗 보고 나더니 강 교수도 따라 일어났다. 별로 내키지 않는다는 듯 몸짓이 매우 굼떴다.

　물론 우리는 애초의 결심대로 술집까지도 줄레줄레 따라들 들어갔다. 화장실까지도 뒤쫓아다니는 판인데 더구나 명분이 번듯한 출입을 사양할 리 만무했다. 생맥줏집 홀에서 우리는 강 교수의 손님인 그 신사와 비로소 수인사를 할 수가 있었다. 옆자리가 선참의 다른 주객들로 꽉 들어찼기 때문에 마땅한 앉을 자리를 발견 못 한 채 통로를 어정쩡히 막아선 꼴들이 딱하게 보였음인지 그 신사가 큰 소리로 우리를 부른 것이다. 그의 입에서 합석하는 게 어떠냐는 제의가 떨어지기 무섭게 강 교수 쪽에서 끙짜를 놓고 마잘 겨를을 주지 않고 잽싸게 합석을 단행해버렸던 것이다.

처음에 실업가쯤 될 거라고 예상했던 것과는 전연 딴판으로 그는 교육자였다. 최 교수는 마치 자기 학생들을 상대할 때처럼 다짜고짜 말을 턱 놓으며 지방 대학에서 강의를 맡고 있노라고 자기를 소개하는 것이었다.

"재학 중으로 보기엔 너무들 늙은 사람 같고…… 강 교수하고는 덮어놓고 그냥 사제지간 정도로 알면 무방하겠나?"

최 교수가 이렇게 묻자, 정작 사제지간인 우리는 말을 아끼는 참인데, 뭣도 아니고 뭣도 아닌 문택이란 놈이 제꺼덕 대답을 가로채고 나섰다.

"네, 사제지간입니다. 그렇지만 약간 복잡한 사정이 낀 사제지간인 셈이죠."

낮부터 이문택과 감정이 나빠져버린 서창원이 내 귀에다 대고, 저 새끼 이담에 죽으면 틀림없이 주둥이부터 썩을 거라고 악담할 정도로 아닌게아니라 문택이놈은 잠시의 근신을 깨고 나더니 차후의 대화를 혼자서 도맡을 심산이 분명했다.

"호오, 그래? 그 복잡하다는 사정이 뭔지 궁금하군."

"반대로 제가 교수님께 묻고 싶습니다. 최 교수님도 추수지도(追隨指導)의 학점 나부랭이 가지고 제자들한테 쩨쩨하게 구신 적이 있으십니까?"

"뭔가 단단히 오해한 것 같은데, 그건, 그건…… 이군이라고 했지? 이군이 아직도 인간을 몰라서 그래. 나처럼 겉으론 서털구털해 보이는 사람이 일반적으로 학점도 후할 것 같지만, 천만에 말씀! 사실은 무지한 인색한이지. 마찬가지로, 강 교수 같은 사람은 찔러도 피 한 방울 안 나올 듯이 행동하지만, 만만에 말씀! 속새로는 마음이 여릴 대로 여려서 허물 하나만 벗고 나면 자기 살이라도 깎아 먹일 사람이란 말야. 애로 사항이 있는 모양인데, 이따가 내 강 교수의 아킬레스건이 어딘지 일러줄 테니까 잘들 공략해봐."

이문택이 아무렇게나 뱉어낸 말의 여운이 우리를 한참이나 침묵시켰다. 강 교수는 방금 마시기 시작한 맥주 맛이 유례없이 쓰다는 듯이 오만상을 하고 있었다. 최 교수는 강 교수와 우리를 한눈에 관찰할 수 있는 자세를 취하고는 이쪽저쪽을 번갈아 보아가며 연방 싱글벙글해하고 있었다. 술집은 초만원이었다. 젊은이도 많고 늙은이도 많고, 개중에는 시건방지게 계집애들의 모습까지 간간이 눈에 띄었다. 낮의 더위에 비례하여 그만큼 갈증을 풀러 오는 사람들도 더 많은 성싶었다. 그러나 아무리 둘러봐야 우리 강 교수처럼 술을 멍청하고 살벌하게 마시는 사람은 하나도 안 보였다. 술로 웬수라도 갚을 작정인 듯 조금의 쉴 새도 없이 고래로 퍼마시는 것이었다. 잠깐 동안에 강 교수 앞에는 빈 조끼가 즐비해졌다. 주인공이 그 모양이니 우리 역시 잔을 비우는 속도가 자연 빨라지지 않을 수 없었다.

누군가 여름 술은 독약처럼 몸에 퍼진다고 말한 적이 있다. 잘도 못 하는 술을 벌컥벌컥 몇 잔 거푸 들이켜고 나서 나는 볼품없이 남들보다 앞질러 취해버렸다.

"그런데 자네들의 애로 사항이란 도대체 뭐지?"

최 교수가 이문택에게 넌지시 묻고 있었다.

"사실은 말입니다, 이 친구들이 강 교수님 밑에서 일정 강습을 받고 있는 중인데요. 어제 저를 만나가지고 제가 유혹하는 바람에 오후 강좌를 사보타주했거든요. 그래서 그만 교수님의 노여움을 사가지고 이 시간 현재 협박을 당하고 있는 중입니다. 내년에 재수강을 받기 전엔 수료증을 줄 수 없다, 이 말입니다."

이문택이 우리를 대변하고 있었다. 문택이 역시 벌써 꽤 취해 있는 말씨였다. 녀석은 저 나름대로 지금 한창 즐기고 있는 중이었다. 우리가 그토록 어려워하는 강 교수를 상대로 겁도 없이 계속 용용거리는 데는 뭔가 목적이 있기 때문일 것이었다. 분위기를 이대로 방치했다가는 뭔가 틀림없이 불상사가 생기지 싶었다.

"우리가 강좌를 빼먹은 건 사실입니다. 하지만 우리는 그 시간에 매우 유익한 토론을 했습니다. 단순히 놀고 싶은 욕심으로 결강한 것만은 아닙니다."

그래서 나는 갑자기 초조하게 굴기 시작했다. 당시의 나는 확실히 취해 있었다. 걷잡을 수 없는 취기가 평상시엔 없던 말을 반죽좋게 시키고 있었다. 애당초 내가 하려는 얘기의 골자는 그게 아니었던 것으로 기억한다. 그런데 나는 어느새 교수 앞에서 무진장 아첨을 떨고 있었던 것이다. 나는 강 교수가 지닌 저 탁월한 통솔력과 위엄에 관해서 자주 언급한 것 같다. 강 교수의 그 가부장적 위엄과 맨 처음 조우하는 순간에 느끼는 일말의 반발심이나 저항감, 그리고 오래지 않아 그것들을 딛고 군림하는 피치자(被治者)로서의 우리의 복속 의지(服屬意志) 같은 것에 관해서 변설이 매우 장황했던 것 같다. 그러다가 끝판에 가서 버릇없는 국어 선생놈한테 느닷없이 따귀를 얻어맞은 기억이 얼얼하다. 그때 나는, 개인이기를 포기해버린 채 가부장의 슬하에 뛰어드는 순간에 느끼는 감정이 그 얼마나 살갑고 평안한 것인가를 한참 이야기하던 참이었다.

"네놈은 개다! 윤성철이는 개새끼다!"

문택이란 놈이 그 알량한 주먹을 들어 나를 또 치려 하면서 길길이 날뛰기 시작했다. 홀 안의 손님들이 우리를 일제히 주목하게 된 것은 아마 이 소동으로 말미암음이었을 것이다. 최 교수를 위시해서 여러 사람이 한꺼번에 사이에 들어 말리는 바람에 소동은 그런 정도에서 곧 가라앉았다. 그런데 한 가지 이해 못 할 변화는, 소동 이후부터 이문택을 보는 강 교수의 눈에 어딘지 모르게 따뜻함이 어리기 시작했다는 사실이다.

마침내 우리 강명록 교수는 천근 같은 입을 열어 그러잖아도 이미 묵사발이 된 내 체면에 마지막 일격을 가해버렸다.

"기왕 말이 나온 김에 이 자리에서 흉금을 모두 털어놓는 게 좋겠군. 모두들 내가 너무 심하다고 그러지만, 따지고 보면 나로 하여금 그렇게 심하게 굴도록 유도하는 건 자네들이야. 나와 자네들 사이는 일종의 줄당기기야. 줄당기기에서 번번이 지기 때문에 자네들은 자꾸만 마조히스트가 되어가고, 나는 또 반대로 번번이 이기기 때문에 결국 원치 않는 사디스트가 되고 마는 셈이지. 처음에야 물론 불평을 억눌러가며 질서와 단결이 생명인 집체훈련을 강행할 수밖에 없는 나 자신이지만, 그러다가도 억누름을 서로 주고받는 그 과정에 맛을 들이다 보면 차츰 목적하고 수단이 전도되어서 종당에는 가르치기 위해서 억누르는 게 아니라 억누르기 위해서 가르치는 형국이 된단 말야. 내 말 알아듣겠나?"

대충 이런 뜻의 얘길 강 교수는 했다.

그리고 자기 얘기를 더욱 실감나게 뒷받침하기 위하여 그는 시골 할머니들이 곧잘 하는 옛날 얘기를 덧붙이는 것이었다.

―― 옛날 어느 산골에 사는 아낙네가 건넛마을 잔칫집에서 떡을 얻어 머리에 이고 밤늦게 고개를 넘다가 호랑이를 덜컥 만났다. 떡을 내놓으면 살려주마고 호랑이가 말을 했다. 아낙네가 내주는 떡을 맛있게 먹은 호랑이는 이번엔 아낙네의 오른팔을 요구했다. 그것만 떼어주면 목숨만은 살려준다는 조건이었다. 그 말을 믿고 아낙네가 자기 팔 하나를 뚝 떼어 던지자 그걸 덥석 받아 먹고 난 호랑이는 또다시 왼팔마저 요구하고 나섰다. 그리하여 다음은 오른다리, 그리고 그 다음은 왼다리…… 이런 순서로 아낙네는 자기 몸조각을 시나브로 하나씩 빼앗기다가 결국 마지막에는 송두리째 잡아먹히고 말았다…….

"이야기가 점입가경이군, 점입가경이야. 자아, 그런 의미에서 또 한 잔!"

최 교수는 까닭 없이 마냥 즐거워했고,

"이제까지의 소생의 무례를 용서하시기 바랍니다. 솔직하게 말씀드리자면 이 녀석들로부터 제식훈련의 변천에 관한 얘길 듣고, 이거 예삿일이 아니구나 싶어서 강 교수님한테서 직접 자세한 얘길 듣고 싶어서 이렇게 따라온 겁니다. 어떻습니까, 교수님만 좋으시다면 소생은 기꺼이 경청해드리겠습니다만."

문택이란 놈은 이렇게 엉뚱한 소리로 강 교수를 구슬리는 것이었고,

"그게 좋겠군요."

"선생님, 이 배워먹지 못한 놈한테 따귀 한 대 때리는 셈치고 그 얘기나 들려주시죠."

기를 못 펴고 있던 종복이와 창원이까지 덩달아 나서서 부추김을 하고,

"뭘, 술좌석에서 그런 얘길 다……"

쑥스럽다는 듯이 강 교수는 자세를 고쳐 잡으며 갑자기 점잖은 표정을 했다.

모두들 맑은 정신들이 아니었다. 서먹거리던 분위기가 껑충 한 바퀴 재주를 넘는가 싶더니 화제를 점점 이상한 방향으로 몰아들 가고 있었다. 아무 영문도 모르는 최 교수는 거의 안달하다시피 심한 재촉을 했다.

"무슨 얘긴데 그래? 오른팔을 내놓으라곤 안 그럴 테니까 염려 말고 얘기해봐, 어서!"

그놈의 술이 유죄였다. 평소에 그토록 엄격하기만 하던 강명록 교수였다. 그러던 그가 웬일로 두꺼운 갑옷을 훌훌 벗어던지면서 정말 파격적인 분위기 속에 간단히 투신해 들어오고 있었다.

"이군은 역시 영리한 사람이야. 내 강의를 들은 적이 없어도 내 지론이 뭘 의미하는지를 거의 정확히 간파하고 있거든. 좋아, 내 이군을 위해서 제식훈련 변천사를 약식으로 강의해주지."

조끼 바닥에 잠긴 생맥주를 마저 비우고 나서 우리의 강 교수는 본격적으로 강의 폼을 잡았다.

"입론의 기초를 나는 어떤 한 단위 사회가 처해 있는 시대 상황을 가장 첨예하게 반영하는 것이 바로 그 사회가 실시하는 제식훈련이라는 전제 위에 둔다. 왜냐하면 제식훈련이란 것이 본래 개인과는 거리가 먼 것이며, 그것만으로도 훌륭하게 하나의 소사회를 구성할 뿐만 아니라 그보다 더 높은 상위 개념의 사회와 직접적으로 연결되는, 다시 말해서 제식훈련 그 자체가 벌써 하나의 완벽한 집단 행위, 즉 사회적 활동이기 때문이다. 구체적인 예를 들어보자. 우리는 과거에 제국주의 일본 군대의 제식훈련을 경험했다. 그네들은 국민적 단결과

전투력 배양을 도모한다는 구실 아래 거의 인체가 감당할 수 있는 한 계치를 무시하는 선으로까지 각개동작이 기계적이고 정도 이상으로 행동반경이 크고 넓은 형태의 제식훈련을 무모하게 강행해왔다. 일제와 똑같은 예로 나치 독일을 들 수 있다. 전쟁 영화 같은 걸 봐서 제군들도 잘 알겠지만, 나치 군대는 경례 동작을 할 때 이렇게……"

그 순간, 말만 가지고는 턱없이 미흡하다 생각했음인지 그는 몸을 벌떡 일으켜 세우며 실연까지 해보였다.

"오른발을 들어 뻗정다리로 이렇게 한 바퀴 원을 그려서 왼발 뒤꿈치에 꽝 하고 소리나게 갖다 붙인다. 그러고도 모자라서 나치 아이들은 오른손을 번쩍 세워 히틀러에 바치는 충성을 매번의 경례 때마다 목이 터져라고 서약하는 것이다. 여기에 비하면 미국 아이들은 똑같은 전쟁 상황하에서도 훈련의 제식이 흐르는 물같이 유연하고 또 자연스럽다. 그네들은 결코 인체에 무리를 강요하는 법이 없고, 따라서 동작 모두를 최단의 시간에 수행함으로써 최소의 에너지를 소비하여 최대의 성과를 올리는 경제적인 방법을 쓴다. 바로 이것이 자유민주 체제와 획일 체제 사이에 존재하는 엄청난 간극인 것이다."

"그래서요?"

"그리고 제군들은 화보나 기록영화 같은 걸 통해서 이북 아이들이 분열을 벌이는 광경을 더러 봤을 것이다. 행진이나 정지 간의 제반 동작이 크고 거창하기로 북괴는 가히 세계적이다. 북괴 아이들은 행진할 때 무릎을 굽히지 않고 거의 수평으로 세워서 번쩍 차올림과 동시에 팔의 전후 행동반경이 앞으로 구십 도……"

이때 강 교수가 주먹 쥔 팔을 전방으로 90도 힘차게 내뻗는 바람에 오백 시시짜리 조끼 하나가 콘크리트 바닥에 굴러떨어져 요란한 소리를 내면서 박살이 났다. 주위의 테이블에서 손님들이 일제히 일어서고 웨이터가 둘씩이나 달려오는 법석이 있었지만, 그 북새도 아랑곳없이 강 교수는 강의를 단호히 계속했다.

"앞으로 구십 도, 뒤로 사십오 도, 도합 일백삼십 도가 넘는 요란한 호(弧)를 그리면서 흔들어댄다. 우리가 느끼기엔 너무 지나칠 정도로 야단스럽고 꼴불견이고 힘들어 보이지만 북괴 아이들은 그것으로 즈이네들의 왕성한 사기, 철석 같은 기강을 과시하는 것이다."

"그래서요?"

"그럼 우리 한국의 제식훈련의 실태는 어떠한가. 아까도 잠시 언급했지만 우리나라는 왜정 때 일제 군국 체제의 제식훈련에 오래 젖어왔었다. 그러다가 해방이 되자 이번엔 미국 아이들 걸 그대로 받아들여 병영이나 학교에서 두루 활용해 나왔는데, 그 후 급변하는 국제 정세나 제반 국내 여건에 대처하기엔 미흡하다는 판단 아래 미식 제식훈련을 한국 실정에 맞게 수정하기에 이른 것이다. 우선 간단한 예를 들어, 경례 동작만 해도 전에는 이렇던(실제로 강 교수는 구식, 다시 말해서 미식 경례를 멋지게 올려붙이는 것이었다) 것이 지금은 이렇게(그는 이번엔 신식, 다시 말해서 한국식 경례를 해보였다) 바뀌었고, 차렷 자세나 행진 및 정지 간에 있어서의 주먹도 전엔 달걀을 쥐듯 자연스럽게 쥐던 것이 오늘날은 엄지가 집게손가락 둘째 마디를 꽉 누르도록 힘차게 쥐지 않으면 안 된다. 뿐만 아니라 행진간의 양팔 동작도 앞으로 사십오 도, 뒤로 십오 도 흔들던 미식을 고쳐 진폭을 크게 넓혀놓았고, 또 팔을 흔들 때는 손등이 반드시 위를 향하도록 하지 않으면 안 된다. 그리고 무릎 각도도 매일반인데, 특히 행진간에 방향 전환을 할 때는 제일보를 무릎을 굽히지 않은 채 사십오 도 위로 올려 힘차게──이 말에 주의하기 바란다── 힘차게 내디뎌야만 한다. 예를 들자면 한이 없는데, 무엇보다 중요한 것은 이와 같은 제식의 변화가 무얼 의미하느냐 하면, 우리 실정이 개인보다는 확실히……"

"이봐, 선생!"

별안간 감때 사납게 울리는 웬 목소리가 일사천리로 달리던 강 교수의 말허리를 중도에서 뚝 꺾어놓았다. 이때 우리는 홀 안쪽 테이블에서 이쪽을 향해 거의 뜀걸음으로 다가오는 건장한 체격의 청년을 볼 수 있었다.

"뭐가 어쩌구 어째?"

우리의 숨구멍을 틀어막듯 통로에 버티고 서며 청년은 대뜸 시비를 걸어왔다.

"술집에 왔으면 곱게 술이나 처마시고 갈 일이지, 뭐 나치 아이들이 어떻구 이북 아이들이 어떻다구?"

"당신 뭐야? 누군데 감히 뛰어들어서 학구적인 분위길 훼방놓는 거지?"

이문택이 안경을 벗어 남방 윗주머니에 찌르면서 오는 시비를 맞받았다.

"쪼무래긴 잠자쿠 있어! 다아 그럴 만한 사람이니까 뛰어드는 거야! 선생, 실례지만 신분증 좀 봅시다!"

일껏 마신 그 술이 다 어디로 숨었는지 나는 어느새 맨숭맨숭한 정신으로 돌아와 있었다. 아직도 뭐가 뭔지 어리둥절해서 서 있는 강 교수를 턱으로 가리키며 최 교수가 내게 눈짓을 했다. 나는 그 뜻을 얼른 알아차리고 기회를 살폈다.

최 교수가 청년 앞으로 다가서며 예의 그 호걸풍의 너털웃음부터 터뜨렸다.

"자기 전공 분야에 대해서 잠시 소견을 말한 것뿐인데 뭘 그걸 가지고…… 우리 이럴 게 아니라 앉아서 차근차근 얘기합시다."

그러나 사태는 전연 예기치 못한 방향으로 진전되고 있었다. 작달막한 체구의 이문택이 불시에 몸을 솟구치더니 청년의 면상에 정통으로 박치기를 놓아버린 것이다. 문택이는 취중의 흥분으로 강 교수더러 신분증을 제시하라는 청년의 뒷말을 제대로 듣지 못했음이 분명했다.

안쪽 테이블에 앉았던 청년의 일행이 한꺼번에 우우 덮치는 걸 보는 순간 나는 강 교수의 허리를 끼고 밖으로 뛰어나와 재빨리 지나가는 택시를 잡았다.

이상하게도 일진이 사나운 날이었다. 차라리 일찌감치 집구석에 틀어박혀 발가락 사이에 한 번 더 무좀약을 바르고 앉았느니만 백번 못한 결과였다. 달리는 택시 안에서 강 교수는 내내 눈을 질끈 감고 앉아 있었다. 그 역시 취기가 이미 말끔히 가신 듯 하얗게 질린 얼굴로 시종 말이 없었다. 그는 방금 전 술자리에서 벌인 즉흥 강의에 대해서 심히 후회를 느끼는 눈치가 여실했다. 그렇지 않고서야 어떻게 그 듬직한 체구에 걸맞지 않게끔 제자 보는 데서 솔선해서 먼저 그렇게 벌벌 떨 수 있단 말인가.

"뒤에 남은 사람들, 어떻게 될까요?"

내가 먼저 이렇게 말을 걸자 강 교수는 고개를 절레절레 흔들었다.

"별일 없을 거야. 최 교수가 그만한 일은 능히 처리할 위인이니까."

그러나 강 교수의 그 말투 속에는 반드시 별일 없을 것만 같지는 않은 낌새가 엿보였다. 아마 별일 없기만을 간절히 기도하고 싶은 심정일 것이었다.

한참 후에 강 교수는 또 이렇게 중얼거렸다.

"자네도 내가 실수했다고 생각하겠지?"

"뭐 별로……"

나는 우선 이렇게 얼버무려두는 수밖에 없었다.

"그저 과음 끝에 주사가 약간 지나쳤을 뿐이야. 내 말에 다른 뜻은 전연 없었어. 나 좀 내려주게. 걸으면서 머릴 좀 식히고 싶어."

더 이상 강 교수를 붙잡고 말리고 싶지 않았다. 그래서 지체없이 나는 차를 세우도록 했다. 강 교수가 내리자 기사 양반이 백미러 속으로 나를 유심히 쏘아보며 행선지를 댈 것을 재촉했다.

"어디루 모실까요, 손님?"

저만큼 앞으로 다가오는 네거리 하나가 얼핏 눈에 띄었다. 그 네거리에 다다르기 전에 행선지를 결정해야 할 것 같았다. 나는 순간적으로 내가 저지르고 관여한 만큼의 몫은 내 어깨로 감당하고 싶은 심정이 되었다. 그래서 잠시 생각한 끝에 기사 양반의 그 쏘아보는 눈에게 차를 뒤로 돌리도록 부탁했다.

"아까 탔던 자리로 되돌아갑시다."

몰매

 내용물보다 그걸 담는 그릇 쪽이 외려 더 행세하고 우대받는 경우를 요즘 들어 왕왕 본다. 그래서 사람들에 우선하여 먼저 그 건물부터 설명해둘 필요를 느낀다. 따지고 보면, 실로 그곳의 종업원들은, 그리고 그곳을 단골로 이용하는 손님들은 신분의 귀천이나 연령의 고하에 관계없이, 연놈 구별도 없이 모두 다 그 건물의 부속물 아니면 기껏해야 장식물 푼수에 지나지 않는 것이다.
 알 만한 사람은 엊그제 이미 죄 알고 있는 얘기다. 우리의 그것은 시(市)의 복판도 아니고 그렇다고 변죽도 아닌, 참 어정뜬 곳에 자리 잡고 있다. 도시의 미관을 잡친다는 이유로 시 당국이 세 차례에 걸쳐 시한부 개수를 명령할 만큼 아주 낡을 대로 낡은 건물인데, 낡아 보이는 그만큼 역사가 오래라는 사실은 시민뿐만이 아니라 시 당국에서도 넌덜나게 인정해오는 터이다.
 장구하다고 얘기해도 거의 무방할 긴긴 세월을 그 동안 용케도 버티어왔다. 그 자신을 향해 항상 적대적인 별의별 인간들 틈서리에서 내내 그것은 별의별 시련을 다 겪어야만 했다. 또한 그것은 제 몸집을 밑뿌리부터 야금야금 먹어 들어오는 자연과 끊임없이 겨루지 않으면 안 되었다. 그런데 신세의 고단함은 그것만으로 끝나지 않아, 지금도 소송에 계류 중이다. 세번째의 개수 시한도 그냥 넘겨버리자 이번엔 철거 명령으로써 시 당국이 관(官)의 위엄을 보였고, 거기에 맞서 시비가 법정에까지 번지기에 이른 것이다.

시청의 강제는 사실 많이 정당성을 띤 것이긴 했다. 그러나 기왕 정당할 바에는 좀더 철저히 정당했더라면 시민들에게 훨씬 생광스러울 뻔했다. 해쳐지는 도시의 미관보다 아흔아홉 배 더 무거운 것이 혹 건물이 도괴할 경우에 있을지도 모르는 인명의 손상이고, 그렇기 때문에 개수나 철거를 명령하지 않을 수 없다는 식으로 말이다.

망루에 높이 앉아 사타귀나 득득 긁는 것으로 한여름 오후의 무료를 달래는 젊은 소방관의 모습이 똑똑히 보일 정도니까 바로 지척이다. 길 건너 저만큼에 소방서가 자리하고 있다. 그 소방서 망루와 키재기라도 하듯 임립한 몇 채의 고층 건물들 사이를 지나노라면 농기구 제작소 하나가 눈에 띄는데, 순연히 인간의 어깨와 팔뚝심만으로 우격다짐하다시피 철판을 두들겨 분무기 등속을 만들어내는 그 영세성이 심히 측은해 보일 거다. 농기구 제작소와 바투 이웃해 있는 목조 건물의 아래층은 싸구려 여인숙이다. 얼마 전만 해도 여인숙 다음은 왜식을 전문으로 하는 대중 식당이었으나 지금은 그 자리에 신축 양옥이 들어서서 인근 김외과 병원의 안집으로 사용되고 있다.

병원 안집 대문 앞을 지나쳐 가다가 사람들은 뭔가 개운찮은 기분에 이끌려 대개들 한 번쯤 뒤돌아보게 된다. 그리고 그 순간, 거개의 사람들은 자기를 방금 수고스럽게 만든 것의 정체를 고대 알아차리게 된다. 아랫도리 부분의 여인숙이 무리를 해가며 떠받치고 선 목조 건물 윗도리 부분의 꼴불견은 장님조차도 쉽게 알아볼 수 있는 정도다. 더구나 시력이 좋은 사람일 것 같으면 이내 간판도 찾아 읽을 수 있게 된다.

아무리 고가라지만 명색이 그래도 집인데 사면 벽이 없을 수 없다. 애당초는 묽은 반죽이 흘러내리다 굳어버린 형태의 투실 무늬에 분홍색 뻥끼를 올려 한껏 모양을 부린 회벽이었다. 그러나 세월이란 것이 그 동안 멋대로 조지고 제겨놓아 지금은 석회는 석회대로, 뻥끼는 또 뻥끼대로 퇴색하고 변색해서 그 각노는 모양이 흡사 늦잠에서 깬 논다니의 화장기 도망간 낯바닥마냥 민주주의로 생겨먹었다. 특히 우리가 주목하지 않으면 안 되는 것은 도로 쪽으로 둘린 벽면이다. 거기에 손바닥만 한 창문 하나가 한 줄기 숨통처럼 아슬아슬하게 뚫려 있기 때문이다. 아무러면 손바닥만이야 할까마는, 하여튼지 옹색하기 그지없는 네 쪽의 유리창이 위아래 각각 둘씩 양편으로 어울려 유일한 창문 구실을 한다. 뿐만이 아니라 그 유리창 칸칸마다 푸른빛 선팅을 하고 그 위에 다시 금박으로 '산' '호' '다' '방' 넉 자를 공평하게 배치해 넣었다. 이것이 바로 시 당국으로부터 잇달아 개수 명령을 받아가며 최근에 손을 본 유일한 자리이자 집채를 통틀어 가장 때깔이 훤한 부분이다.

그것은 그것의 개폐 여부나 여닫는 방식의 차이에 따라 본래의 창문 구실 혹은 그에 버금가는 간판 역할을 번차례로 수행하곤 한다. 창문이 외출할 때면 간판이 보초 서고, 마찬가지로 간판이 외출 나갈 경우엔 창문이 보초 서는 꼴이다. 그런데 특별한 일이 없는 한 창문은 대개의 경우 꼭꼭 처닫힌 상태로 있다. 어쩌다 그것이 열리기라도 하는 날이면 사람들은 '산다'와 '호방' 두 절름발이 가운데서 어느 한쪽만을 구경하는 것으로 그치고 만다.

찻집임을 알리는 신호라곤 그런 따위가 전부임에도 불구하고, 그러나 우리 시의 시민들은 여간해서 착각이나 혼동을 일으키는 법이 없다. 이왕 내친걸음이니까 우리의 산호다방 내부도 마저 보아주기 바란다.

입구로 들어설 때는 되도록이면 오른쪽은 외면한 채 빠른 걸음으로 지나치는 것이 이롭다. 여인숙과 함께 쓰는 남녀 공용의 화장실은 그것이 닫혔건 열렸건 상관없이 언제나 마수부터 비위를 상하게 만들기 십상이다.

곧바로 층계가 눈에 띈다. 정확히 스물일곱 단의 높이를 가진, 목조 계단인데, 기울기가 워낙 가파른 데다가 중간에서 잠시 쉬어 꼬부라지는 층계참조차 베풂이 없이 단숨에 곧장 치올려 세운 구조의 그 멍청스럼 덕분에 만약 여자라도 동반했을 경우 당신은 엉큼한 마음 없이도 기사도 정신을 발휘할 수 있게 되는지 모른다. 더구나 목조의 수명까지 다 된 상태여서 위태롭기조차 한 것이다. 맨 아랫단에서 위쪽으로 오를수록 밟힘을 당한 층계가 지르는 신음이 점점 고조된다. 그 기분 나쁜 소리는, 밝은 세상에 다시 나갈 수 있을지 어떨지를 점치면서 수술실로 들어서는 중환자만큼이나 초행의 당신을 불안스럽게 만들 것이다.

층계의 마지막 단을 딛고 서면, 거기에 영락없는 또 하나의 다른 당신이 미리감치 도착해 있어 뒤미처 허덕이며 올라오는 당신을 환영하고 있을 것이다. 비록 다른 당신이 실제의 당신의 모습에 비길 때 크고 살찌고 약간은 한쪽으로 일그러져 보이고, 그리고 한 꺼풀

망사천 너머로 흘겨보듯 망측스런 추남으로 비친다 해도 그리 신경 쓸 필요 없다. 등신비(等身比)의 대형 거울의 장난인 것이다. 거울의 상단에는

祝發展

그리고 하단에는

永生女高第七回달맞이會員一同

글씨가 각각 새겨져 있다. 원래 고르지 못한 표면인 데다 뒷면의 수은 가루마저 군데군데 벗겨져서 기능의 일부를 착실히 얌생이질하고 있다. 그 점이 외려 더 분위기에 척 들러붙는다. 삐걱거리는 계단을 숨가빠 올라서는 회사원이면 회사원, 절도범이면 절도범들의 면면을 곧이곧대로 극명하게 되쏘지 않는 것만도 여간만 다행이 아닐 수 없다.

이제 다 됐다. 거울을 한옆으로 비키면서 출입구 손잡이를 잡아당기는 그런 정도의 수고로 당신은 인제부터 산호의 한식구가 되는 것이다. 먼저 굴속 같은 어둠이 당신의 전신을 휩싼다. 그 어둠 속에서 사금파리처럼 하얗게 웃으며 섰는 가지런한 치아가 우선 눈에 띈다. 그 웃음 한 번에 당신의 망설임은 순간적으로 녹고, 그리고 그 웃음 바로 그것이 당신으로 하여금 선뜻 어둠 속으로 빨려들어가게 만들 것이다.

1

 여느 날과 똑같았다. 시골 국민학교 교사 김시철을 입구에서 반긴 것은 하얀 이빨, 하얀 웃음의 손 마담이었다. 카운터 옆에서 마담을 상대로 판에 박힌 인사를 건네고 어쩌고 하는 사이에 장벽처럼 막아서던 실내의 어둠도 서서히 물러갔다. 어둠을 대신하여 어느새 좌석들의 행렬이 서서히 공간을 차지해나가고 있었다. 마음만 먹으면 언제든지 창문을 열고 소방서 망루를 바라볼 수 있는 오른쪽 끝에서 두 번째 자리는 역시 비어 있었다. 저절로 비어 있다기보다 실은 마담의 배려로 일부러 비워놓은 자리였다. 김시철은 제 단골 좌석에 가서 아무렇게나 몸뚱이를 부렸다.
 "그래, 오늘도 사표를 품에 넣고 출근하셨었나요?"
 뒤따라온 손 마담이 맞은편에 앉으면서 이렇게 말을 걸었다. 오십 고개를 저만큼 앞에 둔, 그 나이에 흔히 보는 비만형 몸집인데도 퍽 곱고 정갈하게 늙은 인상이었다. 그래서 사람들은 그녀의 그런 면을 보고 미륵 보살이라 부르는 것이었다.
 "그거야 물어보나마나죠, 뭐."
 귀찮다는 내색을 구태여 감출 필요 없이 김시철은 퉁명스럽게 대꾸했다. 구식의 목제 의자라서 궁둥이를 붙이면 앉은키가 형편없이 낮아지는 반면 팔받이의 위치는 또 턱없이 높아진다. 그래서 사용하기에 다소 불편한 점이 없지 않지만, 그 대신 단골 자리에 정좌했을 때의 김시철에겐 바로 그 의자의 기이한 구조 덕분에 선천적으로 없던 위엄이 혹처럼 갑자기 붙으면서 시골 국민학교 교사치고는 좀 과

남스럽지 싶은 거만한 앉음새를 본의 아니게 취하게 되는 것이었다. 적어도 산호다방 안에서, 더구나 상대가 손 마담이라면 웬만한 무례는 다반사로 통하는 줄을 김시철은 익히 아는 터였다.

"적당한 기회가 없었던 모양이군요?"

"훈장 자리 하나 내놓는 데 어찌 기회가 없었겠어요. 눈 딱 감고 내던지는 그때가 바로 기회죠. 사람이 모자란 탓입니다. 사표를 내던질 만큼 변변한 위인이 못 된다는 걸 마담은 처음부터 아셨을 텐데요."

"참는 김에 더 참고 견디셔야죠. 요즘 들으니까 교사들 봉급이 많이 오를 거라고들 그러던데, 그렇게 되면 지내기가 한결 수월해질 거 아녜요."

"그까짓 봉급 몇 푼 오른다고 나무주걱이 쇠주걱 되나요. 근본적인 문제는 사회적 지위입니다. 사람들이 자기네 사윗감으로 혹은 신랑감으로 국민학교 선생한테 어떤 점수를 매기느냐에 달린 겁니다."

"마음을 느긋이 가지세요. 그러기 전에 무엇보다도 우선 쉬셔야 돼요. 댁의 안방처럼 생각하고 한잠 주무세요."

마담은 갔다. 김시철 쪽에서 생각할 때 마담은 언제나 자기가 앉아 있어야 할 시간의 길이를 정확히 알고 또 언제쯤 일어서야 하는가를 정확히 아는 여자였다. 그는 잘 익은 배를 베어 먹듯 사근사근 울리는 마담의 목소리를 상당히 즐기는 편이었다.

시철이 잠에서 깼을 때는 이제 막 밤일을 시작한 농기구 제작소에서 철판을 두들겨대는 소리가 한창이었다. 꽈당꽈당 울리는 소리에 섞여 손 마담 목소리가 옆자리에서 들렸다.

"첨엔 누구나 다 그러죠. 하지만 이제 곧 아무렇지도 않게 돼요. 규칙적인 소리는 금방 몸에 익숙해지니까요."

멋모르고 들어온 뜨내기 손님 한 쌍이 되게 불평을 늘어놓고 있었다.
"다방이 뭐 이래? 일류미네이션은 영점이고 데커레이션은 마이너스로군."
"그러게 말야. 뮤직은 또 어떻구? 아직두 십구세기를 못 벗어났어."
자기는 산호를 구성하는, 하잘것없는 비품(備品)의 하나라고 늘 자처해온 손 마담으로서는 그런 종류의 공박은 사실 타격이 아닐 수 없었다. 그런데도 손 마담은 만면에 보살 같은 미소를 띠면서 부드럽고 차분한 목소리로 젊은이들을 설득하기 시작했다.
"빛이 있으면 그림자도 있는 법예요. 물론 그림자보다야 빛 쪽이 훨씬 낫죠. 그렇다고 또 세상이 온통 빛만 있어가지고는 곤란해요. 사람이 피곤하고 밭아서 견딜 수가 없어요. 빛 뒤엔 반드시 그림자가 따르는 게 정상예요. 도시일수록 특히나 더 그래요. 그런 의미에서 저희 산호는 그늘인 셈이죠. 오늘날 우리 시에 남아 있는 유일한 그늘예요. 온종일 불볕 속에서 부대낄 대로 부대낀 사람들이 쉴 곳을 찾아 지친 몸을 이끌고 저희 산호로 온답니다. 이곳에서는 허례 허식이나 체면 따윈 모두 필요없어요. 약간은 상식에서 벗어난다 해도 탓할 사람 없어요. 신사복을 준비하지 않았다고 너무 섭섭해하지 마세요. 풀밭에서 뒹굴기엔 작업복이 훨씬 간편하고 좋답니다."
마담의 찰떡 같은 신념이었다. 빛과 그림자 운운의 그 지론으로 튼튼히 무장하고 반평생을 오직 산호를 지키는 데 몸바쳐온 괴짜였다. 그 신념 때문에 그녀는 자주 수세에 몰려 곤경을 당하곤 했다. 그러나 몇 차례에 걸친 영업 정지와 개수 명령 뒤에도 산호가 크게 다치지 않은 채 거의 원형 그대로를 유지해나갈 수 있었던 것 또한 그 신념 덕분이기도 했다. 그녀는 자신의 다방 운영을 영업 행위로

몰매 223

생각한 적은 꿈에도 없었다. 어디까지나 그것은 명실상부한 하나의 사회사업이었다. 언제나 실패의 잔만을 마시는 꾀죄죄한 인생들을 마치 어미닭이 병아리를 품듯이 자신의 그늘에서 마음놓고 쉬게 할 수만 있다면 그녀는 그것으로 족했다.

"커피 드시겠어요?"

주문을 받는 게 아니라 시비를 걸 작정인 듯이 미스 현이 끼여들었다. 미스 현은 고개를 천장 쪽으로 향하고 사람을 콧등으로 내려다보는 버릇이 있었다. 마담이 누차 주의를 주었는데도 산호를 출입하는 손님 모두를 싸잡아 깔보는 그 태도는 쉬이 고쳐질 기미가 안 보였다.

"자기는 뭐 마실래?"

여자가 물었다.

"난 커피."

남자가 대꾸했다.

"커피하구 토마토 주스!"

여자는 미스 현이 지른 불을 훅 불어 끄는 기세로 간단히 처리해버렸다. 주문을 받자 미스 현은 잠자코 돌아섰다. 그리고 훼훼 내저으며 걷는 미스 현의 엉덩이가 비좁은 통로를 꽉 메웠다. 뒤늦게 마담이 깜짝 놀라는 얼굴을 했다.

"아가씨는 토마토 주스를 주문하셨나요?"

"왜, 안 되나요?"

"그럴 리가 있겠어요. 토마토 주스, 좋죠. 여성들 미용에도 좋고, 또……"

미스 현이 전표를 주방 창구에 밀어넣으면서 한입 가득 비웃음을 물었다. 마담의 그 설득조 음성이 되이어졌다.
"하지만 차 종류라면 뭐니뭐니해도 커피가 제일이죠. 특히 저희 산호가 자신있게 내놓을 만한 것은 커피랍니다."
그러면서 손 마담은 커피 예찬론을 늘어놓기 시작했다. 듣기에 따라서는, 커피 놔두고 주스 시키면서 어떻게 현대 여성 축에 끼일 수 있느냐는 투였다. 마담의 말이 끝남과 거의 동시에 차가 배달되어왔다. 두 잔의 커피였다. 젊은 남녀는 귀신에라도 홀린 듯 어안이 벙벙해서 아무 소리 못 하고 그저 바라만 보았다. 그것 보라는 듯이 미스 현이 실쭉 웃으며 그들먹한 엉덩이로 통로를 배꼭 메우고 갔다.
산호다방 커피라는 게 당최 엉망이었다. 되는대로 썰썰 헹귀낸 개숫물 맛과 별반 다를 게 없었다. 검지도 붉지도 않은 애매한 빛깔에 들척지근한 냄새만 풍겨 그걸 목구멍으로 넘기고 나면 단박에 속이 닝닝해오는 것이었다. 어른이 되다 만 것 같은 장발의 주방장 녀석이 장담하고 만들어내는 유일한 음료가 예의 그 커피였다. 듣는 데서 혹 누가 커피 맛이 형편없다고 불평이라도 할라치면 녀석은 까놓고 대거리질을 해대곤 했다. 백이면 백 다 식성에 맞는 차를 만들 줄 알면 어떤 개아들놈이 이런 삼류 다방 구석에서 여태껏 썩고 있겠냐는 것이었다. 그러니 본격적인 커피를 맛보고 싶은 사람은 하고많은 날 산호에 죽치고 앉았을 게 아니라 관광 호텔 커피숍 같은 데나 나가보라는 얘기였다. 뿐만이 아니었다. 녀석은 손님이 약간 뜸한 시각이면 주방에서 홀로 진출하여 짬짬이 단골들과 맞상대를 하면서 감히 담배 한 대 꾸자고 손을 벌리는 것이었다.
손 마담한테는 주방장 못지않은 또 하나의 애먹이로 미스 현이 있었다. 미스 현은 그녀의 직업용 성명이 가짜이듯이 마음보 또한 가짜였다. 그녀는 자신의 미모에 대해 얼토당토않은 과신을 품고 있었다. 손님들이 객관적인 눈으로 평가해주는 제 용모와 제가 스스로 평가하는 그것 사이엔 엄청난 격차가 있는데도 그녀는 좀처럼 자숙하려 하지 않았다. 주방장 녀석의 표현을 빌리자면, 진짜 민주주의로 생겨먹은 얼굴이어서 이목구비가 다 제멋대로였다. 미스 현이 자신의 인기를 측정하는 방법은 그날그날 손님들로부터 뺏어 마시는 찻잔의 수였다. 손 마담 눈을 피해가며 요령 좋게 만만한 단골들을 협박해서 매상을 올리는 그 한잔 한잔에 그날의 희비가 엇갈렸다. 이를테면, 어제는 열 잔을 얻어 먹어서 백 프로 살맛이 났는데 오늘은 다섯 잔뿐이니 자살이라도 하고프다는 식이었다. 누구나 다 마찬가지일 테지만, 그녀의 원래 희망은 다방 레지가 아니었다. 앉으나 서나 지금도 그녀는 일편단심 가수에의 꿈을 버리지 못하고 있었다. 따라서 거개의 철딱서니없는 레지 아이들의 실속 위주의 소원으로, 어떤 돈 많은 늙다리 하나 물어서 하루아침에 주인 마담으로 껑충 도약하여 손수 다방을 경영해본다는 따위 생각은 그녀에게 경멸을 받아 마땅했다. 그녀는 틈나는 대로 화려한 무대 위에서 스포트라이트를 전신에 받으며 만원 사례의 관중을 상대로 그들의 애간장을 낱낱이 녹이며 섰는 자신의 모습을 시커먼 천장 위에다 그리곤 했다. 그녀는 자신이 일류 가수로 출세한 직후 곧바로 한 고학생과 사귀어 몸과 마음을 다해 그를 뒷바라지하게 되기를 소원했다. 그리고 재주는 있으나 환경이 몹시 불우한 그 고학생이 자신의 도움에 힘입어 대학을 마치고 판검사가 되는 그 순간에 가서 자기를 본때 있게 배신해주기를 소원했다. 그가 당연히 그래줘야만 자기는 마지막 고별 리사이틀에 당하여 청중들의 열화 같은 재청 삼청에 대한 답례로 윤심덕의

'사의 찬미'를 부르다가 무대 위에서 숨을 거둘 수가 있었다. 마지막 무대에 오르기 직전에 그녀는 필히 음독(飮毒)할 각오였다.

밤도 어지간히 깊었다. 김시철은 홀 안을 한 바퀴 둘러보았다. 매일 저녁 개근하다시피 하는 단골들의 모습이 저마다의 지정석을 차지하고 개개풀린 몰골들을 한 채 시간을 보내는 중이었다. 카운터에서 제일 가까운 자리에 앉은 건 전직 신문 지국장 경력의 채씨였다. 금전 관계든가 여자 관계든가의 모종 사건에 얽혀 몇 년 전에 은퇴한 후 지금까지 오직 현역 기자들의 패기 없음만을 한탄하면서 세상을 사는 초로의 홀아비인데, 요즘 손 마담을 감히 어쩌려 한다는 소문이었다. 그래서 그런지 그는 꼭꼭 카운터 바로 앞자리에 턱알받침을 하고 앉아서 될수록 손 마담 쪽은 거들떠도 안 보는 척하면서 실은 일거일동을 죄 훔쳐보고 있었다.

김시철과는 맞은편 구석에 대칭을 이루고 앉아 있는 건 늙은 대학생 최씨였다. 군대 복무 기간 삼 년을 합쳐 시방 구 년째 재학 중이라는 그는 일 년을 둘로 쪼개어 한 학기는 벌고 한 학기는 등록하는 형편인데, 지금은 휴학원을 내고 학비를 장만하는 중이고, 꽁초를 찾아 늘 이쪽 주머니 저쪽 주머니를 부시럭부시럭 뒤져쌓는 그 궁상맞음으로 하여 역설적이게도 다른 사람 아닌 미스 현한테서 몹시 괄시를 당하는 상태였다.

김시철이 오다가다 눈인사라도 건네는 사람은 그들 둘이 다였다. 그러나 그 밖의 손님들에 관해서도 미스 현이 좌석을 일순하며 참새 짓으로 물어나르는 말과 말이 있어 거의 모든 것을 소상히 알고 있었다. 산호에서 낯익은 사람이라면 개개일자로 이미 현역에서 은퇴했거나 혹은 아직도 때를 못 만나 재미가 뭔지 모르고 세상을 사는 그런 부류였다. 그네들은 어찌 보면 밤이 이슥해서 마담으로부터, 문 닫을 시간이니 오늘은 그만들 돌아갔다가 내일 다시 오라는 그 말 한 마디를 듣기 위해 그처럼 기를 쓰고 꾸역꾸역들 산호로 모여드는 것 같기도 했다.

 언제부터인지 모르게 철판을 꽈당꽈당 두들겨패던 소리는 그쳐 있었다. 그리고 그걸 대신하여 역시 언제부터인지 모르게 사내들의 언쟁하는 소리가 점점 열도를 더해가며 벽을 타고 이층까지 또렷이 살아 올라오고 있었다. 죽일 놈, 살릴 놈, 해가며 고래고래 왜장치는 소리가 더 이상 참을 수 없을 정도로 높아지자 김시철은 마침내 영사실 암막만큼 두껍고 무거운 커튼을 들치면서 창문을 열었다. 디귿자 모양의 키 낮은 슬레이트 지붕 처마 밑에 달린 고촉의 백열등이 빈 드럼통과 철봉 들로 너저분한 농기구 제작소 안마당을 용서없이 내리비추고 있었다. 웃통을 훌렁 벗은 두 사내가 쏟아지는 불빛을 받아 땀에 젖은 근육을 번들거리며 한참 쫓고 쫓기는 중이었다. 쫓는 자는 손에 목침덩이만 한 해머를 거머쥐었고, 쫓기는 자는 맨손인 채였다. 쫓는 자나 쫓기는 자나 다 같이 서로를 저주하고 욕설을 퍼부으면서 드럼통 사이를 빠져나가고 기둥을 돌았다. 네댓 명의 동료가 곁에 있었으나 그들은 팔짱을 낀 채 실실 웃어가며 구경만 하고 있었다. 마침내 막다른 골목에 몰려 맨손의 사내는 더 이상 도망칠 수 없게 되었다.

 "좋다. 쳐라! 쳐라!"

 맨손의 사내가 대갈통을 디밀면서 한 발짝 해머 앞으로 다가들기 시작했다. 다른 사내가 해머를 머리 위로 번쩍 추켜세우면서 험악한 눈초리를 했다. 그 순간 오랜만에 맛보는, 신선한 긴장이 김시철을 압도해버렸다.

"오오냐, 그러잖어도 빌빌대고 사느니 차라리 죽고 싶던 참이다. 마침 잘됐다. 쳐라, 어서 쳐!"

금방 내리칠 듯한 그 동작만도 가히 살인적이었다. 꽝 소리와 함께 골통이 으깨지는 장면을 상상하면서 시철은 다음 순간을 목마르게 기다렸다. 그러나 어찌 된 영문인지 사내는 등등한 기세가 무색하게 결행을 자꾸 망설이더니 끝내는 해머를 동댕이치면서 엉엉 소리내어 울기 시작했다. 그리고 그것으로 그만이었다. 공장장쯤으로 보이는 작달막한 체구의 사내가 나타나 카랑카랑한 소리로 두 사람을 호되게 나무람하기 시작했다.

"이 개도야지만도 못헌 놈들아, 비싼 밥 먹고 그래 헐 짓들이 없어서 맨날 쌈질들이냐, 이놈들아! 똑같이 고생살이허는 불쌍헌 종자들끼리 이놈들아, 서로 위해주지는 못헐망정 이놈들아, 허구많은 날 치고 패고 지랄발광들이나 허고 이놈들아……"

김시철은 창문을 닫았다. 커튼도 도로 내려버렸다. 끝장을 보지 못한 긴장감이 아직도 체내를 돌며 아쉽게 꿈틀거리고 있었다. 이제는 돌아가야 할 시간이었다. 하숙방에 가면 식은 밥상이 저를 기다리고 있을 것이었다. 스스로의 의지로 발딱들 일어설 생각을 못 하고 문닫을 때까지 궁싯궁싯 시간만 보내는 산호의 떨거지들을 둘러보면서 김시철은 두 번 다시 이놈의 다방에 출입하지 말자고 벌써 습관이 돼버린 맹세를 새삼스레 되씹어보았다.

2

여느 날이나 조금도 다를 것이 없었다. 사표는 제출하지 못한 채 여전히 안주머니에 찔려 있었고, 먹밤 같은 카운터 앞에서 사금파리처럼 하얗게 웃는 손 마담의 이빨도 여전했다. 김시철은 오른쪽 끝에서 두번째 좌석을 차지하고 앉아 대뜸 커피를 주문했다. 산호다방 커피 수준이 어떻다는 걸 속속들이 알지만, 그렇다고 다른 걸 주문해봤자 아무 소용 없다는 사실 또한 익히 아는 터여서 그는 차 주문에 곤혹을 느껴본 적이 거의 없었다.
이윽고 차가 배달되어 나왔다. 그런데 찻잔을 내려놓는 미스 현의 입가에 전에 없던 웃음이 잠깐 내비쳤다.
"아마 김 선생님도 깜짝 놀라실 거예요."
"글쎄 그러잖아도 방금 놀라고 난 참이야. 미스 현이 아마추어 노래 자랑에서 장원이라도 했단 말인가?"
그런 일말고는 당장에 놀랄 일이 없을 성싶었다. 미스 현이 무슨 말인가를 더 하려는 기색인데 이때,
"현양아!"
카운터에서 손 마담이 기숙사 사감 같은 표정으로 엄한 눈짓을 보냈다.
"인제 곧 아시게 돼요."
이렇게 소곤거리며 돌아서는 미스 현의 눈꼬리에 이번엔 어럽쇼, 장난기마저 해낙낙히 묻어 있질 않나. 그러고 보니 그새 산호다방에 뭔가 변화가 있긴 있었던 게 분명했다. 변화도 이만저만한 변화가

아닌 듯했다.

　그 변화가 무엇인지를 김시철은 커피를 한 모금 마시고 나서야 비로소 눈치 챌 수 있었다. 어제까지 마시던 개숫물 맛이 아니고 이건 진짜 커피다운 커피여서 그는 하마터면 도로 뱉을 뻔했다. 그가 깜짝 놀라기를 기다려 마담이 다가왔다.

"커피가 어떻게 마음에 드셨는지 모르겠어요."

"어떻게 된 일이죠?"

"주방장이 새로 갈렸어요. 마침 좋은 사람이 있길래 전에 있던 이군보고 그만두라고 그랬죠."

　김시철은 주방이 있는 쪽으로 고개를 돌렸다. 찻잔이 드나드는 반달 모양의 창구 저쪽에 여자처럼 희고 가는 팔 하나가 슬쩍 나타났다가 이내 사라지는 게 보였다.

　주방장이 갈린 그 이튿날부터 산호다방은 무섭게 변모하기 시작했다. 우선 음악부터 바뀌어서 전에는 미스 현이 따라 부르기 딱 알맞게끔 쫄쫄 쥐어짜는 뽕짝조이던 것이 밝고 경쾌한 팝송 경향으로 크게 변했다. 다음은 커튼이었다. 진록의 두꺼운 나사천에서 연둣빛 얼멩베로 시원하게 바뀌고, 창문들은 경오지게 한가운데 위치로 활짝 개방되었다. 조명도 대폭 보강되어 실내는 눈부실 정도로 밝아졌고, 하다못해 벽에 거는 액틀이나 시트 커버에 이르기까지 달라지지 않은 게 없었다. 그러나 다른 무엇보다 가장 충격적인 변화는 손 마담의 그 딴사람처럼 돌변해버린 태도였다.

"곤경에 처했다고 꼭 움츠리고만 살란 법은 없어요. 그럴수록 우린 우리대로 한정된 범위에서나마 즐기는 방법을 찾아내지 않으면 안 돼요. 바깥이 너무 눈부시다면 거기에 적응해나갈 힘을 안에서부터 차츰 길러나가는 거예요. 그런 노력마저 포기해버린다면 우리는 영영 낙오되고 말아요."

미스 현의 귀띔에 의해 사람들은 그와 같은 모든 변화가 주방 속에서 흘러나오는 지시에 의한 것임을 곧 알게 되었다. 정신을 못 가눌 만큼의 새로운 환경에 이끌려가느라고 수고가 많으면서도 산호의 오랜 단골들은 고개를 갸우뚱거렸다. 이십여 년이 넘게 고수해온 전통적 분위기를 불과 며칠 사이에 굴뚝이 아궁이 되고 아궁이가 측간 되게 일신해놓은 주방장이란 인물이 도대체 어떤 사람인지 궁금하지 않을 수 없었다. 하지만 미스 현은 대답 대신 실실 웃기만 하다가 혹 실수라도 저지르지 않았나 두려워하는 표정으로 느닷없이 손 마담의 눈치를 살피는 것이었다.

새로 온 주방장은 보름이 지나고 한 달이 지나도 홀 안엔 코쭝배기조차 비추지 않았다. 아침 일찍 문을 열어서 밤늦게 문을 닫을 때까지 주방 밖에 얼씬하지 않음은 물론 소변 보고 대변 보는 꼴 한 번 보이지 않았다. 그러면서 반달 모양의 주방 창구로 찻잔을 들이고 내기 위해 감질나게 내보이는 여자처럼 희고 매끈한 팔로써 사람들의 궁금증에 더욱 불을 댕기는 것이었다. 손 마담과 미스 현이 전에 없이 똘똘 뭉치고 단결하여 주방장에 관한 한 성씨도 출신지도, 심지어는 나이까지도 숫제 모른다고 딱 잡아떼는 판이었다. 더욱이나 행여 누가 주방 안을 불시에 기웃거리기라도 하는가 해서 신경을 잔뜩 곤두세우고 교대로 감시하는 것부터가 어쩐지 수상쩍었다.

시간이 지날수록 새로운 주방장은 산호다방 단골들에게 점점 불가사의한 인물이 되어갔다. 목소리를 전연 들을 수 없는 점으로 미루어 벙어리일시 분명하다는 소박한 농담들이 손님들 간에 오갔다. 화상을 입어 남에게 보이기 꺼릴 정도로 흉측스런 얼굴일지 모른다는 억측도 나돌았다.

그러던 어느 날, 주방장 일로 잠시 사표 건을 잊을 만큼 세상이 약간 재미있어지기 시작한 김시철은 뜻밖의 소문을 들었다. 만년 대학생 최씨가 홀 바닥을 건너 김시철의 지정석까지 멀리 나들이를 와서 이렇게 물었던 것이다.

"김 선생도 소문 들으셨습니까?"

"글쎄요, 어제 누가 그러는데, 서울에서 일류 대학을 다니다 말았다고 그러더군요."

"그게 전분가요?"

"그렇습니다만……"

"아직도 김 선생은 그믐달이시군."

"네?"

"도망자래요."

"뭐요?"

"쉬잇! 목소리가 너무 커요. 경찰에 지명 수배된 인물인데, 여기서 지금 은신해 있는 중이래요."

"누가 그럽디까?"

"정확한 출처는 아직 아무도 몰라요. 전에 왜 사방관리소 서기를 지냈다는 김씨 있잖아요? 그 사람이 자기도 누구한테 들은 얘기라며 슬쩍 귀띔해줍디다. 하지만 우리에게 중요한 건 소문 그것이지 출처가 아닙니다."

최씨는 흥분을 감추지 못했다. 스스로 도망자나 된 기분이 드는지 여차하면 아무 데로나 내뺄 듯한 자세로 엉거주춤 안절부절못했다.

몰매 233

비단 최씨뿐만이 아니라 다방 전체가 아연 흥분의 도가니였다. 사람들이 끼리끼리 모여 앉아 연신 주방 쪽을 흘끔거려가며 수군거리기에 여념이 없어 영업이 전혀 안 될 지경이었다. 손님들의 그런 꼴을 손 마담은 잔뜩 부어터진 얼굴로 감사납게 쏘아보고 있었다. 그리고 미스 현은 아까부터 카운터 뒤에 들어박혀 침 먹은 지네처럼 옹송그린 채 나올 줄을 몰랐다. 산호다방 유사 이래 손님들이 이렇게 활기에 넘쳐보기는 아마도 처음 일인 듯싶었다.

나중판에는 전직 신문 지국장 채씨까지 와서 합세하여 일행이 셋으로 불어났다. 하루하루를 넘기기가 그저 지겹고 끔찍스럽기만 하던 그들에게 주방장에 관한 소문 일습은 말하자면 영감 죽고 처음의 재미였다. 너무 살판이 난 나머지 그들은 자기네가 소문의 진부를 아직 확인도 해보기 전에 그대로 믿어버린 우를 범하고 있음조차 깨달을 여가가 없었다. 그들 세 사람은 마치 누에가 뽕잎을 먹듯 되도록 이야기의 중심은 아껴두고 가장자리부터 차근차근 갉아 들어가기 시작했다. 먼저 서두를 꺼낸 사람은 김시철 그였다.

"무슨 죄를 저질렀을까요?"
"틀림없이 누명을 썼을 거야."

채씨가 자신있게 말했다.

"아내를 죽였다는 누명을 쓰고 무기징역 언도를 받아 복역하다가 진범을 잡으려고 기회를 봐서 탈옥했을 거야."

"예끼 여보슈, 그건 텔레비에 나오는 리처드 킴블 얘기 아니유?"

최씨가 핀잔을 주자 채씨는 허허 하고 멋쩍게 한 차례 웃었다.

"내 짐작엔 말입니다, 우리 주방장은 살인범이 분명합니다."

늙은 대학생이 자신있게 말했다.

"글쎄 그렇다니까!"

채씨가 토를 달았다.

"사회를 좀먹는 벌레만도 못한 인간이 부당한 방법으로 선량한 사람들의 재물을 착취하는 걸 도저히 용서할 수 없었던 겁니다. 그래서 추악한 전당포 노파를 손도끼로 쳐죽였다 이겁니다."

"그것도 어디서 많이 들어본 얘기 같은데?"

"들으셨다니 별수 없군요, 허허."

"두 분 생각이 너무 통속적인 데 실망했습니다."

"그럼 김 선생의 그 비통속적인 생각은 뭡니까?"

"난 좀 다른 각도에서 해석하고 싶습니다. 흑백이 분명하게 구체성을 띤 것보다는 사건을 약간 상징적인 방향으로 추리해봤습니다. 요컨대 우리 주방장은 사실은 있으면서도 없고 없으면서도 있는 모종의 혐의를 받고 이곳 시골 다방에 은신 중인 인물입니다."

"지금 무슨 얘길 하시는 거죠? 그는 무고하다, 다시 말해서 누명을 썼다, 이 말입니까?"

"반드시 그렇지만도 않죠. 그는 분명히 잘못을 저질렀습니다. 그 잘못이란 게 남보다 특출나게 우월하게 타고난 그것입니다. 남보다 우월한 그것은 초능력일 수도 있고 양심 같은 것일 수도 있습니다."

"별 해괴한 소릴 다 듣는군요. 도대체 양심이나 능력이 어째서 죄가 된다는 겁니까?"

"되다마다요, 얼마든지 죄가 되죠. 남달리 탁월한 능력, 혹은 남달리 밝은 양심에 가려서 주위 사람들은 여간해서는 빛을 볼 수가 없습니다. 그렇기 때문에 제아무리 스파이크 슈즈를 신고 쫓아가도 그를 따라잡을 수 없는 평범인들이나 밑이 구린 속인들 편에서 생각할 때 그가 지니고 있는 그것은 조만간에 결정적으로 자기네를 해할 흉기로 보일 게 당연합니다. 흉기를 소지한 그런 사람을 최형 같으면 안심하고 한 배에 태울 수 있을 것 같습니까?"

"난 구체적인 걸 좋아하는 편입니다. 강간이면 파렴치범, 공산당이면 사상범, 그러니까 너는 사형, 너는 무기징역―이렇게 때려야 얼른 이해가 가지, 남보다 우월하니까 죄가 된다는 그런 이론은 솔직히 말해서 좀 곤란하군요. 차라리 난 자부심을 가지고 통속적인 쪽을 택하겠습니다."

늙은 대학생 최씨와 시골 국민학교 교사 김시철은 서로 자기 짐작이 틀림없을 거라고 채반이 용수 되게 우기면서 저녁 시간을 보냈다. 때마침 손 마담이 여느 날보다 시간을 훨씬 앞당겨 일찌감치 문닫을 것을 통고해왔으므로 두 사람은 아직도 턱없이 미진한 상태인 채 그만 막설하지 않으면 안 되었다. 아주 소소한 것이긴 하지만, 그들 두 사람은 자리를 일어서기 직전에야 비로소 합의에 도달할 수 있었다. 다름이 아니라 주방장의 죄질과 죄량에 대해서인데, 정확히 뭔지는 여전히 모르지만, 아무튼 그가 불문율로 보나 성문율로 보나 사회에서 도저히 용납 못 할 엄청난 중죄인이기만 하다면, 그들은 그가 휘두른 것이 손도끼거나 양심이거나 간에 더 이상 따지지 않을 심산들이었다. 가장 중요한 문제는 그가 중죄인이냐 아니냐였다. 그가 반드시 중죄인이라야만 그 자신의 은신 생활이 한결 의의 있어질 것이고, 또 그래야만 그를 가까이서 지켜보는 사람들도 더욱 생생한 현장감을 만끽할 수 있어지기 때문이었다.

3

하숙방에 돌아와서도 김시철은 전연 밥 생각이 나질 않았다. 산호다방에서의 흥분이 고스란히 하숙집에까지 묻어와가지고 가슴을 벌렁벌렁 놀게 만들었다. 저녁을 빽빽 굶은 채 그는 시장한 줄도 모르고 다방에서 흐무진 결말을 못 본 자신의 공상에 기어코 끝장을 내고 말 작정으로 밤늦게까지 혼자 안간힘을 했다. 철든 이후로 그렇게 흥분하고 긴장해보기는 생판 처음 일이었다. 여태까지 한 달 이상을 바로 지척지간에 두고 생활해나왔지만 사실 주방장의 정체에 대해서 그가 아는 지식이란 백지나 마찬가지였다. 소문이 분분했지만 어느 것이나 확인된 건 한 건도 없었다. 아직껏 이름도 성도 모르고, 개뼈다귄지 쇠뼈다귄지도 몰랐다. 먼발치로나마 얼굴을 보거나 음성 한 번 들어본 적조차 없다. 직접 눈으로 확인한 것이라곤 반달 모양의 그 창구 안에서 사위스럽다는 듯 잠깐씩 나타났다 꺼지는 여자처럼 가늘고 희고 도도한 팔이 고작이다. 소문과는 전혀 달리 그 친구는 실은 대학생 신분도 뭣도 아닐는지 모른다. 생각해보라, 그토록 철저히 차일을 치고 들어앉아서 도둑괭이마냥 오줌도 똥도 숨어 싸는 판인데 어디서 뭘 해먹던, 어떤 잡놈인지 누가 무슨 재주로 안단 말인가.

그러나 김시철은 소문을 곧이곧대로 믿고 싶었다. 그 친구가 뒷전에 머리카락도 안 보이게 꼭꼭 숨어서 손 마담을 앞장세워 제 수족 부리듯 맘대로 조종하고, 그리고 손 마담이나 미스 현이 마치 신줏단지 위하듯 그 친구를 시종일관 싸고 도는 데는 분명히 뭔가 그럴 만한 속내가 있을 성싶었다. 그래서 김시철은 다소 무리를 하는 한

이 있더라도 그가 대학생이며 경찰이 시방 지명 수배 중인 피의자라는 소문에 전적으로 동감하고 싶은 심정이었던 것이다.

밤이 깊어갈수록 주방장의 존재는 김시철의 머릿속에서 뺑과자처럼 사뭇 크기를 달리해가고 있었다. 그러다가 자정 무렵에 이르러서는 엉뚱하게도 애들 만화에 나오는 우주 소년 아톰 같은 존재로 크게 탈바꿈해버렸다. 아무리 봐도 그는 초능력의 무서운 인간이었다. 그가 산호다방 같은 데서 잠시 썩는 것은 단지 그 스트론튬인가 뭔가 하는 연료가 떨어져서 아무 데나 불시착한 결과이며, 주방장의 형태를 빌려 은인자중하면서 힘을 기르다가 오래지 않아 다시 하늘을 훨훨 나는 날이 올 것이었다. 그는 다시 악의 무리와 대결하여 번번이 승리할 것이며, 그렇게 되는 날이면 그것은 곧바로 김시철 그 자신의 승리를 의미하는 것이었다. 그것은 김시철 그 자신이 하고 싶은, 그러나 자신의 힘 가지고는 도저히 불가능한 일을 그가 형식적으로 대리해주는 과정에 불과했다. 그가 있음으로 해서 김시철 저는 구원이 가능했다. 만일 그가 실패한다면 덩달아 저도 실패할 것이었다. 입때껏 길가 구멍가게에서 눈깔사탕 하나 못 훔치고 시험 때 커닝 한 번 못 해본 약심장으로, 국민학교 선생이란 직업에 환멸을 느껴 진작부터 사표를 휴대하고 다니면서도 선뜻 내던질 배짱이 없는 졸장부로 말뚝이 박혀 산호다방 신세를 영영 못 면하게 될 것이었다.

너무도 흥분이 지나친 나머지 김시철은 그날 밤을 온전히 설치고 말았다.

4

 예상을 완전히 뒤엎는 분위기가 이튿날의 산호다방을 지배하고 있었다. 직장이 없는 채씨와 별로 하는 일도 없이 휴학 중인 최씨가 일찌감치 나와 앉았고, 그 밖에 다른 단골들도 더러 눈에 띄었으나 모두들 한결같이 우중충한 표정들로 도통 말이 없었다. 어딜 갔는지 손마담의 얼굴이 안 보였다. 마담 없는 다방 안을 미스 현 혼자서 맘껏 휘젓고 다니는 중이었다. 미스 현은 산호다방 커피 맛이 개숫물 맛이던 당시의 버릇을 되찾아 어느새 도로 싸가지없이 굴고 있었다. 주방장이 갈리면서 눈에 보이게 사람이 달라진 가장 대표적인 인물이 바로 미스 현이었다. 손님들에게 그럴 수 없이 싹싹해지고 고분고분해졌다. 단골들한테서 강제로 차를 뺏어 마시던 버릇이나 손가락질받던 여러 악취미는 물론이며 말씨가 변하고 걸음걸이까지 달라져서 자주 얼굴을 붉힌다거나 손으로 입을 가리고 웃는 등으로 제법 수줍어할 줄을 다 알았다. 이를테면 비로소 처녀다워지기 시작한 셈이었다. 그녀는 세상을 완전히 다른 눈으로 보는 눈치였고, 뭔지 모르게 하루하루가 행복에 겨운 기색이었다. 가슴 저 밑바닥에 새록새록 기쁨을 솟구쳐올리는 화수분 같은 샘이 있어 그 차고 넘치는 기쁨을 밖으로 퍼낼 구실을 찾지 못해 몸이 달아 있는 듯했다.
 그러던 것이, 어느 틈에 도로 민주주의가 된 것이다. 하루 가운데 손님이 가장 많이 들 그런 시각에 미스 현은 벌써 취해가지고 해롱거리며 좌석을 누볐다. 낯익은 단골이면 아무 자리에나 퍽석 주저앉아서 위티 한 잔 사달라고 딱정이를 떼고 조르는 것이었다.

"남자가 너무 쩨쩨하게 굴면 못써요. 딱 한 잔만 더 마시고 끊을래요. 어때요, 전표 써넣을까요?"

마침내 김시철한테도 차례가 왔다. 그가 고개를 끄덕이기 무섭게 미스 현은 뽀르르 주방으로 달려가 전표고 나발이고 없이 제 손으로 직접 위스키티를 만들어 홀짝거리며 마셨다. 주방장은 안에 있는지 없는지 드문드문 보이던 그 팔마저 전혀 볼 수가 없었다.

주방장이 내일 오전에 다른 곳으로 떠나기로 돼 있다는 얘기를 귀띔해준 사람은 늙은 대학생이었다. 최씨가 김시철에게 말했다.

"우리 어디 가서 술이나 한잔 합시다."

김시철로서는 꼭 배반이라도 당한 듯한 기분이었다. 말로는 표현 못 할 허망감이 그를 잠시 무중력의 상태로 몰아넣었다. 최초의 충격을 가까스로 견디고 나서 그는 잠자코 일어나 최씨 뒤를 따랐다.

두 사람 다 술집에서 통 말이 없는 가운데 무수히 대작만 했다. 소주 기운이 엔간히 올라오자 비로소 최씨의 입이 무겁게 열렸다.

"그 친구, 비겁하게 자꾸만 도망쳐서는 안 됩니다. 좁은 땅덩어리 안에서 지가 기껏 도망쳐봤자 트 자에 리을 놓는 거지 별수 있습니까. 죽으나 사나 여기서 끝장을 봐야 됩니다. 피해다니면서 구차스럽게 연명하기보다는 차라리 붙잡혀서 할말 하고 당할 것 당하는 편이 훨씬 더 떳떳하고 영웅적이죠. 남들이 알아주고 생각해주는 그만큼 그 친구에겐 사람들을 실망시키지 말아야 할 의무 같은 게 있잖겠습니까."

아톰 소년의 초능력에 빌붙겠다며 밤잠까지 설치던 자신이 생각할수록 같잖게 느껴지는 순간이었다. 두엄자리에 붙박고 앉아서 남의 옷소매에 매달려 감히 구름 쪽을 넘보는 꿈을 꾸다니, 될 법이나 한 일인가. 간밤의 공상이 그 얼마나 얼뜨고 허황된 것이던가를 깨달으면서 김시철은 저도 모르게 쿡 하니 실소를 했다. 그는 최씨의 말에 아무런 대꾸도 않고 그저 술만 마셨다.

"그 친구의 장래를 생각해서 아니할 말로 밀고라도 했으면 합니다."

헤어지는 마당에 최씨가 남긴 마지막 말이었다.

최씨를 보내고 나서 그는 터벌터벌 하숙집을 향해 혼자 걸었다. 얼마쯤 걷다 보니 잔뜩 취기 오른 눈에 길가의 공중전화 부스가 얼핏 들어왔다. 그 순간 그는 아무런 결단이나 주저의 과정도 거침이 없이 불쑥 전화통 앞에 가 섰다. 그러고는 예정된 절차라도 수행하는 양 아주 천연스런 동작으로 다이얼을 돌리기 시작했다——1하고, 다시 한번 1하고, 그러고는 2.

두어 차례 발신음이 떨어진 다음 그 문명의 이기가 이쪽과 저쪽 사이에 가로놓인 엄청난 장벽을 확 뚫어주는 순간이 왔다.

"네, 일일입니다."

뺨이라도 갈기듯 귓전에 울려오는 투박한 남자 목소리를 듣고 그는 갑자기 망연해져서 한동안 손에 들린 수화기를 멀뚱히 내려다보았다.

"여보세요! 여보세요……"

그는 침착을 가장하여 스스로를 기만하는 여유작작한 자세로, 다급한 소리를 토하는, 살아 있는 하나의 생물체 같은 수화기를 원래의 자리에 도로 걸었다. 그러고는 재빨리 전화 부스에서 나왔는데, 나와서 생각해보니 자기가 전화통에 대고 무슨 얘길 한 것도 같고 안 한 것도 같은, 참으로 얼쩍지근한 기분이었다.

5

 그날 밤이었다. 더 좀 정확을 기한다면, 그날 밤과 그 이튿날 새벽 사이의 일이었다.
 그날 자정이 조금 못 되어 우리 시의 시민들은 해괴하기 짝이 없는 한 사건의 현장에 끼이는 행운을 저절로 얻을 수 있었다. '심야의 노래 동산'이라는 제목으로 지방 방송국에서 내보내는, 젊은이들 상대의 전화 리퀘스트 프로였다. 체질적으로 잠이 없거나 특별히 잠을 못 이룰 만한 무슨 사연을 가진 극소수의 시민들이긴 하지만, 그들은 라디오를 켜놓고 있다가 무심코 다음과 같은 대화를 듣게 되었다.
 "윤심덕이 부른 '사의 찬미'를 듣구 싶어요."
 "'사의 찬미'라…… 본 아나운서는 제목만 듣고도 가슴이 이상해지는군요. 굉장히 옛날 노래를 신청하셨는데, 이 곡 특별히 누구한테 선물할 사람 있습니까?"
 "아녜요, 그냥 저 혼자 들으면서 즐길래요."
 "네에, 그러세요. 어디 사는 누구신지요?"
 "그냥 세미라구만 밝히겠어요."
 "그럼 '사의 찬미' 준비하겠습니다. 그런데 세미 씨는 이런 노래를 신청하게 된 무슨 특별한 사연이라도 있나요?"
 이 대목까지만 해도 얼마든지 예사로 들을 수 있는 대화였다. 그런데 문제는 다음부터였다. 약간은 흐트러진 어조의, 어딘지 모르게 단정치 못한 냄새를 풍기는 계집애 음성이 느닷없이 귀가 번쩍 뜨일 만한 말들을 팡팡 쏟아내기 시작한 것이다.

"저 지끔 동맥을 끊었어요. 피가 빨갛게 수돗물에 풀려나가는 게 기분이 그럴 수 없이 좋아요. 실연을 당했거든요. 어떤 고학생을 사랑했어요. 너무너무 사랑했어요. 학비두 대주고 생활비두 보태줘가면서 열심히 뒷바라질 했어요. 그랬는데 학교를 나오구 출세를 하자마자 저를 배신해버린 거예요. 음악 잘 듣겠어요. 마지막 가는 길에 장송곡으로 삼으면서 조용히 세미는 눈을 감을래요."

"여보세요, 세미 씨! 세미 씨! 잠깐만 내 말을 들어요!"

일이 이렇게 되어 인간애에 넘치는 그 아나운서는 우선 세미 양과의 대화를 계속해나가는 데 갖은 수단과 방법을 다하는 한편 동료를 시켜 경찰에 연락을 했다. 신고에 접한 경찰이 전신전화국의 협조를 얻어 통화자의 소재를 파악하기까지엔 무려 두 시간 이상이 소요되었고, 그 동안 내내 아나운서는 진땀을 쏟아가며 방송사상 전무후무한 내용을 그것도 생방송으로 내보내는 곤욕을 치르지 않으면 안 되었다.

6

구경꾼들이 산호다방이 들어 있는 낡은 목조 건물 주위를 꽉 메우고 있었다. 아래층 여인숙 바로 앞 도로엔 사방으로 새끼줄이 쳐져 있고, 네모 반듯한 그 출입 금지의 영역 안엔 피 묻은 가마니때기 하나가 아무렇게나 버려져 있었다. 피는 가마니뿐만이 아니라 주변 길바닥에 작은 도랑을 이룬 흔적을 남긴 채 햇볕에 검붉게 말라붙어 있었다. 그리고 유리 조각이었다. 산산이 부서져나간 유리창의 파편들이 도로에 가득 널린 채 때마침 쏟아져내리는 햇빛을 받아 앙증스럽게 반짝이고들 있었다. 시체는 이미 치워버린 뒤였다. 그러나 길 위에 굵은 백묵으로 그려놓은 동그라미와 화살표 들이 아직도 선명한 채로 남아 있어 시신이 놓였던 위치를 짐작하기는 어렵지 않았다.

시골 국민학교 교사 김시철은 구경꾼들 틈서리를 비집고 매일같이 드나들던 단골 다방으로 올라갔다. 경찰에 증인 자격으로 불려갔다 이제 막 돌아온 참이라는 여인숙 안주인이 혼자서 휑뎅그렁한 다방을 지키며 창문의 커튼을 뜯어 내리고 있다가 때마침 들어서는 그를 허탈한 표정으로 맞았다. 오래전부터 서로 안면이 있는 처지였다.

"너무나 끔찍해서 처음엔 기함할 뻔했다우. 와장창 소리가 나길래 뛰어나가봤더니 아, 글쎄, 피투성이로 쓰러져 있지 뭐유. 주방 창문을 떠안은 채 곧바로 뛰어내렸으니 더 말해 뭘 해요. 거꾸로 처박힌 걸 보면 도망칠 생각이 아니라 자살할려고 그랬던 게 틀림없다니깐요. 쯧쯧."

한바탕 혀를 차고 나서 여인숙 여자는 다른 커튼을 뜯어내기 시작했다.

"아니, 그건 왜 뜯는 겁니까?"

"경찰서에 함께 있다 나만 먼저 나오게 되니까 손 마담이 특별히 부탁을 하데요. 나가는 대로 카텡을 치워달라고요. 카텡뿐만이 아녜요. 전등도 사람을 사서 말짱 다 치우래요. 뭐라드라, 도시에는 역시 그늘이 있어야 된다나요……"

"미스 현은 그뒤 어떻게 됐습니까?"

"마담하고 경찰에 같이 있는데, 현양 그년이야 뭐 지금도 느물느물하죠. 신고를 받고 경찰들이 들이닥쳐서 보니까 아, 글쎄, 동맥을 끊긴커녕 술이나 따뤄 마셔가면서 그때까지 방송국에다 전화질하느라고 해롱해롱하고 있더래요. 현양 그년 지랄 바람에 아까운 생목숨 하나만 개평으로 잃었죠. 개쌍년 같으니!"

"반드시 미스 현 탓만은 아닐 겁니다. 혹 누가 압니까, 따로 밀고 한 사람이 있을지……"

여인숙 여자의 숙였던 얼굴이 곤추 들려졌다.

"설마……"

그 여자는 또 하나의 새로운 충격으로 하얗게 질리면서 저울질하듯 하는 눈으로 김시철의 아래위를 의심스럽게 바라보았다. 그는 곧 발길을 돌려 다방 출입문을 밀며 밖으로 나왔다. 삐거덕거리는, 낡을 대로 낡은 층계를 밟고 내려가는데 문득 상의 안주머니에 넣어둔 사표 생각이 났다. 그는 마침 생각난 김에 그걸 꺼내어 갈가리 찢어서 층계 아래로 흩뿌려버렸다.

7

사건 이후 시골 국민학교 교사 김시철은 며칠 동안 신문을 눈여겨 봤으나 주방장의 투신 자살은 끝내 사회면 일단 기사에도 오르지 않았다.

내일의 경이(驚異)

어떤 퇴물 복서

　남향한 창문에 드리워진 어둠발로 보면 엔간히 한잠 자고 난 뒤끝인 듯했다. 그러나 아직도 온몸 골골샅샅에 깝북 밴 채 응어리로 남아도는 한 주일의 피곤의 양으로 보아서는 이제 겨우 막 눈을 붙이려던 참인 듯도 싶었다. 고놈의 텔레비전이 노상 말썽이었다. 텔레비전에 관한 한 아내와 아이는 물과 불이었다. 아내는 쫄쫄 쥐어짜는 연속극과 어느새 죽고 못 사는 처지였다. 고놈의 바보상자가 코허리가 시큰하게 울려주는 동안이면 아내는 주부 입장에서 마땅히 긁어야 할 바가지도 까맣게 잊기 일쑤였다. 반면에 아들 녀석은 또 스포츠 중계방송 쪽을 군것질 이상으로 즐겨했다. 중계 중에서도 특히 권투를 무지무지하게 좋아해서 닭싸움같이 싱겁게 끝나는 국내 순위 결정전이건 국제적인 대시합이건 간에 권투 중계라면 밑 모르게 빠져드는 것이었다. 반년 이상을 더 기다려야 취학 통지서가 나올 나이인데, 어찌 된 녀석인지 서로 치고 패고 겨루는 걸 그렇게도 즐길 수가 없었다. 색종이처럼 분분히 쏟아지는 관중들의 환호와 강렬한 조명 속에 누군가의 손이 번쩍 들리면서 승자와 패자의 구분이 확연해지는 순간을 지켜보는 그런 재미 때문이리라. 녀석의 세계에서는 무조건 이긴 사람이 우리 편, 진 사람은 적이었다. 아내의 눈엔 그게 늘 못마땅해서 교육상의 해독을 들어 슬그머니 연속극 쪽으로 채널을 바꾸려는 음모를 꾸미는 것이지만, 글쎄, 나로서는 치고 패는 것과 쫄쫄 쥐어짜는 것 가운데 어느 쪽이 얼마만큼 유익하고 또 유해한지 따져본 적이 없다.

영락없이 그날도 그랬다. 서로들 자기 나이를 잊고 별안간 동년배 사이가 된 두 모자가 맞대거리로 다퉈쌓는 소리를 나는 한참 전부터 듣고 있었다.

"그럼 나 찻길에 나가서 뛰어놀 거야."

아들 녀석이 제 어미를 위협하는 소리였다.

"맘대루 하렴."

"그럼 나 유괴될 거다, 시이. 모르는 아저씨가 과자 사주면 막 따라갈 거다, 시이……"

어른 같은 아이나 아이 같은 어른이 한 치 양보도 없이 빡빡 우기고 악지세우는 그 소리가 휴일 오후의 낮잠을 여간만 헤살하는 게 아니었으나 나는 당최 거기에 개입하고 싶지 않았다. 처음부터 내겐 그 아무개처럼 한 집안을 옴쭉 못 하게 단속하고 잡도리하는 재간이 없는 탓이기도 했다.

잠결에 들어봐도 아들 녀석의 외고집 쪽이 승하는 기색이었다. 그러더니 결국 레프트 훅에다 라이트 어퍼를 외치는 소리가 울리기 시작했다. 졸음 속을 비집고 드는 중계방송 소리는, 그것의 본색이 몹시나 격렬하고 긴박감 넘치는 것임에도 불구하고 아주 한가하고 태평스럽게만 들렸다. 어렴풋한 상태에서 나는 그걸 듣는 둥 마는 둥 하다가 또다시 잠의 늪 속에 느긋이 잠기고 말았다.

그래서 아내가 냅다 내지른 맨 처음의 소리는 새겨들을 겨를이 없기도 했다. 다만, 그것이 노골적으로 나를 지목하고 쏟은 말이란 것만을 막연히 깨닫는 정도였다. 그리고 무엇엔가에 호되게 놀란 나머지 마치 연애 시절에 내가 맨 처음 기습적으로 자기 입술을 훔쳤을 당시같이 새가슴마저 할딱거리고 있음을 얼핏 눈치 채는 그런 정도였다.

"맞았어요, 문씨가 틀림없다니깐요!"

그러자 아내의 두번째 외침이 내 잠을 완전히 결딴내버렸다.

"저것 좀 봐요, 여보!"

"방금 뭐라구 그랬지?"

"문씨라구요! 문씨란 말예요!"

그렇다면 나를 잠에서 깨운 첫번째 소리가 어떤 것이었는지 대충 짐작이 간다. 어머머, 저게 누구야, 하면서 한바탕 오도깝을 떨었을 것이었다. 텔레비전을 두고 하는 말이 분명한데, 고놈의 바보상자 속에서 엉겁결에 뭔가를 끄집어내고는 그걸 들고 있어야 할지, 버려야 되는 건지 몰라 쩔쩔매는 꼴이었다.

"문씨가 뭘 어쨌다는 거야?"

"있잖아요, 왜 당신 친구 문씨…… 그 양반이 지금 텔레비에 나왔다구요!"

절대로 반갑다거나 희한해서가 아니었다. 다른 사람이라면 또 모른다. 하지만 아내가 얘기하는 사람이 어김없는 문씨―그러니까 내 옛날 친구 문명남(文明男)이 그 녀석임에 틀림없다면 이건 확실히 놀랄 만한 가치가 충분한 일이었다. 나는 텔레비전 앞으로 바싹 다가들었다.

그러나 우리 집 알량한 12인치 화면 속에서 내가 본 것은 엉뚱하게도 권투 시합 광경이었다. 여태껏 중계가 계속 중이었다. 눈에다 버팀목을 대고 화면 전체를 이 잡듯이 훑어봐도 비슷한 사람조차 안 보였다. 결과적으로 화면 속에서 내가 확인한 것은 아내가 말하는 문씨―그러니까 나하고는 국민학교, 중학교, 고등학교 내리 12년 동기 동창인 문가 그치가 아니었다. 권투와는 눈곱만큼도 안 어울리게, 그저 나긋나긋하게만 생긴 아나운서와 역시 입담이나 말발과는 거의 인연이 안 닿도록 짝없이 험상으로만 생겨먹은 해설자의 얼굴이 화면에 그득했다. 그리고 언제 봐도 한 대 콱 쥐어박아주고 싶은 꼽사리꾼들의 모습이 보였다. 주로 민대가리 꼬마둥이나 학생 들인데, 개중에는 제법 차린다고 차려 입은 신사분도 끼여 있어서 더 좀 유리한 각도를 잡을 속셈으로 애들 틈바귀에서 알게 모르게 밀고 당기며 모니터와 카메라 쪽을 번갈아 기웃거리다가, 만족해서도 아니고 그렇다고 반드시 불만이어서도 아닌 애매한 웃음을 실실 흘리다가, 이번에는 주머니에서 휴대용 빗을 꺼내어 슬그머니 하이칼라 머리를 손본 다음 전보다 더 유리한 각도를 향하고 아나운서와 해설자 사이로 쓰리꾼처럼 파고드는 어른도 눈에 띄는 것이었다. 아무러면 설마 그런 부류들 속에 내 고향 친구 문명남이가 섞여 있을 성싶지는 않았다.

"당신 혹시 잘못 본 거 아냐?"

"천만에요. 화면이 바뀌면 인제 또 나올 거예요. 틀림없대두요."

미상불 아내의 장담이 채 끝나기도 전에 화면은 바뀌었다. 그러나 아내의 예측과는 달리 이번에는 링 위였다. '10'이라고 쓴 나무판대기 하나가 링을 한 바퀴 돌다가 내려가는 순간이었다.

"정신 바짝 차리고 보셔야 돼요. 아, 글쎄, 나도 첨엔 감쪽같이 못 알아봤지 뭐예요."

한결 맥이 풀린 말씨였으나 아내는 여전히 흥분을 가라앉히지 못하는 기색이었다. 그것이 마지막 라운드임을 아나운서는 특별히 강조하고 있었다. 이강민 선수가 과연 마지막 라운드 종료의 공이 울리는 그 순간까지 훌륭히 버텨낼 수 있을 것인지 어쩔 것인지 자못 궁금하다고 떠들었다. 이 선수가 과연 앞으로 몇 번째의 다운을 딛고 몇 번째로 일어서는 몇 전 몇 기의 기록을 세울 것인지 시청자 여러분과 함께 다 같이 기대해보자면서 그는 사뭇 치를 떨었다. 그는 근무자로서 보기 드물게 공정을 잃고 있었다. 자기에겐 다운을 뺏는 선수권자 따위는 애시당초 안중에도 없으며 오직 수없이 다운을 당하는 도전자만이 관심의 전부라는 듯 매우 편파적인 중계를 서슴지 않았다. 이윽고 공이 울리고 두 선수가 동시에 링 중앙으로 내달아나왔다. 곧이어 접전이 벌어졌는데, 상대하는 두 선수의 모습이 얼른 느끼기에 무척 희극적이었다. 널리 수소문해서 일부러 짝을 맞춘 것같이 하나는 땅딸보고 다른 하나는 꺽다리였다. 그래서 흡사 절구통과 절굿대의 춤을 보는 듯한 기분이었다. 하나가 때리면 다른 하나가 맞고, 하나가 다가서면 다른 하나가 재빨리 뒷걸음질을 쳤다. 권투라는 게 원래 그런 것이고, 어느 시합에서나 물리게 보아온 풍경이었다. 그저 그랬다.

"에이, 시시해."

여섯 살배기 아들 녀석이 시시해서 못 보겠다고 연신 투덜거렸다. 녀석이 시시하다면 정말 시시한 것이었다. 나는 더 이상 참을 수가 없었다.

"설마 저 땅딸보 보구 문씨라고 그런 건 아니겠지? 설마 저 꺽다릴 보구 문씨라고 그런 건 또 아니겠지?"

"원 당신두, 누가 문씨 그 양반을 모를까 봐 그러우?"

"없잖아. 눈에다 쌍심지를 켜고 봐도 없는 게 분명하잖아."

"글쎄 조금만 더 기다려보세요."

"당신 눈이 밝다 치자. 그래 문가 그 친구가 텔레비에서 뭘루 나오더노? 권투 선수 아니면 그럼 매니저야? 세컨드로라도 나왔단 말인가?"

"매니저 아니야! 세컨드 아니야!"

"옳지, 엄마보단 네가 낫겠다. 너 문씨 아저씨, 앨범에서 본 적 있지? 그 아저씨 정말 텔레비에 나오데?"

"문씨 아저씨 누군지 몰라. 엄마가 괜히 그래. 엄만 순 공갈이야."

녀석이 심통을 부렸다. 아들 녀석의 지청구에 아내는 대척하지 않았다. 다만 텔레비전이 소원대로 제격 문씨를 내보내주지 않는 게 안타깝다는 표정이었다.

"전 지끔두 뭐가 뭔지 통 모르겠어요. 뜨개질하다 보니까 사람들이 별안간 죄 일어나더니 와와 꽘을 질러대지 않겠어요. 키가 큰 쪽이 바닥에 벌렁 나자빠져 있고 심판이 그 앞에서 손가락을 하나하나 꼽아 보였어요. 그때였어요. 웬 남자가 부르르 앞으로 달려나가더니 손바닥으로 마룻바닥을 탕탕 때리면서 쓰러진 사람한테 뭐라고 뭐라고 막 괌질을 치는 거예요."

"그 사람이 문씨더라 그 말이지?"

"그래요, 문씨였어요. 첨엔 나두 몰랐는데 카메라가 눈 깜짝할 새 그 사람을 주연 배우처럼 키워놓더니 계속 붙잡고 있잖아요. 어디서 많이 본 얼굴이다 싶은데 얼른 생각이 안 나요. 저게 누구더라, 저게 누구더라, 하면서 조바심치는 참인데 쩍 벌어진 입 속에서 삐드러진 송곳니가 드러나더군요. 그제서야 깨달았죠. 그 토끼 같은 겁쟁이 눈하며 갈쭉하게 흐른 턱하며, 갈데없는 문씨 그 양반였어요."

나는 풀썩 웃고 말았다. 그렇게 웃을 수밖에 없었다. 문씨란 걸 믿게 하려고 끝내 진지해지려는 아내나 잠시나마 덩달아 흥분했던 나 자신이나 그 모두가 한낱 웃음거리에 지나지 않았다. 역시 아내는 아무 데나 집어던져도 무방한 허섭스레기를 주워들고는 내내 쩔쩔매고 있었음이 거의 명백해졌다. 증거로 뻐드렁니를 내세우고 있는데도 불구하고 나는 아내의 눈을 일단 우습게 알아버리기로 마음먹었다. 문명남이를 꼭이나 문명남이답게 소개할 요량이었다면 텔레비전은 그 뻐드렁니 쪽보다는 차라리 참외 모양으로 톡 볼가져나온 그의 배꼽노리께를 중점적으로 비추는 게 한결 생색 있을 뻔했다. 원래 그는 운동 종류라면 맨손체조에도 서툰 위인이었다. 운동엔 소질도, 그렇다고 취미조차도 없는 그가 부러 권투 시합장에 나타나 더군다나 일선 관계자나 되는 양 불운한 선수를 상대로 만좌중에 수작을 건넬 지경이라면 여태껏 나는 그를 헛 알아왔던 셈이 된다.

스포츠 중계가 아닌 다른 프로에 나왔다면 혹시 또 모른다. 그는 시인이었다. 치고 패는 장면보다는 가급적이면 그가 무슨 교양 프로 같은 데 어엿한 초대 손님 자격으로 등장했기를 은근히 바라는 심사였는지도 모르겠다. 아무튼지 그는 일찍이 그 재질을 인정받은 바 있는 한 사람의 기성 시인이었다.
"시시하다, 시시해!"
 내 보기엔 만판 시시하기만 한 것도, 그렇다고 또 전혀 시시하지 않은 것도 아니었다. 그런데도 아들 녀석은 늘 입에 발린 소리로 시시해서 못 봐주겠다는 것이었다. 공정히 얘기해서 그것은 서로 지겹지 않을 만큼 적당히 소강을 유지하다가 후닥닥 맞붙어 알맞게 한바탕 싸우고는 물러나기를 번차례로 하는 그런 시합이었다. 특별히 이쁨 받게 잘하는 선수는 껑다리였다. 수없이 나자빠지긴 했을망정 그의 동작은 여전히 기민했다. 누가 보든지 틀림없이 복부를 겨냥하고 치는 것 같은데 정작 상대방이 맞는 자리를 보면 면상이었고, 물새 마냥 긴 다리를 재게 놀려 요리조리 내빼는가 하면 어느새 껴안을 듯이 다가들어 이번에는 면상을 노리는 척하면서 실상은 복부를 있는 힘껏 후려갈기는 것이었다. 그것은 일종의 무용이 아닐 수 없었다. 예사 재주 가지고는 몇 차례씩 다운까지 당해가면서 그렇도록 유연한 몸놀림을 지니기 어려울 것이었다. 그는 우아하게 때리고 우아하게 도망쳤다. 심지어는 속임수마저도 매우 우아한 방식으로 수행하곤 했다. 그러나 그 자신이 쓰러지는 장면만큼은 결코 우아하게 연출해내지 못했다. 원체 맷집이 약한 탓이리라. 그토록 유리하게 전세를 이끌어나가다가도 불시에 들어오는 한 방 주먹에 속절없이 나가떨어져 추태를 보이곤 했다. 되로 주고 말로 받는 꼴이었다. 그의 마지막 다운은 그 자신이 상대방을 향해 마구 소나기 펀치를 내리꽂던 유리한 상황 속에서 실로 눈 깜짝할 새 이루어졌다. 등신처럼 얻어터지고만 있던 땅딸보가 그 피투성이 얼굴로 한 차례 씨익 웃고 나더니 별안간 깡충 뛰면서 턱을 명중시켜버린 것이다. 어찌 보면 자신의 비참함을 한껏 돋보이려고 짐짓 그러는 듯한, 참담하기 그지없는 자세였다. 흡사 동바리가 빠져버린 갱정(坑井)처럼 그가 삽시간에 와그르르 허물어져내리자 곧 주심의 카운트가 시작되었다.

"저기저기 저 사람예요!"

실은 나 역시 꺽다리가 쓰러지는 그 순간부터 행여 하는 마음으로 링 주변에서 낯익은 얼굴 하나를 뒤져 찾고 있던 참이었다.

"문씨 그 양반이 지끔 또 달려나가구 있어요!"

아내의 지적이 있기 진작 전에 벌써 나는 그 인물을 주목하고 있었다. 허리가 꾸부정히 휜, 장발에 가깝게 더부룩한 뒤통수의 사내였다. 거기에다 가죽잠바 차림이었고, 좀 야해 보이는 금속테의 안경까지 처억하니 걸치고 있었다. 조금 전 아내의 말마따나 맨 앞줄 좌석에 앉아 있었을 그는 처음에는 발딱 일어서는 뒷모습만을 보이더니 청 코너 쪽을 돌아 중립 코너, 즉 꺽다리가 나자빠져 있는 곳으로 눈부시게 뛰면서 옆모습과 앞모습을 차례로 드러내었다. 곧이어 사내의 몹시 서둘러대는 듯한 얼굴이 캔버스와 로프 사이 좁은 공간으로 디밀어졌고, 그는 쓰러진 사람을 향해 큰 소리로, 그리고 아주 빠른 말씨로 뭐라고 거듭 외치는 입 모양을 했는데, 때마침 소란의 절정에 다다른 장내 분위기가 그의 말소리를 죄 삼켜버려 마치 무언극 속의 한 장면인 듯 요령부득이었으나, 대충 짐작컨대 그것은 약자에 대한 격려 아니면 강하지 못한 자에게 던지는 야유 혹은 비난일 것이었다.

그 사내의 모습이 화면에 비치기는 그 대목까지가 전부였다. 역시 아내의 말마따나 전번처럼 주연 배우 규모로 키워놓기를 은근히 기대했는데 카메라는 그를 묵살한 채 카운트를 끝내고 막 일어서는 찰나의 주심한테로 급작스레 회전해버렸다. 다음은 주심에 의해 땅딸보의 손이 번쩍 들리는 장면, 그 다음은 누가 옆에서 거들어주지 않아도 제가 스스로 알아서 양팔을 번쩍번쩍 치올려가며 링을 몇 바퀴씩 도는 승리자의 득의만면한 표정이 소개되었다. 그리고 마지막으로 꺽다리 쪽을 다시 주연 배우 삼아 엄청나게 확대시켜놓았는데, 비록 들러리 자격으로나마 가죽잠바에 금속테안경의 그 사내를 장면과 장면 사이에 끼워주는 일에조차 카메라는 끝내 인색했다. 관중들이 웅성웅성 일어나 자리를 뜨는 그 동안에도 꺽다리 선수는 관 속에 든 모습 그대로 캔버스 위에 매우 반듯이 누워 일어날 줄을 모르고 있었다.

"아깟번에도 가죽잠바 차림이었었나?"

내가 마지막으로 아내에게 던진 질문은 이런 것이었다.

"가죽잠바요?"

순간 아내의 눈이 회동그래졌다.

"글쎄요, 보긴 분명히 봤는데……"

나는 더 이상 아내의 미욱함을 탓하지 않았다. 그리고 방금 전에 눈이 뭣 같고 턱이 어떻더라던 사람의 대답이 기껏 그 모양인데도 나는 웃고 싶은 생각이 아니었다. 결국 그것으로 우리 내외의 문답은 다 끝난 셈이었다. 가죽잠바에 금속테안경의 그 사내는 얼마든지 문명남일 수 있었고 또 얼마든지 문명남이 아닐 수도 있었다. 겨우 증명판 사진만하게 잠시 비치다 만 그 얼굴 가지고는 뭐라 단정을 내리기 어려우나 전에는 안 걸치던 그 야한 생김새의 안경을 제거해버린다면 대체나 문명남이 그치이지 싶기도 한 모습이었다. 그러나 그렇다면, 만약에 그 사내가 틀림없는 문명남이 그라면 문제는 꽤나 복잡해진다. 지금쯤 어디서 얌전히 들어앉아 시나 긁적이고 있는 줄로만 알아온 그가 도대체 이강민이란 이름의 권투 선수와 어떤 이해 관계가 있기에 그처럼 소매를 걷어붙이고 나서서 고래고래 악을 쓴단 말인가. 아무래도 그 해괴에 가까운 광적인 태도는 이해할 수가 없었다. 그런저런 이유로 내 생각은 점점 문명남이가 아닐 거라는 쪽으로 기울어갔다. 적어도 내가 아는 문명남이는 그런 짓이나 하고 다닐 사람이 아니라고, 웬일인지 절대로 아니라고 강력하게 믿고 싶은 심정이었다. 과거에 많이 불우했고 이제도 별로 형편이 나아지지 못한 박행한 친구에게 보내는 한 오라기 나의 우정으로서는 그렇게 힘껏 믿어주는 편이 백번 옳을 성싶었다. 북새통 한복판에 천둥개처럼 뛰어들어 상식 이하의 참견을 서슴지 않는 그런 사람이 처음부터 내 친구일 리 없었다.

그러나 솔직히 말해서 문명남이의 근황에 관해서 나는 별반 아는 게 없다. 만난 지도 오래일 뿐더러 간접적으로 전해 들은 소식 또한 별로 없다. 다만, 몇 달 전엔가 내가 근무하는 학교에서 구독하는 모 일간지의 신춘시란에 실린 그의 작품을 읽은 적이 있다. 벌써 제목도 잊었고 내용도 정확한 기억이 못 되지만, 그는 그 작품을 통해 단편적이나마 자신의 근황을 밝히고 있었다. 자기는 요즘 조반으로 우유와 빵 대신에 한 대접의 부끄러움을 벌컥벌컥 들이켜며, 점심에도 저녁에도 그 부끄러움을 늘 주식으로 삼고, 그래도 남아돌아 턱에까지 차는 부끄러움으로 마치 벽에다 똥칠하는 망팔의 할망구처럼 밤마다 셋방 벽에 도배를 하면서 기진할 때까지 혼자 킬킬킬 웃는다는, 대충 그런 줄거리의 매우 과격한 작품이었다. 그걸 마지막으로 그에 관해서는 아는 게 거의 없이 까맣게 잊은 채 지내온 셈이다. 어쩌면 나는 오래 묵은 고향 친구인 문명남이 쪽보다는 오히려 생판 일면식도 없는 한 권투 선수에 대해서 더 많은 걸 알고 있는지도 모른다. 맞다. 이강민이란 한 인간의 어제와 오늘에 대해서 나는 제법 많은 걸 시시콜콜 알고 있다. 물론 모두가 들은풍월로, 권투 전문인 아들 녀석의 귀띔 덕분이었다. 거듭 말하거니와, 아직도 한참을 더 기다려야만 겨우 국민학교에 들어갈 나이인데 어떻게 된 건지 녀석은 권투라면 그저 사족을 못 쓰는 형편이었고, 그냥 폼으로만 그러는 게 아니라 경기 용어 및 규칙은 물론 유명 무명의 선수 개개인의 장기 혹은 결점까지를 웬만한 해설가 따위는 그야말로 저리 가도록 뜨르르 꿰는 것이었다.

역시 아들 녀석의 귀띔에 의할 것 같으면, 이강민 그는 링 캐리어가 풍부한 선수임에 틀림없으나 풍부한 그만큼 이기기보다는 지는 도수가 압도적으로 많은 선수였다. 매 시합마다 거의 맡아놓고, 그것도 넉아웃으로 지기만 하다가 어느덧 늙어버렸고, 그래서 이젠 권투 선수치고는 환갑 진갑 다 넘겨 마땅히 은퇴해야만 할 나이인데, 그러면서도 아직 무슨 미련이 남았는지 그 권투라는 걸 버리지 못하고 틈만 나면 기를 써가며 선수권에 도전해서 또다시 보기 좋게 나가떨어지기를 끼니를 맞든 되풀이하는 사람이었다. 아마 괴짜라는 말 이상으로 더 적절히는 그를 설명할 수 없으리라.

그것은 말하자면 자살 행위나 매한가지였다. 매우 교묘하고도 혹독한 수법으로 자기 자신을 한쪽에서부터 차근차근 죽여가는, 잔인하기 짝이 없는, 일종의 살인 행위가 아닐 수 없었다. 그의 시합 장면을 보고 있노라면 저절로 가장 근원적인 의문 같은 것에 부딪히지 않을 수 없게 된다. 대체 저런 사람이 뭣 때문에 권투 같은 험한 싸움 마당에 애당초 발을 들이게 되었을까, 그리고 설령 얼김에 잘못 뛰어들었다 해도 이제 그만하면 실컷 뜨거운 맛을 보고도 남았을 텐데 왜 여태껏 그 구렁에서 발을 빼지 못하고 빌빌 싸는 것일까 하는 그런 의문 말이다. 취미 삼아 얻어맞고 재미로 져주는 게 권투가 아니라는 것쯤 알 만한 사람이면 아마 누구나 다 그런 생각을 가졌을 것이다.

우선 생긴 모양부터가 어쩌면 권투에는 부적격인지도 모른다. 흑백 화면으로만 봐도 허여멀쑥하게 생긴 외모를 대뜸 느낄 수 있고, 어디라 한 군데 맺힌 구석 없이 새댁처럼 그저 얌전스럽게만 생긴 위인이었다. 어느 국영 기업체의 경리 담당이나 에누리 없이 정찰제로만 판매하는 전문품 상점의 주인으로 앉아 있기 딱 십상인 그런 인상이었다. 그 심성 또한 외모 닮았는지 남들같이 실수인 척, 우연인 척하면서 반칙을 저지른다거나 한창 위기에 몰렸을 때 비열 행위로 곤경을 모면해나온다거나 할 줄도 모르고 고스란히 당하기 예사였다. 오직 처음부터 끝까지 아버님 말씀이나 교과서에 적혀 있는 그대로 원리 원칙만 좇아서 경기 전반을 꾸려나갈 뿐이었다. 그의 그런 면을 빗대어서 사람들은 더러 육사생이란 별명으로 부르기도 하는 모양이었다.

참으로 희한한 일이 아닐 수 없었다. 다른 사람 같으면 어림 서푼어치도 없을, 꼭 이강민 그의 경우에 한하여만 가능한 일이기도 했다. 승부의 세계에서는 치명적이라 할 패배의 기록의 점철인 그 육사생을 사람들은 항상 너그럽게 용서해주고, 용서로 그치는 법 없이 외려 전보다 더한, 캐시밀론 모포 같은 사랑으로 두툼히 감싸 그가 일차 더 재기해서 다시 한 번 링 위에서 만좌중에 보기 좋게 뻗을 그 동안까지 탈없이 보호하고 성원을 아끼지 않는, 흡사 학부모 집단 비슷한 역할을 언제나 기꺼이 담당해나온다는 것이었다.

그와 같이 해줌으로써 득을 보고 재미를 느끼게 되는 쪽이 정작 누구인가를 따지려는 게 아니다. 자기 스스로는 결코 흘릴 수 없는 피, 또 흘려서도 안 되는 피를 남에게 대신 흘리도록 조처해놓고는 환호작약하는 사람들의 저 본성 따위에 대해 언급하려는 의도도 아니다. 나는 다만 궁금할 따름이다. 똑같은 상황 아래인데도 다른 선수에겐 불가능한 그 일이 어째서 유독 육사생 그의 경우에만 가능한지 그 이유를 모르겠다는 것이다. 대관절 어째서일까.

중계방송을 통해서이긴 하지만, 그의 시합 장면을 두어 차례 구경한 적이 있다. 문외한의 안목으로 봐도 그의 폼은 늘 잽싸고 매끄럽기 짝이 없었고, 변주곡이라도 타듯이 전혀 예측지 못한 대목에서 천부의 재질 아니면 감히 흉내도 못 낼 갖가지 주먹들이 짭짤히 튀어나와 관중들로부터 크게 이쁨을 사곤 했고, 점수면에서는 그럴 수 없이 유리한 시합을 치러나가곤 했다. 그러나 거의 다 손에 넣은 듯이 보이던 그의 유리는 언제나 물거품 그 이상의 것이 못 되었다. 역시 아무도 예측 못 한 대목에 가서 몬심 잔뜩 먹고 치는 상대의 일격에 허망하게 드러눕고 마는 것이었다. 개중에는 배반감을 맛보는 사람도 있을 것이고 더러는 측은지심을 느끼는 사람도 있을 것이었다.

문제는 언제나 그 다음이었다. 요란 떨며 쓰러질 그 임시에는 아주 골로 가는가 싶게만 보이던 사람이 어느 겨를엔지 무섭게 용을 쓰면서 되일어나 보이는 그것으로 관중들은 또 한 차례 그에게 이쁨을 선물하곤 했다. 감상 같은 걸 죄 떨어낸 머리 가지고 생각한다면, 도대체 쓰러질 때는 언제고 일어설 기운은 또 어디서 솟는 건지 도무지 이해가 안 가는 광경이기도 했다. 그만한 기운이라면 처음부터 쓰러지질 말든지, 그렇게 무참히 쓰러질 바에는 아예 끝까지 일어설 생각조차 말든지 할 일이지.

사람들을 사로잡는 그의 매력의 포인트가 주로 어느 구석에 감추어져 있는지 나로서는 족집게처럼 집어낼 재간이 없다. 보는 관점에 따라 그것은 섬광인 양 순간순간마다 번뜩이는 그 화려를 극한 기교일 수도 있고, 쌈패치고는 많이 상식을 벗어나게 단정한 용모와 교양의 냄새일 수도 있고, 또는 정한한 의지로 똘똘 뭉쳐진 그 오뚝이다운 정신일 수도 있겠다. 오뚝이 얘기가 났으니 망정인데, 사실 그는 천신만고 끝에 기회를 잡아 선수권에 도전해가지고는 그만 풀기 없이 나가떨어져 하위 랭킹으로 멀찌감치 밀려났다가 또다시 죽살이를 쳐 도전권을 얻기를 이날 입때껏 되풀이해온 것으로 알려진 사람이었다.

아무튼 그는 번번이 지기만 하는 복서이면서도 변함 없는 인기로 고정된 수의 팬들을 유지해나갈 줄 아는, 매우 특이한 존재였다. 그런저런 이유로 그 나이에 그 같은 전적인데도 아직은 은퇴를 권유하는 친절을 베푸는 사람이 아무도 없는 눈치였고, 그의 시합이 있을 적마다 경기장은 늘 초만원 사례의 대성황을 이루곤 하는 거였다. 이기는 선수를 보려는 게 아니라 지는 선수를 보겠다는 별난 취미의 인간들로 자리가 메워지는 셈이었다. 그러는 그네들의 심보는 터놓고 말해서 다른 엉뚱스런 데 두어진 것인지도 모른다. 누가 알랴, 묘기가 어떻고 의지의 매력이 어떻고는 다아 나발 같은 수작이며 실상은 애시당초 그가 한 마리 희생의 짐승이었는지를. 처음부터 아주 몰캉히 보였기 때문에 사람들에 의해 그는 손쉽게 제물의 일종으로 택해진 것으로서, 일단 점찍어놓은 그 짐승이 부정 탐이 없이 통통히 살찌고 있는지 어떤지를 확인할 요량으로 사람들은 매번 그렇게 우리에 들르는지도 알 수 없다. 그의 매력에 끌려서건 그를 동정해서건, 아니면 일종의 희생물 신세이건 간에 그를 대하는 사람들의 태도는 그 책임의 거개가 육사생 이강민 그 자신에 있음은 더 말할 나위 없겠다.

그림자의 사람 · 저지르고 용서받기 · 변모

해도 그만, 안 해도 그만인 몇 마디 얘기 끝에 나는 지나가는 말처럼 친구에게 물었다.
"자네 혹시 권투 좋아하나?"
지척의 거리에 있으면서도 참으로 오랜만에 듣는 친구의 목소리가 수화기 속에서 성난 오빠시 떼처럼 잉잉거렸다.
"권투? 물론 구경하는 쪽 얘기겠지? 뭐 좋지도 싫지도 않은 편이야. 그런데 건 또 왜?"
"그저 한번 물어보는 거야. 어젯밤 텔레비에서 혹시 중계방송 보지 않았나 해서……"
"이노옴, 설마 그런 시시한 거 물어볼라고 이렇게 영감 죽고 처음 전화하는 건 아니겠지? 이래봬도 나 정명록, 그렇게 한가한 몸 아니다. 퇴근하기 무섭게 술 끼얹으러 다니느라고 고따윗 거 구다볼 틈 없어."
토목과를 나온 후로 행정 관서의 각종 건설 공사를 감독하고 준공 검사를 도맡아 하는 자리에 있으면서 근래 솔찮이 재미보는 것으로 소문난 정명록이 그 친구는 실은 나만큼도 권투에 조예가 없음을 쉽게 드러내었다. 그래서 나는 우리 동창 사회에서 소식통으로 통하는 그 친구에게 간밤의 권투 시합과 문명남이를 결부시키려는 내색 없이 그저 단도직입적으로 물었다.

"문명남이란 놈 근황에 관해서 뭐 최근에 들어온 뉴스 같은 거라도 없을까?"

"오래 살다 보니 별소릴 다 듣는군. 그치 애길 왜 기분 나쁘게 나한테 묻는 거지? 옛날부터 자넨 명남이 그치한테 매달린 끈이었잖아, 이 친구야."

대화 중에 문득 느껴지는 건, 우리가 어느덧 그런 나이에 와 있는가, 하는 감상이었다. 전엔 모두 상대방 친구를 가리켜 일률적으로 너라고만 부르던 것이 어느새 '너'와 약간 고풍을 느끼는 '자네'를 중구난방으로 섞어 쓰는데도 별로 어색잖게 생각되는 그런 어중간한 나이에 우리는 벌써 와 있는 것이다.

"말 조심해라. 명남이가 내 끈이었다."

"어느 쪽이 끈이 됐건 좌우간 각별한 사이였던 것만은 부인할 수 없겠지. 그래서 다른 사람 다 몰라도 자네만은 오늘날도 유일하게 연락이 닿는 줄로 알았는데."

"나 역시 끈 떨어진 지 이미 오래야. 생사조차 모를 정도니까."

"엄살하지 마라. 얼핏 들으니까 아직까지 죽진 않았나 보더라. 죽기가 다 뭐냐. 오늘날도 한양에서 어깨에다 잔뜩 힘주고 폼 재면서 지낸다는 소문인데."

"알량한 그 싯줄 빼고 나면 지까짓 게 잔뜩 잴 폼이나 있을까?"

그러는 순간 정명록의 목소리는 갑작스레 한 옥타브 뚝 떨어지면서 정색스런 가락을 띠기 시작했다.

"너 정말로 진짜로 오늘날까지 아무 소식 못 듣고 지냈냐?"

"글쎄 그렇다니까."

"그 거짓말 믿어주기로 하지. 허지만 진짜로 금시초문이라면 아마 불원간에 너한테도 연락 갈 거다. 한양 바닥에서는 만나본 친구도 여럿이고 직접 당한 친구도 여럿인 모양이더라만, 문명남이 그치가 오늘날 요상스런 방향에서 정말 묘하게 한창 출세줄을 타고 있다는 사실쯤 세상이 다 안다."

"나만 모르고 있는 새 무슨 일이 있었던 게로군. 도대체 무슨 일이지?"

나는 나도 모르게 갑자기 한 걸음 바싹 다가앉는 목소리를 했다. 그러자 저쪽의 목소리도 내게로 한 걸음 더 다가왔다.

"너 정말 진짜로 모르고 있었구나? 그렇다면 내 귀띔해주지. 명남이가 유력한 정부 모 기관에서 활약하고 있다는 소문이다. 시 쓰던 거 죄다 때려치우고 말야."

정명록의 목소리는 재차 한 옥타브나 떨어지면서 거의 들리지 않을 정도까지 되었다. 그러나 그러는 한편, 이번에야말로 옳게 낚을 걸 낚았다는 듯이 매우 신중하고도 진지한 가락을 담았다.

문명남에 관한 얘기가 본격적이 되면서 우리의 통화는 꼭 설거지도 잊은 채 양쪽 전화통에 매달린 여편네들 꼴이 되어 아연 활기를 띠면서 끝 모르게 길어졌다. "오늘날……" 하고 말하면서 우리의 소식통은 그 동안 친친 감아두었던 뭉텅이 말꾸리를 솜씨 있게 슬슬 풀어나갔다. 우리는 간간이 혀를 차기도 하고 맞장구를 치기도 하고, 하는 쪽이나 듣는 쪽이나 다 같이 놀라고 분개하고, 거의 동시에 탄복하기도 했다. 아울러 우리는 우리로부터 멀리 있는 문명남이란 인간을 안심하고 죽일 놈도 내고 때로는 살릴 놈도 내가면서 한참 원 없이 흥분된 마음으로 질주해나가다가 별안간 낭떠러지 끝에 서버린 듯한 느낌 속에 잠겨 느닷없이 허전해지고 몹시 부끄러워진 상태에서 누가 먼저랄 것도 없이 아주 황황히 수화기를 던지고 말았는데, 그 바람에 나는 간밤서부터 품어온 정작의 궁금증을 풀 기회를 놓쳐 버리고 말았다. 만의 일이라도 혹 문명남이 프로 복싱 같은 것에 관계하는 듯한 단서는 없더냐는 그 물음을 끝내 끄집어내지 못한 것이다. 정명록하고의 긴 대화를 결산해본 나머지 얻어낸 감정이란 결국 한 움큼의 떫디떤 그 무엇이었다.

문명남의 일신상에 관한 문제라면 세상에서 나보다 더 빠삭이 아는 사람은 없으리라고 자부해왔다. 누가 누구의 끈 운운하던 정명록의 언급이 있어서가 아니다. 그의 친부모라도 나보다 더 그를 소상히 이해하지는 못했으리라. 적어도 몇 해 전까지는 그와 같은 자부심 아닌 자부심이 아무 앞에서나 간단히 통할 지경이었다. 기껏 뛰어봤자 문명남이가 손오공이라면 나는 가령 그가 제아무리 버둥질쳐도 벗어나려야 벗어날 수 없는 거대한 손바닥의 부처님인 셈이었다.

하긴 그가 실제로 내 손아귀에서 벗어나려는 흉계를 꾸미던 적이 몇 번인가 있긴 있었다. 그러나 그럴 때마다 더욱더 단단히 덜미를 잡죄여 죽으라면 죽는시늉까지도 하게 되었던 것이고, 이런 상태는 그가 어느 날 돌연히 한 사람의 어엿한 시인으로 등단되어 금의환향하듯 눈부시게 내 앞에 나서기 그 직전까지 여일하게 지속되었다. 내 올가미에서 그를 완전히 해방시켜놓은 것은 실로 그의 문학이었다. 오직 문학 그것만이 그의 편에 서서 그로 하여금 자기 스스로를 되찾도록 강한 팔로 부축해주는 원군이자 또한 새로운 형태의 올가미였 던 것이다.

이제도 나는 그를 네거리 한복판에 홀랑 발가벗겨 세워놓을 수 있 는 능력을 보유하고 있다. 맘만 먹으면 나는 아무 때고 그의 오른눈 을 찌를 수 있고 그의 왼뺨을 갈길 수 있다. 문명남에 관한 내 기억 은 언제나 어렸을 적 음침하고 갑갑했던 우리집 그 두억시니 같은 창 고로부터 출발한다.

그 무렵 우리 집은 시내를 통틀어 몇 집 안 되던 서점을 경영하고 있었다. 어느 날이었다.

이제 막 학교에서 돌아오는 참인 나를 형이, 대학 시험에 미끄러 지고 가게 일이나 돕는 척하며 빈둥거리던 작은형이 손짓으로 부르 는 것이었다. 작은형은 연방 입아귀로 실실 웃어가며 꼭 보여줄 게 있다고 점포 뒤꼍 책을 쌓아두는 창고 속으로 나를 끌고 갔다. 거기 에서 나는 끔찍한 광경을 목격하고는 그만 눈을 질끈 감아버렸다.

무엇인가 꼼질꼼질 기어다니는 것이 있었다. 반품해버릴 묵은 책 들로 잔뜩 어지럽혀져 있는 더러운 창고 바닥을 먼지투성이 피투성 이 꼬마 하나가 불불 기어 내게로 오는 모습이 보였다. 내가 더더욱 놀라지 않을 수 없었던 것은 그 꼬마의 입에서 퍼뜩 내 이름이 불려 나온 때문이었다.

"형필아, 용서해줘. 형한테 말해서 날 용서해줘."

멍청히 서 있는 내 무릎을 쓸어안듯이 한 채 꼬마는 자꾸만 비질비 질 울어쌓는 것이었고, 핏물이 고랑지어 흐르는 입술을 끊임없이 달 막거려가며 번갈아 두 얼굴에 대고 용서를 비는 것이었다. 그제야 비로소 나는 그 얼굴을 알아볼 수 있었다. 그는 같은 반의 꼬마였다.

내일의 경이(驚異) **265**

맨 앞줄 좌석에 앉아 언제 봐도 말이 없는, 수업 도중에 손 한 번 드는 법 없고 누구하고 어울려 쉬는 시간을 보내는 것도 본 적이 없는, 가냘프기 비길 데 없는 앤생이였다. 꼬마가 누구라는 걸 알아차리는 순간 내가 느낀 건 작은형에 대한 무조건의 분노였다. 그래서 형한테 항의하기 위해서는 다른 무엇보다 우선 꼬마의 이름을 들이대면서 따지고들 필요가 있었는데, 우스꽝스럽게도 그애 이름이 제격 떠올라주질 않아 나는 잠시 애를 먹어야만 했다. 저애 이름이 그래 뭣이더라……

"모두 해서 세 놈이었지. 그런데 큰 놈들은 뺑소니쳐버리고 재수없는 우리 문명남 씨 하나만 붙잡았단 말씀이야."

꼬마의 이름을 일깨워준 것은 우연하게도 형 쪽이었다. 그러나 그때는 이미 항의하고 싶은 생각이 없어지고 난 뒤였기 때문에 나는 그저 잠자코 작은형의 얼굴만 쳐다볼 뿐이었다. 형은 갑자기 자기가 무슨 탐정소설에 등장하는 민완 형사라도 된 것처럼 으스대며 거드름을 피워가며 경과를 얘기했다.

"도망친 두 놈 이름 대기 전엔 절대로 용서하지 않는다. 녀석들 아주 지능적이야. 책보로 덮으면서 슬쩍해 가는 수법을 쓰는 거야. 돌아서서 나가려는 걸 꽉 붙잡았더니 대뜸 니 이름부터 대잖아. 학교에다 연락해가지고 이놈들 당장에 퇴학시켜버릴 작정이다."

얘기 더 들으나마나 다아 알 만한 사건이었다. 사건이란 말을 좀 함부로 쓴 느낌인데, 한군데서 오래 서점을 경영해온 우리의 경험에 의할 것 같으면, 그런 정도는 매일이다 싶게 겪는 항다반사이기도 했다.

"무슨 책이야?"

"제엔장, 다른 무슨 참고서 종류라면 또 한 번쯤은 봐줄 수도 있지. 책도둑은 도둑이 아니란 말도 있으니까. 그런데 이건 마빡에 아직 피도 안 마른 녀석들이……"

우리 작은형은 호주머니에서 손바닥만 한 책 한 권을 꺼내더니 그걸 내 발 아래로 홱 던지는 것이었다.

"봐라. 유행가책이다, 유행가책!"

놀랍게도 그것은 의심할 여지 없는 진짜 유행가책이었다. 주머니 안에 넣고 다니면서 심심할 때마다 우리 작은형 같은 건달꾼들이 수시로 꺼내어 흥얼거리기 딱 알맞게끔 손안에 마침하게 드는, 맨 첫 장을 넘기면 '전선에 달밤'이란 노래가 나오는, 최신판 소형 포켓용이었다. 이제 겨우 국민학교 5학년 나이에 도대체 유행가책이 무슨 소용에 닿기에 훔칠 생각까지 들었는지 내 두뇌로는 아무래도 이해가 안 가는 대목이었다, 그것은.

달아나버린 두 공범의 이름을 수단껏 알아낸다는 조건부로 작은형의 허락을 얻어 명남이를 창고 밖으로 빼내기까지는 무진 애를 먹었다. 길거리로 나오자 난생처음 맡아보는 것 같은 참으로 신선무쌍의 바람이 코끝에 후욱 하니 끼얹어오는 바람에 그때까지 우리가 그 얼마나 끈끈하고 친덕거리는 어둠 안에 감금당해 있었던가를 새삼스레 깨닫게 되었다.

걷는 동안 나는 우선 명남이 얼굴에서 우선 볼썽사나운 피얼룩부터 지워주고 옷의 먼지도 털어준 다음, 마지막으로 한사코 싫다고 사양하는데도 불구하고 창고에서 주워들고 나온 문제의 그 유행가책을 우격다짐하다시피 그의 손에다 쥐어주었다. 그러고는 근처 풀빵집으로 데리고 들어가서 호주머니를 털어 빵을 사먹였는데, 길거리서부터 조금씩 내비치기 시작하던 감사의 빛이 이때는 거의 그 절정에 이르러 밀가루 냄새와 소다 냄새 풀풀 나는 풀빵을 더금더금 감식하는 그 사이사이에 그의 커다란 두 눈엔 이를테면 나에 대한 존경의 빛 비슷한 것이 그득 괴어 돌았다. 그것은 전혀 예상치도 못했던 가외의 수확이 아닐 수 없었다. 나는 다만 우리 작은형의 난폭한 손찌검에 대해 대신 사과하는 심정으로 잠시 그래봤을 뿐이었다.

"너 참 이상한 애구나. 그 많은 책들 중에서 하필 왜 그런 책을 골랐는지 모르겠다."

나는 일단 내 손아귀에 들어온 우월감이 손상당하는 일 없도록 매우 조심스럽게 즐겨가면서 공들여 어른스런 말투를 시늉해내었다. 그러나 명남이는 그 말에 대꾸하지 않았다. 단지, 먹는 일을 잠시 중단하고는 수줍은 듯이 한 차례 웃어 보였을 뿐이었다. 꾀죄죄하고 잔약스럽게만 보이던 그의 얼굴에서 소리없이 웃을 때의 눈매가 가시내의 그것만큼이나 아름다운 줄도 그제야 처음 발견해낸 사실이었다.

그날 나는 달아난 두 사람이 누구인지 그에게 한 마디 추궁도 하지 않고 곱게 그냥 돌려보냈다. 헤어져 돌아가는 마당에서 그는 내가 보인 친절에 거듭거듭 고마움을 표시한 다음 끝에다 이렇게 토를 달아 신신당부하기를 잊지 않았다.

"형필아, 내일 학교 가서 내가 도둑놈이란 말 아무한테도 하지 말아줘. 꼬옥, 응?"

그날 밤, 나는 몹시 흥분에 달떠가지고는 잠도 제대로 못 이룰 지경이었다. 그것은 앞으로의 내 학교 생활이 전에 비해 몇 배는 더 빽적지근하고 충실해지리라는 예감을 가능케 하는 일대 사건이 아닐 수 없었다. 그리고 그것은 남들이 흔히 말하는 그 꼬붕이라는 게 드디어 내게도 하나 생겼음을 확신케 해주었다.

물론 나는 그 이튿날 학교에 가서 문명남이가 책도둑이란 사실을 귀머거리라도 충분히 알아들을 수 있으리만큼 아무 때 아무 자리에서나 까발리고 다녔다. 적어도 문명남한테만은 다소 함부로 구는 한이 있더라도 이젠 뱃병 없게 되었다는 생각이 강하게 작용한 탓도 있긴 하지만, 그러나 그런 이유가 아니라도 그 따위 약속을 지키기 위해 그만한 재미를 버릴 정도로 나는 애당초 순진한 바보가 아니었던 것이다. 그랬는데, 더욱 한 가지 이상한 사실은, 내 입방아 하나로 벌써 소문이 학교 안을 한 바퀴 돌고 난 뒤끝인데도 명남이가 내 앞에서 아무런 내색을 보이지 않는 그 점이었다.

내가 남다른 관심과 흥미를 가지고 명남이를 주목하기 시작한 것은 결국 그런 일이 있고 난 그 직후부터의 일이었다. 사실 명남이는 그때까지 너무나 평범한 아이였다. 평범함이 지나쳐서 외려 지독히 특징 없는 그 점이 그의 특출한 개성을 대변하는 듯한 그런 아이였다.

명남이는 있으나 실상은 없는 그런 아이였다. 공부할 때나 놀이할 때나 그가 바로 곁에 있는데도 아무도 그의 존재를 의식하지 않았고, 어떤 협동 작업에도 그는 도움이 되지 않았을 뿐만 아니라 하다못해 걸리적거리는 방해물 품수도 되지 못했으며, 그가 듣는 자리래서 당연히 봐야 할 남의 흉이나 비밀 얘기를 꺼리는 사람도 없었다. 그는 냄새도 없이, 무게도 없이 바람에 까불리는 새털 자격으로 가벼이 공중을 떠다니다가 아무 데나 소리없이 불시착하여 애들 노는 뒷전에서 완연한 병색의 창백한 얼굴에 대두병 마개만 한 두 눈알만을 꿈적이며 앉았거나 하는, 참으로 그림자 없는 아이였다.

그런 애를 언제까지고 계속해서 관찰해낸다는 건 여간한 인내로는 불가능한 일이기도 했다. 유행가책 사건 이후로 유령처럼 기분 나쁘게 그가 내 꽁무니만 밟고 다니는 데도 진력이 날 대로 나 나는 일시 그에게 향했던 관심을 모지락스럽게 회수해버리고 말았다. 아마 그 이후 사건이라면 또 하나의 사건인, 오후의 변소 소동만 없었다면 나는 전처럼 다시 그의 이름조차 이따금씩 까먹을 정도의 무심한 동급생인 채 졸업을 맞고 말았을 것이다.

 소동은 아무도 눈치 못 채는 사이에 무려 서너 시간이라는 예비 단계를 거쳐 매우 은밀히 진행되었다. 청소 시간이면 교실 바닥에 물걸레질하기가 끔찍스러워 공연히 꾀를 피우던 무렵이니까 그것은 가을이라도 겨울과 바짝 이웃해 있는 가을이었다.

 정확히 언제부터인지는 몰라도 명남이가 교실에서 없어졌다는 사실이 뒤늦게 옆자리의 짝꿍에 의하여 알려진 것은 오후 수업이 시작되고 나서도 한참이나 지난 후였다. 누가 없어진 줄도 모르고 수업을 진행하는 불찰을 범한 선생님께서는 고학년 말썽꾸러기 가운데 종종 있는 사보링쯤으로 치부해버리면서, 내일 아침 등교하는 그 즉시로 단단히 혼구멍을 내주겠다고 한바탕 엄포를 놓고 나서 그냥 수업을 계속해나갔다. 물론 우리는 명남이의 행방에 대해 그리 오래 궁금해하지는 않았다.

 그랬었는데 다음 쉬는 시간에, 우리 학급 몫으로 배당되어 있는 대변용 변소칸이 안에서 문이 잠긴 채 열리지 않는다는 하소연이 들어왔다. 그 다음 쉬는 시간에는, 분명히 누군가 안에 들어 있는 것 같은데 아무리 다급한 소리를 해도 자리를 비켜주기는커녕 숨소리마저 잠잠하다는 보고가 잇달아 들어왔다. 안 열리는 변소와 안 보이는 명남이를 한데 묶어 생각하기 시작한 것은 이때부터였다. 책가방은 고스란히 놔둔 채 몸뚱이만 빠져나간 점이 비로소 수상쩍게 보였던 것이다.

결국 일이 그렇게 되어 선생님은 갑자기 수업하다 말고 뒷자리의 큰 애들 몇을 이끌고 변소로 달려가는 소동이 벌어졌다. 몇 차례 노크해봐도 반응이 없자 선생님은 한 아이를 시켜 벽을 타넘어 들어가서 문고리를 따도록 조처하기에 이르렀는데, 이렇게 애를 먹은 끝에 문이 열리는 그 순간, 우리는 너무도 어처구니없는 광경에 기가 콱 질려 모두들 벙어리가 돼버렸다. 그 속에서 쿨쿨 잠을 자고 있었다. 문명남이가 그 비좁고 냄새 등천하는 속에서 가냘픈 몸뚱이를 앙바틈히 접어 벽구석에 풋볼처럼 말린 채로 새우잠을 자는 중이었다. 선생님이 호통을 치면서 그를 깨워 밖으로 끌어내자 잠시 어리둥절한 표정이던 그는 얼굴에 새겨진 천생 바보의 멍멍함을 풀어버리면서 느닷없이 표독스럽게 굴기 시작했다. 한사코 변소 속에 다시 들어가겠다고 길길이 뛰는 것이었다. 엄마 품으로부터 강제로 떼어지는 젖먹이나 할 법한 행동이었다. 선생님이 번개 같은 솜씨로 이쪽저쪽 뺨을 갈겨대자 그는 울음보를 터뜨렸다. 변소 바닥에 퍼지르고 앉아서 닭의똥 눈물을 뚝뚝 쏟아가며 그렇게 언제까지고 구슬픈 목청으로 울고 있었다.

그 후부터는 그야말로 사건과 사건의 연속이었다. 한 조그만 음모꾼에 의해서 정신을 못 차릴 정도로 말썽이 꼬리를 물었다. 작문 끝에 일어난 일도 그중의 하나였다.

마치 허리춤에서 비수라도 꺼내들듯이 명남이는 어느 날의 작문 시간에서 천만 뜻밖에도 날카로운 글재주를 보임으로써 우리 모두를 깜짝 놀라게 만들었다. '우리 어머니'라는, 선생님이 임의로 지정해 준 단일 제목이었다. 우리 어머니는 얼굴이 어떻고 맘씨가 어떻고,

그래서 세상에서 우리 엄마가 최고, 운운하는 천편일률의 작문들 속에서 오직 문명남의 글만이 아침 햇살을 받는 전봇대의 사기애자처럼 희디희게 빛났다. 혹시 누가 대필해주지 않았나 의심이 갈 정도였다. 그만큼 어른스런 생각들을 거미줄 치듯 빈틈없이 엮어나간 글인데, 특히나 감동적인 것은 사람의 심금을 울리는 그 질펀한 문장이어서 나중에 선생님이 우수작으로 뽑아 일동 앞에 낭독시킬 때 그 거미줄에 걸려들지 않는 사람이 없었다. 의붓어머니라는 것이었다. 아버지 역시 의붓아버지보다 조금도 나을 게 없다는 것이었다. 자기는 세상에서 외롭기 그지없는 고아나 마찬가지 신세라는 것이었다. 얼굴이나 성격이 자기와는 전혀 딴판인 형제간 틈새에서 의붓어미로부터 그리고 언제나 의붓어미 편인 아버지로부터 갖은 구박을 받을 때마다 지금은 하늘나라에 가 계신 친엄마를 생각한다는 것으로 그의 글은 끝을 맺고 있었다.

그날 우리 모두가 느낀 감동은 그런 정도의 선에서 그렇게 간단히 끝나지는 않았다. 이튿날 아침 일찍 명남이네 아버지가 학교로 찾아왔던 것이다. 같은 동네에 사는 누군가가 고자질이라도 했던 모양으로, 명남이 아버지는 전날의 작문 건에 관해 그 내용까지 훤히 알고 있었다.

"아, 글씨, 요 쌔려죽일 자석이 말입니다……"

옆구리에 꿰차고 들어온 명남이를 선생님이 서 있는 교탁 쪽으로 와락 집어던지면서 건장한 체격의 털북숭이 명남이네 아버지는 다짜고짜로 이렇게 왜장을 치는 것이었다.

"효도는 못 헐망정 고생고생 저를 나서 키워준 지 친에미보고 의붓에미라니…… 요 주리댈 자석이, 요 단매에 요정을 낼 자석이……"

그러면서 명남이를 발길로 단단히 걷어찼다. 이미 집에서도 안 죽을 만큼 두들겨맞고 왔는지 명남이는 얼굴 전체가 부황난 사람처럼 퉁퉁 붓고 여러 군데 퍼렇게 피멍이 잡혀 있었다.

그때 우리는 보았다. 잔뜩 화가 났을 때의 친아버지의 권위라는 게 그 얼마나 무시무시하고 대단한 것인가를 우리는 똑똑히 볼 수 있었다. 바로 그걸 보이기 위해 그는 그처럼 아침 일찌감치 황소처럼 콧김을 불며 달려온 것이었다. 선생님이 사이에 들어 말렸지만 소용이 없었다. 의붓아비 떡매 치는 솜씨 바로 그대로 명남이네 친아버지는 모두들 지켜보는 가운데서 아들을 절반쯤이나 죽여놓고야 물러갔다. 명남이네 아버지의 그 서슬 푸른 분노는 우리들로 하여금 명남이가 거짓말했음을 의심하지 않도록 만들어주기에 족한 것이었다. 문명남 그애는 빨간 모자를 쓰고 역에서 수화물을 나르는 아버지와 생것장수를 하는 어머니를 친부모로 모신 일곱 남매 중의 둘째임이 저절로 밝혀지게 되었다.

꽃병에 얽힌 이야기 —— 그것만큼 중요한 의미를 지니는 일은 아마 달리 또 없으리라. 그 일을 계기로 비로소 나는 문명남에 관한 모든 것을 그 뿌리부터 이해하게 되었던 셈이다. 아니다. 이해한다기보다 그 음흉한 속셈을 속속들이 알아차려 동정을, 경우에 따라서는 노골적인 경멸을 보낼 수도 있게 되었다. 그가 서울에서 회사 공금을 횡령한 직후 시골 나한테로 피신해온 첫날 밤에 대뜸 내 뇌리를 스쳐간 생각도 바로 그 꽃병이었다. 그 꽃병을 박살내던 날에 내가 교실에서 목격한 귀기 어린 장면이었던 것이다.

그에게도 제법 사람을 사랑할 줄 아는 재주 같은 게 갖추어져 있었나 보다. 이를테면 그에게도 가끔씩은 뜨거운 피가 흐를 때도 있어 그 피가 그로 하여금 헛발질하듯 난생처음 이성이라는 걸 그리게끔 꼬드겼던 모양이다.

그는 시골에서 어렵게 고학으로 대학을 마친 후 곧장 서울로 진출해 갔다. 그는 공개 경쟁을 치른 끝에 경기가 꽤 괜찮은 것으로 알려진 어떤 회사에 경리 사원으로 취직이 되었다. 거기까지는 지난날의 그답지 않게 절차와 과정이 아주 순탄해서 축하했으면 했지 결코 시기할 일은 아니기도 했다. 그런데 오래지 않아 그는 이상한 조짐을 보였다. 결코 지난날의 그답지 않은 야릇한 내용의 편지를 불쑥 내밀어온 것이다. 같은 사무실에서 맞춤복처럼 써억 마음에 맞는 여성을 발견했노라고, 그쪽에서도 자기가 그리 싫지는 않은 것 같은 기색이더라고 그랬다. 그 뒤로 편지가 뻔질나게 와쌓는 사이에 어느덧 그 여성은 구원의 여성상 운운을 거쳐 심각하게 장래를 고려하지 않으면 안 될 대상으로까지 급진전을 보았으며, 자기는 시방 너무도 행복—그렇다, 그는 분명히 행복이란 단어를 사용했다—에 겨운 나머지 하루면 몇 차례씩이나 졸도할 것만 같은 순간들을 경험한다는 따위 얘길 꼭꼭 꼬리에다 매달아 보내오곤 했다. 편지 문맥으로 미루어볼 것 같으면, 벌써 저지를 것 다 저지르고 인제 남은 일이란 전셋방에 양은솥 정도 마련할 돈이나 장만하는 그런 단계에 와 있다는 인상이었다.

그러던 어느 날, 나는 생판 모르는 여자로부터 한 통의 편지를 받고 무척이나 곤혹을 느끼지 않을 수 없었다. 바로 문명남이가 구원의 여인상으로 미화시키던 그 여자였다. 여자는 말했다.

미스터 문한테서 선생님 얘기 수없이 들어 한 번도 뵌 적은 없지만 뵌 것 이상으로 선생님을 잘 알고 있다고, 미스터 문은 앉기만 하면 노상 하는 말이 선생님 얘기라고, 그래서 누구보다도 문씨에게 강한 영향력을 행사할 수 있는 분으로 사료되어 감히 부끄러움을 무릅쓰고 이렇게 펜을 들게 되었노라고, 제발 자기를 좀 도와달라고, 한 남성의 순간적인 잘못 판단으로 아무 죄 없는 자기는 지금 곤경에 빠져 몹시 난처한 입장인데 서로가 불행—그렇다, 그녀는 불행이란 말을 서슴없이 사용했다—에 빠질 일은 되도록 일찍 회피하는 것이 문씨나 자기를 위해서 두루 바람직한 일이 아니겠느냐고, 그러니 하루 속히 문씨가 마음을 돌리도록 선생님께서 부디 영향력을 행사해주시라고, 그러면 그 은혜는 결코 잊지 않겠노라고, 선생님한테도 만약 자기 같은 여동생이 있다면 지금의 자기 심정 충분히 이해해주실 거라고, 그럼 좋은 결과를 기다리면서 소녀는 이만 난필을 줄이겠노라고, 내내 안녕하시길 빈다고…….

나는 앉은자리에서 곧바로 편지를 써서 서울로 부쳤다. 말할 나위 없이 문명남이한테였다. 인륜대사가 그렇게 한쪽에서 먹은 일방적인 생각만으로 성사될 일이 아닌 줄 우리는 이제 알 만한 나이에 이르지 않았느냐는 투였다. 그러고는 잠자코 결과를 기다렸다. 내가 예측했던 그대로 그 편지에 대한 답은 정확히 당도했다. 대충 계산해서, 내 편지 받은 후 지체없이 써서 보낸 답장이 다시 내 손에 들어올, 꼭 그만큼의 간격을 두고서였다. 실제의 문명남이가 삐주룩이 내 눈앞에 나타난 것이었다. 명남이는 아가씨 문제에 관해서는 숫제 입을 봉한 채 엉뚱한 얘기부터 꺼내었다. 자기가 보관 중이던 회사 공금 전액을 뭉뚱그려갖고 도망쳐나오는 길임을 고백하면서, 스스로도 깜짝 놀랄 그 거액을 어떻게 처분해야 좋을지 모르겠다며 사뭇 떨고만 있었다. 나는 결국엔 그렇게 되고야 말, 가장 최후적이면서 또 유일한 처리 방안을 내 쪽에서 먼저 제의하지 않고 맨 나중으로 아껴두었다. 그가 내게서 기대하는 것이 무엇인지를 나는 너무도 빤히 꿰뚫어보고 있었던 까닭이다. 그래서 단지 이렇게만 말해주었다.

"그런 문제라면 넌 길을 잘못 든 거야. 내가 아니라 경찰서를 찾아가야만 했어. 방법은 딱 하나지. 이 길로 곧장 경찰에 달려가서 방금 나한테 했던 것처럼 솔직히 자백하는 거야. 아주 간단해. 정상을 참작받아서 몇 달 짧게 살다 나오면 그걸로 다 끝나는 거니까."

문명남이는 매사가 그런 식이었다. 꽃병만 해도 그러했다. 나는 그날의 그 일을 아무래도 잊을 수가 없다.

늦게껏 남아서 놀던 아이들마저 죄 돌아가고 난 교정은 텅 비어 그저 고즈넉하기만 했다. 나는 철조망에 뚫린 개구멍을 통과한 이후부터는 동작을 한껏 더 신중히 가져 플라타너스가 줄지어 선 운동장 가상이를 잽싸게 달리기 시작했다. 짝귀란 별명을 가진 상이용사 출신 수위한테 들키는 날이면 경을 치기 때문이었다. 규정 시간이 지난 후까지 학교 안에 남아 있는 아이를 짝귀 아저씨는 언제나 각다귀 이상으로 성가시게 아는 성미였다. 나는 책상 속에 놔둔 채 깜빡 잊고 나온 대짜배기 말굽자석이 생각나서 거의 집에까지 다 갔다가 부랴부랴 되짚어오는 참이었다. 보기만 하면 누구나 탐내는 그걸 그새 하마 누가 집어가지 않았나 싶어서 이튿날 아침까지 나로서는 진득이 참아낼 도리가 없었다.

아무한테도 들키지 않았다. 우리 반 교실을 바로 눈앞에 보면서 잠시 숨을 돌렸다. 주위에 아무도 없음을 확인한 다음 동사 모퉁이를 막 꺾어 돌기 그 직전이었다. 발소리를 들었다. 분명히 내 것이 아닌 다른 또 하나의 발소리였다. 누군가 아주 가까이에서 나처럼 발소리를 잔뜩 죽인 채 살금살금 접근해오는 사람이 있었다. 나는 그만 괴이쩍은 기분에 사로잡혀 엉겁결에 동사 벽에다 몸을 찰싹 붙이고 말았다. 그러자 발소리의 임자가 불쑥 모습을 드러냈는데, 그 순간 나는 하마터면 상대방의 이름을 소리쳐 부를 뻔했다. 책보서껀은 어디다 팽개쳐두고 왔는지 소풍 갈 때처럼 차림이 아주 간편해 보였다. 책보 대신 손에는 검정 고무신 두 짝이 각각 나뉘어 들려 있다. 문명남이었다. 미처 나를 보지 못했음이 분명했다. 명남이는 다람쥐처럼 잽싸게 출입구 쪽으로 달라붙는 것 같더니 어느 틈엔지 문 안으로 삼켜져 안 보였다.

그 당시 나는 온전한 내 정신이 아니었다. 내가 무엇하러 되짚어 학교로 왔는지조차 까맣게 잊고 있을 정도였다. 방금 전 명남이가 디딜 때는 그렇게도 얌전할 수 없던 복도가 이번에는 단단히 조심을 하는데도 요란법석으로 쿵쾅거리며 자꾸만 일러바치는 듯싶었다. 그리고 다른 무엇보다도 그놈의 심장의 고동 소리였다. 낡은 목조 건물 전체가 모조리 명남이 편짝이 되어 나를 거부하는 것만 같은 생각이 문득문득 일곤 했다. 그러나 나는 어떤 일이 있어도 기어코 봐야만 했다. 이번에는 또 명남이 녀석이 무슨 꿍꿍이수작을 부리려는 것인지 내 눈으로 직접 확인하지 않고는 그냥 돌아설 수 없었다. 동사 모퉁이에서 그를 대하던 순간부터 나는 틀림없이 무슨 일이 저질러지리라는 걸 확신하면서 뒤를 밟기로 결심했던 것이다.

단언해도 좋다. 분명히 그는 평소의 문명남이가 아니었다. 이를테면 한 범죄자가 있어 그가 문명남이의 탈을 빌려쓰고 등장해서 바야흐로 사건을 저지르려는 찰나였다. 그는 수업 중에 선생님이 늘 그랬듯이 다소 거만스런 자세로 교단 위에 서서 실내를 휘이 둘러보았다. 그의 눈은 분명히 무엇인가를 향해 있지만 실상은 아무것도 보지 못하고 있음이 확실했다. 왜냐하면, 그의 시선이 유리창 너머로 열심히 엿보던 내 시선과 맞부딪혀 나는 가슴이 철렁 내려앉음을 느꼈으나 그는 아무런 반응도 없이 그냥 지나치고 만 적이 있기 때문이다. 한동안 무수히 방황하던 그의 시선이 마침내 꽃병에 가서 정착했다. 이윽고 그는 교단을 내려와 서서히 움직이기 시작했는데, 그 걸음걸이라는 게 또 말할 수 없이 망측했다. 분단과 분단 사이 통로를 걷는 동안 처음에는 매우 좁상맞게 조심조심 시작하더니 차츰 보속을 빨리, 그리고 보폭은 넓게, 마치 호젓하게 넓은 교실 한 칸을 몽땅 제 개인 소유로 착각하는 듯한, 흡사 분열 행진 때의 모습으로 옹색한 통로를 조금도 옹색하지 않은 것처럼 아주 씩씩하게 걸어다녔다. 걸을 때의 시선은 꽃병에 고정되어 있었다. 꽃병을 축으로 해서 통로와 통로를 쳇바퀴처럼 도는 셈인데, 걸음걸이가 자꾸만 빨라지다가 나중에는 거의 뜀박질을 하다시피 되었는데도 결코 시선만은 꽃병에서 벗어나는 법이 없었다. 참으로 기괴한 광경이었다. 그 고유한 걸음걸이 속에는 다분히 이야기로만 들어온 몽유병자다움이 섞여 있어 나를 갑자기 춥도록 만드는 것이었다. 마침내 그는 헐떡이기 시작했고 두 볼에는 벌겋게 홍조까지 띤 채였다. 그는 걷기를 그만두고 꽃병 앞에 가 섰다. 그는 꽃병을 사려는 사람처럼 벽면의 받침대 위에서 그걸 조심스럽게 집어들었다. 그러고는 주인과 흥정하기 전에 트집거리가 될 만한 무슨 흠집이라도 없나 찬찬히 살피는 시늉을 했다. 그의 얼굴에서 드디어 그걸 사기로 결심했다는 표정을 이제 막 읽어내는 그 순간, 실로 상상 외의 일이 눈앞에 전개되었다. 정말 눈 깜짝할 새에 그가 꽃병을 들어 마룻바닥에 태질을 쳐버린 것이었다. 묵은 자기제의 꽃병이 산산이 바스러지면서 유리 조각이 사방으로 튀김과 동시에 나는 아, 하고 짧게 부르짖었던 것 같다. 그러나 그는 아주 태연했다. 태연한 정도를 지나쳐 차라리 그는 맛좋은 음식을 양껏 포식하고 난 사람의 표정으로 한창 만족감에 젖어 느끼해 있었다. 그래서 이미 박살이 나버린 꽃병 앞을 떠나기가 아쉬워 언제까지고 그렇게 그 자리에 눌러 섰을 작정인 듯했다. 그런데 정작 그가 꽃병의 잔해 앞에 머물러 있었던 시간은 극히 짤막했다. 그가 늑장을 부린 것은 발부리로 마룻바닥에 흩어진 유리 조각의 위치를 수정하는 등 약간의 뒤처리를 하는 데까지만이었다. 그다음은 도로 민첩해져가지고 그가 후닥닥 뛰어 교실 밖으로 나왔을 때 나는 복도 한편 구석에 우두커니 서 있었는데, 미처 몸을 숨길 생각을 못 했기 때문에 당황해서 잠시 어쩔 줄을 몰랐다. 그러나 구태여 그럴 필요가 조금도 없는 일이었다. 내 곁을 바짝 스쳐가면서도 그는 나를 거들떠도 안 보았던 것이다. 두 주먹을 발끈 쥔 채 눈에다 쌍불을 켜고 똑바로 앞만 바라보면서 마치 무인지경을 가듯이 그렇게 나를 지나쳐 가버렸던 것이다. 그는 나를 복도 벽의 일부인 양 취급해버리면서 몹시 서둘러대는 걸음으로, 그러나 그러면서도 공중에 뜬 새털처럼 발소리 하나 내는 법 없이 은밀하게 동사를 빠져나가 모습을 감추어버렸다. 믿을 수 없는 일이었다. 언제 달려올지 모르는 짝귀 아저씨에 대한 두려움도 잊은 채 나는 그가 사라진 쪽을 멀거니 바라보고 서 있었다.

조회 전부터 선생님의 표정은 분노로 하얗게 굳어 있었다. 그 꽃병으로 말할 것 같으면, 높은 곳에서 귀한 손님들이 우리 학교를 시찰하러 오신다는 날짜에 맞추어 각 분단별로 할당해서 임시로 꾸어

다 비치해놓은 몇 가지 장식품 중의 하나인데, 공교롭게도 높은 양반들의 시찰 일정이 며칠 연기되는 바람에 미처 되돌려보내지를 못하고 있다가 그런 변을 당하고 만 것이다. 학급 조회가 열리자마자 선생님은 범인을 색출해내려고 우리를 성급하게 잡죄기 시작했다. 누가 그랬느냐고, 깬 사람은 나와서 솔직히 자백하라고, 그러면 다 용서해주겠노라고 약속하는가 하면, 만약 십 분이 지나서까지 자백하는 사람이 없을 경우, 선생님은 자기만이 사용할 수 있는 비상하고도 독특한 수단으로 간단히 범인을 가려내어 처벌하겠다고 위협하기도 했다. 하지만 선생님의 그 붉으락푸르락하는 표정이 사실은 자수의 길을 가로막는 역할을 하는지도 몰랐다. 솔직히 자백해봤자 용서해줄 것 같지 않은 기미가 얼굴에 농후했다. 내가 아는 한 명의 진범도, 그리고 그를 제외한 모든 무고한 아이들도 그 서슬에 다 같이 주눅이 들어 아무도 입을 여는 사람이 없었다. 사태가 어떻게 돌아가는가를 관망하면서 몰래 여유 있게 즐기는 사람이 있다면 오직 그것은 단단히 믿는 구석이 있는 나 혼자뿐이었다. 정해진 십 분이 지나자 분이 꼭뒤까지 오른 선생님은 마침내 실력으로 나왔다. 출석 번호 1번부터 차례로, 누군가가 자백하는 사람이 나설 때까지 지시봉과 회초리 겸용의 플라타너스 가지로 계속 종아리를 갈겨대는, 별로 비상할 것도 없는 강압적 수단인데, 나는 그것이 조금도 두렵지 않았다. 첫번째 매가 내 종아리에 닿기 전에 어제 방과 후 교실에서 내가 목격했던 광경을 죄다 불어버릴 심산이었다. 그런데 출석 번호 1번 꼬마가 바짓가랑이를 걷고 교탁 위에 섰을 때였다. 그제까지 시침을 떼고만 있던 명남이가 쪼르르 달려나가더니 선생님의 아랫도리에 처억 감기면서 징징 울기 시작했다. 전에 우리 집 책창고 안에서 내 무릎을 쓸어안고 울던 거와 똑같은 장면이었다. 그러는 순간 말로 할 수 없는 기쁨이 내 가슴을 무섭게 때리며 왔다. 그렇다. 문명남 그는 다른 사람 다 속인다 해도 결코 내 눈마저 속일 수는 없었던 것이다.

결과적으로 그는 일단 저질러놓은 일에서 언제나 용서를 받곤 했다. 꽃병의 건에서도 그랬고, 공금 횡령의 건에서도 그랬다. 구태여 두 가지 것 사이에서 차이점을 찾는다면 그것은 용서를 받고 난 후의 처우일 것이다. 꽃병을 가지고는 자기 잘못을 뉘우칠 줄 아는 착한 사람이라고 칭찬까지 덤으로 받았으나 공금 횡령으로는 겨우 형사 책임만을 면했을 뿐 직장도 여자도 한꺼번에 잃는 등 단단히 출혈을 한 그 점이 차이라고나 할까.

문명남에 관해서 내가 가장 자신없어 하는 부분이 바로 그다음 대목부터다. 한 여자 덕분에 생긴 기나긴 실직 기간을 그는 적절히 활용했던 모양이다. 그래가지고 일찍이 전에 잠시 쌈빡 보이고 만 적이 있는 그 숨은 재주를 딴에 피나게 갈고 닦았었나 보다. 어느 날 갑작스레 시인으로 등장함으로써 그는 적어도 우리 동창들 사이에서는 오늘 같은 무명의 시대에 그래도 제법 이름깨나 남길 만큼은 성공한 본보기의 하나로 지목받는 한편 그간 여러 모로 질기게도 맺어져 왔던 나한테서도 실질적으로 아주 멀찍막이 물러앉아버렸다. 그리고 간간이 들려오는 소문이 그 방면에서는 착실히 실력을 다져가고 있는 중임을 입증해주는 것이어서 갈수록 더하는 거리감을 그에게 느끼곤 했다.

그런데, 그러던 그가 득의의 그 시를 하루아침에 때려치우고는 요즘 한창 묘한 방향에서 출세줄을 타고 있다는 것이다. 아직은 무엇

하나 확언할 단계는 아닌 성싶었다. 어느 것이나 다 소문에 지나지 않는 것들이었다. 하지만 그가 또 한 바퀴 재주를 넘어 새롭게 변모하려는 의도인 것만은 틀림없는 것 같았다. 유력한 기관에 종사하고 있는 자기 위치를 광고 돌릴 속셈으로 서울 바닥에서 알 만한 고향 사람들을 일삼아 차례차례 방문하고 다닌단다. 본인의 입으로 한 번도 밝힌 적이 없어 그 유력한 기관이 꼭 집어 어디인지조차 아직은 아무도 모르지만, 직접 그의 언동을 본 사람 백이면 백 다 그렇게 지레짐작해버린단다. 정확한 신분을 안 밝히는 그 점을 들어 더러는 그에게 '사칭 빙자'의 혐의를 두기도 하는 모양이었다. 그러나 그렇다고 누구한테 공갈이나 사기를 쳐 눈에 보이는 어떤 이득 따위를 노리는 것도 아니며, 다만 적당한 기회를 틈타 자기가 결코 아무렇게나 업신여겨도 무방할 과거의 문명남이 아니라는 사실만을 상대방에게 무슨 수로든 증명해 보이는 그런 선에서 선선히 물러서버리는 그를 가리켜 딱히 공무원 자격을 사칭하고 다닌다고 막말할 수만도 없는 노릇이었다. 아직은 뭐가 뭔지 나로서는 판단을 내리기 거북한 단계였다.

펀치 드렁크

너한테도 아마 곧 연락이 갈 거라던 정명록의 예언은 보기 좋게 빗나가 그해 겨울이 다 가고 봄이 올 때까지 문명남으로부터는 아무런 소식도 들을 수가 없었다. 나 역시 노상 그만을 생각하고 지낼 만큼 한가한 처지가 아니어서 시간이 지날수록 그를 향한 관심도 흐지부지 묽어지고 말았다.

　일요일이었다. 밖에서 실컷 뛰놀다 들어온 아들 녀석이 들이당장에 밑도끝도없이 한다는 소리가 권투 구경 시켜달라고 그랬다. 처음에는 텔레비전 얘기인 줄 알고 그러마고 무심코 대답했는데, 아들 녀석의 얘기는 그게 아니었다. 돌아오는 토요일 저녁에 도립 체육관에서 진짜 복싱 시합이 열린다는 것이었다. 어디서 들은 얘기냐니까 녀석은, 큰 애들끼리 하는 말을 듣고 제놈이 직접 가서 시내 곳곳에 영화 광고하고 나란히 붙은 권투 선수 사진을 여러 장 보았다면서 토요일이면 아직 멀었는데도 쇠뿔을 단김에 뺄 요량으로 아예 딱정이를 떼고 달라붙었다.

　"아빠가 안 보여주겠다면 너 또 찻길에 나가서 뛰어놀겠구나. 그렇지?"

　녀석은 대꾸하지 않았다.

　"그리고 모르는 아저씨가 과자 같은 것 사줘도 막 따라갈 테지. 안 그래?"

　제놈도 속은 있는지라 그제야 히죽이 웃어 보였다.

　"그래, 구경시켜주지. 그 대신 너 담부터는 엄마 말, 아빠 말 잘 들어야 된다?"

　우리네 시골 같은 데서는 그리 흔치 않은 구경거리라서 나는 아들 녀석의 청에 순순히 응해주었다. 그러면서도 겨우 도청 소재지까지 내려와서 벌이는 시합인데 오죽하랴 싶어 그것이 누구하고 누가 싸우는 무슨 시합인가 묻지도 않았다.

　그런데 월요일 아침 출근하는 길에서 나도 우연히 그 선전 벽보를 보게 되었다. 이강민이란 사람의 얼굴이 얼핏 눈에 들어왔다. 그에 맞서 싸울 상대자는 내가 가진 상식의 범위에서는 이렇다 하게 기억에 없는 인물이었다. 그러나 다른 한 사람은 이강민 그가 분명했고, 그가 싸우는 것으로 보아 처음 생각했던 것보다는 제법 비중이 큰 시합인 것 같았다. 선전 벽보에 큼지막이 나붙은 두 얼굴 중의 하나가 바로 텔레비전으로만 보던 이강민 선수인 줄을 깨닫는 순간 나는 무슨 일이 있어도 아들 녀석과의 약속을 꼭 지키기로 새삼스레 마음을 다져먹었다. 뭔가 은밀히 와지는 예감 같은 게 있었기 때문이다.

그때부터 나는 기다림 속에서 시간을 보냈다. 혹시 수업에 들어가고 없을 때 나를 찾는 전화가 걸려오면 상대방의 연락처를 꼭 메모해 두도록 교무실 사환한테 단단히 일러놓았다. 그리고 수업 중에도 운동장을 가로질러 현관 쪽으로 걸어오는 남자의 모습이 창 너머로 보일라치면 가르치다 말고 유심히 내려다보기도 했다. 하지만 나를 찾는 전화도, 직접 찾아오는 사람도 없이 그럭저럭 시간만 흘러갔다. 어느덧 금요일 오후가 되었으나 그때까지도 나는 포기하지 않고 있었다.

다섯시가 넘은 걸 확인하고는 교무실을 나왔다. 교문을 빠져나와 시내 쪽으로 한참 걷고 있는데 뒤에서 학생 하나가 헐레벌떡 달려왔다. 어떤 손님이 저쪽에서 나를 부른다는 것이었다. 드디어 올 것이 왔음을 나는 직감했다. 정명록이란 친구로부터 얘기 들은 이후로 나는 그날 텔레비전에서 본 사람이 어쩌면 문명남 바로 그치일지도 모른다는 막연한 생각을 갖게 되었으며, 다음번 이강민의 시합 때면 아마 또 나타날 거라고 혼자서 예상해오던 터였다. 그랬는데 별 뾰족한 근거도 없이 이렇듯 막연히 시작된 예감이 드디어 적중하는 순간이 다가온 것이다. 나는 학생을 따라 뜀 반 걸음 반으로 오던 길을 되짚어 갔다.

이게 얼마 만의 해후인가. 그는 학교 앞 전봇대 아래 수줍은 듯이 웃으며 서 있었다. 만나지 못하는 동안에 그는 늘 동안이던 얼굴이 내 형님뻘이나 되게 폭삭 늙어 있었다. 그러나 무엇보다도 다행인 것은 소문대로 그악스럽게 변모해버린 구석 전혀 없이 전에 내가 알던 수줍은 문명남의 모습 그대로 나타나준 점이었다.

"한 발짝만 늦었어도 못 만날 뻔했군. 퇴근 시간에 대서 오느라고 급히 서둘렀는데도 벌써 저만큼 가고 있잖아. 그래서 학생을 시켜 부르게 했지."

그가 옛날처럼 쭈뼛거리면서 내 앞으로 다가와 역시 옛날 버릇 그대로 속삭이는 소리를 하는 바람에 나는 고닥새 감격해버리고 말았다. 겉으로야 늘 흉보고 욕했던 사람이지만 속새로는 그래도 아우처럼 아끼고 사랑한 것이 내 진심임을 스스로 확인해보는 신선한 즐거움이 그와의 오랜만의 대면에서 느낀 최초의 감정이었다.

내 쪽에서 먼저 서둘러 얘길 꺼낼 필요는 없었다. 나한테 얘기할 만한 건더기가 있는 일이라면 그는 할 것이고, 정히나 얘기할 게 없다면 그것으로 또 그만이었다. 입에다 넣기만 하면 대번에 속이 뉘엿거려지는 그 사카린 맛 같은 소문 따위는 나는 될수록 믿고 싶지 않은 심정이기도 했다. 그것보다도 오랜만에 만난 사내끼리의 정해진 절차는 당연히 술이 먼저일 것이었다.

"어디 가서 한잔 해야지?"

그러나 그는 고개를 저었다. 술이 받지 않는 체질이라고 고개를 흔드는 버릇도 옛날이나 다름없었다.

"좀 걷는 편이 낫겠어. 차에서 방금 내린 길이야. 몇 년 만에 찾아온 고향 거리도 구경할 겸 바람이나 쐬고 싶은데."

그래서 우리는 우선 걷기부터 했다. 그는 여행에 알맞은 간편한 잠바 차림에다 현역 군인 같은 스포츠형의 짧은 머리를 하고 있었다. 하기야 그런 몸차림이 아니라도 수학여행 나온 학생처럼 혹은 난생 처음 모국을 방문한 재일동포의 일원처럼 거리 여기저기를 감회 깊게 기웃거리며 다니는 그는 누가 보든 영락없는 타관 사람일 것이었다.

우리는 발길 닿는 대로 나사가 풀린 듯이 마냥 느슨히 걸었다. 정처를 안 두고 한참 걷다 보니까 어느 겨를에 도청 건물이 저만큼 거리에 보였다. 삼 층 건물 중앙부 위에 베레모 모양으로 얹힌 원개식 지붕을 바라보면서 그는 별안간 탐욕스러운 눈초리를 했다. 그러고는 잠시 뒤를 돌아다보더니 보측(步測)이라도 하려는 듯 조심스럽게 몇 발짝 뒷걸음질을 하는 것이었다.

"그래, 맞았어. 여기가 분명히 저지선이었어."

그가 중얼거리는 뜻을 나는 너무 어렵게 새겨들으려 했었나 보다. 그렇기 때문에 드문드문 중얼거리는 말과 말 사이를 잇는 질서 정연한 줄거리를 얼른 잡아내지 못하고 그토록 당황해서 어리벙벙한 채로 있었을 것이다.

"저지를 뚫고 넌 달리기 시작했었지."

"무슨 소릴 하는 거지?"

"봐라. 이렇게 달렸었다."

말로만 그러는 게 아니고 그는 실지로 단거리 선수처럼 행인들 사이를 헤집으며 달리기 시작했다. 내가 알기로, 그는 분명히 술 한 모금 하지 않은 맑은 정신이었다. 덩달아 그를 뒤쫓으며 나도 같이 뛸 수밖에.

"바로 저기야."

그는 도청 정문 앞에 급정거를 하듯이 멈춰서며 헐떡이는 소리를 했다. 그의 오른손은 서쪽으로 많이 기운 햇빛을 역광으로 받으며 높다랗게 솟은 정문 문주를 가리키고 있었다.

"그때 넌 저 위로 기어올라갔었지."

아아, 하고 나는 신음을 했다. 아아, 문명남이는 지금 십여 년 전의 일을 얘기하고 있다. 아아, 문명남이는 지금 우리가 고3이었을 때 사월에 일어난 사건을 회상하는 것이다. 나는 거의 완전무결하게 잊은 채 지낸 일이다. 도청 정문 앞을 수시로 오가면서도 그것이 지닌 의미를 오래전에 몰각해버렸다. 주위의 다른 친구들도 너나없이 그랬다. 그런데 유독 문명남이만이 십여 년이 지난 오늘까지도 당시의 일을 미주알고주알 회상할 줄 아는 것이다.

"기억나니? 저쪽 담장을 타고 문기둥 꼭대기로 올라가서 선언문을 낭독하던 일, 너 기억나?"

실제로 또 그가 거대한 콘크리트 문주 위로 기어올라가 보일 것만 같아서 나는 마음이 조마조마했다.

"굉장했지, 굉장했어, 정말 굉장했단다! 사람들이 모두모두 너만 올려다보는 거야! 모든 것이 네 얼굴 하나, 네가 토하는 말 한 마디에 달려 있는 것만 같은 순간이었어!"

목소리가 너무 컸다. 단상에서 열변을 토하다시피 외쳐대는 소리였다. 지나가던 사람들이 저마다 발걸음을 멈추고 둥글게 원을 그리며 섰다. 그들이 회동그랗게 뜬 눈으로 우리들 두 사람을 번갈아 쳐다보는 것으로 미루어 그의 목소리가 얼마나 큰가를 대중할 수 있었다. 손바닥만 한 고장에서 구경꾼들 가운데 한두 사람 정도 안면 있는 얼굴이나 학부형이 끼여 있지 말란 법도 없었다. 나는 창피해서 죽을 지경이었다.
"그래그래, 인제 알았어. 그런 일도 참 있었지. 알았으니까 그만해두자."
하지만 그는 그런 정도에서 그만둘 생각이 아닌 듯했다. 내가 사람들 앞에서 느끼는 창피 따위, 내가 나 스스로를 향해 느끼는 부끄러움 따위는 그는 숫제 아랑곳하지 않았다. 놀랍게도 그는 당시의 선언문 구절까지 정확히 기억하고 있었다. '친애하는 애국 시민 여러분!' 하면서 첫 대가리부터 줄줄 암송해보이는 것이었다. 참으로 기가 찰 노릇이 아닐 수 없었다. 구경꾼들이 더 이상 꾀어들기 전에 그의 무분별한 독주에 일단은 제동을 걸어둘 필요가 절실해졌다. 나는 그의 팔을 낚아채어 세차게 끄어들면서 이렇게 귀엣말을 했다.
"그때 넌 어디 있었지?"
그러자 졸지에 테러라도 당해버린 사람처럼 그는 얼얼해진 표정으로 내 시선의 포위에서 벗어나지를 못했다.
"나?"
나는 곧 심한 자책을 느끼지 않을 수 없었다. 사실 그것은 그를 상대로 던지는 질문치고는 너무 가혹한 것이었다. 등뒤에서 총을 쏘는 거나 매일반의 비열 행위인 셈이었다.
"나 말이지?"
하지만 처음부터 그럴 생각으로 던진 질문은 아니었다. 무슨 수를 써서든 그의 입을 틀어막지 않으면 안 되는 입장이었고, 그러자니 자연 생각지도 않은 말이 불쑥 튀어나와버린 것이었다.
"내가 그 당시 어디 있었냐구?"

그는 자꾸만 되묻고 있었다. 나를 향해서가 아니라 실은 자기 자신을 향해서 그처럼 거듭 되묻고 있는지도 몰랐다. 나는 다시 한 번 그를 잡아끌어 구경꾼들 사이를 빠져나가려는 동작으로 내 빗나가버린 질문을 얼버무리려 했다.

"이거 놔라! 나 조금도 취하지 않았어. 명경같이 맑은 정신이야. 적어도 내가 지금 어디만큼에 서 있는가쯤은 누구보다도 더 잘 알아."

그는 거듭되는 내 꺼듦에 상상 외로 완강히 저항해왔다. 그는 한바탕 용을 써 움켜쥔 내 손아귀를 풀어버린 다음 한결 자유로워진 오른손을 들어 맞은편쪽 멀찌막이 떨어진 인도를 가리키는 것이었다.

"저쪽이다! 구경꾼들이 보도를 꽉 메우고 있었다. 그때 나는 구경꾼들 틈에 섞여 있었다. 늬들이 스크럼을 짜고 구호를 외쳐대고 선언문을 낭독하는 동안 난 줄곧 그렇게 구경꾼들 속에 숨어서 마치 배고픈 똥강아지같이 늬들 뒤꽁무니만 줄레줄레 쫓아다니고 있었다."

군중들 틈에 그를 버려둔 채 결국 나 혼자서만 빠져나오고 말았다. 그런데 고함이 계속해서 내 뒤를 따라왔다.

"왜 그랬느냐고 또 묻고 싶을 테지? 대답해주지. 두려워서였다. 무서워서 그랬다. 곤봉도 무섭고 최루탄도 무섭고, 뭣보다도 보장받은 장래를 망치게 될지도 모른다는 무서움이 제일 컸다. 심지어는 사람들 틈에서 구경하는 것조차도 무서워서 학교 배지도 떼고 이름표도 떼고 모자는 벗어서 뒷주머니에다 찌르고 다녔다……."

삼월부터 격화된 서울에서의 재채기가 사월이 되자 마침내 우리 고장에도 완연한 기침으로 나타났다. 모두들 들고 일어나는 판인데 우리라고 가만있을 수만은 없어서 교내에서 최고 학년 몇 사람이 주동이 되어 날짜를 잡고 부서를 정하는 등으로 준비를 진행시켰다. 거사 전날 밤까지 철저히 비밀을 지켜나갔기 때문에 문명남이가 어느 만큼의 단계에서 계획을 눈치 챘는지 그건 알 도리가 없다. 아무튼 그는 마지막 순간에 내가 우리의 계획을 통고하고 참가할 것을 권유했을 때 이미 눈치 채고 있었던 듯한 반응을 보였다. 그는 단박에 어린애처럼 흥분해가지고 어쩔 줄을 몰랐다. 내 제의를 여부없이 받아들이면서 저한테도 사전에 계획의 일부나마 귀띔해주는 내 우정에 거듭 고마움을 표시하기까지 했다. 그런데 정작 그날이 되자 그는 아무런 연락도 없이 결석을 해버렸다. 그리고 그간 주동 역할을 수행해나온 우리들 몇 사람은 등교하자마자 교장실로 불려가 하마터면 연금을 당할 뻔했다. 일이 큰 불상사 없이 끝난 다음에, 문명남이가 밀고했었다는 소문이 나돌기 시작했다. 절대로 그럴 리 없다고 내가 두둔하고 나섰지만 소문은 여전히 상당한 설득력을 가지고 교내에 왁자하게 퍼졌다. 그는 도청 간부의 집에서 어린 나이에 가정교사를 하고 있었다. 말썽꾸러기 아들을 맡아 도내 일류 중학교에 합격시킨 실적으로 기거는 물론 그가 대학을 마칠 때까지 계속해서 도와주겠다는 언질을 받고 있었다. 더구나 곧잘 엉뚱한 짓거리를 저질러온 전력으로 보아 의심하기로 들면 사실 그럴 만도 했다.

그러나 그까짓 소문이 오늘날 무슨 의미가 있단 말인가. 밀고했어도 그만, 안 했어도 그만이다. 대열에 참가했어도 그만, 골방 구석에 숨어 있었어도 그만이다. 참가했고 안 했고의 차이가 이미 없어져버린 것이다. 엄밀히 따져 얘기할 때, 오늘날 그것은 긍지도 수치도 아닌, 다만 지나간 일에 불과한 것이다. 그날 문기둥 위까지 기어올랐대서 하등 자랑스러움을 느낄 수 없는 것과 마찬가지 이치로 구경꾼들 틈에 섞여 있었대서 십여 년이 지난 지금까지 부끄러워할 필요도 없는 것이다. 그런데 이런 얘기가 전혀 통하지 않는 벽창호 한 사람이 내 신변 가까이에 숨어 살고 있었다는 사실은 확실히 충격이 아닐 수 없었다.

서로 엇비슷한 완력으로 한바탕 드잡이를 하고 난 직후처럼 우리는 흠씬 지쳐 있었다. 역 광장에서 그리 멀지 않은 다방에 앉아 커피를 마시는 동안 그는 한 마디도 입을 열지 않았다. 나 또한 그랬다. 다방에 들어온 이후로 내가 처음 입을 연 것은 일어서서 나올 무렵이었다.

"우리 집에 안 갈래?"

"나중에……"

"그럼 내일 저녁 도립 체육관에서 만나자."

그는 자칫 탁자 위의 찻잔들을 밀어뜨려 깰 뻔했다. 무척이나 놀란 모양이었다.

"어떻게 알았지?"

"마누라가 일러주더라. 그래서 접때 텔레비에서 봤다."

순간적으로 그는 몹시 허둥거리는 몸짓을 했다. 자기가 텔레비전에 등장하게 된 모든 책임이 찻잔에 있기나 한 것처럼 그는 빈 잔을 들어 그것의 속과 겉면을 두루 열심히 노려보았다.

"열렬한 팬이야. 그 친구 일행이 지금 여기서 가까운 여관에 묵고 있어."

변명치고는 좀 졸작이라고 느꼈던지 그는 묻지도 않은 얘기를 자꾸만 덧붙이려 했다.

"나 자신 왠지 그 이유는 알 수 없어. 그렇지만 시합을 볼 때마다 그 친구한테 남다른 감정이 느껴지곤 해. 일테면 링 위에 선 사람이 이강민이 아니고 꼭 문명남인 것만 같은……"

나 역시 조금은 변명을 해둘 필요를 느꼈다.

"우리집 석주란 놈 기억하지? 그 녀석이 인젠 제법 커가지고 아주 대단한 권투광이 됐어. 녀석 등살에 표를 예매해놓았지."

우리는 가까스로 웃으면서 헤어질 수 있었다. 그러나 두고두고 지워지지 않을 부패의 냄새 같은 게 악수를 나눈 내 손바닥에, 그리고 그의 손바닥에 배어 있을 성만 싶어서 밤새껏 꺼림칙한 기분이었다.

우리네 같은 시골로서는 드물게 보는 프로 복싱이라서 그런지 체육관은 미리감치 초만원 상태를 이루었다. 그 많은 사람들 속에서 문명남이의 모습을 찾아내기란 여간만 고역스러운 게 아니었다. 그는 체육관 입구에서 기다리고 있겠다던 약속을 지키지 않았다. 결국 그를 찾으려는 노력을 포기한 채 시합을 맞게 되었다.

아들 녀석 생각은 언제나처럼 변함이 없이 무조건 이기는 사람이 우리 편, 지는 사람은 적이었다. 녀석은 이강민의 상대자인 김 뭐라는 선수에 관해서도 제법 많은 걸 알고 있었다. 땅차라는 별명이었다. 이강민과는 비교도 안 되게 경력이 뒤떨어지지만 랭킹은 훨씬 상위였다. 작은 것은 얼마든지 맞아주면서 땅차처럼 무작정 밀어붙여 결정타를 먹이는 것이 특기라면 특기인 모양이었다.

일회전이 시작된 지 불과 얼마 안 되어서부터 김가는 코피를 흘리기 시작했다. 그리고 삼회전에 접어들면서는 왼쪽 이마가 찢어졌다. 시골 구경꾼들을 환장하게 만들기에 충분할 만큼 초반전부터 유혈이 낭자한 경기였다. 김가는 쉴새없이 흐르는 피를 글러브에 썩썩 이겨 발라 그걸 이가의 입에 틀어넣어주려고 일부러 정도 이상의 피를 짜내는 듯한 인상이었다. 그러나 이가는 여간해서 잡힐 기미가 안 보였다. 밀고 들어오는 걸 두어 대 짧게 되받아 앵기고는 물새처럼 껑충한 다리를 재게 놀려 사정권을 간단히 벗어나버렸다. 그리고 이제 다 벗어났는가 싶으면 어느 겨를에 팔 길이만큼의 간격을 두고 달라붙어 몸통도 때리고 면상도 치고는 다시 성큼성큼 물러났다. 마치 그러기로 허가라도 맡아놓은 것같이 그는 원하는 때 원하는 장소에 원하는 주먹을 매우 안전한 방법으로 부지런히 운반해 나르고 있었다. 사람들이 쌍통을 치라고 외치면 쌍통을 치고 이번엔 복장을 갈기라면 어김없이 복장을 갈겨대는 식으로 모든 것이 주문받는 그대로 척척이었다. 그는 거의 맞지 않고 경기를 이끌어나가면서도 오래지 않아 김가보다 더 심한 피투성이가 되었다. 김가가 일삼아 찍어 바르는 피로 이가는 점점 흉측한 몰골이 되어갔다. 시합이 무르익을수록 벨트 아래 팬츠의 하얀 바탕에도 글러브가 닿는 면적만큼의 선명한 핏자국이 하나둘 늘어났다. 그럴 때마다 이가는 고통스러운 표정을 지었고 김가는 주심으로부터 주의를 받았다.

그러다가 육회전이 거의 끝나갈 무렵의 일이었다. 중립 코너로 잠시 몰리던 이가가 예의 그 기민한 발놀림으로 사정거리를 벗어나오는 순간 김가한테 한쪽 발을 밟혔다. 중심을 잃고 비스듬히 기우는 이가를 김가의 무지막지한 주먹이 제때에 난타해버렸다. 이왕 기울던 김에 아주 엉덩방아를 찧으며 주저앉는 이가를 보더니 김가는 환성을 올리며 맞은편쪽 중립 코너로 달려가 주심이 카운트하기를 기다렸다. 하지만 주심은 슬립으로 간주하면서 이가를 일으켜세웠고, 그러자 종료의 공이 울려 두 사람은 각자의 코너로 돌아갔다.

대세가 어느 한쪽으로 완전히 기울기 시작한 것은 이런 일이 있은 다음 칠회전부터였다. 아들 녀석의 그 '우리 편'이 누가 될 것인지 알 만한 조짐들이 눈에 띄게 나타났다. 최초의 타격에서 미처 회복이 덜 된 채로 나온 이가가 자꾸만 수세에 몰리는 걸 보면서 나는 남다른 긴장에 싸였다. 김가가 정식으로 첫번째 다운을 뺏을 때는 솜이불을 치는 것 같은 둔중한 소리가 울렸는데, 그때 나는 링을 쳐다보고 있지 않았다. 링 주위의 관중석을 살피고 있었다. 그리고 잠시 후 두번째, 어퍼컷으로 턱을 강타당한 이가가 마치 체육관 천장이라도 가를 듯이 오른팔로 엄청나게 큰 호를 그리는 기묘한 동작을 취해 보인 다음 쿵 하고 나자빠질 때도 곧장 시선을 관중석으로 돌렸다. 아니나다를까, 문명남이가 등장하고 있었다. 그동안 어느 구석에 박혀 있는지 알 수 없던 그가 번개 같은 동작으로 링을 겨냥해 뛰어들고 있었다. 그는 조금의 주저도 없이 막바로 이가가 쓰러져 있는 쪽으로 달려가 로프에 매달렸다. 그러고는 외치기 시작했다.

"정직하게 고백해라! 당신은 지금 현재 몹시 기분이 좋은 거다! 그렇지? 그렇지?"

카운트는 이미 끝나 주심이 아웃을 선언하고 난 뒤였다. 캔버스에 마냥 눌러 나자빠져 있을 작정인 듯 이가는 모로 약간 비스듬히 누운 채 일어설 생심조차 안 먹는 것 같았다. 이가의 매니저 아니면 세컨드쯤으로 보이는 트레이닝복 차림의 사내가, 이젠 이력이 나서 그다지 당황할 것도 서두를 것도 없다는 식의 표정을 하고 링을 질러 느시렁 걸음으로 오더니 쓰러진 동료를 부액해 세우는 게 아니라 난데없이 뛰어들어 아까부터 고래고래 소래기를 질러대는 웬 미친놈만을 멀거니 내려다보는 것이었다. 기가 막혀 죽겠다는 표정이었다.

"어때, 내 말이 틀렸나? 다 속여도 난 못 속인다! 첨부터 난 다 알고 있었다!"

구경꾼들이 일어나 자리를 뜨는 어수선 속에서도 내 친구의 목소리는 똑똑히 들렸다. 새로운 구경거리에 눈이 팔려 나가려다 말고 링 주변으로 다가가는 사람들도 보였다. 내 친구는 링 안으로 머리통을 디밀면서 안타깝다는 투로 마구 로프를 잡아 흔들었다.

"이강민! 사랑하는 이강민! 당신은 지금 현재 기분이 최고다! 그 기분을, 어떤 희생을 지불하는 한이 있어도 영구히 손에 넣고 싶은 그 기분을 사겠단 욕심으로 당신은 질 것이 뻔한 시합인데도 그렇게 번번이 도전하는 거다! 난 다 안다. 당신 머리 꼭대기에 앉아서 난⋯⋯."

그러다가 내 친구는 필시 뒤로도 무궁무진 남았을 할말 전부를 미처 못다 쏟은 채 갑자기 캐액캑 막히는 소리를 했다. 그도 그럴 것이, 트레이닝복 차림의 사내한테 단단히 멱을 잡혀 링 위로 난폭하게 끌어올려지는 참이었던 것이다.

"이 빌어먹을 개새끼가 여기꺼정 뒤쫓아와갖구는⋯⋯."

사내가 주먹을 들어 시위를 당기듯 어깨 너머까지 팽팽히 잦혔다가 마악 놓으려는 꼭 그때, 잠자코만 있던 이가가 눈을 떴다.

"내버려둬."

이가는 비틀비틀 일어서려는 몸짓을 하면서 손을 내저어 동료를 말렸다.

"어이구, 이걸 그냥그냥⋯⋯."

심사가 뒤틀릴 대로 뒤틀린 트레이닝복 사내는 내 친구를 곱게 놓아주지는 않았다. 링 모서리를 향해 있는 힘껏 메어꽂으면서 치를 떠는 것이었다. 하지만 내 친구는 아직도 혼이 덜 난 모양이었다. 그제야 겨우 몸을 가누고 일어난 한 불우한 늙다리 권투 선수를 노려보면서 계속해서 광기에 찬 고함을 퍼붓고 있었다. 찌렁찌렁 울리는 그의 목청은 한때 무던히도 벅적거렸던 인파를 대신하여 새롭게 자리 잡기 시작한 파지장머리의 공허를 몸서리치도록 돋보이게 만들고 있었다.

"그 따위 폭력 가지곤 내 입을 못 막아! 당신은 내 앞에서 진실을 털어놔야 돼! 당신도 사내라면 내 말에 정정당당히 대답하란 말야! 처음부터 난 당신 속셈을 내 오장육부 들여다보는 그 이상으로 속속들이 간파하고 있었던 거야!"

당시의 그 광적인 언행에 관하여 그는 나한테 한 마디 해명도 하지 않았다. 나 역시 그 일을 가지고 시비를 가리고 싶은 기분이 아니었다. 다만, 우리 서로가 냉정을 되찾기에 충분할 만큼의 시간이 흐른 다음, 좀 지나치지 않았느냐고 넌지시 나무라는 투로 물어본 적은 있었다.

"모르는 소리!"

그런데 그때 그가 보인 반응은 냉담 바로 그것이었다.

"권투 용어에 펀치 드렁크란 말이 있어. 두부를 강타당한 선수한테 단골로 나타나는 정신 현상이지. 우리가 만취했을 때 맛보는 것하고 비슷한 기분으로 알면 돼. 겉보기하곤 딴판으로 누구한테 작신 얻어맞는다는 건 제삼자가 옆에서 우려해주는 것만큼 그렇게 고통스럽진 않아. 고통이 아니고 그것은 일종의 황홀이니까. 물론 개체에 따라서 반응도 천차만별일 테지만 공통적인 현상은 구름 위를 둥둥 떠서 나는 것 같은……"

지금은 어떤 세상?

그날 밤에 우리는 코가 옆으로 이사가게끔 술들을 퍼마시고 다녔다. 술 얘기만 나오면 으레 받지 않는 체질이라며 늘 엄살만 하던 그쪽에서 웬일로 먼저 자청하는 바람에 시답잖게 시작했던 것인데, 막상 시작하고 보니 웬걸 그는 깜짝 놀랄 만큼 센 편이었다. 권커니잣거니 공평히 대작하는 형편인데도 앞질러 취기를 느낀 것은 어쩌면 내 쪽이 먼저였지 않았나 생각된다. 이차를 거쳐 삼차를 제의한 것도 그였으며, 나는 외려 적당한 선에서 그만두는 게 어떠냐고 슬슬 뒷걸음질칠 정도였다. 이런 점으로 미루어 그날 밤에 있었던 시비의 첫번째 것은 아마 나 때문에 발단되었을지도 모른다고 믿어지기도 한다. 하지만 두번째는 책임의 소재가 분명한 것이므로 그것까지 내가 총대를 멜 생각은 추호도 없다.

우리 학교 선생들이 단골로 정해놓고 마시는 곱창 전문의 통술집에서였다. 거기서 한창 삼차를 벌이고 있던 참인데, 내가 앉은 자리 바투 옆에서 갑자기 나동그라지는 사람이 있었다. 우리보다는 한결 연하로 보이는 젊은 친구였다. 젊은 사람이 화장이라도 하러 가다가 술을 못 이겨 제풀에 그러느니만 믿고 나는 별달리 괘념하지 않았다. 그랬는데 그게 불찰이었다. 넘어진 친구는 일어나긴 쉬웠는데 내 곁을 냉큼 물러서기는 꽤나 어려운 모양이었다. 형님 폼이 너무 거창해 보인다고, 좀 줄여줄 수 없겠느냐고 그러는 것이었다. 그 친구가 영락없는 나를 상대로 별로 취한 기색이 안 보이는 싱싱한 목소리로 그처럼 완연한 시비조의 충고를 건네고 있음이 곧 분명해졌다. 비로소 내 앉음새에 새삼스레 생각이 미쳤다. 나도 모르게 한쪽 다리를 남의 것인 양 비좁은 통로에다 내맡겨두고는 조금도 상관없다는 자세로 도나캐나 퍼질러앉아 있었던 것이다. 나는 지체없이 사과했다.
"나 때문에 그랬다면 당연히 사과드려야죠. 이거 미안하게 됐습니다."
"뭐라? 나 때문에 그랬다면?"
젊은 친구는 내 곁을 물러나기가 여전히 어려운 듯했다.
"사람을 한 바퀴나 재주넘겨놓고는 그래 한다는 소리가 겨우, 그랬다면 사과합죠야?"
맹세코 그런 식으로 대꾸하지는 않았다. 나는 그보다는 훨씬 더 정중한 말씨였다고 자신한다. 하지만 그건 어디까지나 내 쪽 사정일 뿐, 저 이로울 대로만 마구 꼬부려 듣는 그 억지 앞에서 나는 임자 만났음을 직감하지 않을 수 없었다. 아니나다를까, 젊은 친구는 대뜸 놈자를 놓으며 거세게 나오는 것이었다.
"낯살깨나 훔친 치가 뭘 믿구 이렇게 까부는지 어디 두구 보자. 얘들아, 이리 와서 요 싸가지없는 놈 감상 좀 해봐라."
그러면서 문간 쪽에 대고 제 패거리한테 원정까지 청하질 않는가. 그러자 건주정 비슷하게 노닥거리며 앉았던 또래또래들이 기다리고나 있었다는 듯이 앞을 다투어 한목으로 몰려오더니만 울타리 치듯 앞뒤를 삥 에워싸버렸다.
"뭐야! 뭐야!"
"왜 그래? 무슨 일인데 그러지?"
시초엔 평풍알 푼수도 못 되던 것이 어느 틈엔지 구르고 굴러 눈사람만하게 키워지면서 사태는 점점 내 힘만 갖고는 감당 못 할 경지로 줄달음치고 있었다. 호랑이 쫓는 게 곶감이라더니, 요즘 같은 세상에 한창 나이의 젊은이를 가볍게 상대한 것이 실수라면 실수인 셈이었다. 술상 아래로라도 숨고 싶을 지경으로 한참 궁지에 몰리는 판국인데, 바로 이때 내 쪽에도 사람이 아주 없는 건 아니라는 사실을 밝히 보여주면서 전혀 기대도 하지 않았던 문명남이가 새중간에 불쑥 뛰어들어준 것은 나로서는 여간만 다행이 아닐 수 없었다.

"거 젊은 친구가 너무 빡빡하게 구는구먼."

이제까지 없는 거나 다름없이 그저 잠잠히만 앉아 있던 내 친구가 뜻밖에도 의젓하게 한 소리 거들며 나섰다.

"빡빡해? 그래, 빡빡하다! 빡빡하면 어쩔 거야?"

"이건 또 웬 물건이야! 우리 단체적으로 놀자는 얘긴가?"

"젊은 것두 죄야? 우리가 젊은 게 뭐 즈이들 밥 노릇하기 좋으라구 젊은 줄 알어?"

한 입을 보고 네댓 입이 댓바람에 떼로 엉겨붙었다. 그러나 내 친구는 오래 전서부터 그 같은 일엔 아주 익숙해 있는 것처럼 조금치도 동요의 기색을 안 보였다. 슬로 비디오 속의 한 장면 같았다. 그는 매우 느리면서 인상적인 동작으로 잠바 앞자락을 헤친 다음 검정색 가죽혁대에 찬 안경집에서 선글라스를 끄집어내더니 역시 평생토록 기억에 남을 느리디느린 동작으로 그걸 귀에다 거는 것이었다.

"자네들 방금 죄에 관해서 언급을 했것다……."

아아, 저 안경! 나는 하마터면 소리를 지를 뻔했다. 바로 그 안경이었다. 언젠가 텔레비전의 중계로 잠깐 본 적이 있는, 굵은 금속테의, 좀 야해 보이던, 그런데 이제 지척지간에서 실제로 자세히 보니 도수는 전혀 안 들었고 대신 엷은 적갈색을 넣어 잔뜩 노련미와 위엄을 부린, 바로 그때의 그 안경임에 틀림없었다.

"자네들 말 한 번 제대로 자알 했어. 그런 문제라면 나도 꽤 할말이 많은 사람 축에 들지."

참으로 그것은 믿어지지 않는 탈바꿈이었다. 안경을 걸치는 순간을 경계로 그 이쪽과 저쪽의 사람이 그렇게도 달라 보일 수가 없었다. 달랑 안경이라는 소도구 하날 갖고는 그 어떤 명배우라도 그와 같이 눈부시게는 분장해보일 수가 없을 것이었다. 그는 이미 내 친구가 아니었다. 이십여 년을 두고 제놈 속을 내 속처럼 안다고 자부해온 문명남이는 거기에 완전히 부재중이었다. 이날입때껏 그 무엇인가에 가려 도무지 빛을 못 보던 한 숨은 배우가 갑자기 혜성처럼 내 눈앞에 나타나 천생의 재질로 일생일대의 명연기를 실연해보이는 순간이었다. 한바탕 북새를 질러볼 작정으로 퍼렇게 벼르고 덤비던 우리네 시골 건달꾼들도 어딘지 모르게 도회 냄새가 물씬 풍기는 그 명연기에 압도되어 개개일자로 반벙어리 시늉들을 하고 있었다.

"죄로 따진다면 다치는 게 어느 쪽이 될지 짐작들이나 해봤나?"

"……"

그는 마치 잠바 안쪽에서 꺼내보일 것이 안경말고도 아직 한 가지쯤 더 남아 있다는 투로 오른손을 품안에 쑥 집어넣으려는 몸짓을 취했다. 그러자 내 머리에도 퍼뜩 떠오르는 생각이 있었다. 더구나 전에 정명록이한테서 귀띔해 들은 얘기까지 있으므로 내 예감은 거의 결정적인 것이었다. 나 때문에 비롯된 불상사니까 조연 역할이라도 떠맡아 가급적이면 사태를 손쉽게 해결할 속셈으로 나는 큰 소릴 쳐 술집 마담을 불렀다. 그러고는 오래 전부터 안면이 두터운 그 아주머니 귀에다 대고 쑤군거렸다. 물론 술청 안에 있는 모든 사람이 충분히 알아듣고도 남을 만한 귀엣말이었다.

"이 양반, 한양서 내려온 내 친군데, 이런 말까지 하긴 좀 뭣하지만 겁나게 무시무시한 데 있는 사람이야. 앞길이 구만 리 같은 나이에 조금이라도 다쳐선 안 될 사람들이니까 스스로 알아서들 물러가게끔 아주머니가 잘 좀 얘기해줘야겠어."

내 말이 끝나자 그는 갑자기 생각이 달라졌다는 듯이, 그렇게 심하게 다룰 필요까지야 뭐 있을까 보냐는 듯이 오른손에 집중된 긴장을 털어버리는가 싶더니, 다음 순간 아드득 하고 어금니를 갈아붙이는 게 아닌가. 전신에 소름이 돋을 만큼 그것은 몹시 을씨년스럽고 협박적이며 야만을 극한 음향 효과였다.

"마빡에 피도 덜 마른 애숭이놈들이 지금이 어떤 세상이라고!"

보이는 족족 눈 안에 죄다 잡아 가둘 기세로 험악하게 노려보면서 그는 계속해서 나직이 이를 가는 소리를 했다.

"쥐도 새도 모르게 꽉 잡아묵어버리기 전에 얼른 내 앞에서 꺼졌!"

그것으로 아주 그만이었다. 그 한마디로 만사가 다 근사하게 해결되었다. 명령 아닌 명령이 떨어지기 무섭게 그네들은 코를 싸쥐고는 슬금슬금 꽁무니를 빼버렸던 것이다.

손 하나 까딱 않고 깨끗이 일을 처리한 후로도 그는 좀처럼 본래의 제 모습으로 돌아오려 하지 않았다. 내가 익히 아는 문명남이가 아니고 여전한 배우 자격인 채로 그는 거의 통행금지가 임박할 무렵이 되어서야 술자리에서 일어났다. 그는 기고만장해가지고 대로 한가운데를 활보했다.

"명남이 너 내 앞에서 정체를 밝히지 않으면 안 된다!"

그를 쫓아가면서 나는 뒤에서 이렇게 소리쳤다. 그는 돌아다보면서 그저 씨익 웃기만 했다.

"듣자니 네놈이 외람되게도 공무원 자격을 사칭하고 다닌다는 소문이던데, 그게 사실인가?"

"다아 그렇고 그렇게 살아가는 거지, 뭐. 네 맘대로 생각해. 네 생각이 옳을 테니까."

"그래, 맘대로 생각하지. 넌 가짜다! 네놈은 평생을 가짜로만 살아온 녀석이다!"

누가 듣거나 말거나 나는 술김을 핑계대고 마구 떠들었다. 그는 대로상에서 방뇨를 했다. 통행금지가 가깝다곤 하지만 아직도 듬성듬성 행인들이 오가고 차량들이 질주하는 한길 복판에서 그는 질금질금 오래도 오줌을 누었다. 그가 마악 바지 구멍을 수습하는 판인데 뒤쪽에서 "여보, 여보!" 하고 부르는 소리가 들렸다. 아는 사람이었다. 손바닥만 하게 좁은 고장에서 낯익은 얼굴 가운데는 더러 사복 경찰관도 섞여 있기가 일쑤였다.

"알 만헌 분들이 이게 뭡니까. 옆에서 탈선을 허면 친구분 입장에서 당연히 말려야죠."

상대방도 내가 어느 학교 선생이란 걸 얼른 알아보는 눈치였다. 말하는 투를 보니 심하게 단속할 의사는 아닌 듯싶었다. 그래서 적당히 사과하고 끝내려는데 이때 문명남이가 비틀걸음으로 다가왔다.

"뭐야, 넌!"

내가 말리고 어쩌고 할 겨를도 안 주었다.

"내가 누군 줄 알고 함부로 설치는 거야, 설치길!"

내친김에 아주 철저히 끝장을 볼 작정인 듯 그는 처음부터 이렇게 거세게 나왔다.

"지금이 어떤 세상인 줄이나 알고 까불란 말야! 쥐도 새도 모르게 콱 씹어돌려버릴라!"

이 정도면 이미 갈 데까지 다 간 셈이었다. 그런데도 우리의 그 고지식한 시골 순경은 그것이 뭘 의미하는 말인지 당최 새겨들을 생각은 않고, 이젠 정식으로 업무를 수행할 수밖에 없다는 뜻을 나한테 명확히 통고해왔다. 일은 점점 우습게 되어만 갔다. 술 먹은 개라는데 탓할 만한 가치조차 없는 인간이라고, 아는 처지를 봐서라도 이번 한 번 눈 질끈 감아달라고 손이 발이 되도록 사정도 해봤지만, 그럴수록 되레 더 경찰 고유의 사명감만 부채질해놓을 뿐이었다. 결국 우리는 학교를 관할 구역으로 가지고 있는 인근 파출소까지 연행당하는 신세가 되고 말았다.

뭐 특별히 우려할 만한 일은 일어나지 않았다. 한 시간쯤 후에 우리는, 더 좀 정확히 말해서 풍속 사범으로 걸린 문명남이와 그의 보호자 격인 나는 정상을 참작받아 훈계 방면될 수 있었다. 연행되기 직전부터 뺑 돌기 시작한 문명남이가 파출소로 들어서면서부터 워낙 인사불성이 되어 횡설수설하는 바람에 순경도 어이가 없는지 나중에는 허허 웃어버렸다. 파출소를 나설 때는 통행금지가 시작되고도 한참이 지난 시각이었다. 소행머리가 괘씸하긴 하지만 선생님 체면을 봐서 그만 정도로 돌려보낸다는 걸 나한테 누차 강조해가며 그 순경은 가까운 여관까지 우리를 안내해주었다.

여관방에 들자마자 그는 아예 세상 모르게 곯아떨어져버렸다. 드렁드렁 코를 부는 그 옆에서 나는 좀처럼 눈을 붙일 수가 없었다. 하루를 지낸 일이 꿈만 같았다. 체육관에서나 술집에서나 다 마찬가지였다. 술집 쪽이 특히 더 나빴다. 그의 연기에 말려들어 저도 모르게

내일의 경이(驚異)

조연을 떠맡고 나섰던 일이 몹시 언짢은 기억으로 뇌리에 살아 밤새 껏 몸을 뒤척이게 만드는 것이었다. 차라리 안면 많은 순경과 맞닥뜨렸을 때 그를 '사칭 빙자'의 혐의로 고발해버리는 편이 나을 뻔했다는 생각까지 들었다. 그리하여 내 친구는 지금 상태보다 훨씬 더 불행해질 필요가 있었다. 그리하여 그는 지금보다 더한 밑바닥 저 끝까지 떨어질 만큼 떨어져버린 다음에 한 번쯤 대들보에 목을 매달 필요가 있었고, 거기서 천행으로 밧줄이라도 끊어져 연명이 가능케 된다면 그때부터 그의 앞길엔 애오라지 오르막만이 있을 것이었다. 스스로의 의지로는 도무지 엄두를 못 낼 일이라면 나는 친구를 위하여 오 분도 좋고 십 분도 좋고, 대신 그의 목덜미를 짓눌러줄 수도 있는 문제였다. 단 한줌에 쥐일 성싶게 가느다랗고 하얀 그의 목을, 갈그랑거리는 숨결을 따라 규칙적으로 오르내리는, 툭 불거진 목정강이 부분을, 아담 할아버지가 최초의 죄를 짓다가 엉겁결에 인류에게 남겨주게 되었다는, 우리들 남자만의 그 유산을 시간 가는 줄 모르고 자세히 자세히 내려다보면서 느끼던 안쓰러움이 어느덧 꿈속에까지 연장되어 나는 자꾸만 안쓰럽다, 안쓰럽다, 하고 넋두리하면서 소리내어 울고 있었다. 그러다가 늦잠에서 깨났을 때는 온 방 안이 대낮처럼 부셨는데, 밤새 그가 들어 자던 이부자리는 정갈하게 개켜져 있었고, 그가 아무데도 안 보이는 대신 내 머리맡엔 쪽지 한 장이 남겨져 있었다.

친구야.
나는 안다. 어젯밤 그런 일들로 네가 나로부터, 아니, 좀더 정확히 말해서 네 맘자리에서 내가 저 북망만큼이나 먼 거리로 단숨에 튕겨져나가게 된 그 경위를 나는 안다. 그리고 나는 아는 게 더 있지. 내가 있어도 좋을 시간과 반드시 꺼져줘야만 하는 시간을 나는 본능이 지시하는 대로 정확히 가릴 수 있어.

언젠가는 이런 날이 올 줄 알았다. 피하려면 피할 수도 있고 유예해 두고 싶으면 얼마쯤 더 유예할 수도 있었다. 하지만 난 지긋지긋했다. 널 피해다니는 일에도 이젠 아주 넌덜머리가 나 있었다. 그래서 어젯밤을 날로 잡아 결행해버린 거다.

얻어맞는다는 건 옆에서 우려하는 것만큼 그렇게 고통스럽지만은 않은 법이다. 그것은 술이나 아편 같은 중독물이고 일종의 황홀이기 때문에…….

행운을 빈다. 잘 있거라.

마지막 잎새

집을 지척에 두고 본의 아니게 한 외박이긴 하지만, 그렇다고 곧장 마누라한테 달려가고 싶지도 않았다. 어디 가서 아무렇게나 간단히 조반을 때우고 싶은 기분도 아니었다. 그저 멋대로 여기저기 쏘다니다가 얼핏 간판이 눈에 띄어 들어간 곳이 역 광장에서 가까운 그 다방이었다. 전에 문명남이하고 마주앉았던 자리에는 등산복 차림의 남녀들이 앉아 등산복 빛깔의 웃음을 웃고 룩색 모양의 말들을 나누고 있었다. 혹시나 싶어 다방 안을 휘이 둘러보았지만 문명남의 모습은 어디에도 안 보였다. 그러나 그때 상당히 낯익은 얼굴 하나가 화장실 출입구 바로 옆자리에 앉아 호락질로 차를 마시고 있었다. 그가 누구라는 걸 깨달았을 때 나는 순간적으로 묘한 착각에 빠져, 나하고 이 다방에서 만나기로 시간 약속까지 진작에 해놓은 사람이 다름아닌 그였던 듯만 싶어서 별로 망설일 것도 없이 화장실 옆자리로 다가갔다.

"만나서 반갑습니다, 이강민 씨."

육사생이란 별명에 딱 어울리게 엄격한 자세를 하고 차를 마시는 중이던 그는 짧게 내 얼굴을 살피고 나더니 그다지 놀라는 기색도 없이 꼭 아는 사람을 상대로 약속보다 조금 늦었음을 상기시켜주기라도 하는 듯한 표정과 함께 맞은편 빈 자리를 눈으로 가리켜보였다. 서 있으려면 서 있고 앉고 싶으면 앉고, 어느 쪽이든 편리할 대로 정하라는 투였다.

"반갑습니다."

처음이자 어쩌면 마지막이 될 우리의 회견은 이처럼 우연한 계제에 이상야릇한 분위기에 싸여 진행되었다. 시작부터 상식을 벗어나 명색이 그래도 직업 권투 선수인 사람을 앞에 두고 겁 없이 무례하게 구는데도 그는 피할 수 없는 펀치를 감당하듯 계속 무방비의 허술함을 보이는 것이었다. 나는 초반부터 결정타를 먹이는 셈치고 단도직입적으로 물었다.

"문명남이를 아십니까?"

간밤에 격전을 치르고 난 사람답지 않게 멀쩡한 얼굴이었다. 모르는 사람이 보면 영락없이 깔끔한 중견 은행원이나 구조적인 두뇌를 요구하는 무슨 설계사쯤으로 알 만큼 정갈한 용모였다. 역시 권투 선수답지 않게 맑은 눈에 스치는 몇 차례의 찰나적인 그림자로 보아 시방 기억 속에서 사진첩이라도 넘기고 있음이 분명했다.

"모르겠는데요."

"그럴 리가 있습니까. 자기가 쓰러질 적마다 난데없이 뛰어들어서 꽥꽥 괌질을 쳐대는 그 미치광이를 모르다니……"

"아하, 그 친구 이름이 문명남인가요?"

"이제야 생각나십니까?"

"생각나다마다요. 이름만 빼곤 그 친구 오래전부터 잘 알고 있죠."

"그 미치광이 녀석이 바로 제 친굽니다. 한때는 상당히 촉망받던 시인이기도 했습니다만."

"그래요? 하지만 지금으로선 그렇게 썩 좋은 친구를 두신 것 같진 않군요. 아무리 시인 친구라도 말입니다."

"그 녀석이 당신 시합장에 나타나기 시작한 게 언제부턴지 기억나십니까?"

"삼 년 전 가을부터니까 퍽 끈질기게 따라다니는 셈입니다. 처음엔 내 동료들이 불난 집에 부채질한다고 화가 나서 뭇매를 때리려 했었죠. 그걸 말리느라고 아주 혼났습니다. 하지만 이젠 뭐 아무렇지도 않습니다. 오히려 다운당할 때마다 이상하게 그 친구가 기다려지는 정돕니다. 전 본래 게임에 일단 들어가만 놓으면 사이드에서 마네저나 세컨이 제아무리 큰 소릴 질러도 다 귀막아버리고 내 방식대로 뛰는 성밉니다. 그런데 어느 때부턴가 수천 마디 고함들 속에서 유독 내 귀를 바늘끝처럼 찌르는 그 목소리 하나를 의식하기 시작했습니다. 장내가 온통 아우성 속에 빠져서 떠나갈 것 같아도 그 목소리만은 한데 휩쓸리지 않고 독자적으로 살아서 내 귀까지 또렷이 전달돼오곤 하죠. 처음 얼마 동안은 안타까워서 차마 못 들을 정도로 애타게 열렬히 응원을 해줘요. 그러다가 어느 순간에 가서 갑자기

뚝 그치면서 아무 소리도 안 들리게 되는데, 이것이 바로 내겐 위험 신홉니다. 내가 쓰러지는 순간에 맞춰 대느라고 그땐 벌써 그가 링을 향해서 달려나오는 중이거든요. 그리고 그다음엔 아시다시피 몰아세우고 추궁하는 순서가 되죠."

"그 녀석이 그러는데, 당신은 지기 위해서 시합하고 펀치 드렁크를 맛보기 위해서 일부러 상대방 선수한테 두부를 내맡기는 것처럼 얘기하더군요. 그게 사실인가요?"

"글쎄요, 당신 친구 되는 분도 나한테 늘 그 문젤 가지고 따지고 대들면서 솔직히 대답하라고 그러는데, 저로서는 퍽 난감한 질문입니다. 늘 지기만 할 사람이 권투는 애당초 뭣 땜에 시작했냐는 식의 핀잔만큼이나 그것은 저를 당황케 만드는 질문입니다. 물론 펀치 드렁크란 게 분명히 있긴 있어요. 나 자신 분명히 그걸 느끼니까요. 하지만 그것은 어디까지나 부수적인 결과일 뿐 본질 자체는 아니라고 믿어요. 어떤 게임에서나 전 늘 최선을 다해왔다고 지금도 자부하고 있습니다. 이기고 지는 그것은 언제나 차선에 불과한 겁니다. 수영을 못 하는 사람이 물에 빠졌을 때 그 물에서 벗어나려고 본능적으로 손발을 휘젓는 것처럼 저는 일단 발을 들여놓은 링 위에서 그저 사력을 다해서 발을 움직이고 주먹을 뻗을 뿐입니다. 더 이상 자세한 얘길 기대해봤자 저한테선 이제 나올 게 없습니다. 그런데 당신 친구 분에 관해서 저도 한 가지 묻고 싶은 게 있군요. 도대체 그 문씨란 사람은 뭣 땜에 그처럼 극성스럽게 내 뒤만 쫓아다니는 겁니까? 내가 펀치 드렁크 중독잔지 아닌지를 알아서 도대체 뭘 어쩌겠다는 거죠?"

"당신을 사랑하기 때문입니다."

"뭐라구요?"

"당신을 자기 자신과 이신동체로 한데 묶어 생각하고 있어요. 그러니까 당신을 사랑한다는 건 바로 자기 자신을 사랑하는 것과 마찬가지 얘기가 되죠. 그 녀석은 자기 장래를 건 일생일대의 도박에서 당신을 주사위로 삼아온 셈입니다. 당신이 권투 시합에서 승리하는 그것이 그 녀석으로서는 바로 자신의 구원을 의미하는 거라고 제멋대로 룰을 정해버린 겁니다. 아시겠습니까?"

그는 급소라도 얻어맞은 것처럼 미간을 몹시 찌푸리며 내 얘길 듣고 있었다. 그러나 내 말뜻을 온전히 이해하지는 못한 것 같아서 나는 더 좀 부연할 필요성을 느꼈다. 나는 문명남의 성장 이력을 내가 아는 범위 내에서 자세히 들려주었다. 음침하고 더럽고 답답하던 우리집 서적 창고를 출발하여 마찬가지로 음침하고 더럽고 답답한 간밤의 사건에 닿기까지 그것은 화물 열차만큼이나 긴긴 이야기였다. 나는 마지막으로 이렇게 덧붙였다.

"내 불행한 친구를 좀 도와주십사고 당신한테 간청을 드리고 싶었습니다."

"내가 뭘 어떻게요?"

"될수록 빠른 시일 안에 다시 시합을 가져달라는 겁니다. 물론 상대는 당신이 요리하기 쉬운 만만한 선수일수록 좋습니다. 그래가지고 이기는 겁니다. 이겨도 그냥 이기는 정도가 아니고 열을 센 다음에도 일어설 꿈조차 못 꾸도록 아주 철저하게 무찔러버리는 겁니다."

"말하자면 나더러 협잡을 하라, 그런 얘기군요."

"제 얘기가 불쾌하게 들렸다면 용서하십쇼. 모욕할 생각은 추호도 없었습니다."

그러자 그는 빙긋이 웃었다. 많이 애쓰고 노력한 보람이 있어 내 진심이 제대로 전달되긴 된 모양이었다.

"마지막 잎새도 일종의 협잡이었죠."

직업 권투 선수의 입에서 의외로 묘한 얘기가 튀어나왔다. 평상시 같으면 그까짓 재담 축에도 못 들 얘기 따위는 쩍 하면 입맛이었을 텐데 나는 너무 외곬의 생각에만 골똘해 있었기 때문에 그것이 내 친구를 위해서 이로운 말인지 해로운 말인지를 가리는 데만도 좀 시간이 걸렸다.

"맞았어요. 바로 그겁니다! 마지막 잎새…… 얼마나 근사한 얘깁니까. 당신은 화가가 되어 불멸의 명화를 그립니다. 그리고 당신이 그린 하찮은 나뭇잎 하나로 불우하기만 했던 한 시인이 구원을 얻게 됩니다. 누가 압니까, 한 시인의 구원이 어느 날 당신한테도 나한테도 두루 이득이 될 무슨 증권 같은 것이나 아니면 구체적인 형상을 띤 모습으로 우리 앞에 불쑥 찾아올 날이 있을지. 경이로운 내일을 기대할 수만 있다면 협잡도 충분히 해볼 만한 가치가 있는 일이 되는 셈이죠."

"아직은 그렇게 기대를 걸 단계가 아닙니다. 지는 것이 내 의사가 아니었듯이 이기는 일 또한 전적으로 내 의사가 아닙니다. 물론 한 인간을 책임 맡는 마당인데 전보다 더 열심히 뛰기야 하겠죠. 우리, 이 문제는 좀더 시간을 두고 천천히 심각하게 고려해보기로 합시다. 그것보다는 우선 내 손님으로 오신 분이니까 차부터 대접해야겠습니다."

그러면서 그는 레지 아가씨를 부르더니 내 몫의 차를 주문 맡도록 이르는 것이었다.

해설

발견의 형식, 비판의 형식

정 호 웅

1. 큰 작가의 출발점

　우리 소설 문학을 앞서 이끈 큰 작가 윤흥길의 이름을 세상에 널리 알린 창작집 『황혼의 집』 초판 발행일은 1976년 9월 25일이다. 어느새 30년 세월이 흐른 것이다. 그 사이 「장마」는 제도교육에 진입하여 고등학교 국어교육, 문학교육의 중요 텍스트로 자리 잡았다. 황순원의 「소나기」, 김동리의 「무녀도」, 주요한의 「사랑손님과 어머니」 등이 그러했던 것처럼, 윤흥길의 「장마」도 제도교육을 거치는 모든 한국인들이 만나는 국민문학의 차원에 속하게 된 것이다.
　창작집이 30년간 절판되지 않고, 그것도 판을 거듭하며 계속 출판된다는 것은, 우리 현대문학사 100년을 통틀어 몇 경우밖에 없는, 참으로 드문 일이다. 여러 요인이 함께 작용했을 터이지만, 뛰어난 문학성이 무엇보다 앞서는 요인임은 새삼 말할 필요도 없다.

2. 발견의 문학

책을 열면 표제작인 중편「황혼의 집」이 석양 속에 우울하게 서 있는 풍경이 펼쳐진다. 그 풍경 속으로 들어서면 "뭔가 음습하고 특이한 냄새의 분위기"가 안개처럼 자욱한 가운데, 한 노파가 하늘을 올려다보며 내는 "처참한 소리의 울부짖음"이 온 세상을 가득 채우고 있고, "죽여버려야지, 죽여버려야지" 거듭 다짐하며 벼리고 또 벼리는 살의가 그 사이사이 섬뜩하게 번득이고 있다.

술집 주모의 울부짖음과 그녀의 딸인 경주의 날선 살의는 묘사와 화자의 생각 등을 통해 반복해서 거듭거듭 제시되며 이 작품의 육체를 이룬다.

1) 할멈의 우는 시간은 딱 정해져 있었다. 사흘 아니면 나흘 만에, 어떤 때는 하루도 거르지 않고 며칠을 계속해서, 언제나 집채를 사를 듯한 붉은 햇살이 주막 창문에 번득이기 시작하면 할멈은 하늘을 올려다보며 처참한 소리로 울부짖었다. 여우의 목청마냥 길고 날카로운 부르짖음으로 시작하여 밑도끝도 없이 계속되는 그 울음은 누구의 도움을 받을 욕심으로 일부러 그처럼 엄살을 피우는 것같이 들렸고, 누구의 잘못을 호되게 나무람하는 것 같기도 했고, 어떤 참을 수 없는 아픔을 아무에게나 호소할 때 사람의 입에서 당연히 흘러나오는 그런 무시무시한 비명으로 생각되기도 했다. (p.19)

2) 별로 하는 일도 없으면서 몹시 바쁜 체를 하며 시든 풀잎 사이를

분주히 돌아다니던 개미들은 경주의 겨냥에 걸려 한 마리씩 한 마리씩 타죽어갔다. 죽은 개미의 수가 자꾸 불어날 때마다 경주의 입가에는 잔미운 미소가 떠올랐다. (pp. 22~23)

핏빛 울부짖음과 살의를 버무려 빚어낸 소설의 육체에 가려, 그것들을 만들어낸 원인인 사건들은 잘 드러나지 않는다. 게다가 그 사건들은 소문의 형식으로 소설 공간에 들어오는 것으로 설정되어 있어 사실 여부가 분명하지 않으니 더욱 그렇다. 더하여, 일인칭 유소년 시점이 작용하여 그 사건들은 명료한 이해와 설명의 경계 너머 모호한 상태에 방치되어 있으니 더욱더 그러하다.

물론 독자는 그 울부짖음과 살의의 원인이 무엇인지 어렴풋하게나마 짐작할 수는 있다. 해방 전에는 잘살았지만 해방 후 가진 것을 부당하게 다 잃고 가난하게 되었다는 것, 경주의 오빠가 산사람이 되어 죽음의 길을 헤매고 있다는 것, 경주의 큰언니가 그 동생을 살리려 나섰다가 협잡군에게 걸려 몸을 더럽히게 되었고 그 충격으로 목매 죽었다는 것, 경주의 작은 언니는 이런 상황을 못 견뎌 헤매다 가출하고 말았다는 것 등이 그것들의 원인임을 소설 여기저기에 흩어져 있는 소문의 조각들을 꿰맞추어 어림짐작할 수는 있지만 그것들은 여전히 울부짖음과 살의가 이루는 소설 육체의 뒷전에 놓여 흐릿하다.

원인을 뒷전에 두어 그 실체를 흐리고 그것이 만들어낸 현상들을 앞세워 그것으로 소설의 육체를 구성하는 이 같은 창작방법은 윤흥길 문학의 한 두드러진 특성이다. 그것은 역사를 대하는 삭가의 기본 태도에서 비롯된다.

윤흥길 문학이 주로 다루어온 역사는 한국전쟁으로 폭발했던 1950년 언저리 한국 현대사이다. 전쟁이야 이미 그 자체 폭력인 것이니 새삼 말할 필요가 없는 것, 앞길을 가늠하기 어려운 혼돈 속에서 갈팡질팡 헤매었던 당대 한국인들의 행로와 마찬가지로 불확실성의 안개 속으로 흘렀던 전쟁 전후사 또한 폭력이었다는 것이 윤흥길 문학의 기본 인식이다.

윤흥길 문학의 관심은 그 역사의 구체적 내용이 아니라 폭력인 역사에 치인 사람들의 고통과 슬픔이다. 역사의 탐구가 아니라 역사의 폭력성이 무더기무더기 만들어낸 고통과 슬픔의 증언이고자 하였다. 한국전쟁 언저리를 배경으로 한 윤흥길 문학이 이념 대립과 정치적 투쟁의 현실, 전장을 빗겨나 있는 것은 이와 관련된 것이다.

역사의 폭력성에 상처 입은 사람들의 고통과 슬픔을 전면에 내세우는 창작방법은 그러므로 필연적이다. 그 고통은 얼마나 크며 그 슬픔은 얼마나 깊은가를 보이기 위해 작가의 붓은 조금씩 양상이 다른 고통과 슬픔을 거듭 그린다. 고통과 슬픔의 변주 또는 연속화 사이에 그 처참한 모습을 드러내게 되는 것이다.

「황혼의 집」에 펼쳐진 그 같은 고통과 슬픔의 그림 갈피갈피에는 작가의 날카로운 통찰이 빛나고 있어, 이 작품을 증언을 넘어 발견의 차원으로 끌어올렸다. 예컨대 폭력의 심리에 대한 통찰.

어느덧 나는 공범자가 되어 있었다. 나는 내 쪽에서 자진하여 협조를 아끼지 않았다. 먼저 경주가 살생의 대상을 지적해주면 나는 그 둘레에 얼른 쟁반만 한 원을 그렸다. 원 밖으로 빠져나가면 목숨을 살려준다는 조건이지만, 여간해서 경주는 실수를 하지 않았다. 거만한 눈으로 다음 대상을 물색하는 동안 나는 죽은 개미를 집어내어 한 군데다 모았다. 경주의 콧잔등엔 어느새 송골송골 땀방울이 맺혔고, 나 역시 소맷부리로 이마의 땀을 훔쳤다. 우리는 개미굴을 찾아내어 그것을 짓부수기도 했다. 곰실곰실 기어나오는 그것들을 마음대로 농락하면서 나는 마치 하느님이라도 된 듯 우쭐한 기분을 맛보았다. 모양이 다 똑같은 여러 마리의 개미 가운데서 특별히 미운 놈을 골라내기란 어렵고 귀찮은 노릇이었다. 그래서 우리의 희생물은 그때그때의 기분에 따라 즉흥적으로 골라졌다. (pp.23~24)

ㄱ)폭력은 폭력의 심성을 끊임없이 재생산한다; 세계의 폭력성에 짓밟힌 어린 영혼의 내면에는 어느덧 폭력의 심성이 깊이 뿌리내렸다. 경주와는 달리 가해/피해의 직접 당사자가 아님에도 불구하고 '나' 또한 그 같은 재생산의 메커니즘에 걸려들었다. '나'가 경주의 공범자가 되어 개미 학살에 몰두하게 되는 것을 인간 본성의 한 부분인 가학성의 발동으로 이해하는 것은 충분하지 않다. 그가 폭력의 공범자가 된 것은 학습 때문이기도 하고, 폭력성의 세계를 살며 그 또한 상처 입은 존재이기 때문이기도 하다.
ㄴ)폭력은 놀이의 형식을 통해 실현되기도 한다; 그들이 개미 둘레에 그린 '쟁반만 한 원'은 폭력 행사의 즐거움을 키우기 위해 강자가 고안해낸 장치이다. 그 장치는 살육자들을 살육 과정에 보다 집중하도록 만든다. 집중할수록 즐거움의 강도와 밀도는 커지고 높아진다. 살육자들의 이마와 콧등에 송글송글 맺힌 땀은 이 놀이 형식의 힘을 증거하는 기호이다.
ㄷ)폭력은 때로 자의적이다; 폭력은 특정 대상을 향하는 게 일반

적이지만 언제나 그런 것은 아니다. 폭력에 맞설 수 있는 힘을 지니지 못한 약자는 언제라도 강자의 자의적 선택의 대상이 될 수 있다. 다만 약자라는 점 때문에 강자의 자의적 선택 대상이 되어 무자비한 폭력 아래 죽어가야 하는 인용문의 개미들은, 도처에 널려 있고 스며 있는 세계의 폭력성에 베이고 짓밟히는 윤흥길 소설 속 피해자들과 동질태다.

「황혼의 집」이 세계의 폭력성에 다친 사람들의 고통과 슬픔을 알려주는 한갓 증언이 아닌 발견의 차원으로 나아갈 수 있었던 통찰의 또 다른 예로 '울음'에 대한 것을 들 수 있다.

처음은 경주네 어머니가 하늘이 붉게 물드는 게 슬퍼서 큰 소리로 우는 것으로 시작된다. 창문이 닫히고 경주네 어머니의 모습이 유리창 저편에 가려진 뒤로는 덩굴의 한 부분 같은 팔뚝 하나가 틈바귀에 남아서 아프다고 소리쳐 운다. 얼마 후면 놀빛에 번쩍이는 유리창이 깨지는 소리로 울고, 나중에는 두 마리의 짐승이 서로 상처를 핥아줘가며 사람보다 훨씬 크고 긴 목청을 어둡도록 뽑는다. 이쯤 되면 그 소리는 조금도 서럽지 않게 들리는 것이었다. 그것은 일정한 가락과 장단에 맞추어 주기적으로 즐기는 기쁨의 노래 같이도 생각되었다. (p.26)

이 작품 곳곳에 울리고 있는 처참한 울음은 폭력에 상처 입은 사람들의 고통과 슬픔을 담고 있지만, 모두가 그런 것은 아니다. 인용문에서 보듯, 그들의 울음은 때로는 이처럼 자기 위안, 상호 위안의 기제로 작동하기도 한다. 심리적 긴장을 이완시키는 눈물 흘리기와 소리 내기의 작용, '일정한 가락과 장단'에서 생겨나는 음악적 리듬의 작용 때문이다. 화자는 그들의 울음이 '주기적으로 즐기는 기쁨의 노래같이도 생각'된다고 했는데, 어린 소년의 철없는 생각으로 치부할 수 없는 진실, 울음의 한 속성에 대한 깊은 통찰이 이 속에는 깃들어 있다.

「황혼의 집」은 이처럼 세계의 폭력성에 치인 사람들의 고통과 슬픔을 거듭 그려 연속그림을 펼쳐 보이면서도 단일성에 갇히지 않는다. 그리하여 다채롭고 풍성한 발견의 세계를 열 수 있었는데, 이 작품만이 아니라 윤흥길 문학 전체가 그러하다. 다른 작품을 통해 이를 좀더 살펴보기로 하자.

집이 헐린다. 빈집이 아니라 엄연히 사람이 살고 있는 집이 남의 손에 의하여 헐어진다. 그것도 멀쩡한 대낮에, 사람이, 벼락이나 사태가 아닌 사람의 힘으로 와그르르 허물어져내린다. 그것은 좀처럼 믿어지지 않는 일이었다. 믿을 수 없기 때문에 전혀 실감이 오지 않았고, 그래서 우리는 본능이 요구하는 만큼의 흥분에 도달하지 못해 안달이 날 지경이었다. 불길에 휩싸여 훨훨 타는 광경은 여러 번 목격했어도 두 눈을 뜬 채 지켜보는 앞에서 집채가 폭삭 주저앉는 꼴은 여태 구경을 못 했다. 삽시간에 기둥이 나자빠지고 벽이 사방으로 떨어져나가고 그 위에 지붕이 털썩 올라타는 장면은 상상만으로 장관이 아닐 수 없었다. 손아귀에 쥐듯 그걸 더 좀 생생히 느끼기 위해서 우리는 오밤중에 살그머니 이부자리를 빠져나와 집 둘레를 샅샅이 돌아보기도 했다. (p.47)

무허가 집에 들어 사는 한 가족의 이야기인 단편 「집」의 한 부분이다. 법을 내세워, 가난한 백성의 처지를 고려하지 않는 행정당국의 폭력 앞에 속수무책, 집을 잃고 떠나야 하는 상황에까지 내몰렸다. 억울하고 원통하다. 고발과 증언의 소설이라면 작가는 법 집행의 부당함을, 그들의 억울함과 원통함을 부각시키는 데 초점을 맞출 것이다. 이 작품도 물론 그런 부분을 포함하지만 거기서 그치지 않는다.

어린 소년들에게 집이 헐린다는 것은 억울하고 원통한 일이면서 또한 더없는 흥분을 자아내는 것이기도 하다. "우리는 사람들이 떼뭉쳐 와 우리 집을 꽝꽝 두들겨 부숴주기를 간절한 마음으로 기다리며 이제나저제나 하는 긴장 속에서 하루하루를 살았다"(p.48)라고 말할 정도이다.

이에 이르러 이 작품은 고발과 증언이면서 인간 심리를 깊이 들여다보는 발견의 차원으로 나아가게 된다. 한번도 겪어보지 못한 것을 경험하고 싶은 심리는 얼마나 자연스러운 것인가. 그 나름의 견고한 형식과 독자의 내용을 갖춘 것(집)이 한꺼번에 무너져 내리며 그 형식과 내용이 전혀 다른 것으로 바뀌는 광경은 '상상만으로도 장관'인 것, 그런 장관을 보고 싶어 하는 심리는 또 얼마나 자연스러운 것인가.

한갓 고발과 증언에 머물지 않고 발견의 차원으로 나아감으로써 윤흥길 문학은 평범한 문학과 다른 자리에 설 수 있었다.

3. 공포의 세계

작가의 최근작인 「묘지 근처」(『소라단 가는 길』, 창비, 2003)의 중심에는 아들을 전쟁터에 내보낸 할머니가 저승사자와 맞서 벌이는 치열한 싸움이 놓여 있다. 그 싸움은 자신이 아니라 아들의 목숨을 지키기 위한 것으로 필사적이다. 이미 다 살아 저승 문턱 바로 앞에까지 이른 노인이 벌이는 그 필사적인 싸움은 모성의 절대성을 드러내는 것이면서 또한 온통 죽음의 기운으로 가득 차 있는 현실의 본질을 깊이 반영하는 것이다.

윤흥길 문학에서 「묘지 근처」는 「장마」와 한 짝을 이룬다(정호웅, 「원혼의 한을 푸는 신성의 언어」, 앞의 책, p.317). 전쟁에 휩쓸려 사지에 든 아들을 염려하는 모성을 작품 구성의 벼리로 삼음으로써 두 작품은 30년 이쪽저쪽에서 서로 부르고 대답하는 짝이 되었다.

아들을 염려하는 절대의 모성이 중심에 놓여 있다는 점에서는 같지만 그 모성의 대처 방식이 제각각이라는 점에서는 다르다.

앞에서 말했듯이 「묘지 근처」에서의 그 대처 방식은 저승사자와의 정면 대결이다. 자신의 목숨을 대신 내걸고 벌이는 절대 모성의 정면 대결은 옛이야기 속에서, 문학 작품 속에서 자주 만나게 되는 것으로 낯익다. 「장마」의 대처 방식은 이와는 달리 대단히 낯설다. 「장마」에 등장하는 두 안노인 중 먼저 화자의 외할머니 경우를 보자.

그녀의 아들은 최전방 부대의 소대장으로 사선의 맨 앞자리에 서 있었다. 그런 아들을 둔 어머니 마음이 어떠할지는 자명한 것, 「묘지 근처」의 그 어머니처럼 그녀 또한 매순간 자신의 목숨을 걸고 저승사자와 피투성이 싸움을 벌여왔을 것이다. 그러나 이 소설에서 우리는 그 싸움에 대해서는 어떤 정보도 얻을 수 없다.

그 비어 있는 자리에 느닷없이 그녀의 꿈이 들어섰다. "난데없이 무쇠로 만든 커다란 족집게가 입 안으로 쑥 들어오더니 기중 실하게 붙어 있던 이빨 하나를 우지끈 잦뜨려놓고 달아나는 꿈"(p.65)을 꾼 것인데, 그녀는 그것을 자식의 죽음을 알리는 통보로 믿는다. "내 꿈은 틀린 적이 없었느니라." 철석같은 믿음이다.

한순간 그녀는 저승사자와의 싸움을 포기하고 자식의 죽음을 이미 어쩔 수 없는 사실로 받아들였다. 무엇이 작용한 것일까? 자신의 꿈이 신통하다는 사실에 대한 확신일 수도 있고, 온 천지를 가득 채운 죽음의 기운에 떠밀려 자식의 목숨을 더 이상 지키기 어렵다고 체념했을 수도 있으며, 저승사자와의 오랜 싸움에 지쳐 뒤물러선 것일 수도 있으며 이 중의 둘 또는 셋일 수도 있다. 그것이 무엇인지 알 수 없지만 어떻든 그녀는 이제 자식이 죽었다는, 하늘이 무너지고 땅이 갈라지는 무서운 상황 속에 던져졌다. 그녀의 대처 방식은 무엇인가?

ㄱ) "내가 내둥 뭐라고 그러냐? 오널 중으로 틀림없이 무신 기별이 온다고 안 그러냐?"

창백하던 낯빛이 순간적으로 홍조를 띠어 갑자기 십 년은 젊어진 외할머니가 몇 마디 또 중얼거렸다. 줄거리에 붙은 새로운 꼬투리를 뚝 따내어 속을 우비면서 외할머니는 다시 죽은 사람처럼 창백한 얼굴이 되더니 앉은 자리에서 단숨에 몇 살은 더 먹어버렸다. 〔……〕

"느이 애비가 죽을 임시에도 나는 사날 전버텀 알고 있었다. 〔……〕 어쩌냐, 시방도 에미 말이 그렇게 시덥잖게 들리냐? 그러면 못쓰느니라, 못써. 눈 어둡고 귀 어둡다고 에미 까장 우숩게 알면 못쓴다. 할망구라고 혀서 허는 소리마동 다 비싼 밥 먹고 맥없이 씨워리는 소리로만 들으면 큰 잘못이다. 이날입때까장 내 꿈은 틀린 적이 없었느니라.

무신 일이 생길 적마동 이 에미가 꾸는 꿈은 단 한 번도 틀린 적이 없었니라." (pp.71~72)

ㄴ) "나사 뭐 암시랑토 않다. 오널 아니면 니알 중으로 틀림없이 무신 기별이 올 종 알고 있었으니께, 진즉부터 알고 있었으니께, 나사 뭐 암시랑토 않다." (p.68)

자식의 죽음이라는 천붕지괴(天崩地壞)의 상황에 직면하여 그녀가 취한 대처 방식은, 자신의 꿈이 얼마나 신통한가를 거듭 다져 스스로 굳게 믿는 것이고, 주변 사람들에게 자기 꿈의 신통력을 확인받음으로써 그 믿음을 더욱 강화하는 것이다. 믿음 속에 자신을 가두고, 그 믿음을 무너뜨리려는 자기 내부의 회의와 타인들의 불신에 맞서 그 믿음을 지키고자 싸우는 과정에 스스로를 묶음으로써, 자식의 죽음으로부터 거리를 확보하는 방식이다.

이 방식은 자식을 자신과 정신적·육체적 동일체로 여기는 모성의 본능에서 벗어날 때 비로소 가능하다. 모성의 본능에서 벗어났을 때 자식의 죽음은 이해의 대상으로 객관적 거리 저쪽에 놓인 것으로 받아들여질 수 있다. 노인이 계속하여 "진즉부터 알고 있었으니께, 나사 뭐 암시랑토 않다"라고 되뇌는 것은 이 측면에서 이해할 수 있다. 자식의 죽음을 객관적 앎의 대상으로 전환함으로써 충격을 완화시키는 것이다.

그녀의 이 같은 대처 방식은 온통 죽음의 기운으로 가득 차 자식의 목숨을 지킬 수 있는 가능성이 거의 없는 현실에 대응하여 만들어낸 수용과 견딤의 형식이다. 그 형식에 기대어 "암시랑토 않다"고 되뇌지만 그것으로써 자식의 죽음이란 절대의 상실을 수용하고 견딜 수 없는 것은 너무나 당연하다. 그녀는 자기가 꾼 꿈의 신통력을 확인하고는 한껏 고양되지만 한순간에 지나지 않는다. 일시에 무너져 내리며 "앉은 자리에서 단숨에 열 살은 더 먹어버"리고 마는 것이다.

화자의 친할머니가 또 하나 모성의 대처 방식을 보여준다. 그것은 빨치산이 되어 산속에 숨어든 아들이 절대 죽지 않을 것이며, 아무 날 아무 시 집으로 돌아올 것이라는 점쟁이의 점괘를 굳게 믿는 것, 그때를 위해 음식 마련이며 집안 정돈 등등의 일에 온 정성을 기울이는 것이다.

할머니의 긴 일생 가운데서, 어떻게 생각하면, 잠도 안 자고 먹지도 않고, 그러고도 놀라운 기력으로 며칠 동안이나 식구들을 들볶아대면서 삼촌을 기다리던 그 짤막한 기간이 사실은 꺼지기 직전에 마지막 한순간을 확 타오르는 촛불의 찬란함과 맞먹는, 할머니에겐 가장 자랑스럽고 행복에 넘치던 시간이었었나 보다. (p. 137)

아들이 숨어 있는 건지산을 폭격하는 토벌대의 불놀이를 눈앞에 보면서도 그녀의 믿음은 흔들리지 않는다. 점쟁이의 점괘는 절대적 신앙의 대상이 되었다. 아들맞이를 위해 온 정성을 기울이며 그녀 생애에서 "가장 자랑스럽고 행복에 넘치는 시간"을 보낼 수 있었던 것은 이 같은 신앙의 힘 때문이다.

그 절대의 신앙과 행복 아래 아들이 죽을지도 모른다는 절대의 공포가 낮은 포복으로 점차 다가들고 있다는 것은 새삼 말할 필요도 없다. 점괘를 절대 신앙하고, 아들맞이에 온 정성을 다하여 몰두하는 것이 이 같은 공포에 대응하는 것이라는 사실도 쉽게 알 수 있다.

대번에 기고만장해가지고, 그러면 그렇지, 그것 보라고, 내가 뭐라고 그러더냐고, 우리 순철이는 보통 사람과는 다르다고, 거지반 고함을 지르듯 말하는 것이었다. 이윽고 할머니는 어린애처럼 엉엉 소리내어 울면서, 합장한 두 손바닥을 불이 나게 비비대면서 샘솟듯 흘러내리는 눈물로 뒤범벅이 된 늙고 추한 얼굴을 들어 꾸벅꾸벅 수없이 큰절을 해가면서, 하늘에 감사하고 터줏귀신에게 감사하면서, 번갈아 방바닥과 천장과 사면 벽을 향하여 이리 돌고 저리 돌고 뺑뺑이질을 치면서 미쳐 돌아가는 것이었다. (pp. 103~04)

빨치산의 시신 더미 속에서 동생을 찾지 못한 큰아들이 돌아오자 그녀가 보인 광적인 반응이다. 점쟁이의 점괘에 대한 그녀의 믿음 아래 숨은 공포의 정도가 어떠한지 한눈에 확연하다. 그녀는 점괘에 대한 믿음으로 의연했지만 사실은 극도의 공포에 짓눌려 죽음과도 같은 시간을 견디고 있었던 것이다.

「장마」 구성의 중심인 안노인 두 사람의, 자식의 목숨이 문제되는 상황에 대처하는 방식은 저마다의 믿음에 스스로를 가둠으로써 감당하기 어려운 상황과 거리를 두는 것이었다. 그것으로써 고통과 슬픔의 소용돌이에 휩쓸리지 않을 수 있었다. 그러나 겉으로만 그러했을 뿐이다. 공포가 그들을 점령했던 것이다.

「장마」는 "밭에서 완두를 거두어들이고 난 바로 그 이튿날부터 시작된 비가 며칠이고 계속해서 내렸다"(p. 62)로 시작하여 "정말 지루한 장마였다"(p. 137)로 끝난다. 작품 전체가 장맛비에 젖어 있는 것인데, 이 작품 속 장맛비의 핵심 속성은 공포이다. 이른바 '赤治 3개월'을 다룬 염상섭의 장편「驟雨」의 '취우(소나기)'는 '취우부종일(驟雨不終日)'의 취우로서, 고통스러운 전쟁 상황이 오래가지 않을 것이라는 점을 강조하는 상징 기호이다. 이에 비해「장마」의 '장맛비'는 공포, 고통, 슬픔, 살기, 죽음의 기운으로 가득 차 견디기 힘든 전쟁 통 상황을 강조하는 상징 기호이다. 그 가운데서도 핵심은 공포이다. 이 작품은 첫머리에 '두려움의 결정체'라는 비유를 걸어두고 시작되었다.

비는 분말처럼 몽근 알갱이가 되고, 때로는 금방 보꾹이라도 뚫고 쏟아져내릴 듯한 두려움의 결정체들이 되어 수시로 변덕을 부리면서 칠흑의 밤을 온통 물걸레처럼 질펀히 적시고 있었다. (p.62)

공포에 짓눌린 인물들의 내면과 장맛비라는 상징 기호의 빈틈없는 어울림으로 해서 온통 공포에 가득 찬 소설 공간이 창조되었다. 이 섬뜩한 공간으로써「장마」는 한국전쟁을 다룬 상상적 창조물 가운데 가장 깊이 그 본질을 담아낸 것으로 평가받게 되었다. 과시 걸작인 것이다.

「장마」를 두고, 샤머니즘을 통한 민족동질성 회복의 가능성을 보인 작품이라고 하는 의견이 있다. 중등 과정 문학교육 마당에서 널리 받아들여지고 있는 것으로 보이는데 작품의 실제에서 크게 벗어난 비약이라는 것이 내 생각이다. 이런 생각의 근거는 이렇다. ㄱ)작품 속 두 안노인의 반목은 이념이나 체제에 대한 입장 차이가 아니라 상대방에 대한 배려의 부족에서 비롯된 것이다. ㄴ)두 사람을 화해로 이끈 것은, 구렁이를 죽은 사람의 현신으로 여기는 샤머니즘적 사고가 아니라 서로의 고통과 슬픔을 깊이 연민하는 마음이었다. ㄷ)「장마」는 전쟁이라는 외부 폭력에 베이고 짓눌리는 인간의 고통과 슬픔을 문제 삼은 작품이지 이념과 체제에 따른 분단 현실, 민족 간 대결의 현실을 문제 삼은 작품이 아니다.

4. 비판의 형식

윤흥길은 자유를 억압하는 전체주의적 권력의 비판에 큰 공을 들여온 작가이다. 이 작품집에 실린 작품 중 「타임 레코더」와 「제식훈련 변천약사」가 이에 해당한다. 두 작품은 각각 학교 관리자에 의한 시간의 통제, 국가에 의한 제식훈련 동작 형식의 변개를 비판하고자 하였는데, 뒤의 것이 보다 정치하다.
"한 단위 사회가 처해 있는 시대 상황을 가장 첨예하게 반영하는 것이 바로 그 사회가 실시하는 제식훈련"(p.210)이라는 전제 위에서, 제식훈련이 '절도 위주' '질서 위주'로 변개된 것을 사회적 맥락에서 성찰하고 있다.

말하자면 그것은 해방 후 이 땅에 이식해놓은 프래그머티즘이나 합리주의 사고의 효용가치를 전면 재평가하려는 의미이며 되도록 불필요한 형식이나 절차 따위를 매사에서 제거함으로써 우리들 인체에 가해지는 무리를 최소한으로 덜어주려는 인본 사상에 가해지는 일대 수정 작업이며, 동시에 그것은 오늘과는 달리 우리 모두의 내일이 오래

분해 소제 않은 시계처럼 빡빡이 돌아가게 될 것임을 타전해주는 일종의 모르스 부호라는 것이었다. (p.198)

이 작품은 유신헌법과 긴급조치법의 서슬이 시퍼렇던 1975년 7월에 발표되었다. 우리 현대사상 정치권력의 독재화, 전체주의화가 정점에 이르렀던 때인데, 윤흥길은 제식훈련 동작의 변개를 통해 그 같은 권력의 속성과 실현 양상을 근본 비판하였던 것이다. 유신권력에 대한 문학적 비판, 항거가 숱하게 있었지만 이보다 더 정치한 근본 비판의 예를 나는 알지 못한다. 맞대놓고 고함지르기와는 구별되는 소설적 비판 형식의 한 모범이 되었던 것이다.

작가의 말

　30년 시차를 두고 같은 책의 '작가의 말'을 또다시 쓰는 일은 작가에게 크나큰 보람이요 행복이다. 더군다나 내 생애 맨 처음 작품집인 데다가 내 둘째아이의 출생과 질기게 연관된 저서라는 점에서 『황혼의 집』의 발간 30주년 기념 특별판을 접하는 내 감회는 마냥 특별한 것일 수밖에 없다. 세월의 의미가 정말 실감나게 다가온다.
　원래는 첫 작품집과 둘째아이가 거의 동시에 세상에 태어날 예정이었다. 작품집은 순산이었지만 아이는 분만 예정일을 훨씬 넘기는 난산 중의 난산이어서 산모와 태아 모두 위급한 상황 속에 난생처음 내 저서를 갖게 된 감격 따위는 도무지 누릴 겨를조차 없었다. 가난한 글쟁이 가장으로서 급히 수술비용을 마련해야만 하는 엄중한 사명을 띠고 병원을 빠져나와 청진동 일대를 배회하다가 들른 곳이 문학과지성사 사무실이었다. 심상치 않은 내 표정을 읽고, 무슨 일이 있느냐고 김병익 선생이 물었다. 사정을 알고 나서 선생은, 그런 일을 왜 진작 말하지 않았느냐고 나무라면서 때마침 출간된 『황혼의 집』의 인세를 앞당겨 내 손에 쥐어주었다.

　이 같은 우여곡절을 겪은 일이 바로 엊그제 같은데, 그때 태어난 둘째아이가 이젠 어엿한 성인으로 변모해 있다. 아이하고 앞서거니 뒤서거니 하면서 세상에 존재를 알린 『황혼의 집』은 한 세대에 걸친 세월의 중압을 견뎌내고 내게 출세작의 역할을 톡톡히 수행하면서 30년 장수의 영예를 누리고 있다. 그 무렵 창립 초창기의 어려움과 영세성을 벗어나지 못했던 문학과지성사는 이제 한국 굴지의 명문 출판사로 장족의 발전을 이루었다. 그리고 그때 홍안의 청년이던 나 자신은 어느덧 백발의 노인이 다 되어 있다. 한 인간으로서나 한 작가로서 내 삶에서 어느 것 하나 허투루 지나칠 수 없는, 참으로 두루두루 감사한 일들이다.

　주로 부끄러움에 관해 고백해놓은 첫번째 작가의 말을 오랜만에 다시 읽어보니 새삼스레 또 부끄러워진다. 신진 작가의 패기가 첫 작품집 상재의 감격을 만나 시쳇말로 '오바'한 혐의도 지울 수 없을 것 같다. 지금은 30년 전 과거에 그랬듯이 주제넘게 뭔가를 장담하고 희떱게 약속을 남발할 나이가 아니라는 사실을 나는 알고 있다. 다만, 대문호 카잔차키스의 청년 같은 노년에 대해 말하고 싶을 뿐이다. 문학사에 남을 그의 대표작들이 주로 60대 이후에 창작되었다는 사실을 뒤늦게 알아차리고서 환갑 무렵의 나는 얼마나 큰 감동과 위무를 받았던가. 바라건대, 나도 카잔차키스처럼 60대인 지금부터 본격적으로 발동이 걸려 나의 새로운 대표작들을 쓰게 되기를.

　『황혼의 집』 발간 30주년 기념 특별판을 낼 수 있게 된 것을 하나님께 감사한다. 장장 30년 동안 잊지 않고 꾸준히 찾아주신 독자 제위께 감사한다. 오랜 세월 참고 견디면서 뒷바라지에 매달린, 내 사랑하는 아내와 가족들에게 감사한다. 처음부터 늘 좋은 것으로 나를 선대하고, 발간 30주년을 특별한 이벤트로 기념까지 해주시는 문학과지성사의 여러분께 감사한다.

2007년 2월
윤흥길